KB100938

어쩌다, 짐승과 신혼 2

어쩌다,
짐승과 신혼2

예가온 장편소설

Terrace Book

Vol. 1

[Contents]

Vol.2

Chapter 17

반드시, 다음엔

진주가 떠난 후 6개월이 지났다.

공연이 없는 날, 휴가를 낸 윤재는 새벽부터 차를 운전해 애순의 집으로 갔다. 대문을 열고 들어가 인사를 하니 애순은 '윤재구나.' 하며 반갑게 맞아 주었다.

"저 왔습니다."

인사를 하고 마루에 올라서던 윤재는 애순이 자리에 앉자마자 그녀의 앞에 무릎을 꿇었다. 그 모습에 놀란 애순의 눈이 휘둥그레졌다.

"무, 무릎은 왜 꿇는 것이여?"

놀란 애순이 무릎 꿇은 윤재 앞으로 몸을 옮겨 앉아 그를 올려다보았다. 안 본 동안 얼굴이 더 상했다 싶어 후우, 한숨을 쉬었다.

"벌써…… 6개월이 지났습니다."

윤재가 진주를 찾아다닌다는 걸 애순도 알고 있었다. 그녀역시 사람을 보내 이리저리 찾아보았지만 아직 찾지 못했는데,

하물며 윤재가 찾아낼 리 없었다.

"얼굴은 어찌 그 모양이냐?"

"진주가 그렇게 사라지고…… 잘 살 수가 없습니다."

극단 일도 정신없이 바쁘다 들었는데 그 와중에 진주 때문에 헤매고 다녔을 걸 생각하니 애순은 이러다 윤재마저 건강을 해칠까 걱정됐다.

"진주가 있을 만한 곳이라도…… 알려 주십시오."

윤재는 애순에게 더욱 고개를 숙였다. 그는 진주가 사라진 그날을 떠올렸다.

진주가 떠난 날, 윤재는 2층으로 올라가 진주의 옷장을 열어 봤다. 여행용 가방 하나와 옷 몇 가지가 없어졌고 연습실에 놓여 있던 그녀의 북이 사라졌다. 그리고 운동화 한 켤레도. 그 외에는 모두 그대로 있었다.

윤재는 진주의 부재가 실감 나자 마지막으로 강아에게 전화를 했다. 혹시 진주에게 연락이 있었는지 물으니 강아는 진주가 잠시 여행을 간다고만 알고 있을 뿐이었다.

회사에서 회의 시간이 다 되었다고 연락이 왔다. 윤재는 머릿속이 멍했으나 다시 극단으로 나가 아무렇지 않은 척 일을 마무리했다. 그렇게 늦은 퇴근을 하고 무슨 정신으로 어떻게 집으로 들어가 잠자리에 들었는지 윤재에게 구체적인 기억은 없었다. 진주가 없는 집으로 혼자 들어가는 느낌은 어색하고 낯설었다.

윤재는 뒤섞이는 생각을 잠재우려 눈을 질끈 감았다. 그러다 깜박 잠이 들었지만 얼마 지나지 않아 다시 눈을 떴다.

"배진주."

몽롱한 상태에서 그는 진주를 불렀다. 답이 없어 팔을 움직여 찾다가 빈 옆자리가 선득한 걸 느끼고 정신을 차렸다.

'진주는 없지.'

또 밀려드는 허탈감에 잠을 더 자려 눈을 감았으나 잠은 오지 않았다. 눈 끝부터 두통이 몰려왔다. 눈을 감은 채 관자놀이를 몇 번 꾹꾹 누르던 윤재는 고개를 돌리고 팔을 뻗어 진주가 누웠던 자리를 쓱 손바닥으로 훑어 냈다.

서걱. 마른 이불 소리만 날 뿐 진주가 없단 사실이 더 실감 난 윤재는 미간에 주름을 지었다. 윤재는 불현듯 자신에게 화가 치밀었다. 나를 얼마나 믿지 못했으면 이렇게…… 나는 진주에게 어떤 신뢰를 준 걸까.

그러다 진주가 미웠다. 어떻게 배진주가 나를 두고 이렇게 흔적도 없이 떠날 수 있나. 그런 생각들은 배신감으로 변하기도 했다.

윤재는 진주가 평소에도 연습에 들어가면 연락이 잘되지 않았기에 독공 수련에 들어가서도 그럴 거란 각오는 하고 있었으나, 그녀는 그 생각을 뛰어넘었다. 연락을 완전히 끊고 사라지리란 건 상상도 못 했으니까.

허탈감에 멍했으나 곧 윤재는 마음을 다잡았다.

진주에겐 생명과 같은 소리를 잃었으니 그녀의 마음과 그 말 못 할 사정을 내가 어찌 다 알까. 내게 말하지 않은 것도 당연히 이유는 있었으리라.

끊이지 않고 밀려드는 진주에 관한 생각과 걱정, 원망의 감정들로 윤재는 답답하고 괴로웠다. 하는 수 없이 일어나 창문을 모두 열어젖혔다. 시원한 바람이 밀려 들어왔다.

"날씨도 추워지는데."

그는 중얼거리며 아직은 새벽이라 어둑하게 푸르스름한 정원을 내려다보았다.

배진주도 일어났겠네. 아니면 벌써 소리 연습을 하고 있으려나.

"잘 지내고 있는 거지."

정확히 그 순간부터였다. 일도 손에 잡히지 않고 눈에 걸리는 모든 배경에서 진주가 환각처럼 보이기 시작한 것이.

시간이 지나고 일에 집중하려 해도 그 증상이 심해졌기에 윤재는 진주를 직접 찾기로 마음먹었다. 그녀를 찾아내겠단 마음보다 이대론 미치겠으니 딱 한 번이라도 봐야겠다 싶었다. 당분간은 몰래 지켜보기만 하자. 잘 지낸다는 확인 한 번이면 돼.

윤재는 극단에 나가 '명량대첩'의 진행 과정에서 삐걱거리던 것들을 서둘러 조율하기 시작했다. 일을 서둘러 처리하고 남는 시간엔 진주를 찾기 위해 애써야 했으니까.

그렇게 정신없이 일과 진주를 찾아 헤매는 걸 병행하며 하루를 마치고 지쳐 잠들기 일쑤였으나 윤재는 시간을 쪼개고 쪼개어 헤매고 다녀도 진주를 도무지 찾을 수 없었다.

진주가 사라지고 3개월이 지날 즈음, 윤재는 자신의 힘만으로 진주를 찾아내는 건 무리란 걸 인정해야 했다. 그래서 시간이 나면 애순의 집을 찾아가 진주 있는 곳을 알려 달라며 애순에게 시위 아닌 시위를 하기 시작했다.

"윤재야, 진주는 잘하고 있을 것이어. 너라도 어여 제정신을 차리고⋯⋯."

"제가 진주 그렇게 보내고, 제정신일 리가 없잖습니까?"

춥고 시렸던 겨울이 지나 봄이 오고, 그사이 '명량대첩'도 시작하고 막을 내렸는데⋯⋯. 모든 것은 다 순리대로 흘러가는 듯 보였으나 그의 옆엔 진주가 없었다.

"진주가 어디에 있는지 아시고도 숨기시는 거 알고 있습니다."

"윤재야, 몇 번을 말해야 허냐? 그것은 정말 몰러. 네가 이러는 걸 잘 알고 있는데 알고도 모른 척할 리가 있것어?"

"진주 목이 너무 엉망이라 일부러 안 찾으시는 겁니까?"

그러니 애순을 자극해 있는 곳을 아는지 찔러보는 수밖에 윤재가 할 수 있는 게 없었다.

탁!

윤재의 말에 화가 난 애순이 마룻바닥을 손바닥으로 내리쳤다. 윤재의 날카로운 눈빛과 애순의 짙은 눈빛이 맞섰다.

"윤재야, 진주가 마음을 먹고 깊이 숨었으면 어찌 찾것어? 소리꾼이 산에 들어가믄 일 년이고 이 년이고 숨어서 소리만 하는 것이 득음의 길인디. 원래 소리를 얻으려고 어딜 들어가믄 누구도 찾을 수 없이 깊이 들어가는 것이여. 진주가 사람들이 쉽게 찾을 만한 곳으로 들어갈 리 만무하지 않으냐."

애순의 눈동자가 진하게 일렁거렸다.

어릴 때부터 기주와 전국의 깊은 산을 다니며 자릴 잡고 몇 달씩 산 공부를 해 온 진주였다. 그러니 윤재가 전국에 있는 모든 산의 기거할 만한 곳을 뒤져서 진주를 찾아내기는 불가능에 가까웠다.

그리고 애순은 윤재와 마음이 달랐다. 애순은 기주가 갔던 인적이 드문 몇몇 곳을 알고 있었음에도 찾기를 서두르지 않았다.

진주가 누구에게도 알리지 않으려 휴대폰을 놔두고 산으로 간 것은 오직 소리를 찾겠다는 그녀의 의지임을 알고 있었기에 윤재의 마음이 이해가 되면서도 한편으론 묵묵히 진주를 기다려 줘야 한다 생각했다. 아직은 진주에게도 윤재에게도 때가 이르지 않았기에.

애순은 윤재를 다독였다.

"윤재야."

애순이 천천히 윤재와 눈높이를 맞추고는 윤재의 손을 두 손으로 가득 움켜잡았다.

"지금은 진주한테…… 시간을 좀 줘야 혀."

윤재의 턱에 힘이 들어갔다. 윤재라고 왜 모를까.

"당장 찾아가 어쩌려는 게 아닙니다. 진주…… 잘 있는지, 어디서 어떻게 지내는지, 제발 확인만이라도 할 수 있게 해 주십시오."

윤재는 스스로가 한심하고 또 한심했다. 늘 같이 있으면서, 같이 자고 밥을 먹으며 어찌 그걸 눈치채지 못하고 그냥 진주가 떠나도록 내버려 뒀을까. 진주가 얼마나 자신을 믿지 못해 그렇게 떠났나 하는 물음은 그대로 윤재 자신에게 되돌아와 꽂혔다.

"진주가 그 상태가 되어 가도록…… 저는 전혀 알지 못했습니다."

목이 많이 아팠을 텐데.

평소와 달랐던 그날 밤, 그 표정을 보고도 의심 한 번을 하지 않았던 못난 놈. 되새겨 보니 축제 공연에서 문제가 생겼던 그날도, 산 공부를 간다며 혼자 짐을 싸던 날에도 분명히 진주는 자신에게 신호를 보내고 있었다.

애순의 눈빛에도 선명한 이채가 스쳤다. 윤재의 심정을 알기에 그녀의 마음도 아렸다.

"알것어. 나도 찾고는 있는 중인디, 앞으론 더 열심히 알아볼 텐게 그러니 오늘은 이만 돌아가시게."

윤재는 애순의 집에서 나와 서울로 올라가고 있었다. 해가 저물어 서울에 다다를 즈음 한 통의 전화가 울렸다. 진주를 찾기 위해 고용한 직원의 이름이 액정에 떠서 반짝였다.

"네. 이윤재입니다."

[감독님, 사모님을 찾은 것 같습니다!]

흥분한 직원의 목소리에 윤재의 눈빛에 기대가 들끓었다.

[이번에 들어온 제보는 확실히 맞는 것 같습니다. 체구며 인상착의가 거의 사모님과 일치하십니다.]

"거, 거기가 어딥니까?"

[충북 영동입니다. 여기 물한계곡이란 곳에 소리꾼들이 산공부를 하러 많이 온다고 합니다.]

"알았습니다. 지금 바로 물한계곡으로 찾아갈 테니 주소 보내 주세요."

윤재는 시간을 확인하고 '충북 영동 물한계곡'으로 내비게이션을 설정해 방향을 틀었다.

지금부터 몇 시간을 달리면 서둘러 그곳에 도착할 수 있겠다 싶었다.

'물한계곡. 제발 거기에 있기만 해. 배진주.'

혹시라도 만나면 무슨 말을 어떻게 해야 할까? 목을 다 고치지 못해 쳐다봐 주지도 않으면 어쩌지? 그렇게 고민하는 사이 차는 영동으로 들어가 새벽이 돼서야 목적지에 도착했다.

물한계곡 주위엔 야영장이 많았다. 그 위로 난 도로를 올라 가니 띄엄띄엄 펜션형 숙소들이 위치해 있었다. 진주가 묵고 있다고 전달받은 숙소를 찾아 들어가 서둘러 체크인한 윤재는 짐을 풀고 샤워부터 했다. 오랜만에 기분이 가벼웠다.

─ 오늘 제보받은 분이 여기 숙소에 체크인하신 날짜와 사 모님께서 사라진 날짜가 일치합니다. 그리고 목이 상해 서 쉬며 수련하러 왔다고 주인에게 말하고 날마다 산에 가서 노래하는 젊은 여자분이라고 하십니다. 숙소 주인 분과 통화는 여러 번 했는데 그 외의 개인 정보는 물어볼 수 없었습니다.

그가 듣기에도 여태껏 찾은 사람들의 정보 중에 가장 진주 와 일치했다. 윤재는 욕실에서 씻고 나와 옷을 갈아입었다. 잠 이 오지도 않을뿐더러 자칫 잠에 들었다 일어나지 못할까 걱 정되었기에 윤재는 잠을 포기했다.

윤재는 한참을 숙소 벽에 가만히 기대어 멍하니 앉아 있었 다. 이번엔 정말 배진주가 맞다면? 우선은 목소리가 어느 정도 인지 들어 보자. 얼굴이 어떤지도 살펴보고.

윤재도 갑자기 그녀 앞에 나타날 생각은 없었다. 그저 진주 가 무사한지 멀리서 확인만 할 생각이었다. 하지만 정말 진주 가 맞다면 그녈 보고도 달려가 안고 싶은 마음을 참을 수 있 을지…… 그건 자신이 없었다.

손목시계를 보았다. 진주가 일어날 시간이 조금 지났다. 그는 빠른 걸음으로 룸을 빠져나가 소리꾼들이 오른다는 산속 계곡을 오르기 시작했다.

윤재는 진주를 잘 알았다. 매일 새벽 알람을 맞춘 것처럼 같은 시간에 일어나 다른 것보다 소리를 먼저 하던 여자였다. 여기에 진짜 진주가 묵고 있는 것이라면 그녀는 벌써 계곡의 어딘가에 앉아 소리를 하고 있을 거였다.

윤재는 천천히 계곡을 타고 길을 올랐다. 중턱에 올라도 바위에 앉아서 소리를 하는 사람들은 보이진 않았다. 제법 깊은 곳까지 더 오르면서 노랫소리가 들리는지 귀를 기울였다. 그러다 저 멀리 정말로 눈에 들어오는 여자가 있었다.

"······!"

순간 동공이 심하게 떨렸다. 비슷한 체구에 허리까지 긴 머리를 하나로 묶은 것이 진주와 비슷했다. 윤재는 숨죽이고 그녀가 알아차리지 못하게 가만히 다가갔다.

"진주······."

윤재는 저도 모르게 진주의 이름을 부르며 손을 뻗었다. 자신의 행동에 놀란 윤재는 아랫입술을 깨물며 굳게 입을 다물었다. 그는 고개를 조금 빼고 노랫소리에 귀를 기울였다.

"여보시오 도련님. 여보 여보 도련님."

조금 더 다가가니 여자의 목소리가 더 선명하게 들려왔다. 윤재는 다가서다 말고 멈칫 섰다.

'진주가······ 아니야.'

여자의 뒷모습은 진주와 비슷했으나 진주의 목소리가 분명히 아니었다. 아무리 진주가 목이 상했더라도 진주의 소리와는 전혀 달랐기에 윤재는 그 여자의 얼굴을 볼 필요조차 없었다. 그는 오르던 길에서 몸을 돌렸다.

판소리의 구성진 성음을 소리로만 구분해 내는 것은 쉬운 일이 아니지만…….

'낮은 탁성이 연무처럼 사람의 마음을 가라앉게 하는 목소리.'

그가 아는 진주의 목소리는 그랬다.

— 제 소리가 윤재 씨 귀에도 그렇게 특별해요?

— 배진주가 작은 입을 벌리고 높은 소리를 지르면 벼락을
맞은 듯 온몸에 전율이 일어나게 하는 힘이 있지.

진주의 머리를 쓰다듬어 주며 건네던 말을 떠올렸다. 윤재는 진주의 노래를 들으며 그 작은 몸 어디에서 저렇게 커다란 소리가 나는지 신기했었다.

진주에 대한 이런 설명을 사람들에게 해 준들 누가 듣기만 해서 구분해 알 수 있을까. 오로지 윤재만이 느끼는 독특한 감정이었다.

윤재는 아쉬움을 뒤로하고 숙소로 돌아왔다. 허탈한 마음에 낮이었지만 진한 술을 룸서비스로 부탁해 몇 잔 들이켰다. 그녀를 찾아 여기저기를 다닌 것도 6개월째였으니 그녀가 아니란 걸 확인하고 또 다른 곳을 찾는 것은 이젠 익숙해진 일인데…….

'오늘은 너무 기대했나. 마음이 더 힘드네.'

윤재는 며칠이나 감지 못했던 피곤하고 젖은 눈꺼풀을 스르
륵 감았다.

얼마나 시간이 지났을까. 윤재는 눈을 떴다. 안개가 가득 내
려앉은 어둑한 숲 안에 그리운 진주가 어색한 표정을 하고 윤
재를 보며 서 있었다.

오랜만에 마주한 진주의 모습에 그는 잠시 얼어붙어 멍하니
서 있었다. 윤재는 그녀를 붙들어야겠단 생각에 한 걸음씩 다
가가기 시작했다. 애달픈 이름마저 미처 소리가 되어 나오지
못하고 그의 입술 안에서 맴돌았다.

'진주야……'

하지만 그녀는 윤재가 다가가는 속도보다 더 빨리 멀어졌
다. 윤재는 뛰기 시작했고 어찌 된 일인지 진주는 뒤돌아 더
욱 달아나기 시작했다.

윤재는 헉헉거리며 진주를 향해 안간힘을 다해 달렸다. 그녀
의 뒤를 쫓아 손을 내밀며 힘껏 다가가려는데 진주와의 거리
가 좀처럼 좁혀지지 않았다.

'기다려 줘.'

그 말에 진주가 윤재에게로 얼굴을 돌렸다. 그녀의 얼굴이
눈물로 엉망이었다.

'왜 울어. 울지 마. 어디가 아파?'

눈물로 얼룩진 진주의 얼굴을 보는데 온몸이 욱신거리고 심장이 쥐어짜듯 아팠다. 윤재는 진주를 잡으려 팔이 빠질 듯 손을 뻗었으나 잡히지 않고 더 멀리 멀어졌다. 진주가 잡히지 않으니 윤재는 미칠 것 같았다.

'나만 두고 가지 마. 진주야……'

심장이 마치 칼날로 파헤치듯이 아팠다. 진주는 윤재의 외침에도 계속 멀어졌다. 그는 절규하듯 있는 힘껏 뛰어가며 소리쳤으나, 그의 부름은 진주에게 닿지 않고 공중에 퍼져 갔다.

'안 돼!'

팟.

그의 눈이 갑자기 번쩍 떠졌다. 새하얀 천장과 불빛이 보였다. 눈이 부신 윤재는 눈을 한 번 감았다 다시 떴다.

"깨었니?"

윤재는 들리는 목소리에 정신을 차려 고개를 돌렸다. 지훈이 의자에 앉아 자신을 지켜보고 있었다.

"아버지."

그는 주변을 두리번거렸다. 어젯밤 자신이 잠들었던 숙소가 아니었다. 병원의 침대 위였다.

"제가 왜 여기 있고, 아버지는 왜 여기 계십니까?"

윤재를 보는 지훈의 얼굴엔 노여움 반, 안타까움 반이 섞여 있었다.

"못난 놈. 몸 간수를 어찌하는 거냐? 숙소에서 네가 시간이 지나도 체크아웃을 안 하니 주인이 문을 열고 들어가 쓰러진 널 보고 연락해 왔다."

"하아."

윤재는 이마에 손을 대었다 머리를 한 번 쓸어 올렸다. 며칠 동안 잠을 거의 자지 못한 데다 진한 술을 여러 잔 마신 것이 문제였던 모양이다.

"의사가 과로니 쉬어야 한다고 했다. 그 말대로 며칠만 푹 쉬어라."

지훈은 윤재가 병원으로 실려 왔단 말을 듣고 급히 윤재의 병실을 찾았다. 진주를 찾아다니는 윤재의 모습은 안타까웠으나 여태껏 지훈도 그저 바라볼 뿐이었다.

윤재의 마음을 모르는 건 아니었으나 지훈 역시 진주가 소리를 찾을 때까지 기다려 줘야 한다고 생각했다. 하지만 이렇게 윤재가 몸을 해치면서까지 찾아다닐 걸 몰랐기에 지훈은 잠든 윤재를 지켜보는 동안 애순에게 전화를 해 윤재의 사정을 알렸다.

"출근해야 합니다."

윤재의 대답이 탐탁지 않아 지훈은 노여운 표정을 지으며 말했다.

"감독이란 놈이 몸 관리를 못 해 병이 생겼지 않니? 하루만 살다 죽을 게야?"

"아내가 사라졌는데 누워 있는 남편이 어딨습니까?"

지훈도 덩달아 한숨을 푹 내쉬었다.

"자."

지훈이 윤재 앞으로 메모지를 하나 내밀었다.

"뭡니까?"

"애순이에게 진주를 찾았다는 연락이 왔다."

윤재가 눈을 키우더니 놀라서 벌떡 일어나 앉았다.

"진짜 진주가 있는 곳이란 말입니까?"

"마침 애순이도 제자를 보내서 얼마 전에 진주 있는 곳을 찾았다고 하더라."

윤재는 손가락을 미세하게 떨며 메모지를 펼쳤다.

전라도 보성 득음정

"진주는 어떻습니까? 몸은요? 소리는요?"

"조금 전에 전화해 묵는 곳만 전해 받았다. 다만 소리는 아직이라고……."

윤재의 표정이 굳더니 팔에 꽂힌 링거 주사를 뽑고 환자복 상의 단추를 급하게 풀기 시작했다.

"뭐 하는 짓이야?"

"당장 가야죠."

"후우."

지훈의 한숨 소리가 길게 들려왔다.

"윤재야, 네 몰골이 지금 어떤 줄 아니? 지금 진주가 널 보면, 보고도 놀라 다시 돌아갈 행색이다. 진주 있는 곳은 이제 알게 됐으니 오늘은 밥도 먹고 몸 챙겨서 내려가렴. 그래야 혹시 얼굴을 봐도 진주가 네 걱정까진 안 하지."

윤재는 목덜미를 문질렀다. 지훈의 말대로 쉬면서 잘 먹고 괜찮은 모습으로 진주에게 가야겠다고 생각했다. 그럼 하루만 더 기다리자. 윤재는 다시 눈을 감았다.

그 시각, 선선한 밤바람이 불고 풀벌레 소리가 찌르르 들려오는 어느 산 중턱의 고즈넉한 집 마당. 그 한가운데 놓인 네모난 나무 평상 끝에 앉아 커다란 보름달을 한참이나 우러르는 이가 있었다.

'이제 봄이네.'

달빛 아래 유난히 새하얀 얼굴을 한 진주는 꿈을 꾸듯 입술을 열었다. 오른 손바닥이 아파 왼 손가락으로 손바닥을 꾹꾹 눌렀다. 혼자 북을 치며 소리 연습을 하니 그동안 북채가 몇 개나 부러졌고 북채를 잡은 손에 굳은살이 올라 욱신거렸다.

보고지고 보고지고

진주는 춘향가를 나직이 불렀다.

오늘따라 달빛이 크고 밝았기에 그리움도 더욱 커졌다.

한양 낭군이 보고지고

'미안해요.'

춘향가 한 대목이 마디마다 진주의 마음이 된 듯 가슴을 날카롭게 쥐어뜯었다.

"윤재 씨……."

그의 이름을 자그맣게 불러 봤다.

6개월이면 돌아오리라 기대했던 목은 아직 완전히 돌아오지 못했다. 모진 마음을 먹고 고통을 참으며 쉬지도 않고 수련하고 또 수련했건만 목을 온전히 찾는 건 무리였다.

장차 이 일을 어쩔거나.

진주는 그동안 거처를 두 번 옮겼다.

처음엔 만수의 도움을 받아 어느 소리꾼이 소리 수련을 하기 위해 지은 작은 집을 빌려 산을 오가며 연습을 했다. 만수의 말처럼 몇 달이 지나니 극심한 고통 후엔 어느 정도 목이 진정되고 소리도 나오기 시작했다.

하지만 진주에겐 그때부터가 다시 시작이었다. 예전의 목 상태로 돌리기 위한 수련은 부상으로 망가진 근육을 되돌려야 하는 운동선수의 피땀과 다를 바 없었다. 진주는 상처 나고 변형된 성대 근육을 온전히 소리로만 단단히 만드는 과정을 감수해야 했다.

소리는 고통을 뚫고 다시 나오기 시작했지만 6개월 동안 수련을 마치기는 무리였는지, 음의 높낮이나 시김새 등의 기교는 빨리 되돌아오지 않았다.

그러다 날씨가 많이 추워진 탓에 따뜻한 곳을 찾아 남쪽으로 거처를 옮겼다.

그리고 오늘 아침, 강아가 결국 진주를 찾아왔다. 강아는 진주와 그동안의 회포를 풀고 애순에게 연락해 진주의 상태를 알리더니 당분간 진주와 같이 있겠다며 짐을 가지러 다시 집으로 갔다.

강아 덕분에 그동안 묻어 두었던 창극단 이야기와 윤재의 소식을 듣게 된 진주는 애써 숨겨 둔 그리운 마음을 오늘 밤엔 차마 누를 수 없었다.

진주는 파리에서 윤재에게 받아 줄곧 걸고 있던 목걸이를 만지작거렸다.

그를 떠나오며 가져온 것은 그 목걸이와 잘 말려 둔 세 잎 클로버와 네 잎 클로버.

진주는 힘듦을 참고 참다 가끔 꺼내 보며 마음을 달래곤 했었다.

"보고 싶어."

참으려 해도 그가 그리웠다. 연습에 들어가 소리에 몰두해 있을 땐 그나마 나았다.

하루의 고단함을 마무리하고 잠자리에 들기 전에 그의 생각이 걷잡을 수 없이 커지면 소리도 소용없었다. 오히려 귓가에 맴도는 노랫말들이 그녀를 아프게 했다.

"흐윽."

울지 않으려 해도 이런 밤엔 가끔 눈물이 저도 모르게 볼을 타고 흘러내렸다. 그리움인지 서러움인지 모를 눈물이었으나 이윤재가 사무치게 그리운 마음은 쉬이 그치질 않았다.

다음 날 아직 해가 뜨지 않은 캄캄한 새벽, 진주는 산길을 걸었다. 아침이 시작되려는 냄새를 맡으며 길을 걷고 노래하는 것은 어느덧 습관을 넘어 일상이 되었다.

목이 아픈 후 단련을 겸해 하루도 빠짐없이 걸어 다니며 노래를 한 탓에 호흡이 이전보다 더 길어진 것도 사실이었다.

"하아, 하아."

세상을 깨우는 역동적인 시간에 거친 호흡을 내뱉으며 노래를 하다 보면 진주는 자신이 자연과 하나인 듯 느껴져 좋았다. 아침의 진한 이슬과 풀 내음은 싱그럽고 깨끗했다.

숙소에서 득음정에 이르는 길은 약 10킬로 거리였다. 잊을 리 없지만 잊고 싶지 않은 소리를 반복해 부르며 그 노랫말 사이사이에 들어찬 음들과 시김새들, 감정을 잊지 않기 위해 진주는 부단히도 입을 움직였다.

사각사각.

풀을 밟는 소리만 들리던 길은 어느덧 빛을 내주기 시작했다. 멀리서 산의 능선을 드러내며 여명이 떠오르고 있었다. 진주의 뒷모습은 대자연의 어머니처럼 위대해 보였다. 어두운 길을 걸어가며 노래를 뿌려 대니 세상은 점점 더 밝아 왔다.

서걱서걱.

멀리서 조심스럽게 뒤따르는 발소리가 있었다. 그러나 진주는 눈치채지 못했다.

진주는 차 밭으로 들어가 유선형의 사잇길을 걸었다. 산비탈의 능선을 따라 구부러진 차 밭 사이에서도 푸릇한 아침이 시작됐다. 바람이 부니 찻잎이 파도처럼 물결치고 새소리가 근원지를 알 수 없을 정도로 여기저기서 다양하게 들려왔다. 차 밭 옆으로는 키 큰 삼나무가 하늘을 가릴 듯 장엄하게 늘어서 있었다.

"흐으읍!"

그녀는 삼나무들 사이가 무대라도 되는 듯 길 가운데 서서 가슴을 펴고 심호흡을 했다. 다시 길을 걸으며 진주는 세상을 호령하듯 춘향가의 '어사출두'를 불렀다.

이몽룡이 나타나 춘향이를 구원해 주는 대목으로 빠르고 긴박한 노래였다. 손에 쥔 부채의 놀림도 그녀의 목소리와 같이 더 커졌다.

진주의 우레 같은 목소리가 웅장한 삼나무 사이를 가득 메우고 울려 갔다. 새들도 놀라 푸드덕 날아올랐다.

'하아. 다행이다.'

진주를 뒤따르던 발소리가 드디어 형체를 드러냈다. 그녀의 모습을 고요히 숨죽이며 바라보던 윤재였다. 그가 맞이했던 어느 일출보다도 감격적인 빛이 그의 앞에 어른대고 있었다.

진주의 목소리는 이전처럼 크진 않았으나 윤재의 귀에도 몰아쳐 꺾이고 떨리는 부분들이 제법 안정적으로 들렸다.

"진짜 배진주다."

진주는 뒤를 돌아보는 법이 없었다.

"하아."

윤재의 입속에서 신음 소리가 잇새로 터져 나왔다. 뱉어지는 숨소리마저 짙었다. 얼마나 참고 고대하던 순간이던가. 서늘한 전율이 윤재의 척추를 훑고 지나갔다. 그는 아득한 느낌에 어금니를 깨물었다.

기본 티셔츠에 청바지, 흰 운동화. 평범한 차림에도 단정한 옷맵시며 걸음걸이가 그렇게 보고팠던 진주의 뒷모습이 틀림없었다.

소리 장단에 맞춰 진주의 몸이 우아하게 움직였다. 윤재는 입술 끝에 미소를 걸었다.

곧 빠른 걸음으로 휘몰아치는 장단의 노랫소리가 윤재의 귓가에 닿기 시작했다. 숨이 찰 텐데 진주는 쉬지 않고 두 시간을 넘게 걸어가며 계속 노래를 이어갔다. 진주의 오른손에 잡은 부채가 '촤악' 하고 펼쳤다가 다시 '탁' 하고 접혔다.

온통 초록으로 둘러싸인 산길 옆으로 맑은 계곡물이 힘차게 소리 내며 흘렀다.

'이 물길 끝에 폭포가 있는 건가.'

자그만 다리를 하나 건너니 '득음정'이라 불리는 작은 정자가 보였다. 득음정은 절벽 위에 높이 솟아 있어 그곳에 올라앉으면 앞으로 폭포가 보였다.

진주는 득음정에 올라가 가방을 벗고는 허리를 펴고 양반다리를 하고 앉았다. 물을 한 번 더 마시더니 두리번거림도 없이 폭포를 보고 다시 노래를 시작했다.

윤재는 득음정 맞은편의 대나무 숲 뒤로 들어갔다. 커다란 바위에 걸터앉아 대나무 사이를 손가락으로 조금 벌려 보니 진주가 멀지 않은 거리에 있었다.

혼자만의 공연을 보고 있단 착각이 들었다.

단전에서 소리를 끄집어 올려 목으로 내뱉는 노래. 작은 소리로 부르고 있어 폭포 소리에 묻혔다 어느 부분에서는 도드라져 나오는 진주만의 소리. 정면으로 커다랗게 쏟아지는 폭포 앞에서 진주의 소리는 점점 선명해지고 물소리와 노래가 섞여 들려왔다.

한 송이 낙화에 서러워 마라

28

꽤 오랜 소리 연습이 될 것 같기에 윤재는 바위에 드러누워 하늘을 쳐다봤다. 새삼 여기저기서 삐져나와 시야에 드리워진 나뭇가지들 사이로 보이는 하늘이 맑고 높았다.

이런저런 상념에 잠겼던 윤재는 아주 작게 배 속에서 꼬르륵거리는 소리를 듣고 일어났다. 진주의 소리를 들으며 바위에 누운 지 벌써 몇 시간째. 시간은 정오가 되어 가고 있었다. 윤재는 진주도 배가 고프지 않을까 생각됐다.

'이 정도 연습량이면 많이 먹어야 하는데.'

문득 이 시골의 외진 곳에 기거하며 뭘 먹고 이렇게 강도 높은 연습을 소화하는지 걱정됐다. 진주는 육류를 썩 좋아하는 편이 아니기에 자신이 챙겨 주지 않으면 단백질이 턱없이 부족할 텐데. 진주의 모습을 다시 한번 보았다. 살이 전보다 더 빠진 것 같아 보여 더욱 염려됐다.

안 그래도 허리가 한 줌도 안 되는데.

윤재는 바위에 걸터앉아 누웠다 다시 일어나기를 반복했다. 윤재는 진주가 아직 목이 다 돌아오지 않은 상태에서 자신을 만나고 싶을지 확신이 서지 않았다. 소리는 찾은 듯했으나 이전처럼 완전한 고음역의 소리는 아니었다.

'얼굴을 가까이서 보고 싶은데 아는 척은 안 되겠지.'

그저 멀리서 진주의 안위만 확인할 생각이었으니 자신이 몰래 사라지는 것이 맞았다. 하지만 막상 진주를 눈앞에서 보니 더 가까이 가고 싶은 마음을 추스르기 힘들었다. 갑자기 조용해졌다. 물소리와 씨름하던 배진주의 '수궁가'가 들리지 않았다. 어느새 진주는 가방을 메고 부채를 들고 있었다.

'이제 내려가나 보네.'

진주는 올라온 길을 반대로 걸어 내려갔고 윤재는 물을 사이에 두고 반대편 오솔길로 멀찍이 따라 걸었다. 진주는 득음정에서 다 끝내지 못한 수궁가의 뒷부분을 이어 부르기 시작했다. 저 수궁가를 수천수만 번을 불렀을 게 뻔한데. 그녀는 지루하지도 않은지 늘 처음처럼 귀여운 입을 방긋이 열었다.

윤재는 선뜻 나서지 못하고 그녀의 뒷모습을 따르며 온갖 생각만을 흩뿌렸다.

'발이 이상해.'

진주는 불편함이 갑자기 통증으로 변하는 걸 느꼈다. 욱신거리는 발을 내디디는데 결국 발끝에 무언가 으드득 터지는 느낌이 났다. 그러곤 날카로운 통증이 발을 쿡 찔렀다. 진주는 걸음 속도를 조금 줄였다. 통증이 조금씩 커졌다. 무언가 축축한 느낌도 나기 시작했다.

"웃."

걸음을 멈췄다. 산길 내리막은 끝나고 차 밭이 보이는 지점이었다. 조금 절뚝거리던 진주는 길가에 놓인 낮은 돌 위에 쪼그려 앉아 신발을 벗었다.

"……!"

신발에서 발을 빼낸 진주의 하얀 양말에 붉은 피가 흥건하게 배어 나오고 있었다.

진주가 나직이 중얼거렸다.

"신발이 불편했나?"

진주는 제 발을 내려다보며 발가락을 꼼지락거려 보았다.

아앗. 엄지발가락 근처 어느 부분이 찢어져 피가 나고 있는 것 같았다. 진주는 두 볼을 볼록하게 만들고 벗은 운동화 내부를 눈높이로 올리고 들여다보더니 후, 한숨을 쉬고 운동화를 바닥에 내려놓았다. 가방엔 물 외엔 없으니 당장 양말을 벗고 상처 난 발을 처치할 방법은 없었다. 진주는 어쩔 수 없다는 듯 다시 피로 물든 발을 그 신발에 조심스레 욱여넣었다. 진주는 결국 그 신발을 신고 무릎을 펴고 일어났다.

"어쩔 수 없어. 아파도 좀 참으며 숙소까지 가야지 뭐."

천천히 조심하며 걸으면 되겠거니 하고 한 발을 내디뎠다.

'아아……!'

하지만 발에 힘을 주고 내딛기가 힘들었다. 발가락에 더 무리가 간 건지 뒤꿈치를 땅에 붙여 지지하려는 순간 목덜미가 저릿할 정도의 통증이 왔기 때문이다. 하지만 진주는 부채를 잡은 손에 힘을 주고 통증을 참으며 발을 다시 떼어 걸음을 걸으려 했다.

"앗!"

진주는 몸의 균형을 잃고 다음 발을 딛기도 전에 몸이 휘청거리고 말았다. 넘어지겠다는 생각을 하는 순간, 커다랗고 단단한 손이 뒤에서 그녀의 어깨와 팔을 잡아 주었다. 당연히 지나가던 사람이 잡아 준 것이라 진주는 생각했다.

"감사합니다. 발에 상처가……."

뒤돌아 인사를 하려는데 급하게 어디선가 뛰어왔는지 숨을 고르는 소리가 진주의 귓가에 크게 둥둥 울렸다. 그런데 이상했다. 이건……. 그녀가 좋아하는 향기가 코끝에 맴돌았다. 아니야. 믿을 수 없어. 하지만 이건 윤재 씨의 향이 분명한데.

익숙한 윤재의 향이 뜨끈한 햇살과 섞여 진주를 에워쌌다.

"……!"

그녀는 고개를 저었다. 하지만 이 향기 이 느낌. 등과 팔로 전해지는 마르고 커다란 그의 단단한 손과 몸이 느껴지자 진주는 그라는 걸 확신했다. 천천히 고갤 돌려 그를 올려다봤다. 이윤재가 맞았다. 얼굴을 확인한 진주의 눈은 더 커질 수 없을 만큼 커졌고 눈동자는 세차게 흔들렸다. 몸이 저절로 잘게 떨렸다. 너무나 놀랐기에 발이 아팠던 감각조차 느껴지지 않았다.

"……윤재 씨?"

고갤 돌려 그를 보니 떠오르는 해를 등지고 선 그의 얼굴엔 그림자가 드리웠으나 진주를 내려다보며 애써 입술은 웃고 있었다. 그러나 표시 나게 입술 끝이 떨리고 있었다. 여전히 숨을 고르는 윤재의 눈동자는 진주의 얼굴 여기저기를 어지럽게 헤맸다.

"하아."

가까이서 보는 진주의 볼에 홍조가 어렸기에 윤재는 그녀가 여전히 미치도록 예쁘고 사랑스럽다고 생각했다. 커다란 그녀의 눈이 오롯이 자신만을 향하자 윤재는 길고 긴 잠에서 이제 막 깨어난 듯 몽롱함에 휩싸였다. 그동안 진주를 찾던 절박했던 시간이 순식간에 증발한 듯 여겨졌다.

"내 이름 안 잊었네. 배진주."

아픈 진주를 어떻게 가만히 보고만 있으라고. 그것도 내 여자가 눈앞에서 피가 나도록 아픈데. 어쩌면 진주는 이윤재를 자신보다 더 잘 알았기에 제 앞에서 사라졌을지도 모른단 생각이 설핏 들었다.

만약 진주가 떠나지 않고 같이 있으며 상한 목을 치료할 생각을 했다면, 과연 그는 고통스러워 우는 진주를 곁에서 지켜보고 가만히 있을 수 있었을까. 진주의 작은 상처 하나에도 이렇게 괴롭고 못 견디겠는데.

"안녕."

'잘, 있었어?' 윤재는 미처 뒷말을 잇지 못하고 목소리가 갈라졌다. 그는 그동안 진주를 만나면 하려 했던 말들을 그래서 삼켰다.

"하아아."

커다란 진주의 숨소리도 공중으로 퍼졌다. 여전히 그가 진짜 이윤재라는 것이 믿어지지 않았다. 그 사람일 리가 없는데. 여기에 어떻게……! 자신을 부르는 소리는 진짜 그의 목소리가 맞는데, 이건 현실일 수 없는데…… 지금 꿈을 꾸고 있는 걸까?

"어떻게? 여길?"

여섯 달 만이었다. 그의 얼굴을 이렇게 가까이서 바라보는 것은.

며칠 전 득음정으로 찾아왔던 강아에게 진주는 윤재의 소식을 조심스레 물었고 강아의 답은 길지 않았다.

— 감독님은 배진주 걱정하고 그리워하며 너만 기다리시지, 말해 뭐해.

그의 붉어진 눈 끝이 보였다. 선명하게 굵은 그의 눈매 아래가 촉촉하게 젖어 들고 있었다. 진주는 그 모습을 보며 애써 눈물을 참으려 마른침을 삼켰다.

"널 못 보니까……."

그저 바라만 보려 했으나 발병이 나 버린 작은 여자가 아픔에 뒤뚱거리는 모습과 노랫소리가 아려서 그저 서 있긴 불가능했다고 윤재는 마음으로 읊조렸다.

"죽을 것 같아서."

진주가 그의 얼굴을 가까이 들여다보니 시리도록 아름다운 그의 눈동자에 자신의 얼굴이 아릿하게 비쳐 흔들렸다.

"흐엇!"

갑자기 진주의 몸이 높이 떠올랐다. 그가 진주를 안고 걷기 시작했다. 순간적으로 안기는 바람에 진주의 얼굴과 어깨와 몸은 온통 그의 품에 담기고 말았다. 그에게 안긴 건 여러 번인데 왠지 모를 어색함에 손을 어찌해야 할지 몰라 방황하다 손끝이 그의 단단한 가슴에 닿았다.

　진주는 짐짓 놀라 손을 떼고 주먹을 쥐었다. 부끄러움에 고개를 숙이는 그녀의 모습과 목을 간지럽히는 그녀의 숨결에 천근만근이던 윤재의 마음이 한없이 가벼워졌고 심장의 움직임마저 살랑거렸다.

　"일단 발부터 한번 봐."

　조금 내려가니 적당한 높이의 넓적한 돌이 길가에 보였다. 그 위에 진주를 천천히 앉히고 무릎을 꿇고 앉은 윤재는 진주의 신발을 벗겨 발을 조심히 꺼냈다.

　단단한 윤재의 손이 세심하게 진주의 발목을 잡았다.

　"피가 생각보다 많이 나네."

　무언가 심통이 가득 찬 볼멘 목소리. 걱정이 가득한 말이지만 진주의 귀엔 '배우가 몸 관리를 못 하면 기본이 안 된 거야.' 하는 잔소리처럼 들렸다. 하지만 진주는 가슴 가득 햇살이 들어차 뜨거워지는 느낌에 아무래도 좋았다.

　'이윤재다.'

　이윤재가 눈앞에 있으니까.

　진주의 코끝에 남은 그의 체향은 사라지지 않고 맴돌다 짙어졌다. 그녀의 발을 보느라 숙인 그의 머리카락과 옷이 온통 그의 향기로 향긋했다.

　진주는 그의 머리카락에 가만히 한 번 손을 올리더니 그의 흘러내린 앞 머리카락을 쓰다듬어 올려 주었다. 그것이 자극이 된 건지 윤재가 곤란한 표정을 하고 진주를 올려다보았다.

"아픈 여자를 덮치라고?"

"네에?"

윤재는 능청스럽게 '키스 정도야 못 할 것도 없지.' 하는 표정을 지었다. 그러다 진주가 난색을 표하자 그는 곧바로 '농담이야.' 하는 아이 같은 얼굴로 바꾸었다.

진주는 그의 장난스러운 말과 표정에 잠시 당황했으나 가슴속이 뻐근하다 뜨거워짐을 느꼈다. 그답다는 생각이 들어 진주는 살포시 웃었다.

"아프겠다."

잠시 진주와 뜨겁게 부딪혔던 윤재의 시선은 다시 진주의 발로 떨구어졌다. 그는 한숨과 안타까움이 섞여 어쩌지 못하는 음성으로 진주의 상처를 조심스레 매만졌다. 진주가 아플까 겁내 하며.

"조금만 참아 봐."

윤재는 양말을 살살 뒤집으며 조심해 벗겨 냈다. 피로 얼룩져 엉망이 된 새하얀 발이 드러났다. 하얗고 작은 진주의 발 바깥쪽 여린 피부가 운동화에 마찰이 되었는지 피부가 벗겨지고 피가 나고 있었다. 그는 주머니에서 평소 들고 다니는 손수건을 꺼내 그녀의 발을 붕대처럼 둘러 묶었다.

"숙소에 가서 소독하고 약 발라야겠어."

언뜻 스친 그의 눈동자가 할 말이 있는 듯 깊었으나 진주는 말이 없었다. 그는 아무 말이 없는 진주를 흘깃 보았다.

"나 보고 싶지 않았지?"

그의 음성이 떨리는 것 같았다. 진주의 눈가가 뜨거워졌다. '지잉' 하는 소리가 심장에서 울리는 것 같다고 진주는 생각했다.

설마. 어떻게 이윤재를 보고 싶어 하지 않을 수 있을까. 눈이 무르도록 보고 싶고 그리웠는데.

"보고 싶었어요."

그가 웃었다. 몇 초간 말이 없더니 다시 말을 이었다.

"배진주가 그렇게 말해 주니 이젠 마음이 놓이네. 날 보자마자 아직 소리 수련도 다 안 했는데 방해하지 말라며 쫓아내면 어쩌나 걱정했어."

진주의 눈이 놀라 동그랗게 커졌다.

"설마요."

그녀는 윤재에게서 눈을 떼지 않았다. 그의 머리카락과 이마, 눈과 코와 입. 아무리 봐도 질리지 않는 얼굴을 보는데 또 명치 안이 저릿저릿 아팠다. 자신이 그에게 마음고생을 시켰을 거란 걸 알기에 진주는 미안했다.

'윤재 씨 살이 좀 빠졌어.'

불안했던 건 진주도 마찬가지였다. 그와 단절되어 지낸 긴 시간 동안 내가 싫어진 건 아닐까 걱정했었다. 갑자기 사라진 자신을 원망하고 미워하진 않을까 하고. 같이 준비해 독공에 들어가겠단 그와의 약속을 지키지 못한 것도 내내 마음에 걸렸다.

"미안해요."

"뭐가?"

아무렇지 않단 듯 윤재는 가볍게 대답했다. 진주는 아마도 그가 자신의 미안함을 알았을 거라 생각했다. 이유는 알 수 없었다.

진주의 눈빛이 윤재를 보며 낮게 가라앉았다. 두 사람의 시선이 온갖 감정과 내뱉지 못하는 말들을 담고 한 번 더 아릿하게 엉켰다. 누구의 것인지 알 수 없을 정도로 어딘가에서 쿵쿵쿵 요란하게 뛰는 심장 소리가 들려왔다.

윤재의 눈동자도 덩달아 짙게 내려앉았다. 그는 자신을 올려 보는 진주의 맑은 얼굴에 한여름의 모래밭처럼 얼굴이 뜨거워졌다.

참는 건 불가능했다.

윤재는 고개를 기울여 진주의 붉고 도톰한 입술을 찾아 꾸욱 도장을 찍듯 눌렀다.

맞붙은 진주의 입술이 파르르 떨었다. 아주 작게 열린 입술 사이로 단내가 진동하는 숨이 흘러나왔다. 얼굴을 애써 떼니 진주의 붉은 볼이 또 왜 그렇게 예쁜지.

윤재는 그녀의 상기된 뺨을 애틋하게 한 번 쓸어내렸다. 윤재의 눈빛이 진하게 일렁거리는 것을 보며 진주의 마음도 왠지 스며들 듯 가라앉았다. 그 순간 진주의 눈빛이 윤재에게 왜 간절하게 보였는지 모를 일이었다.

"그거론 안 되겠다."

그 짧은 한 번의 입맞춤으론 턱없이 모자라. 엄지손가락으로 진주의 입꼬리를 살짝 누르자 입술이 여리게 벌어졌다. 그 사이로 뜨거운 숨이 터져 나왔으나 윤재는 진주의 것은 호흡 하나도 흘리기 싫다는 듯 자신의 입술을 붙여 진주의 밭은 숨을 온전히 삼켰다.

진주가 윤재의 팔을 잡았다. 윤재는 손을 올려 그녀의 목을 받쳤다. 윤재가 더욱 그녀에게 몸을 붙이자, 진주의 고개와 몸이 밀렸다. 윤재는 진주의 등을 잡아 주고 자신에게로 당겼다.

진주는 눈을 감았다. 진주의 손이 윤재를 잡은 채로 그의 팔 위에서 꼼지락거렸다. 그는 고개를 조금 더 기울였다.

이번엔 진주의 윗입술을 머금었다. 사탕을 싫어하는 그이지만 진주의 입술은 분명히 그 어떤 사탕보다 달콤할 거란 생각이 들었다.

그렇게 윤재는 천천히 애틋하고 부드럽게 진주와 재회의 기쁨을 이어 갔다.

하지만 멈춰야 했다. 너무 예쁜 진주를 주체할 수 없어 시작한 가벼운 입맞춤이었으나 그녀의 아픈 발이 떠올랐기에. 끝도 없이 해도 모자랄 게 뻔한 아쉬운 입맞춤을 마무리하듯 윤재는 그녀의 이마에 입술을 부딪쳤다.

"가자."

그는 다시 진주를 안아 들고 손가락 끝에 진주의 운동화를 걸었다.

윤재는 빠른 걸음으로 오던 길을 내려갔다. 울퉁불퉁한 산길이 가팔라지자 진주를 안은 두 팔에 힘을 더 주어 진주를 꽉 붙들어 안았다. 진주는 이 상태로 안겨서 숙소까지 가는 건 너무한다 생각했는지 내려 달라며 몸을 파닥거렸다.

"좀 잡아 주면 걸어갈 수 있어요. 숙소까지 너무 멀어요. 내려 주세요."

"이 운동화를 신고 숙소까지 걸어가는 건 무리야."

몇 번 고집을 부렸으나 소용없다고 생각했는지 진주가 체념하듯 한숨을 쉬었다. 윤재의 발걸음은 더욱 빨라졌다.

그는 진주를 물끄러미 내려다보며 생각했다.

나와 배진주의 사랑은 이상하게도 불꽃이 아니라 재와 닮았다고. 너와 내가 부딪힐 때마다 마찰이 되어 불꽃이 일면, 같이 타올랐다 사그라들며 서로 형체도 없이 녹아 처음의 모양은 사라지고 없는 재.

하지만 윤재는 진주와 함께라면 자신이 재가 되어도 좋겠다고 생각했다.

그 재 아래에 숨겨 둔 뜨거움에 바람이 스쳐 반짝 불꽃이 일면 난 또 너를 깨워 불꽃이 될 테니. 윤재는 그녀와 함께라면 무엇이든 아름다우리라 생각했다. 그렇게 항상, 빈틈없이 진주를 생각하고 이렇게 안아 주고 싶었다.

숨을 들이쉰 진주는 그의 품에 안긴 채 소리 길을 따라 내려갔다. 봄 햇살이 세상을 눈부시게 밝히고 있었다. 그의 보폭에 맞춰 진주의 몸이 흔들리고 덩달아 그녀의 세상도 같이 흔들렸다. 늘 걸었던 길인데 그에게 안긴 채 걸어가는 길은 너무 달랐다. 그 안온한 느낌이 좋아 진주는 그의 품에 고개를 묻었다.

"어떻게 여길 왔어요?"

한참 말없이 내려가다 진주가 먼저 그에게 물었다.

"스승님께 주소를 받았어."

진주가 고개를 끄덕였다.

"어제는 네가 묵는 게스트 하우스 부근의 펜션에서 잤어."

주고받는 말에 차 밭을 스치는 바람이 섞였다. 코끝으로 실려 온 차향이 달콤하게 느껴졌다. 침을 조심스레 넘기는 진주, 숨을 오르락내리락 크게 쉬는 진주가 윤재의 가슴에 다 느껴졌다. 그 느낌이 참 좋았다.

"윤재 씨, 정말 괜찮아요?"

"……."

그녀의 손가락 두어 개가 꼬물거렸다.

"괜찮아."

윤재는 진주를 안고 게스트 하우스 '만정'의 대문을 열었다. 잠시 나갔다 짐을 가지고 다시 돌아온 강아와 윤재의 눈이 마주쳤다.

"감독님이 진주를 왜 안고 들어오세요? 어디 다쳤어요?"

"발에 피가 나서."

"피요?"

놀란 강아의 시선이 손수건으로 두른 진주의 발을 보았다.

"야, 배진주!"

윤재는 마당에 놓인 나무 평상에 진주를 내렸다. 강아는 진주의 발을 내려 보더니 윤재가 손수건으로 감싸 둔 걸 벗겨 냈다. 이미 한 번 본 발 상태임에도 상처를 본 윤재의 얼굴이 찌그러졌다.

"발이 퉁퉁 부어서 많이 까졌어."

"목도 아픈데 왜 이렇게 발이 터지도록 걸어? 그 먼 길을 날마다 노래하면서 왔다 갔다 했지?"

걱정된 강아가 툴툴거리며 작은 목소리로 진주에게 말했다. 윤재가 없었으면 큰소리로 호들갑을 떨 강아였지만, 조용히 윤재의 눈치를 보며 구시렁거리며 잔소리를 하는 모습에 진주는 웃음이 나왔다.

"발이 이렇게 됐는지 진짜 몰랐어. 오늘 새벽까지도 괜찮았는데."

윤재는 여전히 상처에서 눈을 떼지 못했다.

"병원 갈까?"

"네? 병원 갈 정도는 아니에요."

피를 씻어 내고 약을 바르면 아물 상처였다. 윤재도 시골의 작은 병원을 찾아다니느라 고생하는 것보다 상처를 잘 관리하면 될 것처럼 보였다.

"상비약은 어디 있어?"

진주는 약상자가 어딨는지 묻는 윤재와 시선이 마주치자 고개를 저었다. 윤재의 입이 조금 벌어졌다. 참,하는 소리가 조그 맣게 나왔다 들어갔다. 이런 곳에서 혼자 지내며 상비약 하나 없는 진주를 보고 무언가 마음에 안 든다는 표정이었다.

"잠시만. 약국에 가서 약 사 올 테니 조금만 기다려."

윤재는 바람같이 사라졌다. 그렇게 방 안에 두 사람만 남자 강아가 진주의 눈치를 보며 조심스레 말했다.

"내가 말한 거 아니야."

강아는 진주가 자신이 있는 곳을 윤재에게 알리고 싶지 않 았던 걸 알았기에 진주의 입장이 난처할까 걱정했다.

"스승님이 감독님께 연락한 걸 거야."

"괜찮아. 네가 찾아왔을 때 이런 날이 올 거라 생각했어. 내 목이 다 안 돌아왔으니 그게 마음에 걸리지."

진주는 스승님에게도 윤재에게도 미안했다. 6개월이 지났지 만 완전하게 돌아오지 못한 자신의 목 때문에.

"그나저나 도대체 어디로 갔던 거야?"

강아는 좀 전에 짧게 인사하느라 진주에게 미처 묻지 못한 말을 묻기 시작했다.

"내 목을 봐주신 스님께서 지리산에 비워 둔 곳이 있어서 당분간 있으라 하시더라. 거기서 지내면서 얼마간 목도 풀고 조용히 쉬었어. 많이 찾았어?"

"그걸 말이라고? 나보다도 감독님이 많이 찾으셨어."

강아는 진주의 눈을 보며 차마 감독님이 널 찾고 찾다가 쓰 러져 스승님이 주소를 알려 줬단 얘기까진 꺼낼 수 없어 진주의 눈만 바라보며 웃어 주었다.

"그렇지만 이렇게 건강하게 잘 있으니 그것으로 됐어. 목은 연습하면 돌아올 거잖아?"

"그런데 강아야."

"응?"

"진수 오빠랑은 어떻게 되었어?"

대뜸 진수 얘기를 묻는 진주의 말에 강아는 눈을 껌벅거리다 아래로 내리깔았다.

"그게…… 헤어졌어."

"뭐어?"

뜻밖의 말에 진주는 많이 놀랐는지 손으로 벌어진 입을 막았다.

"그 얘긴, 지금 말하려면 너무 길어. 그건 나중에."

강아는 이 상황에 할 얘기가 아니라 생각했는지 말을 황급히 돌렸다.

"감독님은 왜 이렇게 안 오시지?"

시계를 보니 윤재가 나간 지 30분도 더 지나고 있었다.

"약국을 못 찾으셨나?"

진주도 강아가 진수에 대한 말을 먼저 할 때까지 기다려 줘야겠단 생각이 들었다. 잠시 고요가 흐르는데 문을 열고 헐레벌떡 윤재가 들어왔다.

"많이 기다렸지? 이제 치료하자."

윤재는 평상에 커다란 종이 가방을 내려놓고는 그 안을 뒤

44

적거려 상비약 기본 키트가 든 플라스틱 상자를 먼저 꺼냈다. 그리고 상처 연고와 소독약, 드레싱 밴드도 꺼냈다.

진주는 약 봉투 안을 보며 갸웃거렸다.

"설사약, 소화제 같은 건 뭐 하러 사 오셨어요?"

"모두 비상약이야. 방 안에 두고 긴급할 때 쓸 약들 다 사 왔어."

약국을 죄다 털어 온 모양이라고 강아가 진주를 보며 눈을 찡긋거리며 웃었다.

윤재가 평상에 앉아 진주의 발을 잡고 연고를 바르려고 하자 진주는 자신과 윤재의 모습을 뚫어져라 쳐다보는 강아의 시선이 의식되어 부끄러웠다.

"제, 제가 바를게요."

진주는 윤재가 챙겨 든 면봉을 빼앗으려 했다.

"내가 바를게. 조심해서 할 테니 아프면 말해."

윤재는 면봉에 연고를 덜어 상처 난 발에 바르고 그 위에 밴드를 꼼꼼하게 붙였다.

"고마워요."

둘의 모습이 다정해 보여 강아는 자리를 피해 줘야겠다 싶었다.

"진주야, 새 양말 갖다 줄게."

"으응. 알았어."

강아는 방으로 후다닥 뛰어 들어갔다. 윤재를 만나니 다시 그와 한집에서 부부로 다정하게 지내던 지난날이 떠올라 진주의 눈동자가 한없이 깊어졌다.

"윤재 씨."

"응?"

바라보는 그의 눈빛이 너무나 따뜻해서 마음이 아팠다.

"아직 목이 다 돌아오지 않아서…… 집으로 못 돌아가요."

진주는 미안한 표정을 지었다.

이 상태론 아직 공연은커녕 창극단 복귀도 무리였다. 사람들을 만나야 할 테고 온전히 수련을 이어 가지 못하면 그나마 돌아온 목도 어찌 될지 알 수 없었다.

"데려가려고, 온 거 아닌데."

"……."

"얼굴 한번 보고 잘 있나 확인하고 싶어서. 멀리서 보고 돌아가려 했는데 배진주 발이 엉망이라 그건, 못 참았어. 그러니까……."

"계십니까?"

그 순간 윤재의 말이 끊어지고 누군가 대문을 열고 들어왔다. 진주가 고개를 돌리더니 놀라며 인사했다.

"강마루 선생님……?"

크게 인사하며 갑자기 나타난 마루는 손에 무언가를 들고 있었다. 그는 평상에 앉아 자신을 보고 놀라는 진주를 발견하고 웃으며 진주에게 다가왔다.

"배진주 씨, 안녕하세요?"

'선생님'이라는 호칭과 더불어 이 외진 곳에서 진주를 찾아오는 남자가 있단 것에 속으로 놀란 윤재는 진주에게 조용히 귓속말로 물었다.

"누구?"

"제가 다니는 병원의 이비인후과 담당 선생님이세요."

"아."

윤재는 진주가 병원에 다니며 이비인후과 치료를 병행하고 있는 줄 몰랐지만 다행이란 생각에 고개를 끄덕였다.

"진주야, 양말……!"

그때 강아도 양말을 가지고 마당으로 나오다 마루를 보게 됐다.

윤재가 마루에게 인사하려고 자리에서 일어났지만 웃는 얼굴로 진주만 쳐다보던 마루는 벤치에 놓인 약통과 진주의 발을 보더니 놀란 눈을 하고 흥분한 어투로 진주에게 물었다.

"발을 다쳤어요? 어쩌다가……."

걱정스러운 얼굴로 다가오는 마루를 보던 윤재는 인상을 썼다. 진주의 담당 의사라기에 인사하고 진주의 상태에 관한 얘길 들어보면 되겠다 싶었는데, 진주의 발에 지나친 관심을 보이는 행동이 마음에 들지 않았다.

"안녕하십니까?"

윤재는 마루가 진주의 발에 얼굴을 더 가져다 대기 전에 몸을 틀어 일어나 정중히 인사했다. 그제야 마루는 진주 옆에 나란히 붙어 앉아 있던 윤재를 본 모양인지 멈칫하며 자세를 고쳤다.

"안녕하세요. 강마루라고 합니다. 저는……."

"진주의 이비인후과 담당 의사라고 들었습니다. 사정이 있어 늦게 인사하게 됐네요. 저는 진주 남편 이윤재라고 합니다."

윤재가 악수하려 손을 내밀자 윤재의 말을 듣고 눈이 커진 마루가 윤재의 손을 반갑게 덥석 잡았다.

"아. 이윤재 감독님이시군요. 성함은 알고 있었는데 얼굴은 잘 몰라서. 처음 뵙겠습니다."

그는 넙죽 윤재에게 인사했다. 자신의 이름을 알고 있다는 말에 윤재는 뭔가 싶었다.

"안녕하세요. 저는 진주 친구 이강아입니다."

강아와 마루도 서로 인사를 했다. 남편이 같이 있는 자리에서 자신이 너무 무례했다고 생각했는지 마루는 어색하게 웃는 얼굴로 뒤통수를 긁적거리며 말했다.

"진주 씨가 발을 다친 것 같아서요. 제가 의사다 보니 무의식적으로 상처부터 보고, 윤재 씨와 강아 씨도 계시는데 인사도 없이 무례했던 것 같습니다."

"아닙니다."

이렇게 단번에 생글거리는 얼굴로 무례했다고 사과하니 윤재가 오히려 머쓱했다. 이상한 사람은 아닌 것 같았다.

"제가 다 좋은데, 한 번에 한 가지만 할 수 있는 성격적 결함이 있어서요. 어떤 분들은 상황을 무시한다고 종종 오해하세요. 대신 그 성격 결함 덕분에 의사로서 상처는 집중해서 잘 보는 편이니 너그럽게 이해해 주십시오. 하하."

윤재의 눈에 마루는 솔직하고 털털해 보였다.

"그런데 선생님께서 여긴 무슨 일로 오셨어요?"

"아, 이것 때문에요."

진주의 물음에 마루는 환하게 웃으며 손에 들고 온 약상자를 들어 올려 진주에게 보여 주었다.

"처음 진료받으러 오셨을 때, 저희 아버지께서 진주 씨 팬이자 소리꾼들 목을 잘 보시는 한의사라고 말씀드렸죠? 배진주 씨께서 제 환자가 된 걸 아버지께서 아시고, 한약을 지어서 선물로 보내셨어요."

강마루가 있는 병원을 소개한 건 만수였다. 그의 아버지는 만수와 친분이 있었다. 마루는 그런 아버지의 영향을 받아 이비인후과 의사가 되었는데 소리꾼들의 목이나 판소리에 관심이 많기도 했고 진주의 팬이기도 했다.

"한약이요?"

"마침 여기 부근을 지나가는 길에 이걸 가져다드리면서 목 상태를 한 번 더 여쭤보라고 아버지께서 부탁하셨어요."

"감사합니다."

"소리꾼들 목에 좋은 약이라고 당분간 빠지지 말고 매일 드시라고 하시네요."

마루는 진주가 앉아 있는 평상에 한약 상자를 놓았다. 그러고 돌아서려는데 강아가 마루에게 차를 마시고 가라며 권했고 진주와 윤재에게도 의견을 물었다.

윤재는 진주가 이비인후과 진료를 받고 있었다 하니 목 상
태를 들어보려고 따로 한번 찾아가야겠다고 생각했었기에 마
루의 얘기를 들어보는 것도 괜찮겠다 싶었다.
　　"선생님, 그러시죠. 마침 묻고 싶은 게 있습니다. 시간은 어
떠십니까?"
　　마루가 근무가 없는 날이라 괜찮다고 말하자 진주도 고개
를 끄덕였다.

Chapter 18

내가 더 열심히 너에게 갈게

방 안에 찻상을 마련해 둘러앉은 넷은 진지했다. 마루는 휴대폰을 꺼내어 진주의 성대 사진을 찻상 위에 놓고 확대해 보여 줬다.

"이 사진 보이시죠? 음……. 제가 소리 하시는 분들 성대 사진을 많이 봤거든요. 배진주 씨 성대 사진은 정말 최고로 아름다워요."

윤재가 미간을 구겼다. 진주의 성대 사진을 제 휴대폰에서 꺼내어 보여 주는 것도 이상한데 딴 남자 입에서 아름답다는 말을 듣는 건 기분이 좋지 않았다. 그게 이비인후과 의사가 성대를 보고 하는 말이라 해도.

"제가 소리꾼 목을 연구해서 박사 학위를 땄거든요. 처음 진료에서 배진주 씨에게 양해를 구하고 연구를 위해 성대 사진을 사용해도 된다는 허락을 받았습니다."

마루는 이런저런 설명을 덧붙였다. 그걸 듣고 보니 윤재와 강아는 이해가 됐다.

"진주 씨처럼 성대에 여러 개의 상처가 벚꽃 잎처럼 아름답게 아문 건 저도 처음 봅니다."

"여러 개의 상처요?"

윤재가 더욱 유심히 진주의 성대 사진을 보았다. 성대에 여러 개의 상처가 새겨져 있음을 알 수 있었다. 마루는 사진의 상처들을 손가락으로 가리켰다.

"여기 보이시죠? 이건 아주 어릴 적 성대가 다 자라기도 전에 생겼던 상처 자국입니다. 종일 노래를 하니 성대결절이 생겼다가 저절로 딱지가 앉은 겁니다. 여기와 여기도. 이번에 목소리가 아예 나오지 않은 이유는 결절이 아문 자리에 다시 더 큰 결절이 생긴 탓에 소리를 내지 못할 만큼 통증이 컸던 것 같습니다."

마루의 설명을 들으니 윤재의 마음이 아팠다. 예상은 했었는데 결절이 저렇게나 많은 상태로 계속 노래를 했다니.

"처음에 내원해 검사했을 때는 성대결절 수술을 권할 만큼 심각한 상황이었습니다."

'성대결절 수술?'

윤재의 눈 끝이 파르르 떨렸다. 그걸 보고 마루가 손을 흔들었다.

"일반인이라면 그렇단 말입니다."

윤재가 무슨 의미인가 싶어 눈을 가늘게 뜨고 의사를 보았다.

"진주 씨처럼 수십 년 이상 소리를 한 소리꾼들의 성대는 이미 보통의 성대가 아니라서 수술이 필요치 않아요. 신비한 일이죠."

"그러면?"

"이미 수도 없이 성대결절이 생길 때마다 상처가 굳은살이 되며 근육이 단련되어 있어요. 굳은살 부분이 정확히 들어맞으면서 진동해, 곱고 힘찬 고음이 나오게 되는 겁니다. 아마 만져 볼 수 있다면 성대가 딱딱할 겁니다."

윤재는 마루의 설명을 묵묵히 들었다.

몇 살 때부터였을까? 어린 시절부터 소리를 한 진주는 결절이 생겨 목이 아파도 쉬지 않고 소리를 계속해야 했을 거였다. 하루에도 열몇 시간이 넘게 쉬지 않고 소리를 하다 보니 목은 당연히 쉬어 갈라지고 찢어지듯 아팠겠지.

그는 소리꾼들의 삶을 존경했으나 진주가 진 고된 짐이 무척이나 마음 아팠다. 누구도, 남편인 자신도 나눠 질 수 없는 거였기에 더 그랬다. 그저 안타까운 표정을 참으려 주먹을 꼭 쥘 뿐.

"지금은 어떻습니까?"

"커다란 성대결절이 자연히 다시 굳은살로 변하고 있는 것으로 보입니다."

"아."

낫고 있다는 말에 윤재는 안심이 됐다. 진주 역시 숨을 깊이 들이쉬고 뱉었다.

"일주일에 한 번 정도 내원하셔서 정기 검사만 받으시는 중이신데요. 소리꾼들의 단련된 성대는 현대 의학을 초월하는 영역이라……. 제가 할 수 있는 처치는 거의 없습니다. 제가 오히려 진주 씨 덕분에 소리꾼 목 연구를 열심히 하는 중입니다."

이야기가 마무리되었기에 마루는 자리에서 일어났고 강아와 윤재는 대문 밖으로 나가 마루를 배웅했다. 진주는 발이 아파 걷기엔 아직 무리가 있었기에 방에서 인사를 했다.

"감독님, 저는 저녁 장을 좀 보고 올게요."

"제가 데려다줄 테니 같이 가요."

강아가 손을 흔들었다.

"아니요. 의사 선생님 설명 듣는데 진주 혼자서 얼마나 아팠을지 마음이 좀 안되어서요. 저녁에 맛있는 것 해서 먹이고 싶어요. 그러니 감독님이 진주와 같이 있어 주시면…… 좋겠어요."

강아는 진주를 잘 알았다. 그렇게 큰 결절이었으니 아팠을 텐데 그 모진 시간을 버티며 진주는 감독님이 가장 보고 싶었을 테고, 지금 진주의 상태를 안 감독님도 진주와 같이 있고 싶지 않을까 하고.

"그럼 전 다녀올게요. 진주에겐 그렇게 전해 주세요."

"네. 그럼 잘 다녀오세요."

윤재는 강아가 택시 타는 모습을 보고 진주의 방으로 들어갔다.

드르륵―.

진주는 앉아서 목을 음음, 하며 정돈하고 있었다.

"발이 그 모양이라 며칠은 득음정까지 가는 건 무리겠다."

진주도 많이 걷는 건 안 되겠다 싶어 고민 중이었다. 임시로 소리 연습할 가까운 다른 곳을 알아봐야겠다고 생각하던 참이었다.

"강아는요?"

"장 보러 갔어."

진주는 고개를 끄덕였다. 그를 올려다보지 않았지만, 방에 들어와 서 있는 남자는 너무나 커서 눈앞을 꽉 채우고 있었다.

'이윤재다.'

분명히 그인데 아직도 실감이 났다가 말곤 했다. 너무 오래 떨어져 있었기에 그런 걸까? 너무 많이 보고 싶었던 걸지도 몰랐다.

"할 말 있어."

윤재는 진주의 앞으로 와 앉아 그녀의 두 손을 쥐었다. 진주는 입술을 앙다물고 그가 하려는 말이 무엇인지 궁금하단 표정으로 그를 보았다.

"뭐예요?"

잠시 윤재의 시선이 진주의 얼굴을 훑었다. 다정하고 세심한 얼굴에 슬픔이 스쳤다.

"미안해."

그 말을 하며 윤재는 진주를 잡은 손에 작게 힘을 주었다.

'왜, 왜 갑자기 사과하는 걸까.'

진주의 심장이 징이라도 되는 듯 '저엉' 하고 울려 온몸이 진동했다. 그에게 잡힌 손끝에 저릿저릿 전율이 일었다.

"왜, 윤재 씨가…… 뭘 잘못했다고 사과를 해요. 잘못한 건 난데."

진주는 눈에 힘을 주고 아랫입술을 말아 넣고는 손아귀에 더 힘을 주었다. 울지 않으려 안간힘을 쓰는데도 목소리는 울먹거리고 있었다.

"진주야."

심장을 가르듯 그가 진주를 불렀다. 진주는 눈물로 흐려진 눈동자를 들어 그를 보았다. 그 역시 눈이 젖어 있었다.

"많이……."

윤재는 말을 잇기가 어려웠다. 마루의 설명을 들으며 진주가 얼마나 아프고 힘들었을지 느껴져 몸서리가 쳐졌다. 어떻게 그런 고통을 혼자, 그 여린 몸을 하고 버틸 생각을 한 걸까. 성대결절이 여러 개의 꽃잎 같다는 말에 정수리에 번개가 꽂히는 듯해 몸이 덜덜 떨렸었다. 가녀린 성대를 칼로 에는 듯한 고통일 텐데, 넌 아픔을 참고 상처를 굳은살로 만들며 발이 터지도록 산길을 오르고 또 올랐을 테지.

"많이 아팠지?"

"흐윽."

진주는 결국 소리 내어 울었다. 그런 진주를 윤재는 가만히 안고는 진주의 작은 등을 쓸어내렸다.

"아무것도 모르고 널 그 상태로 보냈어. 미안해."

진주는 그의 품 안에서 고개를 저었다.

"윤재 씨에게 말하지 못해 내내 미안했어요. 나 원망하고 미워했겠다…… 그렇게 생각했어요."

"그럴 리가. 처음엔 마음이 힘들었는데 나중엔 얼굴 한 번만 봤으면 소원이 없겠다, 그 생각만 났어. 오늘 배진주를 보고 이렇게 만났으니 난 소원을 이뤘네."

윤재는 진주의 얼굴을 보며 흘러내린 눈물을 손가락으로 닦아 냈다. 윤재의 얼굴에 미소가 가득했다. 윤재는 더는 아프지 말고 진주를 즐겁게 해 주고 싶었다.

"강아 씨가 맛있는 저녁 해 주겠다고 약속했어. 밥 든든히 먹고 오늘 저녁엔 나하고 데이트 갈까?"

"데이트요?"

"오다 보니 해변이 멋있던데. 아이스크림도 먹고. 어때?"

진주는 조금 고민했다. 저녁 연습도 해야 하는데.

"어차피 발 나을 동안은 다니면서 소리 연습은 못 하니까. 데이트하러 가자. 응?"

진주는 윤재를 보며 놀라 입술을 말아 넣었다. 얼굴을 바짝 당겨 졸라 대는 모습에 훅 뜨거운 바람이 가슴속에 들어찼다.

'윤재 씨가 애, 애교를 부리는 건가?'

"응?"

잘생긴 이윤재의 얼굴이 화사한 미소를 짓고 코앞까지 다가와 혼을 빼놓을 듯 매력적인 목소리로 '응? 응?' 묻고 있었다.

가슴속이 뜨거워졌기 때문일까? 몸 안의 모든 것들이 녹아 허물어지는 느낌이 났다.

"……."

"나 대답 기다리는데."

그의 재촉하는 음성이 폭포처럼 진주 얼굴로 쏟아졌다. 윤재가 곧 답을 하지 않으면 뚫기라도 할 듯 집요한 시선을 보냈기에 어찌할 줄 몰라하던 진주는 얼굴을 붉히고는 고개를 끄덕였다.

"좋아."

윤재는 진주의 머리를 쓰다듬으며 기분 좋은 미소를 지었다.

"그럼, 잠시만 기다려. 강아 씨 혼자 저녁 장 보고 그걸 들고 오려면 힘들 거야. 내가 데리러 다녀올게."

윤재가 일어나 윗옷을 챙기며 말했다. 진주는 여전히 넋 나간 얼굴을 하고 고개를 끄덕였다. 진주의 양 볼은 아직도 붉었기에 윤재는 그녀의 얼굴을 한 번 더 보고 씨익 웃으며 방을 나갔다.

서둘러 장을 봐 온 강아와 윤재는 평상 위에 상을 차렸다. 윤재는 숯과 집기들을 꺼내 마당에 놓인 바비큐 그릴에 불을 붙였다.

윤재는 집게를 들고 그릴 위에 고기를 올렸다. 강아가 굽겠다고 했으나 윤재는 자신이 생각보다 요리를 잘한다며 고기를 척척 불 위에 올려 굽기 시작했다.

고기가 노릇하게 숯불에 구워지는 동안 옆에 놓인 된장찌개도 보글거리며 끓기 시작했다.

"감독님, 고기 다 구워진 것 같은데 이제 앉으셔서 식사하세요."

그릴 위에는 쇠고기와 삼겹살, 버섯, 해산물 등이 지글거리며 연기와 같이 구워지고 있었다. 윤재는 다 구워진 고기를 접시에 올리고 불의 세기를 조절하고는 진주 옆에 앉았다.

윤재는 진주가 시원찮게 고기를 먹는 것 같기에 그릴 위에서 가장 잘 구워진 삼겹살과 쇠고기를 같이 집어 살코기 부위만 다시 발라냈다. 그리고 조용히 진주의 밥 위에 버섯 한 점과 같이 얹어 주었다.

"진주는 목에 자극이 가면 안 되니 기름은 먹지 말고 살코기만 먹어."

"네. 윤재 씨도 식사하세요."

"나도 많이 먹고 있어. 이거 귀한 약버섯이라고 하길래 사 왔어. 먹어 봐."

윤재는 진주를 빤히 쳐다보다 진주가 고기 얹은 밥을 입에 넣고 오물거리면 입술에 만족스러운 미소를 띠곤 자기 입에도 고기를 집어넣었다.

강아가 보는 데서 윤재가 고기를 올려 주니 진주는 민망했다. 강아가 어떻게 생각할지 몰라 괜히 귀까지 빨갛게 달아올랐다. 진주는 강아와 윤재 둘 다 자신이 밥 먹는 걸 구경하는 것 같은 느낌에 목구멍에 밥이 걸리는 것 같았다.

다시 만난 진주와 감독님이 다정해 보여서 좋은 강아는 둘의 모습을 흥미롭게 구경하며 쌈을 하나 더 싸서 입에 넣고는 윤재에게 물었다.

"감독님, 여쭤볼 거 있어요."

윤재가 강아에게로 고개를 돌렸다.

"명량대첩 여주인공 오디션에서요. 수아 선배가 왜 떨어졌어요? 주인공은커녕 다른 배역도 못 받았잖아요."

"……!"

옆에서 듣고 있던 진주는 수아란 이름이 나오자 놀랐다. 그동안 소리 외엔 신경을 끊고 있었기에 그의 공연이 어떻게 진행되고 누가 주연이었는지 진주는 알지 못했다.

"경성창극단 김지선 선배님이 여자 주인공이 되셨지."

'아.' 하며 진주도 고개를 끄덕였다.

"전쟁 중에 성안 강강술래 장면이 워낙 웅장한 장면이라 심사위원들의 만장일치로 김지선 님이 뽑혔어. 그분은 민요는 물론 판소리까지 하시니 '명량대첩'에 어울리는 여배우란 평가였고."

강아가 조심스레 말을 붙였다.

"네. 저도 들었어요. 출연하시는 선생님들이…… 거의 합숙하듯 연습하는 창극 판에서 수아 선배는 합을 맞추기 어려운 스타일이라 같이 안 하고 싶어 하는 분위기였다고."

"민수아 씨는 음악 스타일은 독특해서 좋지만 다른 단원들과 협업하는 일에는 어울리지 않아."

오디션에 관여하지 않은 그였지만 대규모의 협업인 창극에선 민수아가 어울리지 않는단 걸 윤재 역시 알고 있었다.

"감독님, 명량대첩 봤는데 정말 멋있었어요. 하이라이트에선 한국의 국악기들이 전부 나와서 깃발을 흔들며 전쟁에서 승리했다고 풍악을 울리는데, 와 정말…… 저절로 벌떡 일어나서 손뼉을 쳤다니까요."

대략적인 내용을 알 뿐 그의 무대를 직접 보지 못한 진주는 아쉬웠다. 후, 숨을 뱉어 내는 진주의 모습을 보던 윤재가 넌지시 진주의 한 손을 잡아 주었다.

둘은 잠시 손을 잡고 가만히 있었다. 자신의 무대 위에 진주를 세우고 싶었으나 그러지 못했던 아쉬움과 그의 무대의 주인공이 되고 싶었던 진주의 아쉬움이 공중에서 시선으로 잠시 엉켰다.

드르륵. 드르륵.

윤재의 전화벨이 연이어 울렸다. 화면을 바라본 그는 잠시 통화를 하고 오겠다며 대문을 열고 밖으로 나갔다. 진주가 강아를 쳐다보며 대뜸 물었다.

"이제 말해 봐."

"뭘?"

"진수 오빠와 왜 헤어졌어?"

지난번 진수의 고백을 듣고 고민하는 강아의 모습까지만 알고 있는 진주는 두 사람이 당연히 좋은 감정을 키우고 있거나 사귀고 있으리라 생각했기에, 그사이에 사귀었다 헤어졌다는 게 놀라웠다. 그간의 사정이 궁금했지만, 윤재가 있어 말을 꺼내지 못하고 있었다.

"처음부터 진수 오빠는 나랑 어울리는 사람이 아니었잖아."

강아의 목소리엔 힘이 없었다. 목에 무언가 걸린 듯 강아가 '큼큼'하며 헛기침을 몇 번 했다.

"그런 말이 어딨어? 진수 오빠가 너 얼마나 좋아하는데?"

강아는 또 한 번 크게 숨을 들이마시고 한숨을 내쉬었다.

"나도 사귀다 보니 진수 오빠가 더 좋아졌어. 말해 뭐 해? 다정하고 잘생기고 나만 죽어라 좋아해 주는 내가 바라던 남자를 만났는데."

"그런데?"

"깊은 사이까지 가고 싶다고도 생각했어. 하지만…… 아닌 건 아니잖아?"

입술을 꼬물거리다 말아 넣는 강아의 눈빛이 진주의 눈엔 슬퍼 보였다.

"그래서 진수 오빠는 요즘 어쩌고 있어?"

"진수 오빠? 오빠는 나름 월드 스타니 늘 바쁘잖아. 클래식 퓨전 국악팀 만들어서 소극장 국악 공연을 하고 있더라. 나도 영상으로 봤는데…… 그것도 멋있었어."

"……."

진주는 강아도 진수도 걱정됐다. 진주가 알기에 진수는 쭉 강아만 좋아했고 용기 내어 강아에게 고백한 게 틀림없었다. 올곧은 진수 성격상 결혼까지도 생각했을 텐데 둘이 헤어졌다면. 거기다 진수 주위에 이런 문제로 맘 털어놓을 사람은 강아와 자신밖에 없을 텐데, 자신마저 떨어져 있어 도움을 줄 수 없으니 진주는 내내 맘이 쓰였다.

강아가 더 말하고 싶어 하지 않았기에 진주도 진수 얘기는 더 하지 않았다. 대신 처음 득음정에서 만났을 땐 경황이 없어 하지 못한 긴 얘기를 주고받았다.

잠시 후 윤재가 돌아와 다시 자리에 앉았다. 그의 얼굴은 그리 밝지 못했다.

'명량대첩'은 두 달간의 서울 공연을 마치고 끝났으나 앙코르 공연 요청이 이어지고 있었기에 이후 추가 공연 스케줄 일정을 논의해야 했고 작품에 관한 감독 인터뷰 건도 몇 개 남아 있었다. 윤재는 진주에게 오기 전 병원에서 감독의 사인이 필요한 서류 몇 개를 확인한 후 실무진들에게 당분간 긴급회의 사항은 실시간 화상 회의나 메일로 달라고 요청한 후 내려온 것이었다.

하지만 해외에서 갑자기 친분 있는 감독들이 공연 논의차 서울로 방문하겠다고 연락이 왔기에 윤재가 그 손님을 맞으러 가야 할 상황이었다. 며칠 진주 곁에서 같이 지내려 했는데 내일 다시 서울로 올라가야 할 상황이 되어 윤재의 얼굴이 무거워졌다.

"강아 씨, 혹시 진주와 얼마나 같이 있을 수 있어요?"

그는 미안한 표정으로 강아를 보며 말했다.

"저요? 저는 원래 당분간 진주와 같이 지내려 짐 싸 들고 왔는데 감독님께서 여기 계실 거면 저는 서울 올라가도 될 거 같아요."

"그게 아니라, 내일 내가 일 때문에 서울로 가야 할 것 같아요. 강아 씨가 나 없는 며칠 정도 진주랑 같이 있어 줄래요?"

진주가 둘의 말을 듣더니 입술을 툭 내밀고 볼을 부풀리며 인상을 썼다.

"왜 이래요? 저 혼자 있어도 돼요. 여태껏 혼자 잘 있었는데 아이 대하듯 그러지 말아요."

윤재는 진주를 보며 다독거리는 말투로 말했다.

"잘 있을 거 알아. 하지만 발이 그 모양이라 며칠은 불편할 거 같아 신경 쓰여 그래. 강아 씨와 같이 있으면 진주도 덜 심심할 테고, 그래야 나도 안심이 돼."

"그래, 진주야. 나랑 같이 있자. 나도 아르바이트 마무리하고 내려와서 급한 일은 없거든. 같이 산 공부 왔다 생각하고 소리 연습도 같이하면 되지. 나도 오디션 준비해야 되거든."

진주는 강아와 얼마간 같이 지낼 수 있단 생각에 내심 기뻤지만 자신 때문에 윤재의 일에 방해된다는 생각에 한편으론 마음이 조금 무거워졌다. 그런 진주의 마음을 눈치챈 윤재는 가볍게 웃으며 말했다.

"오랜만에 아내와 데이트할 생각에 일 생각은 모두 사라졌어. 배진주도 그렇지?"

고개를 조금 기울이며 자신을 보고 옅게 웃어 주는 윤재의 얼굴에 진주는 슬며시 미소를 지었다. 덩달아 마음이 가벼워지는 걸 느꼈다.

식사를 마친 진주는 간단히 데이트 준비를 하고 그의 차에 탔다.

어둑해진 시간에 윤재가 진주를 데려간 곳은 숙소와 얼마 떨어지지 않은 한적한 해변이었다.

밤바다가 보이기 시작하자 진주의 마음은 울렁거렸다. 조용하고 아름다웠던 남태평양 바다 위의 신혼여행이 떠올랐기 때문에.

윤재는 바다가 보이는 카페 주차장에 차를 세웠다. 카페에 들어가 아이스크림을 먹자고 했으나 진주는 해변에서 먹고 싶었다.

"밤바다를 직접 보고 싶어요."

윤재는 아이스크림을 포장해 진주와 천천히 해변을 걸었다. 조금 걸어 들어가니 둥근 그늘막 아래 모래밭에 있는 나무 벤치가 보였다. 마침 작은 조명도 비추고 있었기에 둘은 거기에 앉았다.

"고마워요."

"밤공기는 아직 찬데. 춥진 않나?"

"아니요. 괜찮아요."

윤재가 포장을 열어 딸기 아이스크림 컵을 건넸다. 숟가락까지 받고 한 입 떠먹으며 진주는 시야 끝에 달린 검은 수평선을 바라보았다.

윤재는 진주의 어깨에 손을 둘렀다. 아이스크림으로 서늘해지는 가슴 안과 달리 진주는 그가 잡은 손의 따끈한 열기로 온몸이 데워지는 것 같았다.

파도치는 소리와 모래가 부서져 내리는 소리가 잔잔하게 음악처럼 들려왔다.

> ─ 진주야, 사실은 감독님이 너 없는 6개월 동안 네 걱정에
>   전국에 있는 산이란 산은 다 헤매고 찾아다녔어. 그러다
>   얼마 전에 결국 쓰러지셨대.

아까 외출 준비를 하는 동안 강아가 진주에게 몰래 알려 준 사실이었다. 그 말을 들은 진주는 놀라움과 미안함에 몸이 떨려 외출옷으로 갈아입고도 한참을 혼자 방에서 마음을 추스르며 진정시켜야 했다.

"절 찾아다니다…… 쓰러지셨다는 얘길 들었어요."

"그랬어?"

윤재는 그녀를 안은 팔을 위아래로 쓰다듬었다.

"미안해요."

"공연 일이랑 겹쳐서 좀 피곤하길래 자 두려고 빈속에 술을 마신 게 문제였나 봐."

진주는 고개를 돌려 윤재를 보았다. 윤재도 진주를 보았다. 부딪히는 시선에 뜨끈한 열기가 묻어 윤재를 데웠다.

"하지만 그래서 다행이라 생각해. 쓰러지지 않았다면 널 만나기 힘들었을 거니까."

"피."

"스승님한테 가서 막 애처럼 졸랐거든."

"정말요?"

진주는 상상이 되지 않았다. 그가 스승님 앞에서 졸랐다니, 어떻게 한 걸까.

"떼를 썼어. 아무리 찾아도 네가 없길래."

그녀의 눈빛이 아련하게 그의 얼굴에 부서졌다. 진주도 윤재도 알 수 없는 미묘한 표정을 짓고 있었다.

"앞으로도 그렇게 봐 줘. 불쌍하게."

진주가 눈을 키웠다.

"네? 그렇게 본 적 없어요."

진주의 동공이 반짝하고 흔들리는 걸 보던 윤재는 입꼬리에 웃음을 걸었다.

"아냐. 완전히 불쌍하게 쳐다봤어."

진주는 시선을 내렸다.

그런 마음을 아주 조금 가진 건 사실이지만 불쌍하다는 건 뭔가 그와 어울리지 않은 수식어였다.

"계속 그렇게 봐 줘. 그래야 배진주가 나에게 곁을 더 주지. 난 그게 좋거든."

당황스러운 단어가 그의 입에서 계속 튀어나왔다. 가만히 윤재를 바라보는 진주의 눈은 놀란 토끼 눈처럼 동그랗고 조금 빨갰다. 빤히 자신의 얼굴에 내려앉아 간질이는 윤재의 시선에 진주의 두 뺨은 화끈거려 얼얼할 정도였다.

이미 어두워진 해변에 멀리 카페에서 비치는 불빛이 매끈한 윤재의 얼굴을 어슷하게 비추었다. 살짝 흔들린 얼굴에 머리카락이 흘러내려 눈썹을 가렸다.

"바보."

불쌍하게 보는 게 아니라 깊이, 너무 많이 사랑한단 눈빛이었는데.

"너는 애쓰지 마. 내가 더 열심히 너에게 갈게."

윤재의 낮은 목소리가 허공에 둥둥 울리며 진주의 귓가를 맴돌았다. 진주의 눈빛도 윤재의 눈빛도 어지럽게 흔들렸다.

"배진주는 가만히 거기 있기만 해."

진주는 손을 뻗어 그의 흘러내린 머리카락을 올려 주고 그의 볼을 어루만졌다.

"이것 보라니까."

"……?"

"이제 만져 주기까지 하네."

윤재는 볼에 얹힌 진주의 손 위로 자신의 손을 겹쳤다.

"미안해요."

그녀의 표정과 말에 윤재의 눈동자에 짙은 이채가 아른거리는가 싶더니 그의 손마디에 힘이 들어갔다.

"내가 뭐라고, 당신을 이렇게나 힘들게……."

진주는 늘 그의 마음과 사랑이 과분하다 생각했었다.

처음엔 사랑을 몰랐고 서툴렀다. 그 후엔 그에게 사랑받으며 조금씩 사랑을 배웠다. 갑작스러운 이별은 그녀에게 그리움을 가르쳤고 그 마음 바탕에 안개처럼 내려앉은 아픔은 그와의 사랑이 진실했던 증표처럼 진주를 형체도 없이 서럽게 했다.

"알지?"

그의 음성은 따뜻하고도 서늘했다.

"널 만난 후로, 널 사랑하지 않은 적은 맹세코 단 한순간도 없었어."

"……!"

후드득, 마음이 바닥으로 흩어져 내려앉는 느낌에 진주는 숨을 쉴 수 없었다.

"사실은 너에게 버림받은 것 같아서 제정신이 아니었어."

진주의 새까만 눈동자에 어린 한 줄기 빛이 파도처럼 밀려오고 밀려갔다.

"그러니."

"……."

"나 다시는 버리지 마."

그의 짙은 시선 아래서 흘러나오는 음성이 지독히도 낮았기에, 갑자기 퍼붓는 그의 고백에 시야마저 하얗게 부서졌다. 그녀는 아무런 생각도 할 수 없어 얼어붙었다.

쏟아지는 말 때문일까. 그가 너른 품속으로 빨아당길 듯 있기 때문일까. 진주는 기어이 얼굴 어딘가부터 데일 듯 뜨거워졌다. 마음을 들킬 듯해 고개를 조금 돌렸다.

"무슨 그런 말을……."

"이젠 떨어지지 말고 같이 있자."

그녀의 두 뺨에 발그레한 열기가 피어올랐다. 윤재의 코끝에 진주의 향기가 날아들었다. 윤재는 새삼 진주가 예뻐 보여 그녀의 뺨에 손을 대어 애틋하게 매만졌다.

톡톡.

빗방울이 떨어졌다. 윤재는 진주의 머리 위로 손을 들어 올려 빗방울을 막았다. 그늘막이 벤치 위에 있었지만 비를 다 가리지 못하고 바람이 들이쳤다.

"비 온다. 차에 들어갈까?"

진주는 잠시 아쉬운 듯 어두운 밤하늘을 보았다. 오랜만의 외출인데, 방해받고 싶지 않단 표정이었다.

'배진주, 차에 들어가기 싫구나.'

윤재는 걸치고 있던 슈트 재킷을 펼쳐서 진주의 머리에 장옷처럼 씌워 둘렀다. 진주의 주먹만 한 얼굴이 슈트 사이로 빼꼼히 나왔다. 그의 슈트 재킷이 워낙 컸기에 진주의 허리와 무릎까지도 완전히 폭 싸였다.

"잠깐만."

그는 서둘러 주차장으로 가 차 트렁크를 열고 기다란 우산을 갖고 나와 진주가 앉은 벤치 위로 펼쳤다.

"그럼 우산 쓰고 좀 더 있자."

그가 펼친 우산이 그녀의 위로 드리웠다. 우산에 빗방울이 떨어져 타닥 도르르. 굴러 내리는 빗소리가 북소리처럼 장단을 내며 선명했다.

그의 큼직한 손이 진주를 안아 당겼다. 그의 슈트가 그녀의 어깨에 여전히 걸려 있고 어느새 그의 가슴에 그녀가 갇혀 있다. 둘은 하얗게 부서지는 파도를 보며, 우산이 빗물과 타닥거리며 연주하는 음악을 한참이나 조용히 듣고 있었다. 거기다 그녀의 심장까지 두근두근, 그에게 전해질까 걱정될 정도로 심하게 후들거리며 떨렸다.

"비…… 맞겠다."

윤재는 우산을 그녀 방향으로 기울였다. 그래서인지 윤재의 한쪽 팔이 내리는 비에 젖고 있었고 그게 신경 쓰인 진주가 더욱 그의 몸에 붙었다. 두근. 예상치 못하게 진주가 더 가까이 밀려오자 윤재의 심장은 벅차오르더니 거세게 곤두박질쳤다.

진주의 눈동자가 잘게 흔들렸다.

"지금 하고 싶은 거 있어요."

윤재의 고개가 조금 돌아가고 눈 끝이 가늘어졌다.

그녀는 팔을 들더니 윤재의 머리카락을 한 가닥, 두 가닥씩 조심스레 만지기 시작했다. 앉은키 차이가 제법 나니 허리를 더욱 폈다.

그 모습을 본 윤재는 우산을 잡고 고개를 조금 숙였다. 진주는 웃으며 더 많은 머리카락을 쓰다듬어 올려 줬다.

그 작은 자극에 윤재는 눈을 깜박거렸다. 갈색 눈동자가 어느새 음험해지고 그의 목에서 그르렁 하는 소리가 들릴 듯 말 듯 새어 나왔다.

"그리고……."

쪼옥.

진주는 윤재의 입술에 장난스러운 입맞춤을 하곤 얼른 모른 척 몸을 돌려 앞을 봤다. 당황한 윤재가 어떻게 받아칠까 고민하던 것도 잠시.

쏴아.

빗줄기는 점점 거세졌기에 진주까지 비를 맞는 건 어쩔 수 없었다. 그의 한 손 안에 담긴 그녀의 어깨가 조금씩 떨리기 시작했다. 봄이긴 했으나 윤재는 진주가 비를 더 맞으면 안 될 것 같았다.

"이제, 차로 돌아가자."

"네."

윤재는 진주의 다친 다리를 신경 쓰며 한 손으론 우산을 잡은 채 그녀를 잡아 주며 천천히 차에 태웠다. 그는 운전석에 앉아 몸을 뒤틀어 뒷좌석으로 손을 뻗어 종이 가방에서 타월을 하나 꺼내 진주에게 건넸다.

"이거."

"고마워요."

진주는 어깨와 머리카락에 붙은 물방울을 타월로 털어 냈다.

"내가 닦아 줄게."

윤재는 천천히 꾹꾹 눌러 가며 진주의 볼과 목에 묻은 빗방울부터 닦아 주었다. 진주가 자세히 그를 보니 윤재의 몸 반쪽이 흠뻑 젖어 있었다. 흰색 와이셔츠가 몸에 달라붙어 다 비칠 정도였다.

　"윤재 씨부터 닦아야겠어요, 옷이 비에 다 젖었어요."

　진주는 윤재의 손에 든 타월을 뺏어 그의 젖은 셔츠를 닦기 시작했다. 그의 얼굴에도, 머리카락 끝에도 물방울이 맺혀 있었다. 턱 끝에 매달린 물기를 보고 타월을 그의 얼굴로 가져가 뺨에서 턱으로 부드럽게 닦아 내렸다.

　어느새 타월에 배인 진주의 냄새가 그의 코끝을 스쳤다. 꼭꼭 찍어 누르며 세심하게 셔츠의 물기를 닦는 진주의 손끝이 느껴져 윤재의 목덜미에 찌릿찌릿 전율이 일기 시작했다.

　"빨리 숙소로 가서 옷 갈아입어야겠어요."

　"지금 갈아입을까?"

　"지금요?"

　어떻게 갈아입을 건가 의아한 진주의 표정과 다르게 입술을 늘어뜨린 윤재는 뒷좌석으로 몸을 뻗어 커다란 종이 가방에서 무언가를 꺼냈다. 그러고 보니 뒷좌석에는 꽤 여러 개의 종이 가방들이 보였다. 자신을 찾느라 이 차에 갈아입을 옷이며 타월 등을 싣고 다니며 헤맸을 게 틀림없겠다 싶어 진주는 그에게 미안해졌다.

　"다행히 진주가 입을 만한 것도 있네."

　"……?"

윤재는 진주에게 자신의 후드티를 건넸다. 윤재의 손엔 새 와이셔츠가 한 장 들려 있었다.

"이게 뭐예요?"

진주는 당황했다. 윤재는 그녀를 걱정하는 표정으로 아무렇지 않게 말했다.

"진주도 꽤 젖었어. 그러고 있으면 감기 걸려."

그건 알겠지만, 설마 차 안에서 같이 옷을 갈아입자고 하는 걸까? 진주는 고개를 숙이고 고민했고 윤재는 그런 진주의 모습을 보면서 작게 숨을 내뱉었다. 윤재의 눈매가 장난스럽게 가늘어지고 얼굴은 진주에게 가까이 다가갔다.

"같이 갈아입자니 부끄러워서 그래?"

"아, 아니요."

부끄러워하면 안 되는데. 부부였던 둘에게 익숙했던 일이었지만 처음처럼 부끄러워 진주의 얼굴은 저도 모르게 붉어졌고 그 모습을 본 윤재가 살풋 웃었다.

"보지 않을게. 약속. 고개 돌리고 갈아입으면 되잖아."

진주는 고개를 숙이고 손에 쥔 후드티를 조몰락거리며 고개를 끄덕였다.

빗줄기는 여전히 거세고 차창 와이퍼는 춤을 추듯 비를 쓸어내렸다.

"나 먼저 벗는다."

진주는 앞을 바라보고 있는데 운전석에 앉은 윤재가 젖은 셔츠를 벗는 소리가 차 안을 울리며 들려왔다. 진주도 젖은 블라우스의 단추를 열기 시작했다. 어색하고 민망해 진주는 괜히 창밖으로 얼굴을 돌렸다.

"윤재 씨도 고개 더 돌려요."

"알았어."

윤재는 피식 웃으며 고개를 완전히 돌리고 바깥으로 몸을 틀어 옷을 마저 벗었다. 진주는 단추를 열다 백미러에 비친 자신의 얼굴을 보게 됐다. 그러고 보니 차 안과 밖에 있는 거울이 눈에 들어왔다.

"누, 눈도 감아요."

"알았어."

진주도 눈을 감았다. 사락. 하지만 눈을 감으니 귀로 들어오는 모든 소리에 예민해졌다. 진주의 귀에는 윤재가 옷을 벗고 입는 소리가 아찔하게 들렸다. 완전히 옷을 벗는 소리가 크게 들렸을 땐 진주는 흠칫 놀라서 입술에 힘을 주기도 했다.

진주도 자신의 마지막 단추를 얼른 풀어내 벗고 그의 후드 티를 펼쳤다. 옷을 입자 그의 향기가 진동을 하며 진주를 감쌌다. 비 때문에 눅눅하고 어두운 차 안이었으나 그에게 안긴 것과 다름없는 포근한 느낌이 들었다. 진주는 자신을 두른 큼직한 그의 옷에 살짝 볼을 한 번 비볐다.

"진주도 다 입었네?"

어느새 윤재의 얼굴이 다가와 자신의 옷을 입은 진주를 흐뭇하게 보았다.

"네."

습하고 뜨거운 입김이 진주의 목 아래 어딘가로 흘러들었다. 심장이 너무 빨리 뛰었다.

"잘 어울려."

하아. 그는 이마 위로 머리카락을 한 번 쓸어 올렸다. 그러곤 목덜미를 한 번 쓰윽 문질렀다.

해변의 우산 안에서 진주가 먼저 시작한 도둑 키스에 윤재는 혼자 달떠 오소소 들고일어난 감각들로 이미 곤란한 상태였다. 이후로 내내 진주를 안고 키스하고픈 욕심이 일어 참기가 힘들었는데. 게다가 촉촉하게 젖은 진주가 자신의 옷에 폭 싸여 검은 눈빛을 하고 간질이듯 자신을 바라보며 코앞에 있었다. 당장에라도 그녀를 끌어안고 싶었으나 윤재는 온 힘을 다해 겨우겨우 참고 있었다. 그의 목은 잔뜩 붉었고 푸른 핏줄들이 튀어나온 상태였다. 그는 진주를 보고 숨을 내쉬며 몸을 진정시키려 안간힘을 쓰는 중이었다.

"어? 잠깐만요."

"응?"

"윤재 씨 볼에 보풀이 붙었어요."

진주가 그의 볼을 건드렸다. 그녀의 손길에 목뒤와 귓바퀴와 턱 아래까지 찌릿하더니 떨려왔다. 윤재는 턱에 힘을 줘 이를 악물고 참았다. 그녀가 윤재의 눈앞에서 바람처럼 살랑이며 유혹하듯 움직였다. 그는 무언가를 참으며 진주의 볼을 한번 쓰다듬어 내렸다.

"……!"

그의 숨은 멎고 눈은 커다랗게 빛났다. 진주가 윤재의 손길에 슬며시 눈을 감았기 때문이다. 진주의 그 모습에 윤재의 얼굴은 이미 용광로라도 뒤집어쓴 듯 뜨거워졌다. 열기를 식혀야 하는데 비가 오니 문을 열 수도 없었다.

안 돼.

윤재는 지금 그녀에게 입을 맞추면 제 몸을 제어할 자신이 도무지 없었다. 콧등에 주름을 지으며 윤재는 진주의 감은 눈을 보지 못한 척 핸들을 꽉 잡았다.

"이제 돌아가자."

그녀의 안전띠를 매어 준 윤재는 앞만 보고 차를 몰았다. 해변에서 숙소까지 먼 거리가 아니었기에 곧 숙소에 도착했다.

"배진주, 다 왔……!"

도착했다는 말을 하려는데 진주가 눈을 감고 곤히 잠들어 있었다. 새벽에 일어나 다원을 지나 득음정에 이르러 소리를 하고, 그를 만나고 늦은 밤까지 온종일 피곤했을 테지.

진주를 깨워야 하나 고민했지만 왠지 진주를 깨우기 싫었다. 얼마 만에 이렇게 가까이에서 잠든 그녀를 보는 건지. 윤재는 일 때문에 당분간 진주와 또 떨어져 있어야 했다.

턱을 손으로 받치고 잠시 고민하던 그는 높낮이 조절 버튼을 눌러 진주의 좌석과 그의 좌석을 천천히 눕혔다. 깊이 잠들었는지 진주는 등받이가 스르륵 소리를 내며 움직여도 미동 없이 쌔근거렸다.

나란히 그녀의 옆자리에 같이 누워 그녀를 향해 턱을 괴고 몸을 세워 누웠다. 윤재는 눈앞에 보이는 진주의 얼굴에 저도 모르는 환한 미소를 지었다.

"많이 피곤했나 보네."

그의 눈동자는 아이처럼 반짝거렸다. 기분이 좋았다. 그렇게 한참을 바라보던 그 역시 진주를 바라보며 오랜만에 사르르 편안히 눈을 감았다.

'여기가 어디지?'

컴컴했다. 늘 자던 방은 아니었다. 몇 번 깜빡거리던 눈앞엔 익숙한 얼굴이 보였다.

'윤재 씨?'

밖을 보니 게스트 하우스 주차장이었다. 작은 숙소였기에 주차된 차 역시 윤재의 차밖에 없었다.

놀란 진주는 자신이 차에서 먼저 잠들었다는 걸 기억해 냈다. 어느새 윤재도 잠이 들었는지 그의 두 눈꺼풀이 굳게 감겨 있었다. 진주는 물끄러미 그의 얼굴을 쳐다봤다. 언제 봐도 멋지고 잘생긴 얼굴. 그의 속눈썹은 길고 짙었다.

진주는 손을 뻗어 그의 뺨에 살포시 올렸다. 그녀의 손바닥에 윤재의 입에서 흘러나온 후끈한 숨결 한 줄기가 닿았다 사라졌다. 진주는 마음속으로 그에게 많은 말을 하고 있었다. 그녀의 손은 조금 더 아래로 그의 볼을 타고 내려왔다. 그러다 엄지손가락이 그의 입술 끝에 걸렸다.

"……!"

진주는 놀랐다. 그가 그녀의 손목을 잡았기 때문이다. 동시에 그의 눈이 느른하게 떠졌다. 어두운 차 안에서 눈빛만이 위험해 보였다.

"이건…… 확실히 유혹하는 거지?"

진주는 흠칫 놀라며 잡힌 손목을 빼냈다.

"아, 아니거든요!"

제법 큰 목소리로 아니란 대답을 했으나 진주는 타오를 것처럼 뺨이 화끈거렸기에 손등을 올려 얼굴을 식혔다. 윤재는 시선을 떼지 않고 턱을 괸 채 그녀를 보았다. 깜박 깊은 잠을 자다 깬 그의 눈앞에 배진주가 자신을 보고 누워 있었다. 그동안 자신이 얼마나 간절하게 바라던 풍경이던지, 그의 시선이 음미하듯 진주의 얼굴을 훑었다.

윤재는 손바닥으로 제 얼굴을 훑어내리며 마른세수를 하다 걸린 손가락 끝으로 괜히 자신의 입술을 만지작거렸다. 진주는 그것이 신호란 걸 알았다. 키스할까 말까 고민할 때 나오던 그의 손버릇. 그는 무슨 각오라도 다지는 것처럼 길게 숨을 들이마시고 내뱉더니 진주의 귓가에 나직이 속삭였다.

"안아 봐도 돼?"

코가 닿을 듯 가까운 거리에서 그녀의 눈동자엔 그만 가득했다. 그녀를 머금은 그의 눈동자가 아지랑이가 피어오르듯 신비하게 움직였다.

'아⋯⋯!'

그녀의 동의를 구하는 윤재의 시선이 채 가시기도 전에 진주가 그의 품으로 와락 안겨 들었다. 순간적으로 일어난 일이었기에 놀란 윤재는 품에 뛰어든 진주를 가만히 안고 쓰다듬으며 들끓는 마음을 진정시켰다. 하지만 흠칫흠칫 진주와 닿은 부분이 떨렸다.

입술을 만지작거리며 고민했지만, 정말 그녀를 차 안에서 안아 곤란하게 만들 생각은 아니었다. 진주는 잘게 고개를 비비며 윤재의 품에서 바스락거렸다. 그녀의 오르락내리락하는 어깨의 움직임과 뜨거움 숨결에서 흘러나오는 향기가 윤재의 마음을 더욱 엉망으로 들쑤셨다.

"앞으로⋯⋯ 윤재 씨를 더 많이 사랑할게요."

나긋하게 퍼지는 진주의 목소리에 목 아래 어딘가가 뜨끈하더니 간질거렸다. 내려 보는 윤재의 시선과 마주친 아찔한 진주의 얼굴에 윤재는 그만 숨이 멎고 말았다. 윤재를 올려다보며 무의식적으로 내뱉은 말에 진주도 얼굴이 붉게 달아올라 다시 그의 가슴으로 얼굴을 묻고 숨겼다.

"당연하지."

윤재는 두 손을 올려 진주의 뺨을 잡고 뭉근히 어루만지다 자신을 보도록 그녀의 얼굴을 돌렸다. 그리고 몸을 움직여 진주와 눈높이를 맞추었다. 나란히 마주 본 그녀의 두 눈에 수줍음이 내려앉아 일렁거렸다. 윤재의 눈동자엔 진주가 사랑스러워 어쩔 줄 몰라 열기에 떨어 대는 그의 마음도 고스란히 비쳤다.

"이젠, 어디도 도망 못 가."

윤재의 커다란 속눈썹이 풀썩 내려앉았다 떠졌다. 동시에 그의 한 손이 그녀의 허리를 휘어 감아 그녀를 제 몸으로 더 바짝 당겼다. 진주의 이마에 그의 수줍은 입술이 살포시 내려 앉았다. 윤재의 시선이 진주에게 점점 집요하게 파고들기 시작 했다.

"내가 가르쳐 준 거, 잊은 거 아니지?"

"……?"

윤재 씨가 가르쳐 준 거? 뭘 말하는 걸까? 진주는 고민했고 그의 얼굴엔 당장이라도 덮칠 듯한 긴장이 스쳤다.

"키스할 건데."

그의 품 안에 갇힌 그녀가 피할 사이는 없었다. 키스보다 먼 저 윤재의 눈빛이 진해졌고 그걸 알아챌 즈음엔…….

"으읍."

윤재의 한 손이 그녀의 턱을 잡았다. 그러더니 그의 엄지가 그녀의 아랫입술을 한 번 간지럽게 훑어내렸다. 왜인지 그의 느릿한 손길에 진주는 애가 탔다. 흠칫 몸을 잘게 떠는 진주 는 두 팔로 윤재의 허리를 안고 손에 힘을 줬다. 윤재는 코끝 을 그녀의 코에 맞추었다. 그러곤 턱을 조금 돌려 다정하고 따 듯하게 진주의 입술에 자신의 입술을 깊이 맞물렸다.

"하아."

어느덧 뜨끈한 숨이 작은 공간을 가득 채웠다. 진주는 밀려드는 전율에 어깨가 움츠러들었다. 그는 키스만으로 끝없이 진주를 몰아붙였다. 그의 키스를 받아 내는 진주는 숨을 쉬기 위해 입술을 뗄 때마다 그의 허리를 움켜쥐었다.

입술을 떼고 그 모습을 보던 윤재는 눈꼬리를 휘며 미소를 지었다. 그녀가 당황하며 눈동자를 굴리는 모습도, 가끔 튀어나오는 그를 갈망하는 듯한 부끄러운 몸짓도, 터져 나오는 작은 숨소리마저도 아름답고 사랑스러웠다.

지잉.

그때 윤재의 전화가 눈치 없이 정적을 깨고 울려 댔다. 조용한 차 안을 뒤덮었던 뜨겁고 녹진한 공기까지 진동했다. 전화벨이 계속 울리자 감고 있던 진주의 눈이 떠졌다. 몰아쉬는 호흡은 여전히 뜨거웠다.

"전화…… 왔어요."

"안 받아도 되는 전화야."

그는 휴대폰을 볼 생각이 없었다.

"계속 울려요."

"지금 이것보다 중요한 일은 세상에 없어."

"풋."

우스워, 이윤재의 이런 모습.

진한 입맞춤과 숨 가쁘게 몰아치는 그의 몸짓은 잠시 그와 떨어진 시간 동안 잊고 있었던 진주의 감각 전부를 되살렸다. 더불어 그녀의 마음속에 무언가 거품 같은 것이 몽글거리며 피어오르는 느낌이 났다.

행복해.

소리는 잘 나오지 않고 목도, 다리도 다쳤지만, 그것과는 상관없이 그의 존재 하나만으로 무언가로 벅차오르며 그득하고 충만하단 생각에 몸이 다시 떨렸다.

"웃는단 말이지? 앞으로 일어날 일이 그렇게 우스운 일은 아닐걸?"

"……?"

그의 눈동자가 순간 번뜩였다. 어느덧 윤재의 몸은 진주의 위로 올라와 있었다. 진주를 내려 보는 그의 입술은 촉촉하게 젖은 채 미소가 걸려 있었다. 자신을 올려다보는 진주의 작은 얼굴이 사랑스러워 윤재는 미칠 것 같았다.

"배진주가 원하는 건 다 해줄 거야."

그가 진주를 위해 못 할 건 없었다. 사랑을 위해 세상에 둘도 없는 바보 멍청이가 된다 한들, 이 순간이 지나면 산산이 조각나 사라진대도 그녀를 붙잡고 사랑한 걸 후회하지 않을 자신이 있었다.

"그리고…… 이건 내가 원하는 거."

길고 긴 키스가 다시 시작됐다. 부드럽고 농밀하다가도 어느 순간 거칠었다.

자신의 입맞춤에 진주가 가냘픈 소리를 내며 반응할 때 윤재는 붕 떠오른 느낌이 났다.

윤재는 끈질기게 그녀에게 입 맞추었다. 그녀의 얼굴 중에 그가 닿지 않은 곳은 조금도 없다는 듯이. 그러곤 턱과 귓불,

목과 어깨로 입술을 내렸다.

지잉.

하지만 다시 울리는 윤재의 전화벨이 신경 쓰였기에 진주는 그에게서 애써 얼굴을 뗐다.

"이제 숙소에 돌아가요."

진주도 호흡을 고르며 말했다. 어느 순간, 더 이상은 위험하다 생각했기에 멈춰야 했다.

당연히 윤재의 눈빛은 싫다는 듯 흔들렸다. 빠른 호흡에 그의 가슴은 위아래로 크게 들썩거렸다.

"강아도 기다릴 텐데. 너무 늦어지면 걱정해요."

"설마? 6개월 만에 부부가 만났는데. 오늘 밤엔 늦게 올수록 축하해 줄 거야."

"강아에게 그런 축하까지 받고 싶지 않아요."

진주는 인상을 쓰며 결국 그의 품에서 빠져나왔다. 그리고 진주는 아쉬워하는 윤재의 손을 잡았다.

"얼른 가요."

"더 많이 사랑해 준다더니?"

진주는 윤재의 얼굴을 살폈다. 토라진 걸까, 기분이 상했나. 하지만 밤새 차 안에 누워 이러고 있을 순 없었다.

진주가 의자를 세우려 하자 윤재는 다시 그녀를 당겨 품에 꼬옥 안았다.

"윽, 윤재 씨."

"그럼 이렇게 조금만 더 있자."

얼마 만에 안아 보는 진주인데, 그냥 보낼 순 없었다.

진주의 마음도 껴안고 더 오래 있으려는 그의 마음과 다르진 않았다. 하지만 이대론 자신 역시 더욱 그를 욕심내어 안기고 싶은 마음이 커질 것 같았다. 그의 품속과 손끝이 데일 듯 너무나 뜨거웠다.

"오늘 하루 피곤했을 텐데, 숙소로 가서 편히 자요."

"싫어."

어둠 속에서 그의 커다란 몸이 아쉬움을 달래려 또다시 그녀를 덮었다.

chapter 19

뜨거운 숨결이 햇살처럼 쏟아지면

진주를 숙소로 올려 보내고 자신의 숙소로 들어간 윤재는 정신 사납게 울려 대던 휴대폰을 열어 통화를 하고 긴급한 일을 처리했다. 그리고 다음 날 아침 일어나 시내 죽 집에 들러 죽을 포장해 진주의 숙소로 갔다.

'만정'의 마당에 들어서니 강아는 가벼운 스트레칭을 하고 있었고 진주는 마루에 앉아 자그맣게 노래를 부르고 있었다.

"좋은 아침."

윤재는 포장한 죽을 들고 시골길을 걸어오며 맞이하는 아침 풍경에 싱그럽다는 말이 딱 어울린다고 생각했다. 봄비가 온 다음 날의 깨끗한 아침 하늘과 이슬 달린 풀에서 풍겨 나오는 자연의 냄새가 어디랄 것 없이 진하디진했다. 여기저기서 들리는 알 수 없는 새들의 소리도 어느 음악보다 아름다웠다. 거기에다 문을 열고 들어가니 진주가 노랠 하며 눈앞에 있었다. 그러니 윤재 눈엔 이보다 더 싱그럽고 아름다운 아침이란 있을 수 없었다.

"감독님, 어젯밤에 잘 주무셨어요? 아침 식사로 죽을 사 오셨다고요?"

강아의 인사를 받으며 윤재는 진주와 눈을 맞추고 죽 봉투를 들어 올렸다.

"건강 죽이에요. 진주도 그렇고 강아 씨도 잘 먹어야죠."

강아는 죽 봉투를 받아 방 안으로 들어갔고 윤재는 진주를 부축해 같이 들어갔다. 그가 사 온 건 전복 낙지 죽이었다. '해물이 큼직하게 들어 죽을 먹고도 힘이 나겠네.' 생각하며 사온.

셋은 방 안 식탁에 둘러앉아 죽으로 아침 식사를 했고 윤재는 진주의 하루 일정이 어떤지 물었다.

"오늘 연습은 어떡해?"

윤재는 진주가 다리를 다쳐 움직이기 번거로우니 발이 다나을 때까지는 연습을 쉬기를 바랐지만, 진주는 쉴 생각이 없는 듯했다. 그가 마당에 들어섰을 때 마루에 앉아서도 들리지 않게 중얼중얼 소리를 외고 있었으니까.

"며칠은 득음정에 오르는 건 안 될 것 같아요. 그러니 오전, 오후 연습은 숙소에서 하려고요."

윤재의 걱정을 알아챈 강아가 걱정 말라는 투로 말했다.

"제가 진주 잘 챙기고 있을 테니 감독님은 염려 마세요."

"당분간 걷지 않으면 발도 곧 괜찮아질 것 같아요."

내일쯤이면 천천히 혼자 걷는 건 가능할 것 같다고 진주는 속으로 생각했다. 강아가 같이 있어 다행이란 생각은 들었으나 윤재의 마음은 여전히 편치 않았다.

"오늘 오전엔 이비인후과 정기검진이 있어요."

"그랬어? 몇 시?"

"열 시요."

윤재는 손목을 들어 시계를 보았다. 머릿속으로 일정을 확인하던 윤재가 입을 열었다.

"빡빡하지만 병원에 같이 가는 것까진 시간이 되겠다."

죽을 먹던 진주가 뾰로통한 표정으로 윤재를 보며 말했다.

"그러지 말아요. 오늘 정기 검사만 받고 결과 확인만 하면 되거든요. 병원도 강아와 같이 갈 테니 윤재 씨는 어서 서울에 올라가요."

진주의 얼굴엔 부담스러워 하는 표정이 역력했다. 뭐 하나 쉬운 게 없는 여자였다. 윤재는 그런 진주가 좋기도 하고 서운하기도 했다. 그는 단념하듯 진주에게 말했다.

"알았어. 하지만 병원까지는 데려다줄게."

"네, 고마워요."

윤재는 병원 갈 준비를 하고 마루에 앉아 신발을 신는 진주를 마당에서 내려 보고 있었다.

'신발을 신겨 주면 싫어하려나.'

한숨이 나왔다. 윤재는 진주에 관한 건 하나하나 다 걱정이 되었기에 다친 진주에게 가능한 한 모든 걸 다 해 주고 싶었다. 하지만 진주는 분명히 혼자 할 수 있다며 부담스러워 할 게 뻔했다.

그렇다고 절뚝거리는 진주를 가만히 보고만 있을 수는 없었다. 윤재는 진주가 신발을 다 신고 가방을 드는 걸 보면서 그녀에게로 다가갔다. 진주는 윤재를 올려다보며 손을 잡아 주러 오는 거라 생각하고 팔을 그에게 뻗었다. 하지만 윤재는 그녀를 번쩍 안아 들었다.

　"으앗! 뭐예요?"

　진주는 당황했겠지만, 윤재는 무표정에 가까웠다.

　"병원까지 데려다준다고 했잖아."

　"차까지 걸어갈 수 있어요. 내려 줘요."

　진주가 곁눈으로 보니 강아가 싱긋 웃음을 머금고 둘을 쳐다보고 있었다. 강아에게 민망하고 부끄러워 이미 진주 얼굴은 거의 다 익은 홍시만큼이나 붉었다.

　"내, 내려 주세요."

　진주가 몸을 파닥거리자 윤재는 '쪽' 소리가 나도록 진주 입술에 짧은 뽀뽀를 했다.

　진주가 눈을 튀어나올 듯 키우고 입까지 벌렸다.

　"강아도 있는데 무슨 짓이에요?"

　그녀가 윤재에게 작게 입 모양으로 말하자 윤재는 아무렇지 않게 진주를 안고 걸으며 말했다.

　"계속 앙탈 부리면 강아 씨 앞에서 키스할 거야."

　귓가에 퍼지는 낮은 그의 경고에 진주는 얼굴은 물론 목까지 새빨갛게 변했다. 그녀는 입술을 손바닥으로 막고 윤재의 가슴에 얼굴을 파고들듯 숨겼다.

'강아가 보는 데서……!'

주차장에 다다른 윤재는 차 문을 열고 진주를 좌석에 앉힌 후 자신도 돌아가 운전석에 앉았다. 힐끗 보니 진주는 고갤 돌리고 밖을 보고 있었다. 그녀의 얼굴은 부끄러움이 가시지 않은 채 여전히 목까지 울긋불긋했다.

진주는 윤재의 쏟아지는 시선을 느꼈으나 쳐다볼 생각이 없었다.

윤재라면 정말 그럴 수 있겠다는 생각이 들었다. 그는 다정 다감한 남자임엔 틀림없지만, 몇 개월 만에 다시 만나니 조금 변한 것 같았다. 원래도 진주 앞에서는 노골적으로 표현하던 그가 아닌가. 하지만 부끄러움이 많은 자신을 위해 다른 사람 앞에선 내색하지 않았었는데, 이제는 그마저도 신경 쓰지 않는 것 같았다.

진주는 이 남자를 어떡할까 혼자 심각하게 고민하다 답을 찾을 수 없어 손끝으로 눈가를 꾹꾹 눌렀다. 진주가 생각에 잠겨 있던 그때, 윤재의 손이 얼굴로 다가와 스치자 진주는 화들짝 놀라고 말았다.

"……!"

그의 말처럼 키스하려고 다가오는 거란 생각이 들었다. 진주의 머릿속엔 '계속 앙탈 부리면 강아 씨 앞에서 키스할 거야.' 하는 윤재의 목소리만 맴돌았다. 진주는 두 눈을 불끈 감고 입술을 말아 넣었다. 힘이 들어간 양 볼에 볼우물이 패었다.

"왜 그래? 안전띠 해야지?"

"아."

윤재는 안전띠를 잡아당겨 찰칵 잠가 주었다. 진주는 여전히 고개를 들지 않았다.

'풉. 귀엽긴.'

그는 그녀의 이마에 쪽하고 가볍게 입 맞췄다. 혼자 놀라서 눈을 감아 버린 진주가 무슨 생각을 했는지 윤재는 짐작이 되고도 남았다.

진짜 내가 강아 씨 앞에서 키스할 거라 생각하는 건가.

윤재는 그런 진주가 너무 귀여워 아랫입술을 살짝 깨물고 웃음을 삼키며 운전대를 잡았다.

"와아."

작은 소리로 감탄을 연발한 건 뒷자리에 앉아 이 모습을 흥미진진하게 관람 중인 강아였다. 서울로 가려니 발이 떨어지지 않아 윤재가 진주만 보는 게 강아 눈에도 뻔히 보였다. 늘 무표정에 차갑기로 유명한 이윤재 감독이 남편으로 진주를 대하는 모습은 제 눈으로 목격하고도 믿어지지 않을 정도였다.

강아는 몸을 앞으로 당겨 진주의 뒤통수에 얼굴을 갖다 붙이고 간질거릴 정도로 작게 말했다.

"진주 널 보는 감독님 얼굴 여기저기서 꿀이 뚝뚝 떨어져."

"……."

"사람들이 사랑하면 왜 허니 허니 그러는 줄 이제 알겠네. 감독님이 보통 달달한 분이 아니신데? 배진주, 좋겠다."

진주는 강아가 놀리는 게 틀림없단 생각에 허리를 홱 돌려 뒤에 앉은 강아를 흘겨봤다. 강아는 그런 진주를 보고 밉살스럽지 않은 표정으로 턱을 들어 시선을 피했다.

"감독님, 진주가 내려 달라는 게 앙탈 부리는 거라는 건 어떻게 아셨어요? 철벽 배진주의 앙탈을 보는 게 살면서 그렇게 쉽지 않거든요."

"그러게요. 저도 오늘 그걸 봤네요."

윤재도 피식피식 웃으며 맞장구를 쳤다.

"아니라니까요!"

흥분한 진주의 반응에 강아는 장난스러운 목소리로 웃으며 말했다.

"감독님. 앙탈은 아니고 애교래요, 그거."

"그렇죠?"

"둘이서 계속 놀릴 거예요?"

윤재가 곁눈으로 보니 아직도 진주가 자신을 보고 있지 않았다. 마음이 덜 풀린 모양이라 생각했다.

"강아 씨 앞에서 이것까진 말 안 하려 했는데, 배진주, 어젯밤에 분명히……."

윤재가 진주 들으란 듯이 어젯밤 얘기를 꺼냈다.

"네? 어젯밤에 데이트하다 둘이 무슨 일이 있었어요?"

똥그란 눈을 하고 강아가 어젯밤에 무슨 일이 있었는지 듣기 위해 고개를 앞 좌석 사이로 쑥 내밀었다. 진주의 눈썹이 치켜 올라갔다.

"분명히 배진주가 앞으로 나를 더 많이 사……."

"앗, 윤재 씨!"

진주는 재빠르게 허리를 쑥 빼고 몸을 비틀어 윤재의 입을 손으로 틀어막았다.

진주와 윤재의 눈이 그제야 서로 마주쳤다. 어젯밤 차 안에서 있었던 일이 기억난 진주는 '강아 앞에서 그런 얘길 하면 어떡해요?' 하는 당황한 눈빛을 보내고 있었다. 그 사이를 강아 목소리가 끼어들었다.

"너 지금 밀당하는 거야?"

얼토당토않은 단어란 생각에 진주의 목소리가 커졌다. 입술에도 힘이 잔뜩 들어갔다.

"밀당 같은 거 아니거든."

픕. 윤재는 강아와 옥신각신하는 진주의 모습에 소리 내어 웃었다. 진주가 강아와 있으면 마음이 편한 게 느껴져 윤재는 마음이 놓였다.

둘이 그렇게 실랑이하는 사이 차는 부드럽게 출발했다. 윤재는 이젠 진주를 그만 놀려야겠단 생각이 들어 신호를 받아 차가 건널목 앞에 서자 화제를 돌렸다.

"강아 씨, 백진수는 요즘 어떻게 지내요?"

"아⋯⋯."

윤재 역시 둘이 사귄다는 소식만 알 뿐 헤어진 걸 몰랐기에 강아에게 진수 소식을 물었다. 강아가 답을 못하자 진주가 낮은 목소리로 말했다.

"그게⋯⋯ 헤어졌대요."

윤재는 아, 하고 입을 닫았다. 강아는 손가락 끝을 꼼지락거리더니 한숨을 후 내쉬었다.

"뭐, 진수 오빠랑 나랑은 안 어울리잖아요."

"이강아, 그런 말이 어딨어?"

진주는 늘 밝고 긍정적인 강아도 진수와의 이별은 힘들었으리라 짐작했다.

"사랑은 사람을 나약하게 만든다잖아."

차분한 목소리로 변명인 듯 말했으나 그 문장 안에 한숨이 두어 번 섞여 들었단 걸 진주는 알았다.

"강아 씨, 사랑은 모든 걸 뛰어넘게도 해요."

가만히 둘의 대화를 들으며 운전하던 윤재가 끼어들었다. 그는 막연히 두 사람이 진수와 강아 사이를 둘러싼 한계에 부딪혀 헤어졌을지도 모른단 생각이 들었다.

"맞아요. 그럴 수도 있죠. 하지만 전 그걸 뛰어넘을 자신이 없거든요."

말은 하지 않아도 그동안 강아가 힘들었겠단 생각에 진주의 마음이 뭉클거리며 아팠다. 옆에 있어 주지 못해 미안하기도 했다.

그렇게 강아와 진수의 얘기가 오가는 동안 셋은 병원에 도착했다. 진료실 앞까지 가는 동안 진주는 조용히 윤재에게 안겨 있었다. 진료실 대기 좌석에 진주를 내려 준 윤재는 넌지시 진주의 손을 잡고 눈을 맞추었다.

"잘 다녀올게. 최대한 빨리."

그의 눈빛에 아쉬움이 짙게 배어났다. 진주에게 입 맞추며 인사하고 싶었지만, 강아의 사정을 알게 되니 앞으로 강아 앞에선 조심해야겠단 생각에 윤재는 그저 진주의 손을 애틋하게 한번 쥐어 보는 것으로 인사를 대신하고 뒤돌아 병원을 나갔다.

평일 오후라 병원은 한산했다.

진료실로 문을 열고 들어가자 마루는 서글서글한 웃음을 지으며 진주와 강아를 반갑게 맞았다.

"배진주 씨는 예약한 것처럼 오늘 정밀 검사를 몇 가지 하겠습니다."

"네."

마루는 검사가 끝난 후 진주의 목 사진과 결과지를 보여 줬다. 그는 앞으론 목이 완전히 망가질 걱정을 할 필요는 없겠다며 상처는 점점 좋아지고 있다고 설명했다.

진주는 검사 결과를 들으며 기뻤고 강아도 그럴 줄 알았다며 웃어 줬다.

"선생님, 그럼 앞으로 계속 연습하면 예전 상태로 돌아갈 수 있단 말씀이시죠?"

"상처가 온전히 아물고 나면 이전과 목소리는 조금 변할 수 있습니다. 하지만 다른 명창분들 사례처럼 목소리는 더 구성지게 들릴 수도 있겠죠? 배진주 씨 마음에 드는 소리면 좋겠네요."

"혹시 언제쯤 상처가 다 아물지 알 수 있을까요?"

"글쎄요. 워낙 사람마다 케이스가 달라 그건 확답하기 힘듭니다."

상태가 호전되고 있단 건 좋은 신호였지만 언제 다 회복될지 알 수 없단 말엔 마음이 가라앉았다.

"감사해요."

"제가 뭘 한 게 있나요? 어서 완전히 회복하시길 바랄게요."

진주와 강아가 가방을 챙기자 마루는 고개를 끄덕이며 인사했다.

"선생님, 저기요."

문을 열려다 말고 강아가 마루를 불렀다.

"네?"

"사실은 진주 목 치료 때문에 한 가지 더 여쭤보고 싶은 것이 있는데요."

"진주 씨 목이요? 뭡니까?"

진주와 강아는 서로 마주 보았다. 진주는 눈짓으로 뭐냐고 강아에게 물었다. 마루를 보는 강아의 표정은 제법 진지하고 비장했다.

"선생님."

평소 걸걸한 강아답지 않게 말투도 행동도 조심스럽고 목소리도 기어들어 가듯 작았다.

"검사 결과를 보니 진주 목이 좋아지긴 했지만, 아직 소리가 시원하게 나오는 건 아니잖아요?"

"네. 그렇습니다. 그건 시간이 좀 지나야 할 겁니다."

강아는 무안한 표정을 지으며 이마를 손가락 끝으로 조금 긁었다.

"그래서 명창 어르신들이 목에 좋다며 드신 그거…… 있잖아요."

음? 진주는 강아가 목 치료에 좋은 음식들을 물어본다는 생각이 들었다.

"진주도 한번 구해 먹어 보면 어때요?"

강아는 강마루 선생이 소리꾼들의 목에 대해 잘 안다는 한의사 집안의 아들이란 말에 궁금하던 걸 직접 물어보기로 작정한 모양이었다. 하지만 아직 먹어 볼 게 무언지 감이 잡히지 않는 마루는 알 수 없단 표정으로 강아를 바라봤다.

"그거라뇨?"

"있잖아요. 똥물……요."

"헉!"

진주의 눈이 단번에 휘둥그레졌다. 진주는 놀라 강아의 손을 꽉 잡았고 강아는 진주의 신호엔 아랑곳하지 않고 말을 이었다.

"그거 먹으면 소리꾼 목이 트인다고 들은 적이 있는데요."

"……!"

마루의 눈동자에는 몇 초간 당혹감이 감돌았다. 하지만 진주나 마루의 당황한 반응과는 다르게 강아의 눈빛은 호기심으로 초롱초롱하게 반짝거렸다.

"……똥물이요?"

"네."

"강아야!"

진주가 더는 안 되겠다 싶어 강아의 이름을 힘주어 불렀으나 오히려 강아는 아무렇지 않다는 듯 진지한 표정이었다. 강아는 진주에게 바싹 다가가 이번엔 조금 흥분한 목소리로 속삭였다.

"진주 넌, 정말 안 궁금해? 난 어릴 때부터 그게 엄청나게 궁금했어."

"앗, 저……."

여자 둘의 심각한 대화를 지켜보던 마루는 황당한 표정을 지으며 더는 안 되겠다 싶었는지 강아의 말을 끊었다.

"이강아 씨."

"동의보감에도 효능이 적혀 있다던데요?"

"그건 약이 워낙 귀한 시절이라 민간 처방으로 그렇게 했던 겁니다."

마루는 적잖게 당황했지만 천천히 말을 이었다.

"농담이시겠지만 저는 이비인후과 의사로서 그건, 절대 권하지 않습니다."

마루는 의사로서 당연한 이야기를 했고 강아와 진주는 그저 고개를 끄덕였다.

병원에 다녀온 후 진주의 발도 서서히 아물었다. 진주는 득음정에 올라 다시 연습을 시작할 생각이었다.

가방을 챙기고 잠을 자려고 누웠는데 옆방에서 부스럭거리는 소리가 들려왔다.

"이 한밤에 짐 옮기나 봐."

진주와 강아는 드디어 옆방에 새 손님이 왔다고 생각했다.

'만정'은 차 밭과 다원이 가까운 관광지였으나 깊숙한 곳에 위치한 작은 숙소였기에 손님도, 오가는 사람도 많지 않았다. 게다가 같은 기와지붕에 옆방과 이어진 마루를 같이 쓰게 되어 있으니 두 개의 방이 벽으로 막혔을 뿐 독채 한 개와 다름없었다.

"이렇게 소리가 다 들리니 우리도 말할 때 조심해야겠어."

진주의 말에 강아도 고개를 끄덕였다.

"여기 방 사이 벽도 얇은 편이고 문도 창호지니, 방음이 잘 될 리 없지."

"그렇지?"

"……"

강아는 천장을 보며 무언가를 아득하게 떠올리는 진주 얼굴을 보고 있었다.

"너 무슨 생각해?"

"아무 생각도 안 하는데?"

"거짓말."

강아는 몇 번 몸을 뒤척이다 도저히 그냥 잘 수 없는지 진주 쪽으로 몸을 돌려 턱을 괴고 누웠다.

"감독님 생각하지?"

진주가 강아를 쳐다봤다. 어떻게 알았을까? 하는 표정이었다.

"이게 무슨 말도 안 되는 생이별이래? 어서 네 소리가 완전히 돌아와서 감독님이랑 집으로 가야지."

"응."

진주는 그와 만나고 나니 함께 신혼을 보냈던 날들이 더 그리웠다.

"진주야."

"응?"

"소리가 좋아져서 집으로 돌아가면. 감독님과 아기를 가지는 건 어때?"

"뭐?"

진주의 고개가 강아를 향했다. 갑작스러운 아기 얘기가 진주로선 낯설었다.

"감독님과 네게도 아기가 있어야."

강아는 잠시 뜸을 들였다.

"배진주가 소리 하겠다고 다시는 도망 안 칠 거 아냐."

"도망은 무슨?"

강아의 말에 단번에 잠이 깬 진주는 발끈하며 이마를 찡그

렸다. 하지만 강아는 할 말은 하겠단 얼굴을 하곤 진주에게
말했다.

"입장을 바꿔 놓고 생각해 봐. 네가 아무리 국보 소리 듣는
천재 소리꾼이라 해도 죽어라 사랑하는 아내가 아픈 목을 고
치겠다고 갑자기 연락도 끊고 집을 나갔다. 이건 팩트잖아."

냉정한 이강아.

진주는 한숨이 저절로 쉬어졌다. 가슴 아래 뼈가 욱신거리
는 것 같은 통증이 느껴졌다.

"그것도 둘은 신혼인데. 감독님 입장에선 죽을 때까지 못
잊을 상처고 트라우마가 될 수 있다고 봐."

진주는 입을 다문 채 말이 없었다. 사실은 그녀도 알고 있
었으니까.

"선녀와 나무꾼 봐. 나무꾼이 선녀가 떠날까 봐 얼마나 불
안해하니? 내 생각엔 네가 어딜 안 갈 거란 확신을 감독님께
주는 데, 애 셋은 필요하다고 본다."

올망졸망한 아기 셋이 엄마라고 부르며 제 곁을 뛰어다니면
얼마나 사랑스러울까? 그런 모습이 상상되니 진주는 미소가
지어졌다.

"울 언니가 그러는데 아기 놔두고 화장실도 못 간대. 앞으
로 안고 볼일 본다더라."

"진짜?"

"너도 감독님이 서울 가기 전에 이상행동 하시는 거 봤지?
네가 떠날지도 모른단 불안함이 있으니까 괜히 엉? 그 차갑고

점잖으신 분이 말야, 막 밖에서 대놓고 뽀뽀하고 안고 그러는 거라고."

"아."

진주에게서 감탄 같은 작은 소리가 흘러나왔다.

강아는 그렇게 생각했구나. 원래 윤재가 단둘이 있을 땐 스킨십에 적극적이란 걸 모르니, 갑작스러운 이별로 트라우마가 생겨 그의 행동이 변한 거라고.

"쯧, 쯧. 내 말 맞는 것 같지? 감독님이 아무래도 충격이 크셨을 거야. 너를 방방곡곡 헤매며 찾다가 결국 쓰러지기까지 했는데."

진주의 표정이 무거워졌다.

자신이 갑자기 떠날 거란 불안감을 그가 갖게 될 거란 생각까진 미처 하진 않았기에.

"그러니까 감독님 신경 좀 써. 네가 못 할 게 뭐 있냐? 서로 죽고 못 살게 사랑하는 부부가."

"……."

진주의 눈동자를 가만히 바라보던 강아가 이번엔 차분한 얼굴로 진주의 손을 잡고 깍지를 끼웠다.

"진주야, 사실은 감독님도 그렇지만, 나도 힘들었어. 배진주 네가 나한테 보통 친구야? 아기 때부터 동네 소꿉친구에 평생 소리 동문인데……."

"……미안해."

어느덧 강아의 눈가에 눈물이 글썽였다. 그 모습에 진주는 마음이 아파 연신 미안해하며 강아의 얼굴을 바라봤다. 진수와 헤어지고 자신마저 사라져 돌아오지 않으니, 강아도 세상에서 가장 돈독하다고 여겼던 셋의 우정이 갑자기 사라졌단 상실감이 깊었을 거란 생각이 들었다.

"다신 몰래 사라지지 마."

"알았어."

탁. 타르르르.

옆방에서 언제부턴가 자그맣게 북소리가 들려오고 있었다. 시원한 밤바람이 좋아 창문을 열어 두었더니 내리는 달빛에 새어드는 북소리가 아늑했다.

"오랜만에 들으니 북소리가 좋네."

"새로 옆방에 들어오신 분이 고수이신가?"

"소리 하러 왔을 수도 있지."

"북소리가 자장가처럼 부드러운데?"

진주는 고개를 끄덕였다.

"강아야, 그러니까 이제 그 생각은 그만하고 자. 난 내일부터 열심히 연습해서 목소리 빨리 찾을 테니 걱정하지 말고."

"좋았어."

강아는 진주가 제 마음을 알아주면 됐다 싶었다.

진주는 조금 더 귀 기울여 북소리를 들었다.

저 장단에 우리 아버지 노래가 왜 기억이 나지. 북소리와 더불어 창을 통해 들려오는 풀벌레 소리가 진주의 마음을 진정시키고 있었다.

옆방으로 들어온 새 손님은 윤재였다.

처음 진주를 찾으러 왔을 때 윤재는 '만정'에 빈방이 있는지 예약 전화부터 했었다. 주인은 방이 두 개밖에 없는 작은 게스트 하우스라 소리꾼들을 위해 월 단위로 세를 놓는 형태라며 그나마 방 하나는 정리가 되지 않아 세를 놓지 않고 방 하나에만 손님이 있다고 설명했다.

윤재는 웃돈을 얹어 장기 계약을 할 테니 최대한 빨리 지낼 수 있도록 방을 정리해 달라 부탁했다. 다시 서울로 올라가 일을 정리하는 사이 방 정리가 끝났다는 전화가 걸려 왔고 오늘 밤늦게 체크인을 하게 된 것이었다.

늦은 시간에 '만정'에 도착했기에 진주의 방에 불이 꺼진 걸 본 윤재는 인사를 다음 날로 미뤘다. 짐을 정리하고 벽에 기대 앉았더니 옆방에서 진주와 강아가 도란거리는 소리가 들렸다. 한옥이라 방음이 약한 탓도 있지만 창문이 열린 채라 더욱 잘 들리는 것 같았다.

그는 서울에서 챙겨 온 북을 잡아 세워 아주 조용히 장단에 맞춰 북을 치기 시작했다.

둥둥. 톡.

가능하면 이 소리가 깊은 잠으로 당신을 인도하는 자장가가 되길.

"무슨 생각해? 감독님 생각하지?"

윤재는 들려오는 대화에 북을 멈췄다. 강아가 진주에게 묻는 소리가 들렸고 진주는 말이 없었다. 윤재는 진주의 침묵이 그렇단 답인 걸 알았기에 흐뭇하게 입술을 늘어뜨리며 웃었다. 진주가 어떤 표정으로 자신을 생각하고 있을지 상상이 됐다. 아마도 저처럼, 그리움이 가득한 깊은 눈동자를 하고 다부진 입술을 닫고 있겠지.

등 뒤의 벽 너머에 진주가 있단 생각에 그의 몸 곳곳에 행복한 아드레날린이 퍼졌다.

"내 생각엔 네가 어딜 안 갈 거란 확신을 감독님께 주는 데 애 셋은 필요하다고 본다."

윤재는 그 말을 듣고 후후 웃으며 턱을 쓰다듬었다. 강아가 진주뿐만 아니라 자신에게도 상당히 도움이 되는 친구임엔 틀림없었다. 예전에도 강아가 술자리에서 아기 얘기를 꺼내 진주와 그 얘길 한 적이 있었는데.

— 강아 말처럼 전 혼자 외롭게 자라서 만약 결혼하게 된다면 아이가 많은 가정을 만들고 싶다고 생각했어요.

— 난 이전엔 한 번도 가정을 만들 생각을 해 본 적이 없어. 그러니 아기는 더 생각하지 못했어. 아이들이 뛰어노는 화목하고 시끄러운 가정을 꿈꾸었다면서?

— 그건 어릴 때고 지금은 아니에요.

— 나는 배진주가 원하는 건 다 들어주고 싶어.

윤재는 진주와 아기에 대해 말하던 순간을 떠올렸다.

'아기라……'

그는 강아의 생각처럼 트라우마를 가진 건 아니더라도 진주와 자신에게 굳건한 결속이 필요하단 생각이 들었다. 이 결혼과 사랑을 더 다부지게 붙들어 줄 둘의 사랑의 결실, 아니 솔직하게 말하자면.

'이젠 나에게 가정이 간절해진 건가.'

창문을 닫는 소리가 들리기에 윤재도 자리에 누워 눈을 감았다.

다음 날 어둑한 새벽, 가방을 어깨에 메고 득음정에 오르기 위해 마루로 나온 진주가 신발을 신으려는데 마당에 선 커다란 인영이 보였다. 그 인영을 발견한 진주는 놀랐지만 곧 윤재임을 알아챘다.

"윤재 씨……? 아니, 이 새벽에 거기서 뭐 하세요? 서울에서 언제 왔어요?"

"어젯밤에 도착했는데 너무 늦어서 도착했단 말은 못 했어. 잘 있었지?"

윤재는 손을 들어 아침, 아니 새벽 인사를 했다. 당장 진주를 안고 싶지만, 방에서 강아가 일어나 나올 수 있어 참았다.

"윤재 씨는 아직 운동 시간이 안 됐으니 조금 더 쉬다 운동하러 가세요. 저는 득음정에 다녀올게요."

"나도 같이 갈까?"

"득음정에요?"

윤재는 고개를 끄덕이다 목덜미에 손을 올리고 몇 번 쓱 문질렀다. 윤재는 자신의 말을 듣고 눈을 깜박이며 조금 당황한 채 바라보는 그녀에게 눈을 맞추었다.

"방해될까?"

"아, 그건……."

진주도 윤재와 같이 득음정을 오르는 상상을 했다. 그와 같이 걸어가는 길은 너무 좋을 거야. 하지만 득음정에 가는 이유는 수련을 하려는 것인데, 윤재가 옆에 있다면 제대로 연습이 될 리 없었다.

그때 방문이 열리고 강아가 나왔다.

"진주야, 오늘은 나랑 같이 가. 흐아암."

강아는 입을 쩌억 벌리고 손을 가리고 하품을 몇 번이나 더 했다.

"강아야, 이 새벽에? 네가 같이?"

"흐아아웁. 새벽에 혼자 산에 오르내리는 거 위험해. 여기 있는 동안 나도 같이 산 공부 한다 생각하고 같이 다녀 보려고."

"그럼 전 강아랑 다녀올게요. 생각해 보니까 윤재 씨와 같이 오르면 소리 연습이 안 될 것 같아요."

더구나 진주는 아직 다 회복하지 못한 불완전한 목소리를 그에게 들려주는 것도 싫었다. 따라나서려던 윤재는 진주의 말처럼 자신이 방해될 것 같아 동행은 포기해야 했다.

"그럼 다녀오는 동안 난 아침 식사를 준비해 둘게. 돌아오면 10시 정도 되려나?"

"네. 그 정도 되긴 하는데."

"감독님이 요리도 할 줄 알아요?"

강아는 윤재가 요리를 한단 말에 놀라 물었다.

"할 줄 알아요."

"감독님은 재벌 집 아들이신데 일하시는 분들이 음식을 해 주지 않으세요?"

"혼자 있는 게 편해서 사람을 집에 들이지 않을 때도 많았어요."

강아는 눈을 반만 떴다. 요리를 한다는 말에 윤재가 또 다르게 보였다. 강아는 얼른 산에 오를 준비를 하고 나오겠다며 방으로 들어가 씻고 옷을 갈아입고 호다닥 뛰어나왔다.

"감독님! 그러면 진주와 저는 소리 수련하러 다녀올게요. 근사한 아침 식사를 부탁드립니다. 와. 기대된다."

"저, 식사는……."

진주가 윤재 혼자 식사 준비를 한다는 말에 걱정이 되어 돌아와 같이 준비하자고 하려는데 강아가 진주의 손을 잡아당겼다. 둘은 인사를 하고 재빨리 마당에서 사라졌다.

강아와 진주가 다시 숙소로 내려왔을 때 윤재는 정말 아침 식사를 준비하고 있었다.

"다녀왔어? 강아 씨도 잘 갔다 왔어요?"

"네."

"그럼요."

두 사람이 마당에 들어서는 소리를 듣고 방에서 나온 윤재는 셔츠 소매를 둘둘 걷어 올리고 어디서 구했는지 빨간 앞치마도 하나 입고 있었다. 덩치가 큰 윤재가 입어서 그런지 앞치마도 아주 작게 느껴졌다.

나란히 이어진 방 옆으로 기역 자로 공용 주방 겸 식당이 자그맣게 있었다. 그런데 윤재가 방에서 나오는 걸 본 진주와 강아의 눈이 커졌다.

"그런데 왜 윤재 씨가 옆방에서 나와요?"

"아! 어젯밤에 짐 가지고 옆방으로 들어왔어. 어젠 늦어서 인사를 못 했거든."

"네?"

강아도 놀랐지만 진주가 더 놀란 눈을 했다.

"그럼 어젯밤에 짐 옮기고 북 치던 사람이 윤재 씨였어요?"

"맞아."

윤재는 아무렇지 않게 대답하더니 자연스럽게 둘에게 식사하러 식당으로 오라고 말했다.

"네. 전 방에 잠시 들렀다 갈게요. 감독님은 진주 먼저 데리고 들어가세요."

강아는 볼일을 보러 방으로 들어가고 진주는 윤재를 따라 식당으로 들어갔다.

"빨간 앞치마는 어디서 났어요?"

"주인분께 부탁했더니 가져다주셨어."

"잘 어울려요."

"……!"

식당 문이 닫히자 순식간에 문 앞에서 진주는 그의 두 팔에 갇히고 말았다. 그녀가 놀랄 겨를도 없이 윤재는 고개를 숙여 진주의 입술에 꾸욱 자신의 입술을 부딪쳤다. 그러곤 쪽쪽쪽. 무방비하게 퍼부어지는 뽀뽀에 간지러워 진주는 몸서리가 쳐질 정도였다.

"가, 강아가……."

곧 찾을 텐데.

"소리 연습은 잘했어?"

반짝이는 진주의 눈동자를 내려 보던 그는 한 번 더 진주의 입술에 가볍게 입 맞췄다. 탁. 강아가 방문을 열고 나와 마루로 걸어오는 소리가 들렸다. 윤재를 올려 보는 진주의 심장은 뛰다 못해 터질 것 같았다.

"강아 씨 있는 곳에선 안 그럴게."

장난 한 마디가 진주에겐 큰 부담이 되는 것 같아 윤재는 제 입으로 그 장난의 종지부를 찍었다.

"그러니 안심하라고."

하지만 그는 말과 행동이 달랐다. 쪽. 다시 그녀의 입술로 자신의 입술을 부딪쳐 왔으니까. 진주는 이번엔 무언가 아쉬움을 느끼며 그를 올려다보았다. 진주의 볼과 얼굴에 뜨거운 그의 숨결이 햇살처럼 쏟아져 내렸다. 진주는 저도 모르게 발 꿈치를 들어 올려 윤재에게 입 맞추고 말았다. 짙게 가라앉았 던 그의 눈동자는 순식간에 화르륵 들뜨고 있었다.

"강아 씨, 거의 다 왔어."

윤재는 말과 행동이 달랐다. 부끄러움에 고개를 숙이는 진 주의 입술을 기어코 찾아낸 윤재가 다시 내려앉았다. 진주의 입술은 더없이 애틋하고 감미로웠다. 입술을 뗀 윤재는 숨을 깊이 들이마시고 후우 내뱉으며 진주를 보았다. 복숭앗빛으로 상기된 두 볼과 투명하게 반짝이는 붉은 입술, 까만 눈동자가 박힌 말간 얼굴.

말도 못 하게 예뻐 보이는 그녀를 두고 이런 짧은 입맞춤으 로 끝내야 한단 생각에 윤재는 더 애틋했다. 미련이 잔뜩 남은 얼굴로 윤재는 진주의 볼을 한 번 쓸어내렸다.

똑똑.

강아가 노크하는 소리가 났다. 그 소리에 눈을 마주친 둘은 입술로만 웃었다. 윤재는 진주를 가두었던 팔을 풀었고 진주 가 그의 팔 속에서 빠져나오자 강아가 들어왔다.

"강아 씨, 어서 와서 식탁에 앉아요."

어색한 얼굴로 서 있는 진주를 보며 강아가 고개를 갸웃했 다.

"진주 넌 왜 아직 서 있어?"

주방으로 가던 진주는 당황해 눈을 굴리며 대답을 찾았다.

"식사 준비를 도우려고."

"그랬어?"

강아도 뭘 해야 하나 싶어 주방 앞으로 쪼르르 걸어갔다. 하지만 이미 식탁 위에는 음식이 차려져 있었다. 윤재는 전기 레인지에서 냄비를 가져와 식탁 중앙에 올리고 뚜껑을 열었다.

"할 거 없으니 앉아요. 국만 담으면 돼."

"네."

윤재는 진주와 강아가 자리에 앉자 수저까지 가지런히 테이블 위에 놓아 주었다. 윤재는 마지막으로 국을 가득 떠서 밥 옆에 놓아 주며 진주에게 말했다.

"명창분들께 전화해 여쭤봤어. 소리꾼 목을 빨리 되돌리려면 우선은 건강한 제철 음식을 먹어야 한다고 하시더라고. 이두부전골도 먹어 봐. 몸에 좋다길래 샀는데."

"네."

두부전골을 떠먹는 진주를 보던 강아는 상 한가운데 큰 접시 가득 쌓여 있는 생선 구이를 보며 물었다.

"감독님, 이건 뭐예요?"

"장어예요."

윤재가 수산 시장에 가서 직접 사 와서 마당에서 구운 장어였다.

"장어요?"

잘려서 구운 장어 몸통 크기를 보니 대물이었다.

"맛있게 구우려고 숯불에 올려 구웠더니 석쇠에 다 들러붙어 모양은 좀 그렇게 됐어요. 살아 있는 걸 바로 손질해 구운 거라 몸엔 좋을 거예요."

진주는 조용히 밥을 먹고 있었으나 얼굴은 감동한 듯 먹먹한 얼굴이었다. 밥과 맑은국에 두부전골, 그리고 장어구이까지. 장을 봐서 직접 손질하며 혼자 바빴을 윤재가 고마웠다. 서울에선 바쁜 그가 직접 요리하는 모습을 본 적이 없었기에 더 그랬다.

진주가 볼에 작은 보조개를 쏙 넣었다 뺐다 하며 마음을 숨기느라 애쓰는 걸 보며 윤재도 젓가락으로 장어를 먹는데 진주가 물었다.

"윤재 씨, 서울엔 언제 다시 올라가요?"

윤재의 손짓이 잠시 멈췄다.

"당분간 여기서 지낼 것 같아."

"여기서요?"

강아와 진주 모두 놀란 눈을 했다. 윤재의 손은 다시 부지런히 진주 밥그릇 위에 장어를 잘라 올리고 있었다.

"그러다 진주 소리가 좀 더 좋아지면, 같이 우리 집에 가야지."

같이. 우리 집에.

우리 집에 가잔 말에 마음이 아려 와 왠지 코끝이 매웠지만, 진주는 아무 대꾸 없이 그저 밥을 열심히 먹고 있었다. 집으로 빨리 가고 싶은 마음은 진주도 컸으니까.

반면 강아가 듣기엔 윤재가 여기서 오래 지내겠단 말로 들렸다. 진주의 목은 아직 다 낫지 않았고 저 상태로 당분간은 공연도 할 수 없었다. 애순도 진주가 보성에 있단 걸 알고 수련을 하다 목이 다 나으면 움직이길 바랐다.

"그럼 감독님이 여기 계시니 저는 볼일 보러 잠시 집에 다녀올게요. 스승님께도 들러야 할 것 같아요."

"언제?"

"감독님이 계시니 밥 먹고 바로 출발할래."

"언제 돌아와요?"

"이틀 정도 걸릴 것 같아요. 감독님, 그동안 진주 잘 부탁드립니다."

부탁한다는 강아 말에 진주가 입술을 비죽거렸다.

"이강아, 내가 어린애니? 뭘 부탁해?"

"애는 아니라도 환자잖아? 너도 얼른 다 나아서 이전처럼 무대에 다시 서야지. 아무리 유명해도 사람들 눈에 너무 오래 안 보이면 금방 잊는 게 세상인심인데."

진주도 벌써 소리 공연을 하지 않은 지가 오래되어 감각을 잃게 될까 걱정이었다. 연습은 매일 하고 있지만, 실제 무대에서 관중들과 같이 호흡하며 무대에 서는 일은 완전히 달랐다.

"감독님이 여기 계신다니 마음은 편해요, 그런데 바쁜 감독님께서 여기서 온종일 이러고 계셔도 돼요?"

그는 잠시 생각하는 듯했다. 윤재는 어쩔 수 없지 않느냐는 듯 어깨를 한 번 올렸다.

"일은 화상이나 메일로 하면 되고 나머지 시간엔 배진주 내

조하려고요. 몸에 좋은 거 먹이고 운동도 같이하고 소리 연습하는 거 들어주고. 또 북도 쳐 주고."

"북도요?"

연습하는 동안 고수를 하겠다 자처하는 윤재를 보며 진주는 좋았지만, 마음은 무거워졌다. 그는 좋은 작품으로 수많은 관객이 즐겁게 만끽할 창극 무대를 만들어야 할 감독인데.

진주가 몰래 그를 떠나야 했던 이유도 그의 일을 방해하고 멈추게 할까 봐 그런 것이었기에 더욱 마음에 걸렸다. 진주는 고개를 들지 않고 묵묵히 식사를 이어 갔다.

"배진주, 나 북에 재능이 있나 봐? 공연 일도 좋지만, 이것도 꽤 재밌어."

윤재가 일을 제대로 못 하는 게 아닌지 걱정할 진주에게 일부러 하는 말이었다. 그리고 어떡하든 진주 옆에 있고 싶다는 그만의 표현이기도 했다. 진주가 아무 말이 없으니 윤재는 말을 돌렸다.

"어? 장어 꼬리를 벌써 다 먹었네? 이번엔 이걸 먹자."

윤재도 일이 걱정되지 않는 건 아니지만 당분간은 진주에게만 집중하고 싶었다. 진주를 바라보는 윤재의 눈빛은 어느덧 촉촉해졌다. 넌지시 둘의 모습을 보며 걱정된 강아가 분위기를 바꾸고자 농담을 던졌다.

"진주야, 장어가 대표적인 그거인 거 알지?"

"응?"

"정력제."

풉, 하고 윤재가 웃었고 진주는 얼굴을 붉혔다.

"감독님, 진주에게 아침부터 장어 꼬리 먹이고, 나 없이 둘이서 뭐 하려고 그러는 거예요?"

"야아!"

강아가 던지는 한마디에 사정없이 커진 진주의 눈을 보며 강아도 윤재도 후후, 웃었다.

Chapter 20

소풍

식사를 마친 후, 진주는 윤재와 같이 버스 터미널까지 강아를 배웅했다.

진주는 터미널을 나오다 윤재에게 헤어숍에 같이 가 달라고 부탁했고, 윤재는 보성 시내를 돌고 돌아 직원이 몇 명 정도 있는 나름 규모가 큰 헤어숍을 선택해 들어갔다.

헤어숍에 다른 손님은 없었다. 디자이너가 진주와 윤재를 맞이하더니 진주를 안내했고 윤재는 그 뒤에 마련된 소파에 진주를 보고 앉았다.

"손님, 어떤 헤어스타일을 원하세요?"

진주는 커다란 거울을 보았다. 디자이너는 진주의 머리를 펼쳐 길이를 확인하더니 놀라워했다. 허리 아래를 덮는 긴 머리였다.

"머리카락 길이가 상당히 길어요."

진주는 거울에 비친 자신을 보았다. 자신도 있었지만, 그녀를 바라보는 윤재의 얼굴도 보였다. 거울을 통해 윤재와 눈이 마주치자 진주는 웃으며 그에게 몸을 돌려 말했다.

"윤재 씨, 이 정도 길이의 단발은 어때요? 괜찮아요?"

진주는 귀 아래로 손바닥을 눕혀 가리키며 그만큼 자르면 어떻겠냐고 윤재에게 물었다.

윤재의 눈은 그제야 커다래졌다.

"짧은 단발로?"

진주가 고개를 끄덕이자 그는 소파에서 일어나 진주 옆에 와서 섰다.

"한 번도 짧은 머리였던 적이 없었다고 들었는데?"

윤재는 진주가 한 번도 머리카락을 단발로 자른 적이 없단 걸 알고 있었기에 정말 그렇게 많이 잘라도 괜찮겠냐고 걱정스러운 얼굴로 물었다.

"네. 그래서 이번에 잘라 보고 싶어요."

윤재는 단호한 진주의 대답에 거울을 통해 진주의 눈동자를 바라봤다. 진주가 머리카락을 자르려 마음을 먹은 데엔 무언가 마음의 변화가 있었을 거란 생각이 들었다.

"진주가 그렇게 하고 싶으면 그렇게 해야지. 난 배진주가 얼마나 더 예뻐질까 기대되네."

그녀는 윤재의 대답에 자그맣게 웃었다. 자세를 고쳐 앉은 진주는 디자이너를 바라보며 어깨 위쪽을 손으로 가리켰다.

"이 정도 단발로 잘라 주세요. 그리고 앞머리도 잘라 주시고요."

"네. 알겠습니다. 손님, 오래 기른 머리카락을 많이 잘라 버리려니 아쉽겠어요. 머릿결도 너무 좋은데. 하지만 얼굴이 작고 예쁘시니, 단발도 잘 어울릴 것 같아요."

겨우 몇십 분. 진주의 머리카락은 순식간에 잘려 나갔다.

삭둑삭둑 가위질 소리를 들으며 진주는 조금 긴장했다. 머리를 단발로 자르는 것도, 앞머리를 내는 것도 진주에겐 처음이기에 생소하고 이상한 감정을 자아냈다. 진주는 거울을 통해 자신의 변하는 얼굴을 자세히 지켜보았다.

'마음이 이상해.'

전통과 자연스러움을 중시하는 진주에게 긴 머리카락은 소리꾼으로서 그녀의 상징과도 같았다. 그래서 혼자 지내며 몇 번이나 머리카락을 자르려고 했지만, 실천에 옮길 용기는 내지 못했던 진주였다. 그리고 막상 머리카락이 잘려 나가니 불안과 후회가 밀려오기도 했다. 하지만 뒤에서 윤재가 자신을 지켜보고 있다는 생각에 진주는 금세 안심이 됐다.

'윤재 씨와 오길 잘했어.'

"손님, 샴푸해 드리겠습니다."

머리카락 커트가 끝나고 진주는 거울에 비친 짧은 머리의 자신을 보다 디자이너의 안내를 듣고 가만히 일어났다. 진주가 디자이너를 따라가니 윤재도 같이 일어나 다가와 디자이너에게 정중히 말했다.

"부탁이 있습니다. 아내의 머리카락을 제가 감겨 줘도 되겠습니까?"

"남편분이 샴푸를요?"

처음 있는 일이라 디자이너는 당황한 듯 보였으나 곧 원장이 상황을 지켜보다 나와서 괜찮다고 했다.

"그럼 사모님 샴푸 준비만 해 드릴게요. 두 분 다 저를 따라오세요."

디자이너는 둘을 샴푸실로 안내했고 진주를 샴푸 체어에 눕혀 하얀 타월로 진주의 얼굴을 이마까지 가렸다. 윤재에게 샴푸와 컨디셔너의 사용법 등을 알려준 디자이너는 다 하고 불러 달라며 샴푸실을 나갔다.

디자이너가 완전히 나가는 소리가 들리자 진주가 그제야 입을 열었다.

"내가 머리카락을 갑자기 잘라서 걱정했어요?"

하얀 타월 아래로 진주의 입술만 움직였다.

"아니."

윤재는 샤워기를 틀어 손목에 대어 보며 물 온도를 확인했다. 적당한 온도가 되었다 싶을 즈음 샤워기를 대어 진주의 머리카락 끝부터 적시기 시작했다.

"걱정 마요. 나 아무렇지 않아요."

"알아."

쏴아. 세찬 물줄기 소리가 나고 진주의 이마 위부터 따뜻한 물이 흘러들어 진주의 머리카락을 적시기 시작했다. 꼼꼼한 윤재는 진주의 이마와 코를 덮은 하얀 타월로 그녀의 귀까지 덮어 주고 세세하게 샴푸를 묻혀 거품을 내기 시작했다.

윤재의 손가락 사이사이로 진주의 짧은 머리카락이 잡히었다 빠져나갔다. 몇 번 진주의 머리카락을 감겨 준 적이 있던 윤재도 짧은 머리를 감겨 주는 건 처음이었기에 낯설었다.

"처음으로 배진주의 짧은 머리카락을 보니 너무 예쁘고 색 달라서 그랬나. 무척 설렜어."

"치."

진주는 알았다. 이것은 그의 위로란 걸. 그리고 그는 그녀의 마음을 너무도 잘 아는 것 같았다.

사실 진주는 그동안 아끼던 머리카락을 자르는 것도, 윤재 가 이곳에 같이 있는 것도 불안했었다. 하지만 그는 변함없는 모습으로 다정하게 자신을 아껴 주었고 강아나 스승님의 보이 지 않는 관심과 격려에 자신 없고 우울하던 마음은 점점 나아 지고 있었다.

게다가 한 번도 해 본 적 없는 단발도 막상 하고 보니 스스 로 보기에도 괜찮아 보였다. 어색하지 않을까 하던 걱정과 달 리 머리를 자르고 나니 가벼워진 머리카락만큼이나 마음이 이상하게 후련하기도 했다.

예쁘다, 설렌다는 윤재의 말에 진주는 더 용기가 생기는 것 같았다. 그래, 새로운 마음으로 움츠러들지 말고 더 열심히 노 력하면, 앞으론 더 잘해 볼 수 있을 거야.

그래서 얼른 윤재 씨와 우리 집으로 돌아가야지.

"난 매달 머리카락을 자르니 익숙한데, 처음 머리카락을 단 발로 잘라 보는 느낌은 어때?"

"이상한데 시원하기도 했어요."

윤재는 그녀의 앙증맞은 입술만 붉게 꼬물거리며 답하는 모습이 귀여웠다.

"그런데 윤재 씨가 머리카락을 감겨 주는 느낌이 더 이상해."

"이런 남자 세상에 없어. 그것만 알아 둬."

"후후. 알았어요."

진주의 입술이 호선을 그리며 예쁘게 이를 조금 드러내고 웃었다.

몇 초. 갑자기 머리카락을 감겨 주던 윤재의 손길이 멎더니 정적이 흘렀다.

"뭐예요?"

진주는 무슨 일이 있나 싶어 타월을 벗으려 손을 올렸다. 하지만 진주가 타월을 잡는 것보다 먼저, 진주의 입술에 차가운 무언가가 닿았다.

진주의 입술이 움찔하더니 바르르 떨었다.

진주는 통통하고 작은 입술을 앙증맞게 벌리고 흰 이를 드러내며 그에게 미소를 지었다. 타월로 반쯤 가려진 입술만 보아도 진주의 웃는 얼굴이 모두 상상되어 그도 따라 웃었다.

누가 본다면 우습다고 할 터였다.

큰 키의 윤재가 자그마한 진주의 머리를 감겨 주기 위해 무릎을 굽히고 허리도 어슷하게 숙인 채였다. 그 상태에서 진주와 말을 주고받으려니 그의 허리는 점점 숙여지고 얼굴마저 그녀에게 가까이 내려가고 있었다.

윤재의 얼굴은 더 진주에게 가까이 내려가 반듯한 목소리로 말했다.

"방금 입술을 지난 건, 뭐게?"

그녀의 입술이 또 꼬물거렸다. 윤재도 입술에 힘을 주었다. 사랑스럽단 생각에 진짜 키스라도 하고 싶었지만 이곳은 둘만의 공간이 아니었기에 참아야 했다.

"내가 장난치는 거 모를 줄 알아요?"

"입술에 닿은 건 뭐였을까 맞춰 봐."

진주는 사실 처음엔 그의 입술일지도 모른다고 생각했었다. 하지만 진짜 입술이라면 윤재가 저렇게 장난스럽게 물어볼 리 없었다.

"손가락이죠?"

"어? 손가락인 줄 알았네? 그럼 왜 입술을 떨었지?"

"떨긴 누가 떨었다고 그래요? 빨리 나가게 머리부터 마저 헹궈 줘요."

"알았어."

윤재도 시간을 지체했다 싶었는지 진주의 두피까지 꾹꾹 눌러 가며 머리 감기를 서둘러 마쳤다. 타월을 두 장 더 가져와 머리카락의 물기를 제거하고 얼굴에 올린 타월까지 벗겨 낸 윤재는 진주를 샴푸 체어에서 일으켰다. 윤재가 디자이너를 불렀고 진주는 다시 거울 앞에 앉았다.

머리카락이 가벼워져 그런지 그녀의 마음은 왠지 산뜻했다. 거울 속엔 평소와 조금 다른 모습의 배진주가 앉아 있었다.

'달라지고 싶어.'

진주는 늘 달라져야 한다는 생각을 했다. 그리고 윤재 덕분에 그동안 자르지 못했던 머리를 자르고 보니 용기가 생긴 것도 같았다.

거울에 비친 윤재가 싱긋 웃음을 짓고 있었다. 머리카락을 말리는 드라이어 소리가 진주의 마음을 뜨겁게 만들었다.

헤어숍에서 나온 윤재와 진주는 차에 탔다. 어색한 머리가 신경 쓰이는지 진주는 평소보다 손이 머리카락에 자주 올라갔다.

핸들을 잡고 진주를 몇 번 힐끔거리던 윤재는 말을 꺼냈다.

"머리카락도 예쁘게 잘랐는데 나온 김에 소풍 갈까?"

"소풍이요?"

"같이 가 보려고 미리 봐 둔 데가 있어."

윤재가 진주를 데려간 곳은 다원 부근의 외진 공터였다. 얕은 산등성이를 타고 빽빽한 삼나무가 울타리를 만들고 푸릇한 잔디가 끝없이 보였다.

얼마간 걸어 들어간 둘은 사이좋게 잎사귀와 가지가 서로 얽혀 있는 커다란 삼나무 세 그루를 발견했다. 윤재는 그 아래 그늘에 멈추어 잔디 위의 돌을 발로 골라내고 차 트렁크에서 꺼내 온 커다란 가방을 바닥에 내려놨다.

잠자코 윤재를 따라오던 진주는 그가 네모난 라탄 가방을 들고 온 이유가 궁금해 물었다.

"그 가방은 뭐예요?"

"소풍을 왔으니 당연히 이건 피크닉 가방이지."

"피크닉 가방이 그렇게 커요?"

진주는 기내용 여행 가방만큼 큰 사이즈에 가죽 스트랩 손잡이가 달린 갈색 라탄 가방을 유심히 보았다. 그는 버클을 열어 가방 안에서 돗자리를 꺼내 펴고 그 위에 빨간 체크무늬의 천 한 장을 펼쳐 덧깔았다.

진주는 마술사처럼 가방에서 무언가를 계속 꺼내는 윤재를 보며 눈을 동그랗게 키웠다.

"이게 다 어디서 났어요?"

"차 트렁크에 있었어."

"차에요?"

윤재는 싱긋 웃어 주었다. 그는 진주를 찾아다니는 동안 연애 기간도 없이 서둘러 결혼했기에 떠올릴 추억이 별로 없다는 것을 깨달았다. 그래서 그는 진주와 만나게 되면 자주 소풍을 와야지 다짐했었다.

그렇게 윤재는 우연히 눈에 띈 피크닉 가방을 충동적으로 마련했다. 트렁크에 그 가방을 실어 두고 진주를 찾아다니며 그녀를 만나지 못해 실망할 때마다 윤재는 무언가를 이 가방에 하나씩 채워 넣곤 했었다.

배진주가 좋아할 만한 심플한 돗자리, 배진주의 취향이 깃든 빨간 체크무늬 담요, 그녀가 즐겨 먹던 스낵, 음료 등등. 그랬기에 미치도록 진주가 보고 싶을 때마다 하나씩 마련한 것들이 그 가방에 가득 찼다.

"앉자."

"네."

신발을 벗고 둘은 돗자리 위에 나란히 앉았다. 윤재는 진주 옆으로 바짝 몸을 붙여 그녀의 어깨에 팔을 둘렀다. 진주는 가만히 있다 슬며시 그에게 고개를 기대었다.

오랫동안 그립던 익숙한 향기와 감각들이 포로록 되살아나는 것 같았다.

윤재는 진주의 머리를 쓰다듬고 눈썹을 살짝 가린 앞머리를 연신 만지며 진주의 눈을 보고 웃는 걸 반복했다. 그의 시선은 도통 진주에게서 떨어지지 않았다.

"머리를 왜 짧게 잘랐는지, 안 물어봐요?"

깨끗한 눈동자가 닿자 진주가 그걸 걱정했구나 싶은 윤재는 침착한 목소리로 그녀의 뺨을 감싸 쥐었다 내려놓았다.

"말하기 싫으면 안 해도 돼. 그리고 정말 예뻐."

윤재는 진주의 단발머리도 마음에 들었다. 긴 머리일 때는 단정하고 정갈한 배진주라면 짧은 단발머리의 배진주는 발랄함이 더해진 것 같아 그것대로 좋았다.

"펌이나 염색도 해 보면 어때? 그것도 안 해 봤지?"

"방송 출연할 때 세팅 정도는 해 본 적이 있어요. 하지만 짧은 머리에 하는 펌은 기분이 또 다를 것 같아요."

"맞아. 지금도 예쁘지만 더 귀여울지도 모르지."

윤재는 진주의 짧아진 머리끝을 쓰다듬었다.

"새로운 모습으로 변하고 싶었어요. 늘 같은 모습의 답답한 배진주 말고."

"배진주가 답답하다고 누가 그래?"

"누가 그렇게 말한다기보단 내가 날 생각하면 좀 답답하거든요."

"그랬어?"

윤재는 자유롭고 싶다며 계약 결혼을 받아들이던 진주를 떠올렸다. 이혼은 커리어에 도움이 안 된다며 단호박같이 철벽을 치던 배진주가 스스로를 답답하다고 생각하다니.

"윤재 씨를 떠나고 한 주, 두 주가 지나도 목소리가 나오지 않았어요. 처음엔 목이 몹시 아픈 것이라 생각했는데 점점 소리는 더 갈라지고 통증이 심해졌어요."

진주가 미처 꺼내지 못했던 얘기를 윤재에게 말하기 시작했다. 그의 손이 진주의 얼굴로 내려와 천천히 훑어내렸다. 그의 슬픈 눈동자도 그녀에게 같이 내려앉았다.

"내 이름이 쓸모없다고 느껴졌어요. 명창 배기주의 딸, 명창 남애순의 수제자, 최연소 소리 신동 배진주. 소리꾼이 아닌 배진주는 상상이 안 되는데…… 그땐, 어쩌면 영영 이대로 소리를 못 할 수도 있겠다는 생각이 들어서 너무 힘들었어요."

듣고만 있는데도 윤재의 마음이 찢어질 듯 아팠다. 끓어오르는 감정을 추스르려 윤재는 조심스레 진주의 머리카락을 만지작거렸다.

"혹시 소리가 이전처럼 나오지 않으면, 다른 인생을 살겠다는 마음을 단단히 먹어야겠다고 다짐했는데. 어느 날, 문득 소리를 배우면서 길러 온 머리카락부터 잘라야겠단 생각이 들었어요. 아침에 일어나 거울을 볼 때마다 긴 머리카락이 소리에 대한 기다란 미련 같았거든요."

"그랬구나."

윤재는 진주의 이마에 입맞춤했다. 그의 목소리는 낮고 진지했다.

"그거 알아? 자신이 아는 목소리와 다른 사람들이 듣는 실제 목소리는 다른 거."

"네. 그건 알아요."

"자신이 생각하는 모습과 사람들이 보는 모습도 많이 다른데, 배진주도 그런 것 같아."

말간 진주의 눈동자가 투명하게 윤재를 올려다보았다.

그는 오히려 달라진 건 자신일지도 모른단 생각을 잠시 했다. 진주 앞에 있으면 냉철하고 논리적인 자신은 흔적도 없이 사라지고 대책 없이 진주만 보는 이윤재만 남게 되니까.

무작정 진주를 찾아 전국을 헤매는 답답한 일을 할 줄 어찌 알았을까.

봄 하늘이 맑았다. 윤재는 하늘을 바라보면서 진주 옆에 누웠다. 하늘에 구름과 늘어뜨린 나뭇잎이 보였다.

"저기 봐. 구름 두 개가 따로 있다가 서로 만났어."

윤재는 하늘 위를 손가락으로 가리켰고 진주는 그곳을 보았다.

"구름 끝이 연결되더니 같이 흘러가고 있어."

진주도 신기하단 듯 쳐다봤다. 구름 두 개가 사이좋게 손잡은 듯 천천히 바람에 움직이고 있었다. 우리 둘 같다는 생각이 들어 진주는 고개를 내려 윤재 얼굴을 봤다.

"같이 누울래?"

진주는 고개를 끄덕이며 그의 옆에 누웠다. 진주는 그의 팔을 건드렸다.

"팔베개해 줘요."

윤재와 시선이 얽혔다. 자상하고 따뜻한 눈빛을 한 윤재가 진주를 당겨 안았다.

윤재가 아무 말 없이 진주를 보고 있었다.

"무슨 생각해요?"

"우리 생각."

진주가 눈썹을 위로 조금 휘며 그를 빤히 보았다.

"얼마 전까진 배진주 생각만 했거든. 이렇게 같이 있으니 우리 생각을 하게 되네."

"어떤 생각이에요?"

"음."

그는 잠시 생각을 하더니 입을 열었다.

"신혼여행을 그렇게 보낸 거 후회돼. 기회 되면 다시 가야겠어."

"신혼여행을요? 난 좋았는데. 신혼여행."

진주도 신혼여행을 떠올리면 기분이 좋은지 표정이 부드러워졌다.

"우리 첫 번째 결혼기념일에도 같이 못 있었잖아."

"……."

진주는 이번엔 입술을 말아 넣으며 미안한 표정을 지었다.

"뭘 변변히 제대로 한 게 없네."

"난 괜찮은데."

"그건 괜찮은 게 아니야."

윤재가 팔에 힘을 주고 진주를 더 세게 안았다.

"좋다. 이대로 잠깐 잘까?"

진주의 눈이 조금 커지며 반짝거렸다.

"여기서요?"

커플이 같이 누워 자는 건 파리에서 흔하게 보았던 광경이었고 한국에서도 많이 보긴 했지만, 막상 자신이 하려니 부끄러워 그에게 안긴 진주의 귀와 목은 단번에 빨개졌다.

윤재는 붉어진 그녀의 얼굴을 보며 고개를 조금 젖혔다.

"예전처럼 재워 줄게."

진주를 안은 윤재는 아이 어르듯 등을 톡톡 두드려 줬다. 진주는 눈을 감고 숨죽여 그의 손길을 느꼈다. 그의 체온이 한없이 따듯했다.

'이 품에 안겨서 정말 잠이 올까.'

진주는 두근거리고 떨려서라도 이곳에서 잠드는 것은 너무 어려운 일이라 생각했다.

그녀의 귀로 투닥투닥 솜방망이질 해 대는 듯 뛰는 윤재의 심장 소리가 더 크게 들렸다. 무언가 붕 뜨는 느낌도 들어 진주는 두 팔을 벌려 그의 허리를 든든히 안았다. 예전에 그랬던 것처럼.

윤재는 진주를 으스러지듯 꼭 안고 그녀의 머릿결을 쓰다듬었다. 안겨 있는 진주의 머리 위로 윤재의 목소리가 떨어져 내렸다.

"배진주."

자신의 이름을 부르는 그의 낮은 목소리는 진주를 번번이 설레게 했다. 진주는 저도 모르게 그의 가슴에 얼굴을 비볐다. 그의 품에 갇혀 숨을 간간이 몰아쉬는 진주는 그가 너무 좋아 몸속이 가득 차 떠오르는 착각이 들었다.

그러다 햇살이 강해져 계속 누워 있기가 힘들어졌다. 들이치는 햇살에 눈살을 찡그리는 진주를 보고 윤재는 일어나 차로 갔다. 트렁크 안에 넣어 둔 커다란 우산을 가져와 펼쳐 머리 위에 그늘을 만들었다. 그랬더니 우산은 마치 둥근 텐트처럼 그들의 얼굴을 가려 주었다.

우산 아래서 눈을 말똥거리며 누운 진주를 보며 윤재는 다시 팔을 내주었다.

진주는 햇살과 시야마저 모두 가려진 이 순간이 너무 좋았다. 조금 상기된 목소리로 진주는 윤재에게 말했다.

"잠깐 눈 감아 봐요."

고개를 끄덕이던 윤재는 먼저 눈을 감았다.

촉.

우산은 햇볕이 아니라 둘의 얼굴을 가리기에 충분했기에, 둘의 은밀한 입맞춤을 한참 동안 숨겨 주었다.

해가 질 즈음 피크닉을 정리한 윤재와 진주는 저녁 식사를 하고 숙소로 들어갔다. 무언가 이전보다는 훨씬 가까워진 상태로 숙소에 돌아갔지만, 마당에 들어선 윤재에겐 새로운 난관이 생기고 말았다.

그것은 마루 위로 보이는 두 개의 방문이었다. 하나는 진주의 방, 또 하나는 자신의 방.

"씻어야겠어요."

"그래. 먼저 들어가."

"네."

씻으러 들어가겠다는 진주의 뒷모습을 보니 윤재는 벌써 떨어지는 게 싫었다.

"어, 저기……."

진주가 마루에 오르려다 되돌아봤다.

"네?"

"아, 아니야."

윤재는 옅게 한숨을 뱉어 냈다. 진주의 방으로 같이 들어가고 싶었으나 한편으로 그녀의 방으로 들어가는 게 지금은 너무 위험한 일이란 걸 그는 잘 알았다.

하는 수 없이 자신의 방으로 들어가 샤워를 하고 옷을 갈아입고 나온 윤재는 마루로 나와 진주의 방 앞을 몇 번 오가며 서성거렸다.

문을 두드릴까 말까 수도 없이 고민했지만, 진주를 쉬지 못하게 하는 것 같아 윤재는 오늘 밤 그녀와 같이 있는 것을 단념하고 돌아섰다.

'들어가서 미뤄 두었던 일부터 해야겠어.'

일단 윤재는 방으로 들어가 소파에 앉아 밀린 일이 있는지 메일을 열어 확인하고 중요한 일들을 처리했다. 서울에서 해야 할 일들을 대부분 끝내고 내려왔기에 윤재는 그마저도 빨리 끝내 곧 심심해졌다. 허전함이 깊어진 윤재는 이유 없이 휴대폰을 내려다보았다.

바로 옆방에 진주가 있는데 연락할 방법이 없었다.

'시내에 나간 김에 휴대폰부터 하나 살 걸 그랬네. 아니 진주가 놔두고 간 휴대폰을 가져올 걸 그랬나.'

진주는 휴대폰을 갖고 있지 않았기에 지금 뭘 하는지 알아낼 방법이 없었다. 그녀가 궁금한데 전화를 할 수 없으니 답답했다.

이전처럼 문자라도 하면 좋을 텐데. 소파에 앉아 노트북을 덮고 작은 테이블을 톡톡 두드리며 그는 한 번 더 한숨을 쉬었다.

거침없고 계획적인 일벌레 이윤재란 그의 수식어가 무색해졌다. 진주 앞에서만큼은 무엇도 해당 사항이 없단 생각에 윤재는 소파 손잡이에 팔을 괴고 관자놀이를 손끝으로 누르며 마음을 정돈했다.

그러다 빨리 잠자리에 드는 것이 낫겠단 생각이 들었다.

'진주보다 조금 먼저 일어나서 차라도 준비한 다음 일어났냐고 노크를 하면 되겠네.'

윤재는 무슨 큰 아이디어라도 생각해 낸 듯 스스로가 대견하단 얼굴로 소파에서 일어나 옷장에서 잠옷을 꺼내어 갈아입으려 셔츠 단추를 두어 개 풀고 있었다.

"저……."

"……!"

윤재의 손가락이 자동으로 멈췄다. 소리 나는 곳으로 고갤 돌린 윤재의 눈이 커졌다.

분명히 진주의 목소리였다. 문을 보니 진주의 인영이 창호지에 실루엣으로 비치고 있었다. 윤재는 마비가 된 것처럼 그 상태에서 멈칫하며 몸이 굳었다.

"윤재 씨."

진주가 문밖에서 그를 불렀고 대답과 동시에 그는 문 앞으로 걸어갔다.

"어? 어."

윤재는 기다렸다는 듯 바로 미닫이 방문을 드르륵 열었다. 영화의 한 장면처럼 네모난 문틀 안에 진주가 서 있었다.

"할 말이 있어요. 잠시 들어가도 돼요?"

"……."

윤재는 말이 없었다. 진주를 내려다보는 윤재의 눈동자는 그 몇 초 사이에 깊게 일렁이다 반짝이곤 했다. 그는 눈앞에 나타난 진주를 집어삼킬 것 같은 시커먼 눈동자를 숨기려는 듯, 한 번 크게 깜박이더니 반쯤 눈을 떴다.

"자는 거 아니었어?"

"……."

이번엔 진주에게 답이 없었다. 하지만 그녀의 침묵마저도 뜨거운 불화살처럼 윤재의 심장에 날아들었다.

수십 겹이 넘는 투명한 막이 쌓인 것처럼, 그의 눈동자가 신비한 빛깔로 흔들렸다. 진주는 그런 그를 흐트러진 눈동자로 올려 보았다.

진주는 고개를 한껏 들어 그의 볼에 작은 손을 얹었다. 그의 얼굴이 경직되는 게 진주의 손바닥에 고스란히 느껴졌다.

"……!"

그의 눈이 새삼 커지다가 눈 끝이 떨렸다. 그녀의 손 위로 윤재의 큼직한 손이 올라왔다.

반면 진주의 눈동자는 이상하게도 고요하게 내려앉아 평온했다. 진주의 손에 자극이 된 건지 그의 턱이 조금 움직였다. 진주도 이를 알았으나 그녀의 다른 한 손이 올라가 그의 볼을 타고 입술 언저리를 미묘하게 지났다.

그녀의 손길이 지나간 윤재의 몸은 모조리 들뜨기 시작했다. 진주의 작은 손은 윤재의 귓불을 스치다가 귀 뒤쪽의 움푹 파진 골을 은근하게 긁었다. 움찔한 그는 한 번 더 목울대를 울렸다. 그의 몸이 조금 더 진주에게로 다가왔다.

"그런 눈빛으로 그렇게 만지면…… 내가 오해해."

"……"

진주는 여전히 말없이 입술에 힘을 조금 주었다. 그리고 그녀답지 않게 그의 뺨과 귓불을 만지작거렸다. 윤재의 얼굴이 점점 일그러지다 붉어졌다. 더는 안 되겠다 싶은 윤재는 진주의 팔목을 잡았다.

"자꾸 이러면 나는 배진주가 지금 나를 원하고 있구나 하고 착각을……"

"맞아요."

"뭐?"

윤재의 심장이 미칠 듯 조이며 쿵쾅댔다. 그가 진주의 말에 놀라 시야가 희미해진 사이에 진주는 조금 웃고 있는 것 같았다. 윤재는 그의 심장이 멎을지도 모르겠단 생각이 들었다. 반듯하고 짙은 그의 눈썹이 꿈틀했다.

"내가 잘못 들은 것 같은데."

그는 잘못 들은 게 맞다고 생각했다. 배진주가 이럴 리 없는데. 그러나 한편으론 알 수 없는 기대로 팽팽히 긴장했던 몸 끝의 말초신경마저 찌릿거리는 게 느껴졌다.

"뭐가 맞다는 거지?"

온갖 생각이 뒤섞여 떠오르고 있었기에 쥐어짜듯 낸 목소리였다.

"당신을 원하고 있어…… 읍."

진주의 말이 다 끝나기도 전에 윤재는 진주를 제 방 안으로 잡아당겨 문을 닫고는 으스러지게 그녀를 품에 안았다.

동시에 윤재는 그녀의 입술을 찾아 흠뻑 빨아당겼다. 촉촉하고 뽀얀 진주가 갑자기 나타나 문밖에 서서 자신을 원한다고 말하는데 제정신일 수 없었다.

먼저 진주가 자신을 찾아 주어 감격이 더해진 것일지도 몰랐다. 내내 조심하던 윤재의 움직임이 다급해지고 있었다.

그의 눈빛은 잔뜩 흐트러져 이채로 가득했다. 주체할 수 없이 그녀의 입술을 머금던 윤재는 어느새 들끓어 올라 저도 모르게 그르렁거리는 한 마리 짐승이었다.

호흡이 모자라 어쩔 수 없이 윤재가 입술을 잠시 뗐을 때 그제야 둘의 눈이 마주쳤다.

"하아…… 윤재 씨?"

진주는 흐트러진 그의 모습에 살짝 놀랐지만 사실은 알고 있었다. 그도 자신을 지독히 원하고 있단 걸.

아까 피크닉에 다녀온 후, 윤재와 인사하고 방으로 들어와 씻고 나온 진주는 윤재를 옆방에 혼자 자도록 하는 것이 아무래도 마음에 걸렸다. 어쩌지 고민하며 방 정리를 하고 잘 준비를 하는데 윤재가 마루를 몇 번이나 오가는 소리가 들렸다.

당연히 진주는 그가 자신의 방을 노크할 거라 생각했지만 윤재는 자신의 방으로 들어가 나오지 않았다.

그녀 역시 그에게 뛰어 들어가 안기고 싶은 충동 사이에서 갈등했다.

윤재가 중요한 일을 하나 보다라고 생각하며 잠을 자려 누웠지만 잠이 올 것 같지 않았다. 또, 몰려드는 허전함에 그와 같이 있고 싶다는 생각이 들었다.

이불을 손가락으로 말아 쥐고 고민하던 진주는 저 스스로가 답답하단 생각을 또 했다. 그러지 않기로 하고선.

그가 오지 않으면 내가 찾아가면 되는데. 그가 날 거부할 리 없는데.

진주는 자리에서 일어나 방문을 열고 용기를 내어 그의 방문 앞에 선 것이었다.

포개진 입술에 온몸이 녹아 손끝 발끝이 오그라드는 느낌이 났다. 그의 입술은 부드럽고 따듯했지만 단번에 거칠고 뜨거워졌다. 그의 속도가 벅차 숨을 참으면 그의 입술은 다시 비스듬히 누워 느긋해지며 그녀가 입술 사이로 숨 쉬는 걸 도와주었다.

고갤 들어 보니 거칠게 위아래로 오르내리는 목울대가 유난히 위험해 보였다. 조금 벌어져 뜨거운 숨을 뱉는 그의 입술은 무언가를 참는 듯 한쪽으로 비틀려졌다.

조급하게 한 번 더 윤재가 밀려들었다. 진주의 등이 계속 밀려 벽에 붙고 말았다. 그의 허리를 움켜잡고 수줍게 입술을 받아 내던 진주는 그가 두 손으로 그녀의 양 볼을 잡는 틈에 그를 보며 옅게 웃어 주었다.

"이번엔 진짜 당신을 유혹하는 거예요."

그녀의 목소리는 평소의 진주가 아닌 듯 지나치게 선정적으로 그의 귓가에 울렸다. 빠져나가기 싫은 달콤한 덫이 확실했다. 두 눈동자는 이미 회오리처럼 뜨겁게 엉켜 들었다.

그의 거친 숨이 진주의 뺨에 따가울 정도로 부서졌다.

억지로 참던 윤재의 이성도 탁하고 끊어졌다. 낮게 긁어 대는 허스키하면서도 깨끗한 진주의 목소리가 그를 더욱 떨리게 했다. 그의 입술은 다시 그녀의 입술 위를 덮었다.

훗. 진주의 손이 그의 목과 어깨를 훑으며 내려가다 맨 가슴에 닿았다. 옷이 만져지지 않아 고개를 들어 보니 그의 셔츠 단추가 반은 풀려 있었다. 그의 잇새에서는 뜨거운 숨결이 연신 흘러나오고 있었다.

"옷이 왜 이래요?"

"잠옷 갈아입으려고 벗는 중이었어."

진주가 잠시 생각에 잠겼다.

"그럼…… 내가 마저 벗겨 줄게요."

"하아."

윤재는 생각 회로가 멈춘 지 오래되었다. 복잡한 앞뒤 상황을 판단해 낼 겨를이 없었다.

게다가 진주가 찾아와 유혹하고 옷을 벗겨 준다는 말을 먼저 하다니.

이 여자 오늘 왜 이러는 거지? 너무나 낯선 말과 행동에 윤재는 눈앞에 보이는 당돌한 이 여자가 정말 배진주가 맞는지 의심이 들 정도였다.

윤재가 이런 고민을 하는 걸 잘 아는 진주는 그에게 확실하게 말하는 게 나을 것 같았다.

"오늘 밤엔 윤재 씨와 같이 있고 싶어요."

진주가 손을 올려 윤재의 단추를 하나하나 풀기 시작했다. 진주가 소매 끝을 잡고 그의 팔에서 셔츠를 완전히 벗겼다.

스륵.

셔츠가 바닥으로 떨어졌다.

그에게는 지금 온전히 본능만 남아 있기에 목줄이 풀린 짐승과 다름없었다. 그는 미쳐 날뛸 듯한 자신을 억제하는 것도 벅찼다.

야심 차게 윗옷을 벗긴 진주는 윤재의 상체를 보다 시선을 내렸다.

잠옷으로 갈아입으려면 위아래를 다 벗어야 하는 게 당연한데. 그의 바지 버클에 시선이 닿은 진주는 예상 밖의 상황에 움찔하고 말았다.

"……!"

"풋."

윤재는 그런 그녀를 지켜보다 그만 작게 소리 내어 웃고 말았다. 제아무리 진주가 유혹하겠다며 용기를 내었다 한들 셔츠가 아닌 그의 바지까지 벗기기는 힘들었을 거였다.

혼자 눈동자를 떨던 진주는 손을 바지 허리에서 떼고 말았다. '하' 하고 작은 숨소리가 들릴 듯 말 듯 새어 나왔다.

"이게 유혹 끝?"

무언가 아쉬운 윤재는 코끝에 주름을 잘게 지었다. 귀 아래서 단발머리가 찰랑거리며 새까만 눈동자를 아래로 내리는 그 모습이 지나치게 사랑스러워 윤재를 계속 자극했다.

"이번엔 진짜 유혹 맞다며?"

간절한 눈빛을 던졌으나 진주는 보지도 않고 단호하게 대답했다.

"나머진…… 윤재 씨가 벗어요. 제가 뒤돌아설게요."

진주가 몸을 돌리자 윤재는 하는 수 없이 마저 옷을 벗고 잠옷으로 갈아입었다. 사락거리며 바지가 바닥에 떨어지는 소리와 묵직한 버클이 부딪치는 소리도 들렸다. 그는 서둘러 얇은 잠옷으로 갈아입었다. 굳이 잠옷을 입어야 할까. 그런 생각을 하면서.

"다 입었어요? 이제 돌아요?"

잠시 전의 당황함을 떨쳐 내려는 듯 그는 마른세수를 한번 하며 얼굴을 손으로 연거푸 훑어내렸다.

배진주는 윤재의 몸도 이전에 몇 번이나 봤는데. 우린 부부가 된 지 1년도 넘었는데.

"다 입었어. 그런데 옷 갈아입는 것쯤은 대놓고 봐도 상관없어."

뭔가 머쓱한 분위기를 자신이 만든 것 같아 진주는 미안했다. 진짜 유혹 맞다며 큰소리라도 안 쳤다면 덜 무안할 텐데. 흘끔 본 그의 얼굴이 상심한 아이 같아 보여 진주는 더 심란

했다.

"할 말 있다고 했지? 무슨 일이 있었어?"

윤재는 진주가 문을 열고 할 말이 있다고 했던 걸 기억해 내어 물었다.

"윤재 씨, 오늘 밤에 바쁜 일 있어요?"

"아니. 자려던 중이었어."

뭔가 뜸을 들이는 모습에 윤재는 의미심장한 얼굴로 진주를 보았다.

"넌?"

"저요? 저도 자려고……."

진주는 괜히 목덜미에 손을 얹고 집요해진 윤재의 눈빛을 모른 척했다.

"그럼, 이제 맘 편히 내가 해도 되겠네."

윤재는 몸을 당겨 고개를 한껏 젖히고 진주와 시선을 맞췄다.

"뭘……요?"

"진짜 유혹."

윤재는 도무지 입맞춤을 멈출 수 없었다.

"오늘따라. 왜 이렇게 귀엽지."

풍성한 속눈썹 아래 발그레하게 상기된 두 볼과 그 사이에 있는 앙증맞은 콧방울이, 그 아래 입술과 어울려 미치도록 사랑스러웠다. 입술이 맞물릴 때마다 까슬거리는 그녀의 짧은 머리카락이 윤재의 볼과 목을 스치며 간질였다.

그랬기에 수없이 베어 물어도 질리지 않고 통통하게 붉은 입술이 지독히 탐스러워 윤재는 끝없이 그녀를 머금었다.

"배진주."

윤재가 진주의 귓가에 그녀의 이름을 달콤하게 중얼거렸다.

달빛이 창호지를 뚫고 들어와 방 안을 아늑하게 감쌌다. 달빛도 별빛도 작은 방으로 쏟아져 내렸기에 켜진 불빛이라곤 하나도 없었지만 어둡지 않았다.

"윤재 씨……."

바스락거리는 그녀에게서 청량하고 깨끗한 냄새가 피어올랐다. 윤재는 그녀의 목덜미에 코를 박고 어깨에 짓궂게 키스를 쏟아부었다. 그는 진주를 내려다보며 한없이 다정한 눈길로 말했다.

"예뻐서 쳐다보기도 아까워."

어느덧 둘은 서로를 마주 보고 있었다.

"계속 그렇게 보지 마요. 부끄러워."

진주는 그의 목을 안고 가늘게 숨을 내쉬며 말했다. 부끄러움에 시선을 피해도 그는 어느새 눈을 맞추고 집요하게 입술을 맞추었다.

"싫어. 오늘 밤엔 내 맘대로 실컷 볼 거야."

윤재에게 이 시간은 진주에게 받은 선물과 다름없었기에 행운처럼 찾아온 이 밤을 그냥 보내고 싶진 않았다. 이제야 돌고 돌아 제자리를 찾은 느낌이었다.

그의 손이 그녀의 뒤통수를 감싸더니 당겼다. 머리카락 사이로 헤집는 그의 손가락이 뜨거웠다.

다디단 그의 열기로 온몸이 팽창했다고 느꼈을 때 진주는 오르내리는 파도라도 탄 듯 매달리며 그의 숨결을 맞이했다. 그는 쉼 없이 진주에게 밀려들었다 나왔다.

진주는 꽃처럼 피어나 어여뻤고 윤재는 불꽃처럼 터지며 타올랐다.

"잘래요. 피곤해요."

"넌 자도 돼. 난 계속 이러고 있을게."

"말도 안 돼."

진주는 오늘 밤 이 남자가 이상하다고 생각했다. 달콤한 말을 계속 귓가에 속삭이며 떼를 부리듯 자신에게 매달리니 진주는 도무지 그의 사랑을 거부할 수 없었다.

"더는 안 돼요. 그만 자요."

"내가 널 얼마나 좋아하는지, 알지?"

"……."

눈을 반쯤 감은 진주의 뺨으로 다정한 입술이 또 쏟아졌다.

"사랑해."

숨이 멎었다. 그만 자자는 말에 '사랑해'라니. 이러면 그의 요구를 모두 들어줄 수밖에 없는데.

진주는 그의 고백에 두 팔을 들어 그의 목을 그러안았다.

"사랑해요. 윤재 씨. 너무 사랑해."

진주는 그에게 영원히 머물고 싶다고 생각했다. 그는 그녀를 품었고 벼락같은 뜨거움이 다시 시작되었다.

둘은 서로를 안은 채 천장을 바라보며 누워 있었다. 윤재는 진주를 안고 여전히 그녀의 보드라운 살결을 만지작거리고 있었다.

"나에게 하고 싶다던 말이 뭐였어?"

궁금해하는 그의 얼굴에 진주는 조금은 미안한 표정을 지었다.

"윤재 씨…… 서울로 돌아가요."

진주를 간지럽히는 손끝이 어딘가에서 멈췄다. 그의 미간에는 굵은 주름이 잡혔다. 진주는 자신의 말이 그에게 달갑지 않으리란 걸 알았지만 종일 고민하던 말이었으니 해야 했다.

"싫어."

그의 짧고 단호한 대답에 안온하던 분위기가 식고 말았다.

"감독이 극단을 너무 오래 비우면 단원들이나 직원들이 힘들 거예요."

"공연 끝났어. 당분간 많이 바쁜 건 없어. 출근하지 않아도 업무 확인 가능해."

애써 진주의 옆으로 짐을 옮기고 얼마 되지도 않았는데. 윤재는 벌써 서울로 올라가라며 쫓아내는 것 같아 진주에게 서운했다.

"앙코르 공연 요청이 있잖아요."

진주는 진지했다. 인터뷰는 물론 행사 초청도 이어질 시기였다. 그가 자신을 찾아다니는 걸 몰랐을 땐 어쩔 수 없었다고 해도, 지금 그를 만난 이상 자기 옆에 묶어 두고 중요한 일을 못 하게 하고 싶지 않았다.

이윤재가 그 자리에 있어야만 할 수 있는 일들이 존재한단 걸 그녀도 알고 있었다.

들끓어 흔들리던 그의 눈동자가 차분하게 가라앉았다.

"저, 이제 어디에도 안 가요."

진주가 그의 손가락을 찾아 움켜잡았다.

"부탁이에요."

"그래도 싫어."

같이 있어야만 안심이 돼. 윤재는 진주가 꼭 잡은 손의 의미를 알지만, 다시 떨어지기 싫었다.

"강아도 오디션 준비 마치고 돌아오면 같이 있을 테고 윤재 씨 말처럼 열심히 연습하고 잘 쉬어서 빨리 목이 되돌아오면, 당장이라도 우리 집으로 갈게요. 내 발과 내 의지로."

"내가 당분간 옆에 있으면 되잖아. 그러고 싶어."

그의 표정은 차가웠으나 목소리는 미세하게 떨렸다.

"윤재 씨와 같이 있으면 연습이 될 리 없어요. 어제만 해도……"

그와 소풍을 가고 식사를 하고 오롯이 밤을 새웠다. 설레는 시간이었지만 진주는 아직 마냥 그럴 수 없었다.

"하아. 배진주, 너 정말……"

윤재가 서운함에 턱에 힘을 주고 입술을 다물었다.

"내가 여기에 이러고 있는 게 부담스러워?"

그가 부담스러울 리가 없었다.

"나는 윤재 씨와 같이 있으면서 점점 발전했어요. 그리고 윤재 씨도 나 때문에 점점 발전한다고 믿고 싶어요. 윤재 씨가 내 건강을 챙기고 돌봐 주는 건 너무 좋지만. 나 때문에 당신이 정체됐다고 평가받는 건 싫어요."

진주의 목소리도 말을 하는 사이 조금 더 커졌다.

"그렇지 않아, 정체라니. 누가?"

진주의 표정도 점점 굳어졌다. 이윤재에게 그런 평가를 할 사람이 없단 걸 진주는 알았다.

"내가…… 그렇게 생각했어요. 나 때문에 그런 것 같아서 그건 더 싫어요."

"하아. 배진주."

그의 깊은 한숨이 진주의 얼굴에 시리게 뿌려졌다.

"난 지금 소리꾼이란 내 정체성을 뒤흔들 만한 큰 문제가 생겼고 이건 내 문제예요. 나는 나를 위해 앞으로도 날마다 나아지려고 최선을 다해 노력할 거예요. 그런데 윤재 씨가 지금 나에게 와서 곁에 있는 건 일방적인 희생이잖아요? 내가 당신의 커리어에 걸림돌이 되는 것 같아 싫어요."

윤재는 또 한숨을 내쉬었다.

희생이니 걸림돌이니 하는 표현들이 마음에 박혀 아팠다. 마음 같아선 그녀의 옆에서 아무것도 하지 않고 같이 있고만 싶었다. 그런데 그녀가 배진주 옆에 있는 무능력한 이윤재는 별로라고 말하는 것 같았다.

"어떻게 그걸 그렇게 받아들이지?"

"윤재 씨, 오해하지 말아요."

원망을 담은 눈동자가 진주에게 닿으니 진주의 눈동자도 흔들렸다.

"다음 작품은 준비 안 해요?"

"다음 작품?"

"항상 작품 끝나기 전에 다음 작품을 어느 정도 준비했잖아요?"

윤재는 그 말에 입을 닫고 말았다. 일 욕심이 많은 그였기에 작품을 진행하며 늘 다음 작품, 그다음 작품을 염두에 두고 일을 진행하던 그였다.

하지만 6개월간 진주를 찾아다니며 다음 작품은커녕 진주를 찾은 후로 작품 선택을 미뤄야겠단 생각에 다른 작품 제안이 들어와도 번번이 거절하고 있었다.

"해외 다니면서 다른 문화의 독특한 전통극을 우리 창극과 접목한다든지, 그곳의 실력 있는 배우들도 찾곤 했잖아요. 지금은…… 전혀 그러지 못하는 거죠?"

이쯤이면 그의 완패라고 할 수 있었다. 언제 저렇게 세세하게 자신의 일을 체크하고 있었던 건지, 윤재는 그게 제일 놀라웠다.

진주는 그의 허리에 손을 두르더니 그에게 파고들었다. 윤재는 그녀의 머리카락을 쓰다듬어 내렸다. 윤재는 그 손길을 따라 제 마음도 가다듬으려 애썼다.

진주는 얼굴을 들어 그의 다문 입술에 자신의 입술을 꾹 눌렀다. 윤재는 움찔하며 알 수 없는 얼굴로 진주를 보았다.

"화……난 거 아니죠?"

"하아."

윤재는 상한 마음이 진주의 입맞춤에 순식간에 사그라드는 걸 느꼈다.

"정말 내가 하고 싶었던 말은, 당신을 너무 좋아한단 거였어요."

"……!"

진주가 자신을 쥐락펴락하고 있는 게 틀림없다고 생각됐다.

"이런 어려운 말도…… 앞으론 해 보려고요."

윤재는 할 말을 잃은 표정이었다. 선생처럼 제 일을 하라고 훈계를 하더니, 자신이 토라질까 뽀뽀를 하고 어느새 귀여운 여자가 되어 볼을 붉히고 있으니.

"윤재 씨, 그 말도 기다렸는데."

"무슨 말?"

진주는 이번엔 헤실거리며 말했다.

"안아 달라는 말이요."

윤재 눈이 커졌다.

"전에는 시도 때도 없이 안아 달라더니 왜 이번엔 한마디도 안 해요?"

진주는 하얀 이를 드러내고 눈꼬리를 휘었다.

"윤재 씨가 안아 달라고 조르면 이번엔 훨씬 더 잘 안아 줄 수 있을 것 같아요."

솔직한 두 눈이 윤재를 맑게 올려다봤다. 채찍을 주더니 이젠 당근을 주는 건가. 윤재는 진주에게 조련을 당하는 건가 의심스러웠지만 품 안의 귀여운 아내는 그마저도 말도 못 하게 사랑스러웠다.

그런 말을 하고 여전히 부끄러운지 그녀의 볼이 시큰하게 달아올라 있었다. 그러니 윤재는 도무지 진주를 이길 수 없었다.

"배진주, 안아 줘."

윤재는 오직 그녀가 필요했고 진주는 작은 두 팔로 그를 가득히 안아 주었다.

Chapter 21

이렇게 내 품 안에 너를

다음 날에도 진주는 변함없이 새벽에 일어나 득음정에 올랐다. 연습을 하고 내려온 진주가 마루에 앉자 윤재는 다시 말을 꺼냈다.

지금은 공연이 마무리된 후라 당분간은 반드시 해야 할 일이 많지 않으니 얼마간은 같이 지내겠다고. 하지만 돌아온 진주의 일침은 여전히 냉정했다.

"그럼 이틀간은 아무 일 없으니, 이틀만 더 있을게. 됐지? 그러곤 주말에 올게."

"주말 말고 아무 일도 없는 날 와요."

"알았어. 그럼 휴대폰은?"

진주는 고개를 저었다.

"필요 없어요."

진주는 휴대폰이 있으면 아마도 그에게 연락하고 싶을 테고 그가 보고 싶어 마음이 약해질 게 분명하다고 생각했다.

하지만 윤재는 진주의 답에 기가 막히단 표정이었다. 같이 있지도, 정기적으로 내려오지도 말라면서 휴대폰을 갖고 있지 않겠다는 게 말이 되는가.

윤재의 얼굴이 점점 굳어지는 걸 보던 진주는 어떤 말을 해야 할지 몰라 몇 번 눈만 깜박거렸다.

윤재는 잠시 침묵하다 입을 열었다.

"좋아. 배진주가 하는 말, 다 맞아. 서로에게 발전이 아니라 방해가 된다는 생각이 드는 건 힘든 일이지. 그건 받아들일게."

"고마워요."

진주는 다행이란 표정을 지었다.

"다음 작품 준비도 앙코르 공연 준비도 문제없이 열심히 할게. 지금도 열심히 하지 않았단 건 아냐. 다만 우선순위가 그동안 공연보단 배진주였던 건 맞아. 진주가 좋아지고 있단 걸 확인했으니 앞으론 해외 출장도 대외 활동도 일정 변경 없이 할 거야."

진주의 얼굴은 만족스러워 보였다. 자신을 찾아 헤매던 6개월 동안 멈췄던 그의 일상이 다시 시작되는 것 같아 그녀는 명치 아래 막힌 게 내려가는 것처럼 후련함을 느꼈다.

"대신, 나도 조건이 있어."

진주의 눈은 '조건'이란 말에 동그래졌다.

반면 그의 눈빛은 천천히 가라앉고 있었다. 윤재가 중요한 일을 냉정하게 처리할 때의 짙은 눈빛이었다. 진주는 그걸 알아채고 긴장했다.

"그게 뭔데요?"

윤재는 무심한 척 진주의 얼굴을 살폈다.

"먼저, 반드시 들어주겠다고 약속해."

뭔데 이렇게 심각한 표정으로 말하는 걸까. 진주는 갑자기 입 안이 말랐다.

"조건이 뭔지부터……."

"배진주."

이름을 부르는 그의 목소리마저 서늘했다. 평소와 다른 모습에 진주는 그를 어지러운 눈동자로 올려다봤다.

"난 다 들어준다는데 하나를 못 들어주겠다는 건가?"

"아니에요."

윤재는 일부러 이마에 손바닥을 대고 시선을 아래로 떨구었다. 그 모습에 진주가 다급하게 대답했다.

"알았어요."

"무조건인데?"

진주는 잘게 고개를 끄덕였다.

"무조건 들어줄게요."

윤재는 턱을 들어 진주를 보았다. 이쯤 되니 진주의 얼굴이 불안해 보였다.

"우선 한 번 안아 줘."

"네에?"

대뜸 안아 달란 그를 황당하게 바라보는 진주에 비해 윤재는 어느새 평화로운 얼굴이었다, 아니 웃음이 조금 묻어 있다고 해야 하나.

"시도 때도 없이 안아 달라고 말해 달라며?"

"아니, 그건……."

윤재가 주춤하는 진주를 먼저 품에 안고는 숨을 크게 들이마셨다. 그러다 윤재는 주머니에서 무언가를 꺼내어 진주의 눈앞에 올렸다.

"이거."

"이게 뭐예요?"

"내 조건."

윤재가 내민 건 휴대폰이었다. 지난봄, 경주의 벚꽃 아래서 예쁘게 찍은 사진을 인쇄한 케이스까지 끼워져 있었다.

"다시 떨어져도…… 우리, 매일 보자. 응?"

당장은 그녀와 매일 같이 있을 수 없단 걸 윤재도 알았다.

진주의 말은 윤재에게 원래 있었던 제자리로 돌아가라는 거였다. 모두 맞는 말이었고 무척이나 그녀다웠으나 윤재는 어딘가 서운하기도 했다.

하지만 그녀가 있는 곳과 목 상태를 확인했고 당분간 강아씨와 같이 있으니 안심이 됐다. 거기에 진주의 손에 새 휴대폰을 쥐여 줬으니, 윤재는 이 거래가 무엇보다 만족스러웠다.

그는 진주가 소리 연습을 하러 간 동안 휴대폰 대리점을 들러 진주의 휴대폰을 구입하고, 곧이어 휴대폰 케이스를 수제로 제작하는 곳에 들렀다.

인터넷에서 커플 소품을 잘 만드는 곳이라기에 방문해 보니 다양한 물건들에 커플들의 이미지나 이름 등을 새겨 넣는 선물 가게 같은 곳이었다.

윤재는 투명한 젤리형의 케이스를 선택했고 뒷부분에 둘이 웃으며 볼에 입 맞추는 사진을 인쇄했다. 사랑스럽게 눈을 동그랗게 뜨고 놀라는 진주의 모습이 그대로 담겨 있어 윤재가 좋아하던 사진이었다.

진주의 눈동자는 사랑스럽게 흔들렸다. 그녀는 그에게 받은 휴대폰도 예상 밖이었지만 케이스 뒷면 카메라 아래 새겨진 그와의 사진을 한참이나 내려다보며 엄지손가락으로 만지작거렸다.

"이런 케이스도 있었네요."

"예쁘지? 난, 매일 그 사진을 봤어."

그는 자신의 휴대폰도 꺼내어 같은 케이스에 같은 사진이 인쇄된 걸 보여 주었다.

"내 휴대폰 케이스도 같은 사진이야. 이번에 커플로 만들었어. 귀여운 걸 좋아하는 배진주 취향이지."

진주는 윤재를 보며 옅게 웃었다.

"고마워요."

"연습에 방해될까 봐 휴대폰 안 보는 건 알아. 그래도 매일 자기 전에 한 번만 통화하자."

진주는 그의 얘기에 고개를 끄덕였다. 자기 전에 그의 목소리를 듣고 얼굴을 보는 건 생각만 해도 꽤 근사한 일이었다. 진주도 이젠 그와 연락을 주고받는 정도의 연락은 해도 되겠단 생각이 들었다.

고개를 조금 기울이고 휴대폰을 만지작거리던 진주는 새 휴대폰을 켜 보고 싶었다.

"이 기종은 전원을 어디로 켜는 거죠?"

"여기."

진주는 그가 손가락으로 가리키는 대로 휴대폰 옆에 달린 버튼을 꾹 눌러 전원을 켰다. 잠시 후, 검은 화면에 빛이 들어왔고 익숙한 소리가 흘러나오며 휴대폰이 켜졌다.

그걸 보는 진주의 기분이 이상했다. 단순히 새 휴대폰의 첫 전원을 켰을 뿐인데. 세상과 단절되어 꺼져 있던 자신의 상태와 새 휴대폰의 상태가 같다는 생각이 들었다.

"홋."

첫 화면을 무심히 보던 진주는 활짝 웃었다. 배경 화면에 난데없이 그와 자신의 결혼사진이 뜬 것이다.

배경 화면을 보던 그녀는 입술을 안으로 말아 넣으며 웃음을 삼켰다. 그러곤 이것만은 분명하단 생각이 들었다. 케이스부터 배경 화면까지 커플 사진으로 채운 윤재처럼 자신의 마음에도 이 사람으로 꽉 차 있다는 걸.

이제 그와 같이 있는 건 너무도 당연하고 앞으로의 시간에도 이 사진들처럼 우리는 함께하겠지. 그런 생각을 하자 깊은 마음속에서 무언가 그득히 차올라 몽글거리는 느낌이 났다.

진주는 화사하게 반달 모양으로 눈꼬리를 휘며 웃었다.

"이건 너무 대놓고 '내 거다' 하고 표시 내는 거 아니에요?"

"그럼 어때? 밤마다 나랑 전화하면서 누구랑 결혼했는지 인지하길 바라는 간절한 내 마음의 표시야."

"치, 한 번도 잊은 적 없어요."

연락처엔 이윤재의 이름과 번호만 유일하게 저장되어 있었다.

"잠금 패턴은 네가 넣으면 될 거 같아 넣지 않았어."

"네. 잘 쓸게요. 고마워요."

윤재는 진주가 휴대폰을 손에 꽉 쥐는 걸 보고 기분이 좋아졌다. 그녀와 다시 떨어진다 해도 단단한 고리가 생긴 것 같아 왠지 든든했다.

그는 고갤 들어 마당 끝 대문을 지그시 바라보았다. 진주도 그의 시선을 따라 마당에 핀 작은 꽃들을 보았다. 바람이 살랑 가볍게 불자 짧은 머리를 정리하며 귀 뒤로 한 번 넘겼다. 윤재는 느긋한 표정을 지으며 조금씩 몸을 붙여 오는 진주의 어깨를 팔로 자연스럽게 둘렀다.

"그 전에 난 주위 사람들에게 관심 자체가 별로 없었거든."

"……?"

그가 이전과 다른 이야기를 꺼내자 마당을 보던 진주의 시선이 윤재의 옆얼굴에 닿았다.

"배진주와 결혼하기 전까진 열심히 일만 했지 내 주위에 무심했던 것 같아. 그런데 지금은 주위 사람들에게 관심도 생기고 부러운 것도 생겼어."

"부러운 거요?"

부족함 없이 늘 자신만만했던 그를 부럽게 만든 건 뭘까. 진주는 궁금해졌다.

"말해 줘?"

그녀는 고개를 끄덕였다.

"회의나 업무 중에 갑자기 직원들의 가족들에게 전화가 오면 보통은 얘길 듣다가 지금은 바쁘니 나중에 말하자며 끊자고 하거든. 전에는 직원들에게 무슨 일이 생겼는지 그 전화 속의 이야기가 전혀 궁금하지 않았어."

윤재의 곧은 시선이 진주를 보았다.

"그런데 요즘엔 무슨 일인지 물어보게 돼. 그러면 대부분은 가족들의 소소한 일상이야. 저녁에 뭘 먹을지, 몇 시에 집에 오는지. 난 그런 게 부러워졌어."

진주는 가만히 그에게 맑은 시선을 보냈다. 연인, 아내 혹은 가족. 진주와 윤재는 그런 이름으로 묶여 부부가 되었으나 아직은 서로가 모자라기에 채워 갈 게 많다는 생각이 들었다.

다행히도 그 모자람은 서로가 서로에게 채워 줄 수 있는 것이었다.

"그랬어요? 그건 나도 그런데."

"정말? 배진주가?"

진주도 지인들이 가족들과 사소한 전화 통화를 하는 걸 보며 부러웠던 적은 많았다. 아버지가 돌아가시곤 더 그걸 많이 느꼈지만 그걸 내색하진 않았다. 진주는 유일하게 강아와 통화하며 일상적이고 소소한 수다를 떠는 편이었다.

"강아가 늘 부러웠어요. 가족이 많으니 어머니 아버지나 언니들, 조카들에게도 전화가 많이 오거든요. 하나같이 강아의 통화 내용은 별거 아니거든요."

강아는 늘 시큰둥한 얼굴로 귀찮게 전화한단 투로 전화를 받고 끊었던 것 같았다.

"그래도 난 그냥 그 자체가 부러웠어요. 그래서 강아에게 무슨 얘길 했는지 물어봤어요."

진주는 이런 얘기를 윤재와 한다는 게 멋쩍은지 이마를 손가락으로 건드리며 말했다. 입술엔 은근한 웃음이 걸려 있었다.

"강아 첫째 언니는 매일 육아가 힘들다며 강아에게 하소연을 해요. 가끔 형부 뒷담화도 하고."

"육아가 힘든데 형부 욕은 왜?"

"이건 큰 언니의 추측인데요, 형부가 빨리 퇴근하고 집에 와서 애들 좀 보라고 하면 계속 야근 핑계를 대며 늦게 온다는 거죠."

윤재는 인상을 찡그렸다.

"그건 좀 너무했네. 하소연할 만해. 강아 씨도 언니가 힘드니 화나겠다."

진주는 이런 이야기가 재밌는지 조금 높은 목소리 톤으로 계속 말했다. 윤재 눈에 진주의 기분이 좋아 보여 덩달아 마음이 가벼웠다.

"그런 비슷한 말은 나도 극단 총무님이나 단장님에게 들은

적 있어. 육아가 보통 힘든 게 아니어서 차라리 직장에서 일
하는 게 편하다던데."

　윤재의 말을 들으며 진주는 입술을 늘어뜨리며 웃었다. 그
러곤 윤재를 가만히 쳐다보았다.

　'강아 말고 나에게 그런 사소한 얘기를 해 주던 사람이 한
명 더 있는데.'

　윤재의 얼굴이 진주의 눈동자에 또렷하게 맺혔다. 혼자 감
당할 일이라 생각하고 묵묵히 살아가던 진주의 일상에 들어
와 모든 순간에 의미를 부여하고 사소한 말 한마디조차 즐거
움이 되게 하는 사람. 이윤재.

　'그도 그런 일상적인 걸 바랐구나.'

　힘겨워도 부딪혀 가며 서로 맞추고 이해하는 일상.

　"일 얘기하는 것도 멋진 일이지만 그런 사소한 얘기를 웃으
며 할 수 있는 것도 꽤 행복한 일이라고 생각해."

　진주는 괜히 손에 잡은 휴대폰을 만졌다. 그와 앞으로 전화
를 하게 되면 그런 사소한 얘기를 더 많이 하고 그에게 더 많
이 묻고 들어야겠단 생각이 들었다.

　"앞으론 날마다 윤재 씨와 통화하면서 시시콜콜한 얘기를
최대한 많이 할게요."

　윤재는 피식 웃었다.

　"최대한 수다스러울 예정이니 기대해. 너무 말 많은 남자라
고 강아 씨와 뒷담화하기 없기."

　진주의 얼굴이 갑자기 굳었다.

"강아와 윤재 씨 뒷담화를 왜 해요?"

"언니들이 전화해서 형부들 뒷담화를 했다며?"

"그건 강아 언니가 강아에게 하는 얘기거든요?"

눈에 힘을 준 진주가 벌써 억울한 표정을 지었다.

"난 뒷담화해도 상관없어. 뭐든 내 얘길 많이 하는 게 무조건 더 좋아."

진주는 한숨을 푹 쉬었다. 그에 대해선 너무 좋단 얘기를 해도 모자란데.

따뜻한 봄바람이 살랑거리며 얼굴을 스쳤다. 윤재의 손은 진주의 어깨를 두르고 있다 내려와 그녀의 손을 잡았다.

"난 내일까지 여기에 있다가 모레 오전에 서울로 갈 거야. 내가 있는 동안 하고 싶은 거, 필요한 거 다 말해 봐."

진주는 제 입으로 그에게 올라가라 하고는 그가 간다는 말에 마음 한쪽이 따가웠다. 서운함이 뭉근하게 퍼지는 것 같아 애써 동그란 눈을 하고 윤재에게 물었다.

"필요한 거요?"

윤재는 서울로 올라가려니 여자 둘이서 외진 시골에서 차도 없이 지내는 게 마음에 걸렸다. 차를 두고 가겠다 해도 그러라 할 진주가 아니었기에 윤재는 그 말은 꺼내지도 못했다.

"차가 없으니 장 보는 것도, 생필품 사는 것도 힘들지 않아? 강아 씨가 같이 있으면 더 필요한 게 많아질 테고."

진주는 그의 말에 수긍했다. 그가 가기 전에 장을 봐 두는 게 좋겠단 생각에 잠깐 고민하다 윤재에게 말했다.

"그럼 오후엔 나랑 시내 대형 마트에 장 보러 갈래요? 윤재 씨 없는 동안 먹을 거 사 둘래요."

"그럴까?"

늦은 오후가 되자 윤재와 진주는 주변에서 가장 큰 마트로 갔다. 진주의 숙소가 워낙 외진 곳이라 그런지 마트에 가는 길도 30분이 넘게 걸렸다.

내비게이션의 안내를 받으며 마트에 도착한 둘은 주차를 하고 내려 카트를 찾았다. 대형 마트라 그런지 사람이 생각보다 많았다. 윤재가 카트를 꺼내 밀고 출입구를 찾는데 순간, 그의 모습이 낯설었다.

진주는 그와 결혼을 준비하고 신혼 생활을 하는 내내 장을 보러 마트에 같이 간 건 처음이었다.

"윤재 씨, 이런 마트에서 장 본 적 있어요?"

"한국에선 온 적 없었던 것 같아. 유학 땐 종종 동네 마트에 갔었고."

그는 진주의 질문에 대답을 하다 뭔가 찜찜하단 얼굴로 미간을 조금 구겼다.

"혹시 내가 마트에서 장 보는 걸 못 하는 남자로 생각하는 건 아니지?"

"설마요."

진주는 아니란 듯 손을 흔들며 그의 의심을 진정시켰다.

셔츠 위에 니트를 받쳐 입은 장신의 그는 마트를 오가는 사람들의 수많은 시선을 집중시켰다. 말끔한 모습으로 카트를 끌고 돌아다니는 모습이 마트와 어울리지 않고 브라운관을 뚫고 나온 배우처럼 특별해 보이는 건 사실이었다.

나란히 걸어가던 둘은 사람들이 몰려 있는 층으로 들어섰다. 옆 카트에 진주가 부딪힐 뻔했기에 윤재는 제 쪽으로 그녀를 더 바짝 당겼다.

"배진주, 조심해."

몸이 조금 휘청거린 진주는 윤재를 보며 왜 그러냐는 표정을 지어 보였다.

"카트가 위험해 보여. 그냥 그렇게 다니다간 다치겠어."

"말도 안 돼. 안 다쳐요."

"아냐, 좀 전에도 다른 사람 카트 모서리에 네가 부딪힐 뻔했어. 발도 조심해야겠어."

'하여튼 못 말려.'

능청스럽게 듣기 좋으라고 일부러 과장해 말한단 걸 아는 그녀는 입술을 비죽거리며 불만인 척했지만 내심 기뻤다.

정말 사랑해 준다는 느낌에 심장은 간질거렸다. 그의 얼굴 가까이 윤재만 들릴 작은 목소리로 말했다.

"나, 아기 아니거든요?"

진주의 말을 듣긴 했으나 윤재의 관심은 수많은 사람에게 있었다.

"아무래도 안 되겠어."

윤재는 순식간에 진주의 등 뒤로 가더니 카트를 잡은 두 팔 사이에 진주를 당겨 가뒀다.

누가 봐도 뒤에서 안은 모습이었다.

"……!"

"이렇게 내 품 안에 배진주를 넣고 다니는 게 안전하겠어."

그의 품 안에서 민망함에 고개를 조금 숙인 진주의 어깨가 잘게 떨렸다.

이윤재의 능청스러움이야 한두 번이 아니니 아무렇지 않게 받아넘기자며 마음을 먹었지만 이번에도 그녀가 먼저 얼굴을 붉힐 수밖에 없었다.

아기 캥거루도 아니고 품 안에 넣고 다닌다니. 이 와중에 귓가에 흩어지는 그의 목소리는 듣기 좋았다.

하지만 진주는 이런 자세로 장을 볼 수 없단 생각에 윤재를 보지 않고 앞에만 시선을 둔 채 또박또박 따지듯 말했다.

"한 번 더 말하지만. 저, 아기 아니거든요?"

"난 차라리 배진주가 아기면 좋겠어."

진주는 돌아보지 않아도 그가 표정 하나 바꾸지 않고 저런 말을 하고 있을 게 틀림없다고 생각하며 잠시 숨을 고르고 있었다.

"생각만 해도 좋네."

진주의 목덜미 어딘가로 그의 달콤한 숨결이 내려앉았다.

"뭐가요?"

"나한테만 껌딱지처럼 붙어 있다가 혹시라도 내가 안 보이면 막 찾아다니며 칭얼거릴 거 아냐? 그게 딱 내가 원하는 모습이야. 배진주, 다시 어려질 방법 없어?"

"뭐예요?"

진주는 결국 그에게로 몸을 뒤틀어 고개를 획 돌렸다. 그러고는 몸을 아래로 내려 그의 품에서 다람쥐처럼 쏙 빠져나왔다. 윤재는 아쉬운 표정이었다.

"어? 정말 위험한데."

가느다란 눈매로 그를 보던 진주는 말을 돌렸다.

"우선 저기서 고기부터 사야 해요."

일부러 새침한 얼굴을 한 진주는 사람이 북적이는 행사 매장을 지나 식료품을 파는 층으로 들어갔다.

진주는 그와 이렇게 장을 보는 것도 새롭고 재밌었다. 새로울 것 없이 진열된 물건들도 그와 함께 있으니 새로워 보였다.

윤재와 무엇을 살지 의논하며 카트에 이것저것 집어넣었다가 그럴 필요 없다며 물건을 빼며 둘은 가볍게 실랑이를 벌이기도 했다. 윤재의 고집에 진주가 항복하자 어느덧 카트는 정말 가득해지고 말았다.

"자, 이제 또 어디로 갈까?"

윤재가 진주에게 웃어 주며 카트를 돌릴 때였다.

"어, 윤재 씨!"

다급한 목소리로 진주가 윤재를 불렀다.

"어, 이런!"

카트 방향을 틀려다 아이를 태운 유모차와 부딪칠 뻔했기에 진주가 카트 모서리를 가까스로 잡았다.

다행히 유모차와 부딪치지 않은 걸 확인한 윤재는 아기 엄마에게 다가가 사과했다.

"괜찮으십니까? 저희 카트가 유모차에 부딪혀 아기가 놀랄 뻔했습니다. 죄송합니다."

아기 엄마는 상황 설명을 듣고 놀라 아이 얼굴을 자세히 보았다. 다행히 잘 놀고 있는 걸 확인하고 윤재에게 말했다.

"아니에요. 저도 물건을 고르느라 보고 있질 못했어요."

아이 엄마는 괜찮다는 표정으로 웃어 주었다.

진주는 허리를 굽혀 앉아 장난감을 잡고 놀고 있는 아기를 쳐다보면서 웃어 주었다.

"아가가 정말 예쁘네요."

진주가 고개를 내밀어 빼꼼히 아이와 눈을 마주치자 아기는 손을 내밀어 진주를 만지고 싶어 했다. 까르르 웃더니 아기는 진주에게 두 손을 휘저으며 내밀었다.

"……!"

"우리 아이가 낯가림이 전혀 없어서 눈만 마주치면 무조건 안아 달라고 조르는 거예요. 제가 달랠 테니 두 분은 어서 가세요."

진주는 아이가 안아 달라고 손을 들었단 말에 그냥 지나칠 수 없었다.

"괜찮으시면 아기 한번 안아 봐도 될까요? 저는 괜찮은데."

"침이 옷에 묻을 수도 있는데, 괜찮으세요?"

"괜찮아요. 어떻게 하면 되나요?"

아이 엄마는 아이를 내려 진주에게 안겨 주었다. 신기하게도 아기는 처음 본 진주에게 울지 않고 덥석 안겼다.

진주는 그 아기를 받아 꼭 안았다. 아기 냄새가 진동했다. 보드랍고 몽글거리는 느낌이 꽤 부드러워 진주는 행복한 표정을 지었다.

"아기가 아직 돌이 안 된 거죠?"

"네. 10개월이에요."

"아기가 너무 예뻐요."

진주는 한 번 더 아기를 안아 본 후 엄마에게 아기를 안겨 줬다. 아기는 안아 주는 걸 좋아하는 모양인지 엄마 품에 안겨서는 침을 흘리며 넘어갈 듯 웃었다. 그 모습이 너무 사랑스러웠기에 진주는 한참을 웃는 얼굴로 바라보았다.

윤재는 그런 진주를 더 열심히 쳐다봤다. 진주가 아기를 저렇게 안아 주고 눈을 못 뗄 정도로 좋아했었나? 윤재가 봐도 마트에서 갑자기 만난 아기는 예쁘고 사랑스러웠지만 직접 안아 주고 싶을 정도는 아니었다.

"이제 그만 숙소로 가요."

아마도 아기를 생각하며 웃는 것 같았다. 진주는 가면서도 연신 방글거리며 웃었다.

"아기가 그렇게 예뻤어?"

"세상에 안 예쁜 아기는 없어요."

"그래? 난 귀찮던데."

진주가 이상하단 표정으로 윤재를 보았다.

"어떻게 아기가 안 예쁠 수 있어요? 세상에 존재하는 어린 존재는 다 아름다운데."

"음."

윤재는 머리를 긁적였다.

'만약에……'

그는 진주를 말없이 잠시 바라봤다.

'배진주를 닮은 아기라면 어떨까? 어쩌면, 아니 몸서리치게 예쁘겠네.'

윤재의 머릿속에서는 어느덧 진주를 닮은 예쁜 아기가 잠든 유모차를 끌고 진주와 같이 장을 보고 있는 장면을 상상하고 있었다.

다음 날 윤재는 서울로 떠났고 저녁 즈음 강아는 숙소에 도착했다. 저녁 식사를 마치고 차를 마시던 진주는 강아에게 조심스럽게 애순의 소식을 물었다.

"스승님은 잘 계셔?"

"응. 네 목이 많이 좋아졌단 얘기에 그럴 줄 알았다며 대견해하셨어. 조금만 더 참고 완전히 좋아져서 돌아오라고 하셨어."

진주는 다행이란 얼굴로 강아를 보며 옅게 웃었다.

"진주야, 나 방송국에서 주최하는 국악 경연 대회를 나가 볼까 하는데, 네 생각은 어때?"

"국악 경연 대회?"

"응."

강아는 방으로 들어가 종이 한 장을 들고 와 진주에게 보여 줬다. 방송국에서 주최하는 국악 경연 대회 안내문이었다.

"단순한 국악 경연 대회가 아냐. 국악과 대중음악을 컬래버한 경연 대회가 열린대. 두 달 후부터 예선이 시작되는데 잘 준비해서 한번 나가 보라고 스승님께서 이걸 주셨어."

진주는 안내문을 훑어보다 강아에게 환하게 웃어 주며 말했다.

"잘됐다. 강아 넌, 예능 방송에 맞게 퍼포먼스가 좋으니까 어쩌면 국악 아티스트로 네 얼굴이나 공연도 알릴 수 있겠어. 만약 상을 타면 콘서트 투어도 한다니까 데뷔도 하고 인지도도 쌓을 수 있겠다."

강아의 얼굴도 상기되어 진주처럼 기대가 잔뜩 묻어났다.

"방송 출연은 처음이니까 우선 열심히 준비해서 예선부터 붙어야지."

"강아야, 나도 최선을 다해 도와줄게. 구체적인 콘셉트가 정해지면 윤재 씨나 진수 오빠에게도……."

진주는 말을 하다 아차 하며 입술을 닫았다. 진수에게 연락해 강아 공연을 도와달란 얘기는 이젠 하면 안 되는 거란 생각이 들었다. 강아도 진주의 생각을 읽었는지 조금 어색한 얼굴을 했다.

"진주 너나 감독님 도움도 나에겐 과분해. 이쪽 최고 전문가시니 난 천군만마를 가진 거지. 걱정 마. 자신 있어."

"진수 오빠 얘기해서 미안."

미안해하는 진주의 반응에 강아의 얼굴색이 조금 어두워졌다.

"진주야, 사실은······."

"응?"

"스승님 댁에서 나오는데 진수 오빠를 만났거든."

"정말?"

강아는 그 순간을 생각하니 코끝이 빨개졌다.

"벌써 그렇게 된 지 몇 달이 지났는데 계속 어색하게 지낼 순 없잖아. 해외 공연 잘 다녀왔냐고 오빠에게 일부러 인사했는데······."

"음. 그런데?"

강아의 목소리에는 불만과 서운함이 가득했다.

"진수 오빠가 날 쳐다보지도 않고, 보고 싶지 않다면서 앞으로······ 자기 눈에 띄지 말라고 했어."

결국 강아는 작게 울먹였다. 진주는 안타까운 얼굴로 강아를 쳐다봤다.

"그래서? 넌 그냥 나왔어?"

강아는 슬픈 와중에도 고집스러운 눈빛으로 진주를 보며

말했다.

"아니? 여기가 스승님 집이지, 백진수 집이냐고 따졌어. 내가 귀신도 아닌데 오빠가 어딨는 줄 알고 일일이 피해 다니냐고. 나는 가고 싶은 곳엔 가고, 보고 싶은 사람 보면서 내 맘대로 살 거라고 했어."

"훗."

심각한 분위기에도 강아다운 반응이란 생각에 진주가 조금 소리 내어 웃었다. 헤어졌으니 더는 마음이 흔들리고 싶지 않은 진수나 이 관계를 어찌하든 이전처럼 이어가려는 강아의 마음도 진주는 충분히 이해했기에 그저 한숨이 나왔다.

하지만 진주는 한편으로는 낭창한 강아의 말에 진수의 마음에 후두둑 비가 내렸을 거란 생각이 들었다.

"강아야, 오빠는 강아 널 많이 좋아해서 그래."

진주의 말에 강아는 눈 끝에 달린 눈물을 닦아 냈다.

"내가 오빠에게 상처 준 거 알아. 하지만 이렇게 죽도 밥도 아닌 내 상태로는, 혀를 꽉 깨물고 죽는 한이 있어도 난 오빠한테 못 가."

진주가 이번엔 강아의 손을 잡아 줬다. 하지만 곧 진주는 강아도 자신도 지금 이렇게 울고 있을 때만은 아니란 생각이 들어 강아의 힘없는 등을 탁 쳤다.

"이강아, 정신 차려. 이번 경연 대회 열심히 준비해서 상 타면 되지."

진주는 깨끗한 얼굴로 웃으며 잡은 손에 힘을 꾹 주었다.

"우리 둘 다 제자리로 돌아갈 거야. 난 내 집으로 가고, 이 강아는 진수 오빠 옆으로 돌아가고."

강아는 고개를 끄덕였고 진주의 두 눈은 반짝였다.

다음 날부터 진주와 강아의 일정은 더욱 빡빡해졌다. 진주는 새벽 소리 연습을 강아와 같이 했다. 둘은 새벽에 도시락을 싸서 득음정에 올라 온종일 소리 연습을 하고 식사를 간단히 한 뒤 어두워지면 내려왔다.

그리고 저녁엔 강아의 예선 준비를 위해 진주와 머리를 맞대었다.

"강아야, 소리와 퓨전 음악 컬래버 경연 대회라지만 무엇보다 소리 실력이 중요한 거 알지?"

"당연하지. 움직이면서 소리를 해야 하니 마이크로 호흡까지 다 잡힐 것 같아."

특히나 팀이나 밴드가 아닌 솔로 무대를 강렬하게 보여 주는 게 힘들다는 걸 진주는 잘 알고 있었다.

"공연 중에 돌발 상황은 언제든 일어날 수 있어. 예선 팀이 어림잡아 수십 팀은 넘을 테니 다음 날 새벽까지 예선이 이어질지도 몰라. 새벽에 소리하는 게 얼마나 힘든 일인지는 너도 알지?"

강아는 고개를 끄덕였다.

진주 역시 강아와 마음을 맞춰 소리 연습을 매일 하는 게 큰 힘이 되었다. 그녀의 목 역시 시간이 가며 호전되어 매끄럽게 소리가 나온단 걸 스스로도 느낄 정도였다.

이전에 미처 시도하지 못한 소리 대목까지 할 수 있겠단 생각에 진주도 혹독한 연습을 이어 가고 있었다.

드디어 경연이 시작되는 날이었다.

진주와 강아는 방송국으로 들어섰다.

첫 경연이 누구와 어떤 방식으로 치러질지 철저히 비밀에 부친 탓에 강아는 긴장하고 있었다. 국악인들은 거의 모두가 아는 사이다 보니 이 경연에 참여하는 국악인들과 심사위원들의 정보는 경연이 시작되는 시간까지 모두 비밀이었다.

"진주야. 나 떨려."

"괜찮아. 우리가 무대에 한두 번 서 보니?"

모자를 푹 눌러 쓴 진주가 나직이 말했다. 진주에겐 서울을 떠나 소리 연습을 시작한 이후 첫 외출이었다. 단발머리에 모자를 쓰고 마스크까지 끼고 있으니 누구도 배진주란 걸 알 수 없었다.

그녀는 공식적으로 매체에 자신이 사라진 이유에 대해 언급하지 않았기에 얼굴이 드러나는 건 아직 조심스러웠다.

"진주야, 출연자 대기실은 2층이네. 나 먼저 들어가 볼게. 넌 방청석에 있을 거야?"

"응. 곧 윤재 씨도 올 거야."

고마운 얼굴로 고개를 끄덕이던 강아는 전체 안내지를 들고 대기실로 들어갔다.

진주는 곧 로비로 들어서는 윤재를 발견하고 손을 흔들었다. 진주임을 알아본 윤재는 가까이 다가와 진주의 얼굴을 요리조리 살폈다.

"이렇게 변장하고 있으면 난 어떻게 진주 얼굴 봐?"

"사람들 봐요. 저쪽으로 가요."

진주는 윤재의 팔을 잡아 사람이 없는 계단 뒤쪽으로 데려가 마스크를 내렸다. 윤재는 진주의 얼굴을 보자마자 웃으며두 팔을 벌려 재회의 포옹을 했고 진주는 주위를 신경 쓰며곧 그의 품에서 빠져나왔다.

"사람들이 알아보면 어떡해요? 오늘은 방송국 안에서만 일단 모른 척해 줘요. 어……?"

그때 로비에서 계단 쪽으로 걸어오는 사람을 보고 진주의눈이 커졌다. 진주는 윤재에게 눈짓을 하곤 그에게 다가갔다.

그 역시 모자를 눌러 쓰고 마스크를 하고 있어 누군지 알아보기 어려웠으나 진주만은 누군지 알았다.

"진수 오빠?"

이름을 부르는 목소리에 진수가 놀라 돌아봤다. 다가오는진주를 언뜻 못 알아보다 눈이 마주치니 진주임을 알고 진수의 눈이 사정없이 휘둥그레졌다.

"진주야, 너…… 머리카락이 왜 그래?"

진수도 진주가 목을 다쳐 득음정에 있단 걸 애순을 통해 알고 있었으나, 오랫동안 진주를 보지 못했기에 달라진 그녀의 모습에 놀란 눈을 했다. 진주는 대수롭지 않단 듯 말했다.

"잘랐어. 처음엔 아주 짧았는데 그동안 많이 자랐어."

귀 아래 찰랑거리던 진주의 머리카락은 어느새 어깨 위로 내려오고 있었다. 진주는 진수의 얼굴이 이전보다 핼쑥해 보여 안타까움에 미간을 찡그렸다.

"목 상태는 어때? 어머니께 네 소식을 조금씩 전해 듣긴 했는데. 그동안 힘들었지?"

"목은 거의 나았어."

"다행이네. 배진주가 나타나길 기다리는 사람들 많아. 돌아오면 훨씬 좋은 소리 들려줄 거라고 기대하고 있어."

진주는 고개를 끄덕이며 '진수 오빠도 강아와 헤어지고 힘들었지?' 하는 물음을 마음으로 삼켰다. 진주는 자신이 아무런 힘이 되어 주지 못했단 생각에 지금이라도 둘을 돕고 싶은 생각이 가득했다.

"백진수, 오랜만이네."

윤재가 다가와 인사하자 진수는 모자를 벗고 허리 숙여 인사했다.

"감독님, 안녕하십니까? 어쩐 일로 오셨습니까?"

"오늘 경연 대회 예선전이라 당연히 강아 씨 응원하러 왔지. 백진수도 그런가?"

"아, 아니요! 저는…… 뭐 볼 게 있어서요."

진주는 진수가 답을 하는 동안 그의 눈동자가 흔들리는 걸 보고 있었다. 진수는 강아와 사귀다 헤어진 상황에서 변명도 여의치 않아 에둘러 말하는 것처럼 보였다.

"볼 거? 뭐?"

강아에겐 두 번 다시 보지 말자며 자기 눈에 띄지 말라고 말했다더니 진수가 변장을 하고 방송국에 나타난 게 무엇 때문인지 진주로선 짐작이 되고도 남았다.

팔짱을 끼며 진주가 말했다.

"강아 예선 공연 보러 왔지? 솔직히 말해."

"아, 아니거든!"

마스크 안으로도 진수가 인상을 구기는 게 보였다.

"그럼 오늘 무슨 볼일인데? 공연이야? 그렇게 얼굴 숨기려고 마스크에 모자까지 쓰고?"

백진수는 '잘생긴 전통 유교남 소리꾼'의 이미지에 맞게 평소 정장을 입고 최대한 말끔한 스타일로 다녔다. 그러나 오늘처럼 짙은 색 스포츠 웨어 차림에 검은 모자에 검은 마스크를 쓰고 방송국 경연 대회장에 나타난 걸 보니 몰래 강아를 보러 온 거란 확신을 가질 수밖에 없었다.

분위기를 살피던 윤재 역시 진수가 강아를 보러 왔단 걸 알아챘다.

"급한 일 아니면 같이 강아 씨 공연 보고 가는 게 어때? 강아 씨 이번 경연 대회 연습을 정말 열심히 했다고 진주에게 들었거든. 우리가 공연 모니터해 주고 다음 공연 준비도 도와주면 좋을 것 같은데."

윤재 말에 진주도 거들었다.

"맞아. 진수 오빠 의견도 모아서 다음 공연에 참고하면 되겠네. 그냥 강아 공연 같이 보고 가. 사람들이 어차피 오빠나 나나 이런 모습으론 못 알아볼 것 같은데."

진수는 난감하단 얼굴을 몇 초간 했으나 곧 표정과 목소리를 풀며 말했다.

"그, 그럼 그럴까?"

"그럼. 강아를 아기 때부터 봐 온 진수 오빠가 이럴 때 챙겨 줘야지. 강아한테 누가 있어?"

윤재는 시계를 보았다.

"예선 시작 시간이 됐으니 자리로 가는 게 좋겠어."

잠시 후 진주와 진수는 무대가 가장 잘 보이는 중앙석에 자리를 잡았다. 윤재는 안면이 있는 사람 몇을 만나게 되어 인사를 해야 했기에 두 사람이 먼저 자리로 갔고 잠시 후에 진주 옆에 윤재가 앉았다.

예선 시작을 알리는 마이크 소리와 함께 무대 위에 조명이 켜졌다. 사회자가 나와 인사를 하고 경연 대회의 룰과 심사위원들을 소개했다. 이 경연 대회의 예선전은 약 5분의 시간 안에 자신의 기량을 마음껏 뽐내어 심사위원의 눈과 귀를 사로잡아야 했기에 전국의 소리꾼과 재주 있는 사람들이 모여든건 당연했다.

화려한 수상 이력을 가진 소리꾼 참가자부터 처음 보는 신인까지, 참가자들이 보여 주는 공연의 수준은 기존의 경연대회와 다르게 완성도가 높았다. 그걸 지켜보는 진주의 눈은 진지하다 못해 반짝거렸다.

아는 대목이 나오면 박자를 맞추고 입술을 달싹거리며 따라부르기도 했다. 몇 개의 예선 무대가 지나가는 동안 진주는 이상하게도 마치 자신이 무대 위에서 심사를 받는 듯 긴장되고 흥분됐다.

예선 중반쯤 강아의 이름이 불렸다. 무대에서는 어둠 속에 한 줄기 빛이 내려왔다.

여보시오, 도련님. 그것이 참말이요.
이별 말이 웬 말이요. 날 데려가오.

한복을 입고 부채를 펼쳐 든 강아가 무대 한가운데 나타났다. 카랑카랑하면서도 애달픈 목소리가 터져 나왔다. 타이밍 맞춰 흘러나오는 대금 소리가 관객들의 마음을 더욱 아프게 만들었다.

슉!

갑자기 불꽃이 무대 양쪽에서 솟아올랐다. 어두운 무대는 밝아지고 강아는 입고 있던 한복을 벗어 던지고 붉은색 짧은 의상에 장구를 메고 장구춤을 추기 시작했다.

한 판 장구 연주가 이어진 후 노래가 이어졌다. 노래 내용은

'갈 테면 가라, 나는 딴 놈 만나 잘 살 거야.'였는데 관객들의 웃음이 여기저기서 터져 나왔다. 강아는 장구로 빠른 리듬을 만들어 내며 다람쥐처럼 무대를 다시 휘젓기 시작했다.

손가락에 힘을 꽉 주고 강아의 무대를 바라보던 진주는 어느 정도 무대가 마무리되어 가자 저도 모르게 윤재의 손을 잡았다.

"강아는 연습때보다 훨씬 잘하고 있어요."

떨려서 강아가 실수하면 어떡하지 하던 걱정은 쓸모없는 것이었다. 수없이 반복했던 부분이기도 했지만, 강아는 자신의 무대 위에서 조금의 실수도 없이 무대를 들었다 났다 했다.

"예상보다 무대 반응이 더 좋아."

윤재가 청중을 돌아보며 진주의 귓가에 속삭이니 진주 역시 이 예선에서 강아가 떨어질 리 없다는 확신이 들었다.

몰아치는 장구 연주와 빠른 춤이 끝나고 강아의 윙크로 무대가 끝났다. 박수가 터져 나왔다.

곧 심사위원들의 심사 평이 이어졌다.

"와, 예선전 공연이라기엔 너무 완벽한 무대였습니다. 한편의 뮤지컬 같은 공연이었죠. 이강아 씨는 심사위원 만장일치로 예선 합격입니다! 다음 라운드에서 만나게 되겠군요."

"와아!"

예선전은 합격 소식이 바로 발표되는 형태였다. 대건하게 무대를 끝낸 강아를 보며 진주도 환호하며 힘껏 손뼉을 쳤다.

자신이 무대에 직접 선 건 아니었지만 강아의 무대를 보는 내내 진주는 심장이 뛰어 몇 번이나 손가락을 쥐었다 펴곤 했다. 강아의 무대가 끝났는데도 사람들의 환호 소리와 무대 위의 거친 숨소리가 진주의 귀에 남아 있어 흥분을 가라앉히지 못할 정도였다.

"감사합니다. 다음 무대는 더 열심히 만들겠습니다."

강아가 심사 평을 듣고 인사를 하고 무대를 내려갔다.

그 모습을 본 진주는 여운 때문인지 가슴 깊은 곳에서 찌르르 떨려 왔다.

'왜 이러지?'

창극단에서 공연을 올리던 자신의 지난날이 강아 무대와 겹쳐졌다. 다음 참가자 공연을 준비하는 무대가 보이자 과거의 무대 위 진주가 홀로그램처럼 무대 위에서 완벽한 소리를 하는 모습이 환영처럼 보였다.

'나도 저기에 올라가 노래 부르고 싶어.'

진주는 주체 못 할 갈증을 느꼈다. 다시 무대에 서고 싶다는 욕망. 오롯이 자신을 향해 내리꽂히는 조명 아래, 몸을 불사르듯 소리를 뱉어 내어 사람들과 교감하고 싶다는 소망. 주체할 수 없이 그런 욕심이 진주의 마음을 들쑤셨다.

그러다 자신조차 규정할 수 없는 눈물을 떨구었다. 진주가 고개를 숙이자 그녀를 힐끔거리며 지켜보던 윤재가 진주의 손등을 톡톡 치다 쓰다듬었다.

"괜찮아."

무대에서 살던 배우는 무대의 막이 올라가 불이 켜질 때의 감동을 잊지 못한다는 걸 윤재는 잘 알았다. 강아의 무대를 보고 그동안 억누르던 무대에 대한 욕심이 진주에게 불같이 다시 살아난 거겠지.

"곧 배진주도 저기 서게 될 거야."

진주는 고개를 끄덕였다. 진주는 다른 공연을 유심히 보았고 이후로 몇 번은 더 목이 메곤 했다.

그때마다 진주는 그의 손을 꼭 붙잡았고 윤재는 다시 그녀의 손등을 어루만지곤 했다.

chapter 22

우리 집에 가자

예선 참가자 수가 많았기에 생각보다 시간이 많이 길어졌다. 한 공연이 끝나면 다음 무대 세팅을 하는 동안 사람들은 무대 얘기를 하느라 여기저기서 웅성거렸다.

"진주야, 난 이제 갈게. 감독님, 저 가 보겠습니다."

진수는 끝까지 앉아 있을 생각은 아니었는지 먼저 나가겠다고 인사하며 일어섰지만, 진주는 그를 잡아야겠다 생각했다.

"강아 오늘 첫 무대인데…… 그냥 보낼 거야? 같이 술이라도 한잔해야지."

"뭐?"

진수는 진주의 말에 당황했다.

헤어진 여친과 같이 술을 마시라고? 공연을 보러 온 건 동생을 걱정하는 오빠로서 왔던 거였다 치면 되지만 술자리에 같이 참석하는 건 아니다 싶었다.

"말도 안 되는 소리."

진주가 퉁명스럽게 진수에게 말했다.

"오빠 방송 처음 출연할 때 강아가 현수막 만들어 방송 시간 내내 들고 있었던 거 기억나지?"

"……"

"상 받을 때마다 오빠 꽃다발도 직접 만들었어."

진수의 모든 중요한 공연에는 강아가 늘 있었기에 진수 역시 무엇 하나 잊으려야 잊을 수 없었다. 잠자코 대화를 듣던 윤재가 말을 덧붙였다.

"그랬어? 그랬으면 진수가 강아를 위한 자리엔 가 줘야 하는 것 같은데."

윤재가 장단을 맞춰 줬다. 진주는 진수의 눈을 쳐다보았다.

"강아 말야, 오빠한테 상처 줬다고 힘들어해. 강아 진짜 마음은 오빠한테 가려고 정말 죽을힘을 다해 노력하고 있어. 그러니 진수 오빠가 기다려 줘."

"……"

진수는 무슨 의미인지 알 것 같기도, 모를 것 같기도 했다. 이미 헤어졌고 강아에게 차인 건 자신이었는데 뭘 기다린단 말인지.

"무슨 말이야? 알아듣게 얘길 해."

"하여튼 뒤풀이에 와. 거기에 가서 물어보면 알게 될 거야."

네 사람은 다른 예선 공연들까지 다 본 후, 뒤풀이 명목으로 다시 모였다. 직원의 안내를 받아 들어선 곳은 한 호텔 내의 비즈니스 접대용 프라이빗 룸이었다.

"와아, 이게 다 뭐예요?"

진수가 어색한 표정으로 앉아 있었기에 썰렁한 분위기였지만 강아가 들어와 테이블에 차려진 음식들을 보고 눈을 동그랗게 뜨면서 분위기는 바뀌었다.

"모두 식사를 못 했을 것 같아서 식사부터 주문했어요. 밥 먹고 술이든 차든 마셔요."

"감독님, 정말 선견지명이 있으시다. 사실 공연 앞두고 긴장해서 오늘 아무것도 못 먹은 채 무대에 섰거든요. 무대가 끝나고 나니까 그때부터 배꼽시계가 장난 아니었는데."

강아는 '잘 먹겠습니다.'를 외치며 차려진 밥을 열심히 먹기 시작했다. 진주와 윤재도 식사를 시작했고 진수는 밥맛이 없는지 주춤거리다 숟가락을 들었다.

"진수 오빠는 배 안 고픈가 봐?"

진수는 말이 없었다.

"백진수, 밥 깨작거리면 벌 받아. 남긴 밥은 지옥 가면 다 먹는대."

"풋."

진주가 웃었고 황당해하는 진수의 눈빛이 그제야 강아와 마주쳤다.

"내가 지옥에 가든 천국에 가든 상관 마."

"거기엔 내가 먼저 갈게."

강아의 말에 진수 눈썹이 휘릭 치켜 올라갔다.

"무슨 말이야?"

"지옥이나 천국은 죽어서 가는 거잖아? 오빠 안 보고 사는 건…… 아무리 생각해도 안 되겠어. 죽으면 영영 얼굴 못 볼 거 아냐. 그러니 죽는 건 내가 먼저 한다고."

더 황당하단 듯 진수의 얼굴은 구겨지고 뚫을 듯한 눈빛은 강아에게 박혀 떨어질 줄 몰랐다. 둘을 유심히 지켜보던 윤재가 진주의 손을 잡더니 잠시 나가자는 눈짓을 보냈다.

"배진주, 우리 식사 다했는데 소화 시킬 겸 바람 쐬고 올까?"

"네. 나도 마침 좀 갑갑해서 바람 쐬고 싶었어요."

진주는 일어나 강아를 한번 쳐다보고는 문을 열고 나갔다.

룸에서 연결된 뒤편 정원도 손님들의 야외 식사가 가능하도록 프라이빗하게 잘 정리되어 꾸며져 있었다.

윤재는 진주를 벤치에 앉히고 자신도 앉았다.

"강아 씨 말은, 자기 혼자 두고 죽지 말란 사랑 고백이었지?"

"게다가 진수 오빠를 못 보는 게 죽는 것보다 싫다는 절절한 고백이었어요."

진주는 그 말을 하며 동시에 윤재의 목을 두 팔로 휘감고 그의 입술에 살포시 입술을 부딪혔다.

"어? 요즘 배진주가 대담해졌어."

전혀 예상치 못한 진주의 기습 뽀뽀에 윤재의 입꼬리가 자동으로 올라갔다.

"강아 마음이 딱 지금 내 마음이라 참을 수 없었어요."

후후, 웃던 진주가 윤재의 얼굴로 다시 다가왔다. 윤재의 커다란 손이 진주의 등을 감쌌다.

아쉬운 듯 입술을 떼며 윤재는 진주의 머리카락을 부드럽게 어루만졌다. 그는 조금 더 가까이 진주에게 얼굴을 붙였다.

그녀의 빨려들 듯 새까만 눈동자가 한 번 더 키스해 달라고 재촉하는 것 같았다. 윤재는 '쪽'하는 소리가 나도록 두 볼을 붙잡고 그녀에게 한 번 더 입을 맞추었다. 그리고 빈틈없이 당겨 숨이 막히도록 꼭 안았다.

진주는 그의 가슴으로 파고들며 볼을 비볐다. 그의 시원하고 아늑한 향기가 폴폴 날아올라 진주를 덮었다. 윤재는 행복한 얼굴로 진주의 머리카락을 천천히 쓰다듬으며 그녀를 사랑스럽게 내려다보았다.

"오늘은 윤재 씨에게 중요한 말을 할 게 있어요."

그의 손이 움직임을 멈췄다.

"뭔데?"

얼굴을 들어 윤재를 보는 진주의 표정이 설핏 진지했다. 안겨 있는 자세를 풀고 허리를 세운 진주는 그를 바로 마주 보며 말했다.

"내일 스승님 댁에 인사드리러 갈 건데, 윤재 씨도 같이 갈 수 있어요?"

"스승님 댁에?"

진주는 고개를 끄덕였다. 그녀는 오늘 강아와 다른 소리꾼들의 공연을 지켜보며 이제는 다시 무대에 서도 되겠다는 확신이 들었다.

윤재는 잠시 말이 없었다. 스승님을 찾아가 그동안 수련한 소리를 들려주겠다는 것이 어쩌면 수련을 끝내겠단 의미로 받아들여졌기에 마음이 울렁거렸다.

"그 말은 혹시…… 목이 다 나아서 복귀해도 될지 스승님께 보여 주러 간다는 거지?"

"네."

진주의 소리를 간간이 듣기도 했으니 그녀의 목이 상당히 호전되고 있단 건 윤재도 느끼고 있었다. 하지만 진주가 스스로 완전히 좋아졌다고 말하는 시기가 이렇게 빨라질 거란 생각은 못 하고 있었기에 그녀의 말은 그에겐 놀라운 소식이었다. 윤재는 진주를 다시 꽉 안았다.

"고마워."

그의 목소리에 감격과 흥분이 느껴졌다.

매일 전화를 하고 가끔 자신이 내려가 시간을 보내다 서울로 올라오는 생활을 두 달 넘게 이어 가고 있었지만, 윤재의 일이 다시 바빠지자 같이 있는 시간을 많이 내는 것이 빠듯했었다.

"목은? 정말 다 나은 건가?"

"어제 병원에 가서 최종 정밀 검사를 하고 결과를 봤어요. 담당 선생님이 상처는 거의 흉터만 남고 다 아물었다고 했어요. 무엇보다 내가 느끼기에 이젠 노래 부를 때 목에 거슬리던 게 사라졌어요. 내일 스승님께 제 소리를 들려드리면 더 확실해질 것 같아요."

"고마워."

그는 진주를 안고 연거푸 그 말만 되풀이했다. 진주의 목이 그대로 돌아온 것도, 이제 집으로 같이 돌아가게 된 것도 모두 다 그저 고마웠다.

"내가 윤재 씨에게 오히려 고마운걸요. 그동안 나 때문에 마음고생에 몸 고생까지…… 미안하고 고마워요."

"그럼 우리 집으로 당장 오늘 밤에 같이 가자는 말이지?"

흥분을 가라앉힌 윤재는 가만히 상황을 정리했다.

"네. 그럼 서울에서 우리 집 놔두고 어디서 자요?"

"그렇지."

윤재는 잠시 생각하더니 휴대폰을 열었다.

"집 관리해 주시는 이 실장님께 이 소식을 말하고 지금 빨리 집 청소부터 해 달라고 해야겠어."

늘 관리하는 집이니 청소가 안 되었을 리는 없지만 그래도 한 번 더 봐달라고 하는 게 맞을 것 같아 윤재는 전화 통화를 하려 했고 진주는 고개를 흔들며 그러지 말라고 했다.

"집에 그냥 들어가면 돼요."

"아냐. 네가 당장 자기엔 아직 정리가 덜 되었을 텐데."

진주는 자신이 없는 동안 이 실장님이 출퇴근하며 관리해 오고 있단 걸 윤재에게 들어 알고 있었다. 윤재마저 집에 없는 날이 많았으니 당연했다.

"그건 괜찮아요. 난 잠시 여행 다녀왔다 생각하고 자연스럽 게 오늘 밤 우리 집으로 윤재 씨랑 들어가고 싶어요. 그러니 괜히 밤에 일하시는 분들 부르지 말아요. 알았죠?"

"그런가?"

진주는 입술로 엷게 웃었다.

"그리고 우리 집에 가기 전에, 사랑싸움으로 심각한 강아와 진수 오빠가 어쩌고 있는지도 궁금해요."

"맞아. 잠시 바람 쐬러 온다고 나와서는 너무 오래 있었나?"

진주와 윤재가 다시 룸으로 들어가니 테이블 위에 가득했던 식사는 어느덧 정리되고 맥주 캔과 간단한 안주가 보였다. 둘 은 벌써 맥주를 마시고 있었다. 하지만 분위기가 그렇게 단란 한 건 아니었다. 진주와 윤재가 들어가 자리에 앉았으나 서로 주고받던 심각한 얘기는 끊어지질 않았다.

"강아야."

진주가 강아를 부르며 주위를 환기하자 강아와 진수도 그제 야 진주와 윤재의 존재를 깨닫고 숨을 가다듬으며 흥분을 가라앉혔다.

"진수 오빠, 오늘 강아가 방송 데뷔를 멋지게 한 날인데 오빠랑 말다툼하다 끝낼 순 없잖아? 특별한 날이니 기분 풀고 한잔해."

넷은 맥주 캔을 부딪히고 시원한 맥주를 한 모금 넘겼다. 진주는 아직 술을 마시는 게 조심스러워 입을 대기만 했다.

강아의 공연 뒤풀이로 모인 만큼 자연스럽게 강아의 공연 모니터링과 개성 있는 다른 참가자들의 이야기들이 흘러나왔다. 다음 라운드 준비에 대한 조언도 있었기에 강아는 진지하게 받아들이며 고개를 끄덕였다.

무표정하게 윤재나 진주의 물음에 짧은 대답을 하는 진수를 흘깃거리던 강아는 맥주 한 모금을 들이켠 후 심각하게 입을 열었다.

"나는…… 솔직히 내 상황이 아직 남자를 사귀거나 결혼을 생각할 때가 아니라고 생각해."

진수와 진주의 얼굴이 강아를 보며 굳어졌고 윤재는 가만히 이 광경을 지켜봤다.

"감독님이 계시지만 뭐, 다 아실 거라 생각해. 난 지지리도 가난한 집 막내딸로 태어나서 어릴 때부터 스승님과 오빠한테 도움만 받으며 살았어. 오빠가 날 좋다는데 내가 싫을 리가 있어? 하지만 성인이 된 이후에도 좋아하는 남자한테 얹혀서 평생 사는 건 정말 싫어."

'얹혀살긴 누가 얹혀산다고……'

진수는 강아의 말에 작은 한숨을 뱉었다.

'도움을 받기나 하고 저렇게 말하면 인정이라도 할 텐데.'

진수의 눈빛은 생각이 많은 듯 깊어졌다.

자존심 강한 이강아는 제 도움이라곤 쥐꼬리만큼도 받을 생각이 없었기에 오히려 무언가를 선물하려 해도 눈치를 보며 오해할까 고민해야 했다.

"그러니까 혀를 깨물고 죽었으면 죽었지, 난 그러고는 못 산다고."

고집스러운 얼굴로 고개를 숙인 강아는 맥주 캔을 만지작거렸다.

"진수 오빠는 스승님한테도…… 하나밖에 없는 귀한 아들이잖아. 난 그걸 너무 잘 아니까, 스승님께 짐 되는 며느리 되는 것도 싫어."

진수는 강아 말에 아무런 내색을 하지 않으려고 입술에 힘을 조금 줬다. 자신 역시 강아에게 부담이 되는 사람이 되는 건 싫었다.

"그런데."

강아에게 시선이 집중됐다.

"오늘 예선전을 치르고 보니 자신감이 조금 생기긴 했어."

강아는 진수를 보며 말했다.

"내가 이번 경연 대회에서 만약에 1등 하면……."

"……?"

"오빠한테 당당히 고백할 테니까 그때 정식으로 사귀자."

일제히 강아를 쳐다보는 눈들이 커졌다.

강아의 공연도 훌륭했지만, 오늘 예선전에서 모든 팀의 역량을 본 진수는 경연 대회에 나온 팀들의 실력이 모두 보통이 아니란 걸 알아챘다.

진수가 강아에게 날카로운 눈빛으로 물었다.

"만약에 1등을 못 하면?"

강아는 말도 안 되는 소리 말라는 표정으로 미간을 구겼다.

"그런 생각은 하지도 마. 열심히 준비하고 연습해서 무조건 1등 할 거야."

진주와 윤재도 고민하는 표정이었다. 진주가 먼저 회유하듯 강아에게 말을 건넸다.

"강아야, 1등 말고 본선에 들면 전국 투어 공연 특전이 있잖아. 그러니 본선에 진입하면 사귀는 걸로 바꾸는 건 어때?"

강아는 진수에게 시선을 둔 채 입을 열었다.

"내가 소리를 한 것도, 진주 너와 친구가 된 것도 난 운명이라고 믿어. 그리고 진수 오빠와 남다른 감정이 생긴 것도 이뤄질 운명이라면, 그렇게 될 거라 생각해. 난 계속 현실 때문에 늘 헷갈렸거든. 내가 이번에 1등을 하면 그건 확실한 운명의 신호라고 생각할 거야. 대신 미친 듯이 그걸 잡으려고 노력해 볼 거야. 그래서 난 무조건 1등이야."

찬찬히 강아의 말을 듣고 있던 진수의 속눈썹이 거의 감길 듯 천천히 닫혔다 떠졌다. 굳어 있던 진수의 얼굴이 조금 부드러워지는가 싶더니 짙은 눈동자가 강아를 향했다.

"강아가 1등을 할 수 있을까요?"

"가능성은, 반반?"

진주는 집으로 가는 차 안에서 강아의 선전포고에 대해 윤재와 열심히 토론하고 있었다.

"우리 집 보인다."

창밖으로 익숙한 거리와 집 앞 풍경이 보이기 시작하니 진주는 조금 긴장했다.

잠시 후, 집 앞에 차가 섰고 윤재가 문을 열어 주며 손을 내밀었다.

"배진주, 우리 집에 가자."

윤재는 진주가 손을 잡자마자 진주를 높이 안아 들고 대문 안으로 들어섰다.

"왜 또 이렇게…… 아이도 아닌데 갑자기 안아요? 빨리 내려 줘요."

이젠 그녀를 안아 드는 건 윤재에게 익숙해진 걸까.

"자연스럽게 들어가고 싶다며?"

대문이 닫히자 윤재는 큰 개라도 되는 것처럼 고개를 숙이고 진주의 목부터 간지럽혔다.

그의 품에 안겨 간지러움에 몸을 비트는 진주를 사랑스러워 죽겠단 표정으로 웃으며 내려다보는 윤재는 세상 행복을 다 가진 얼굴을 하고 있었다.

"아이가 아니긴? 아이 맞는데."

"씨이. 또 장난. 내려줘요."

쏴아.

어디선가 멀리서 물소리가 들려왔다.

"이거 무슨 소리예요?"

"진주가 없는 동안 이 실장님과 의논해서 우리 집 정원을 조금 바꿨어."

"정말요? 보고 싶어요."

"정원은 내일 아침에 일어나면 보여 줄게. 오늘 밤엔 피곤한데 쉬어야지."

현관문을 열고 진주를 안은 윤재가 들어섰다. 진주는 익숙한 거실의 느낌과 분위기에 기분이 갑자기 차분해졌다.

진주는 눈앞에 보이는 거실 벽지, 빛의 조도와 하얀 대리석 바닥, 군데군데 놓인 작은 소품들이 하나하나 다 반가웠다.

"9개월이 넘었지? 우리 집에 오랜만에 들어온 소감이 어때?"

그는 여전히 진주를 안아 들고 그녀의 이마에 살짝 입맞춤했다.

"이제 내려줘요."

윤재는 순순히 거실 소파에 진주를 내렸다. 진주는 주방에 들어가 보고 싶었다. 소파에 앉자마자 시선을 주방으로 돌리고 일어서서 걸음을 옮기려 했다.

"그럼, 주방을 잠시만 둘러보고…… 으앗!"

하지만 윤재가 그녀의 손목을 잡았다.

"어딜 가려고?"

순식간에 진주는 윤재에게 안긴 채 소파에 누워 버렸다. 그는 진주와 놀고 싶은 게 분명했다. 하지만 진주의 눈동자가 빠르게 돌아가며 그와 시선을 맞추지 않고 있었다.

"주방 쪽엔 왜? 목말라?"

"아니요. 집에 오랜만에 와서 그런지 반가워서 한번 천천히 둘러보고 싶었어요."

윤재는 한쪽 눈썹을 은근히 찌푸렸다.

"지금 주방 구경에 내가 서열이 밀린 건가?"

진주가 몸을 조금 뗐다. 그러곤 여전히 고개를 돌린 채 작게 말했다.

"윤재 씨는 항상…… 아니 오늘도, 계속 봤잖아요."

"그래? 하지만 우리 집 거실에서 만나는 이윤재는 정말 오랜만일 텐데. 그건 반갑지 않고?"

윤재는 눈을 맞추려 했으나 진주는 시선을 잘도 피했다. 그와 맞이하는 집에서의 시간이 설레기도 했지만 지금은 집을 한번 보고 싶은 마음이 더 컸기에 진주는 이번엔 윤재를 보며 부탁했다.

"윤재 씨, 그럼 같이 우리 집 둘러봐요. 꼭 그러고 싶었단 말이에요."

진주의 눈빛이 꽤나 간절했기에 윤재는 장난을 멈추고 일어나 앉았다. 자신에겐 언제나 같은 풍경인 집 안 모습이 진주에게 지금은 특별한 의미가 된 것 같아 그녀의 부탁을 거절할 수 없었다.

"그럼 내가 안내할게. 어디부터 가고 싶은 거지?"

"우선 주방이요. 식탁에도 앉아 보고 싶어."

"좋아. 주방으로 가."

윤재는 진주를 따라 주방으로 천천히 그녀의 보폭에 맞춰 걸어갔다.

진주는 박물관 관람이라도 하듯 천천히 물건 하나하나를 세세하게 쳐다보며 주방으로 걸어갔고 서랍들마저 다 열어 보더니 그때마다 환하게 웃었다.

"싱크대 서랍을 열고 왜 행복해하는 거지?"

진주는 윤재의 말에 예쁘게 입을 가리며 터트리듯 웃었다.

"하나같이 제자리에 똑같이 놓인 수저며 그릇들이 너무 예쁘고 고마워서요."

그녀가 아끼던 커플 머그잔이며 도자기 다기들도, 즐겨 마시던 녹차나 카모마일도 그녀가 바라는 것처럼 모든 것은 그대로 제자리에 있었다.

"모두 그대로예요."

그렇게 말하면서 진주의 눈시울이 붉어졌다. 어제 갔다 오늘 돌아온 듯 이 집이 자신을 기다려 준 것처럼 느껴졌다. 그래서 감정이 없는 물건 하나마저 다 고마웠다.

"당연하지. 모두 다 배진주 거잖아."

윤재는 진주의 모든 감정을 다 이해할 순 없었으나 그 모습을 보며 다행이라 생각했다.

그는 이 실장에게 집 관리를 맡기며 집 안 물건을 아무것도 건드리거나 없애지 말고 그대로 두라고 말했었다. 윤재 역시 그녀와 같이 있었던 공간 안의 무엇도 바뀌는 걸 원하지 않았으니까.

진주는 주방을 나와 거실과 서재를 다니며 정성스럽게 집 구경을 했다. 그러곤 긴장하며 2층으로 올라갔다.

가장 먼저 들른 곳은 진주의 개인 연습실이었다. 연습실 불을 켜자 진주는 자신이 앉아 소리 연습을 하던 시간과 윤재와 같이 연습하며 놀았던 기억이 떠올라 또 웃었다. 단지 북이 놓였던 자리만 허전해 보였다.

"내일 짐 가져와서 내 북만 저기에 놓으면 여긴 완전해지겠어요."

"그렇지? 올 때마다 북이 놓였던 자리가 늘 허전했어."

진주는 그를 올려다보았다. 자신이 없었던 시간에 여길 자주 왔던 걸까.

"윤재 씨가 연습실에 들어와 봤어요?"

윤재는 진주의 물음에 어색한 얼굴을 했다. 진주를 찾지 못해 힘들 때마다 이 연습실에 처량하게 누워 있었다고 말하고 싶지 않았다.

"가끔. 많이 생각나면."

연습실은 진주의 숨결이 늘 가득한 공간이었기에 윤재는 참기 힘들 정도로 진주가 보고 싶어지면 이곳에 머물다 잠들기도 했었다. 진주가 지난날을 떠올리는 동안 윤재는 진주 없이 살았던 지난날을 강제로 소환하게 됐다.

"여긴 진주 네가 항상 있는 것처럼 착각하게 만들거든."

하지만 이젠 진짜 진주가 여기에 있을 테니 착각할 필요가 없었다.

"이제, 우리 침실 보러 가요."

웃음이 가득한 얼굴이었다.

침실에 자러 가는 게 아니라 보러 간다는 표현이 이상했지만 윤재는 집 구경을 같이 하다 보니 진주가 집을 둘러보는 이 의식이 꽤 마음에 들었다. 그만큼 진주가 이 집에 대한 애착이 컸다는 말이었고 그동안 많이 그리웠다는 의미로 받아들여졌기에 나쁘지 않았다.

신비한 세계로 들어가는 문이라도 되는 듯 눈을 감고 호흡을 가다듬던 진주는 침실 문을 열었다.

"와아."

저도 모르게 진주는 소리를 질렀다. 그녀가 좋아했던 아늑한 둥지 같은 캐노피 침대가 보였다. 진주는 침대에 걸터앉아 손바닥으로 이불과 베개를 쓸어 보다가 일어나 드레스 룸 문을 열었다.

윤재는 그녀가 움직이는 모든 동선을 따라가며 그녀와 이 공간에서 함께했던 모든 순간들이 영화 속처럼 눈앞에 재생되는 착각을 했다. 하나같이 행복했던 순간이었기에 그 착각 속에서 진주는 맑게 웃고 있었다.

"어? 세상에."

옷장을 열어 본 진주는 파리에서 산 곰돌이 커플 잠옷을 꺼내어 이리저리 돌려 보고 입을 크게 벌려 꺄르르 웃더니 잠옷을 윤재의 몸에 대어 봤다. 윤재는 진주에게서 잠옷을 받아들고 한쪽 눈썹 끝을 손가락으로 긁적였다.

"이건…… 잘 안 입었어."

그 잠옷은 진주와의 진한 추억이 너무나 많이 묻은 옷이었기에 윤재는 혼자 이걸 입고 잘 엄두는 내지 못했었다.

"오늘은 우리 이거 입고 자요."

윤재는 고개를 끄덕였다. 자신의 손에 들린 잠옷을 보니 진주가 완전히 집으로 돌아왔다는 실감이 들었다. 익숙한 침실에 익숙한 진주와 그녀의 발랄한 웃음소리, 그리고 그녀의 향기로 가득 차 충족되는 행복감. 어떤 모자람도 없이 완벽한 순간이란 생각이 들었다.

"씻고 잠옷으로 갈아입고 올게."

윤재가 욕실에 들어가는 걸 보고 진주도 씻고 잠옷으로 갈아입고 나왔다. 이미 씻고 나온 윤재가 곰돌이 잠옷을 입고 침대에 앉아 진주를 맞이하려 팔을 벌렸다. 진주는 사뿐히 걸어가 그에게 안겼다.

"오늘 밤은 특별한 날이니 밤새도록 놀아 줄게요."

그녀는 양쪽 입술 끝에 미소를 걸고 눈 끝을 휘며 함빡 웃었다.

윤재는 입술을 조금 벌렸다.

"그럼, 오늘은 자지 말자."

진주는 윤재의 눈을 깊고 그득한 눈동자로 바라보며 그의 머릿결을 부드럽게 만졌다. 윤재는 진주가 만지는 손끝의 나른한 느낌에 스르륵 눈을 감았다.

"잠도 안 자고 어떻게 놀 건데요?"

"몰라. 그건 놀아 봐야 알겠어."

그의 입술에 웃음이 걸렸다. 진주도 웃으며 윤재의 목에 팔을 둘러 안았다.

다음 날 새벽, 윤재는 바스락거리는 움직임에 잠이 깼다.

'배진주……'

진주가 그의 품 안에서 잠이 깬 게 한두 번은 아니었지만 둘만의 침실에 진주가 있다는 건 잠이 확 달아날 정도로 온몸을 전율하게 했다.

윤재는 잠을 자는 척 눈을 뜨지 않았다. 진주의 몸이 꼼지락대며 간지럽혔지만 윤재는 이 즐거운 기분을 더 느끼고 싶었다.

진주는 이미 잠에서 깨었는지 그의 볼과 턱에 그녀의 손가락이 닿았다. 그러곤 선을 긋듯 그의 얼굴을 조심스럽게 만지는 것을 반복했다. 이런 설레고 나른한 아침은 또 얼마나 오랜만인지.

하지만 잠시 후 진주는 일어날 생각인지 몸을 반대편으로 돌렸다. 윤재의 잠든 척 연기는 그만 이쯤에서 접어야 했다.

"조금 더 있자. 해 뜰 때까지만."

"깼는데 또 자는 척했죠?"

윤재는 눈을 감고 입술로만 웃었다. 늘 하는 장난인데 늘 속는 진주가 귀여웠다.

"어젯밤에 스승님께 메시지가 왔어요. 우리가 스승님 댁으로 내려올 필요 없이 스승님께서 오늘 서울 오실 일이 있으시대요. 진수 오빠 집에서 며칠 지내신다고 오후에 창극단에서 만나자고 하셨어요."

"그랬어? 잘됐네. 그럼 진주 숙소 짐은 가지러 갈 필요 없이 사람 보내서 마무리하고 보내 달라면 되겠다."

"네. 그렇게 해요. 짐은 강아랑 다 싸 뒀으니 가방만 보내면 되거든요."

"진주 창극단 복귀는 언제 할 생각이지?"

윤재는 앞으로의 진주의 일정을 물었다.

"오늘 스승님 만나 의견을 여쭤보고 결정하려고요. 가능하면 창극단에 빨리 출근해서 다른 개인 공연 스케줄도 준비해 보고 싶어요."

"개인 공연까지?"

진주는 그간 대형 무대에 많이 섰지만, 수련하는 동안 만약 소리를 다시 찾게 되면 '배진주'란 이름을 건 작은 소공연을 하며 자신만의 색을 만드는 것도 좋겠단 생각을 했었다.

"작은 공연이 줄 수 있는 매력이 있다고 생각해요. 가끔 특별한 게스트들과 합동 공연도 하고 판소리를 새롭게 해석해 개성 있는 무대도 만들어 보고 싶다고 생각했어요."

윤재는 진주를 대견하단 듯 바라봤다. 말똥말똥한 진주의 눈이 그의 눈에도 가득 담겨 출렁거렸다.

"기특해. 겉멋만 잔뜩 든 나보다 나아."

윤재는 대형 무대를 기획하고 연출하며 늘 대중성과 전통을 지키는 것 사이에서 고민하던 자신을 떠올렸다. 진주가 바라는 작은 공연은 그녀답게 전통의 모습을 알뜰히 담고 중요한 가치를 가진 무대로 만들어 갈 거란 생각이 들었다.

"게다가 생각도 멋지네."

윤재는 진주의 머리를 쓰다듬는 듯하더니 헝클어뜨리며 장난을 쳤다. 어느새 어둡던 창밖으로 해가 들어 빛이 들어오는 게 보였다.

"해 뜬다. 씻고 정원 구경 가자."

진주를 위한 윤재의 서프라이즈 선물이 아침이 되길 기다리고 있었다.

진주는 현관으로 나가 신발을 신었다. 바뀐 정원을 보고 싶긴 했는데 그가 서두르며 특별하게 구니 그녀 역시 궁금했다.

"뭔데 그래요?"

"서프라이즈라니까."

윤재는 현관문을 열기 전에 진주의 두 눈을 제 손으로 가렸다. 그리고 다른 팔로 그녀를 품에 안고 천천히 현관문을 열고 정원으로 데려갔다.

진주의 마음은 알 수 없는 기대로 쿵쿵대었다. 그를 따라 정원 길을 제법 걸어 들어가니 어젯밤 집 안으로 들어오면서 들렸던 물소리가 다시 들려왔다.

"음? 어디서 나는 물소리예요? 분수를 만든 거예요?"

"아직 비밀이야."

윤재는 그녀와 보폭을 맞추고 천천히 집을 둘러 난 정원의 돌길을 걷기 시작했다.

눈을 가린 진주는 윤재에게 더 기대었다. 보이지 않으니 오직 기댈 것은 윤재밖에 없었다. 그에게 온몸을 맡기니 발을 잘못 디뎌 어긋나거나 휘청거려도 안심이 됐다. 든든한 그는 그녀를 붙들고 흔들림 없이 길을 안내해 주고 있었다.

진주의 귀에 물소리가 점점 더 크게 들려왔다. 그도 멈췄고 진주도 같이 섰다.

"이제, 다 왔어."

진주는 갑자기 빛이 들어오자 눈을 찡그렸다. 그 순간 그녀의 눈앞에 믿어지지 않는 것이 보였다.

"아아."

어떻게 이럴 수 있지?

그녀의 눈앞에는 놀랍게도 소리를 내며 쏟아지는 작은 폭포가 있었다.

"어떻게 정원에 폭포가……."

"저 큰 바위는 이 실장과 실랑이 끝에 내가 직접 가서 골라 온 녀석이야."

"저 바위를요?"

진주는 시야를 막고 서서 굵은 물줄기를 여러 겹 만들어 내 는 커다란 바위를 보았다.

"득음정에서 듣던 그 폭포 소리와 같을 순 없지만 가장 비 슷한 소리를 내 줄 녀석으로 저 바위를 골라 힘들게 우리 집 으로 모셔 왔어."

진주는 보고도 믿어지지 않아 눈이 커지고 눈 끝이 바르르 떨렸다.

"혹시 만약에라도 네 수련이 너무 길어지면 널 집으로 데려 올 수 있게 궁리했거든. 득음정을 우리 집으로 옮겨 놓으면 되 겠다는 게 내 생각의 시작이었어. 배진주에게 가장 어울리는 정원을 선물해 주고 싶어서 내가 열심히 전문가들과 머리를 맞대고 설계에 참여한 결과물이야."

진주는 뒤돌아 그녀가 눈을 감고 걸어온 정원 곳곳을 봤다. 그곳은 정원으로 조경하지 않고 그저 잔디를 깔아 비워 둔 본 채 뒤편의 넓은 공간이었다.

윤재는 본채 앞 정원을 돌아 뒤편으로 가는 길을 만들고 비 워 둔 공간에 득음정을 닮은 제2의 정원을 만든 것이었다.

폭포 아래에는 세심하게 돌로 만든 자연 수영장과 그 옆으로 득음정을 닮은 자그만 정자도 있었다.

"세상에."

이걸 그 짧은 시간에 어떻게 생각해 만들었을까 하는 생각에 진주의 입은 점점 더 놀라움으로 벌어졌다.

"이제 혹시 목이 다시 상해도……."

진주의 고개가 젖혀져 그를 향했다.

"배진주는 어디 못 가. 이제부턴 우리 집 안에서 노래해."

소리꾼들이 폭포를 찾아 득음을 이루려는 이유는 수도 없이 많았으나 무엇보다 우리의 소리가 거침없는 자연을 닮았기 때문이라고 명창들은 말했다.

폭포는 목이 상한 소리꾼들에게 상처를 치료하는 천연 가습기였으며 폭포를 뚫을 만큼 커다란 소리를 내라는 기준점이었음을 윤재도 알고 있었다.

정원에 자연 그대로의 폭포를 재연한다는 건 불가능했으나 폭포가 있는 정원을 만들겠단 결심이 선 순간 그는 최대한 빠른 속도로 리조트나 공원 설계, 정원 조경 전문가를 두루 만난 후 공사에 들어갔다.

"이렇게 빨리 진주가 돌아올지는 몰랐어. 폭포나 정자는 어느 정도 마무리됐지만, 아직 주변 조경이나 다른 건 마무리가 덜 됐어."

"멋져요."

진주는 그가 만들어 준 폭포를 보며 득음정과 닮은 정자에 앉아 소리하는 자신을 생각했다. 그리고 폭포 아래에 자연스

럽게 만들어진 수영장을 보며 진주는 저 시원한 물줄기 아래
에서 물놀이를 하며 윤재와 자신과 미래의 아이들이 노는 상
상을 했다.

진주는 무언가 떠올라 가슴속이 울렁거렸다.

"혹시 이 수영장은 우리들의 아이를 생각하며 만들었어
요?"

윤재는 놀란 눈을 했다.

"네 생각은 어떤데?"

그는 어느 순간부터 아이가 있을 때의 가정을 생각하기 시
작했지만 진주에게 말하기엔 조심스러웠다. 이제 목이 좋아지
면 진주는 다시 해야 할 일도, 하고 싶은 일도 많을 터였다.

그런데 아기라니. 임신을 하게 되면 출산 후까지 무대에 자
유롭게 서는 게 힘들어질 것을 알기에 윤재는 아기란 말을 입
에 올리기 미안했다. 하지만 윤재의 생각과 다르게 진주는 기
분 좋은 얼굴을 했다.

"윤재 씨는 아이를 낳으면 몇 명을 원해요?"

"글쎄. 난 아직 아이 숫자를 구체적으로 생각해 보진 않았
는데."

진주의 얼굴은 더 밝아졌고 윤재에게 하는 질문도 좀 더 구
체적으로 변했다.

"난 아들딸 두 명이면 좋겠어요. 그런데 난 가능하면 셋도
좋아요."

강아와 방에 누워 이런 말을 할 때마다 강아는 한 명이라도

낳아 보고 그런 말을 하라며 핀잔을 줬지만, 진주는 정말 아기를 낳는다면 둘이나 셋은 낳고 싶었다.

"그래?"

어느새 윤재의 얼굴이 웃음을 숨기지 못하고 헤벌쭉 벌어졌다.

"태교는 당연히 우리 집 정원에서 판소리 다섯 마당으로 할래요. 아기가 배 속에서부터 충분히 들을 수 있도록……."

윤재는 참지 못하고 사랑스러운 진주의 입술을 제 입술로 막아 버렸다.

윤재는 사람이 어떻게 이토록 사랑스러울 수 있나 의아할 정도였다. 어딜 봐도 안 예쁜 곳이 없는 배진주는 말도, 생각도 예뻤다. 그러니 가만히 보고만 있기가 힘들지.

자기도 모르게 바보 같은 웃음이 피식 새어 나왔다.

판소리 다섯 마당으로 태교를 하겠다니. 윤재는 그녀의 옆에 앉아 그 다섯 마당을 다 듣고 싶단 생각이 들었다.

진주는 꿈을 꾸듯 그녀가 생각해 온 것을 말했다.

"임신을 하게 되면 배가 불러와 무대에 서기 어려워질 때까지 창극단 무대에 서고 싶어요. 그리고 출산해 아기가 자랄 때까지는 작은 무대 활동만 하며 아기들과 같이 지내고 싶고요."

"꽤 많이 생각했네."

윤재와 눈빛이 마주치자 아기에 관한 대화를 진지하게 하는 게 쑥스러운지 진주는 고개를 숙였다.

그녀의 양 볼은 복숭앗빛으로 물들었다가 서서히 새빨갛게 사과처럼 익어 갔다.

"이 수영장 정도면…… 배진주의 희망 사항처럼, 못해도 아이 셋, 넷은 같이 놀겠지?"

진주는 엄마, 아빠가 같이 들어가도 넉넉하겠다고 생각하며 고개를 끄덕였다. 윤재는 그녀의 어깨를 잡고 왔던 길로 몸의 방향을 돌렸다.

"서프라이즈는 아직 남아 있어."

"네?"

"또 보여 줄 게 있어."

그의 흥분된 목소리가 아이처럼 청량했다. 뭔가 보여 줄 게 또 있다며 자랑스러운 얼굴로 콧잔등을 찡그리며 귀여운 표정을 짓는 윤재를 보며 진주는 설핏 웃었다. 그에게서 이런 개구쟁이처럼 풋풋한 미소가 나올 줄 몰랐던 그녀는 만족스러운 얼굴로 그를 보았다.

윤재는 그녀의 손을 잡아 이끌었고 진주는 그의 걸음을 쫓아갔다. 진주도 아이처럼 기대로 설렜다.

그가 보여 주는 새롭게 단장한 집 곳곳의 초록빛 풍경들이 따스한 바람을 타고 좋은 향을 머금은 채 그들을 휘감았다.

그가 성큼성큼 진주를 데려간 곳은 본채로 가는 길이었다. 그를 따라 산책하듯 내려가던 진주는 눈앞에 여러 색이 어울려 흐드러진 풍경에 걸음을 멈췄다.

"저걸, 일부러 다 심은 거예요?"

그의 얼굴엔 의기양양함이 묻어났다. 폭포를 만들기 위해 옮겨 왔다는 바위를 자랑스럽게 소개할 때의 천진한 표정과 다름없었다.

"배진주는 봉숭아 꽃을 가장 좋아하잖아."

"……."

폭포 정원으로 이르는 길을 따라 여러 색깔의 봉숭아 꽃이 가로수처럼 길을 두르고 흔들리고 있었다. 봄이 지나 여름이 되려 하고 있었으니 봉숭아 줄기는 저마다 꽃을 피우려 색색으로 봉오리 져 있었다.

"널 찾아다니다 어느 날, 새끼손톱 끝에 조그맣게 남아 있는 봉숭아 물을 봤는데 배진주가 너무 보고 싶었어."

그는 진주 귓가에 조곤조곤하게 말했다.

"그때부터 심기 시작했어. 이 봉숭아 꽃은."

아.

진주는 가슴이 울컥하며 코끝이 매웠다.

작년 봄 그가 손톱에 물을 들여 주던 일과 힘들게 지났던 계절들이 떠올랐다. 진주 역시 붉은 손톱을 보며 그를 그리워했고, 잘려 나가는 손톱을 보며 가슴 아파하던 추웠던 겨울이었는데.

"이 정도로 많이는 필요 없는데."

그의 마음이 고스란히 느껴졌기에 진주는 더 슬퍼할 이유는 없다 생각했다. 조금 흐려지던 표정을 갈무리하고 진주는 다시 장난스러운 표정으로 팔짱을 끼며 그를 보며 물었다.

"솔직히 말해 봐요. 폭포 만들기가 쉬웠어요? 봉숭아 꽃 심기가 쉬웠어요?"

"사실, 꽃 심기가 더 힘들었어."

멋없이 비죽 자라는 봉숭아 꽃 무더기 사이사이에 다른 꽃들을 섞어 심어 조경에 조화를 주느라 조경사가 고심한 흔적이 진주의 눈에도 보였다.

완벽주의를 추구하는 윤재의 성격에 공연 무대나 세트장을 만들 듯 조경사들에게 까다롭게 주문하며 간섭했을 것이 틀림없단 생각도 들었다.

"정말 고마워요. 상상치도 못한 멋진 선물이에요."

그의 손길이 세심하게 스며든 이 정원이 그를 닮아 다정하고 든든해 보였다.

"그런데 고민이네."

"뭐가?"

"이 많은 꽃잎으로 누구 손톱에 다 물을 들여요?"

놀리는 듯 진주가 말했으나 윤재의 표정은 진지해졌다. 그는 그녀의 손톱 끝을 아쉬운 듯 손가락으로 문질렀다.

"우리 아이들이 태어나 자라면, 아이들 손톱에도, 진주 손톱에도 매년 예쁘게 물들여 줄게."

"치이."

진주는 그의 허리를 두 팔로 감고 그에게 안겼다.

아쉬울 뿐이었다. 무언가 더 많은 말을 쏟아 내어 그에게 이 고마움과 감격을 전하고 싶지만 그럴 재간이 진주에게는 없었기에.

"윤재 씨, 집으로 들어가요. 같이 맛있게 아침 식사해요."

"……."

진주는 그를 두 팔로 더 꽉 안았다. 살갑게 먼저 품에 안기는 아내를 내려다보던 윤재는 자신의 볼을 손가락으로 가리켰다.

"밥 먹으러 가기 전에 여기 뽀뽀."

진주는 입술을 한번 오물거리다 까치발을 들고 그의 어깨에 두 손을 올렸다. 그는 친절하게 몸을 낮추고 진주가 뽀뽀하기 좋으라고 고개를 조금 돌려 주었다.

쪽.

그녀가 내는 작은 소리를 들은 그는 몽글거리며 일어나는 행복한 기분에 몸이 붕 뜨는 것 같았다. 둘은 다정하게 서로 어깨동무를 하고 집으로 들어갔다.

진주는 오후가 되자 경성창극단을 찾았다. 애순은 창극단 지하 소극장에서 기다리겠다고 진주에게 연락해 왔고 진주는 애순을 만나기 전 창극단 식구들을 찾아 먼저 인사를 했다.

"어머! 이게 누구야? 진주 씨 아냐? 단장님께 오늘 귀한 손님이 올 거라는 말씀은 들었는데, 배진주 씨였구나."

미처 예상치 못한 진주의 방문에 귀신을 본 듯 놀라는 이들도 있었지만 모두들 반가워하며 맞이해 주었다.

"독공에 들어갔다고 들었는데 이제 완전히 돌아온 거야?"

"네. 돌아왔어요."

진주가 갑자기 휴직하고 사라진 것에 대해 수많은 풍문이 있었지만, 명창들 대부분은 더 좋은 소리를 얻기 위해 아버지의 유언에 따라 배진주가 독공에 들어갔다고 알고 있었다. 애순과 지극히 가까운 몇몇 지인들만이 진주가 목이 상했고 이제 다 나았다는 걸 알고 있었다.

"그렇구나. 배진주 씨, 얼마나 돌아오길 기다렸는지 몰라요. 독공에 들어갔으니 1, 2년은 걸릴 거라고 했거든. 창극단 복귀를 축하해요."

"감사합니다."

만나는 이들은 모두 반가워하며 진주의 복귀를 축하해 주었고 어떤 이들은 진주의 달라진 소리에 대한 기대감도 드러냈다.

"참, 남애순 명창은 지하 소극장에 계세요. 배진주 씨 오시면 그리로 오라고 전하셨어요."

"네 알겠습니다."

진주는 단원들에게 인사를 하고 소극장으로 들어갔다.

소극장은 어두웠고 무대 위에 메인 조명만 켜져 있었다. 그 아래 애순이 북 앞에 앉아 있었다. 진주는 윤재와 같이 인사하려 했으나 애순은 진주를 먼저 만나 진주의 소리 상태를 들어 보길 원했다.

"스승님……."

계단을 내려가 무대로 다가가니 애순이 자애로운 얼굴로 진주를 맞이했다.

"진주야…… 잘 지냈느냐?"

무대에 오르며 허리를 숙이고 인사하는 진주를 보더니 애순은 알 수 없는 표정을 짓다가 코끝에 힘을 줬다.

애순은 그녀의 앞으로 다가온 진주의 손을 붙들고 큰 숨을 푸욱 내쉬며 어루만졌다.

"네. 스승님, 죄송, 죄송합니다……."

고개를 푹 숙이며 이내 울먹이려는 진주의 어깨를 애순이 쓰다듬었다.

"거기 서 보거라."

"네."

애순은 북을 당겨 와 허리를 세워 자세를 잡고 북채를 잡았다. 그녀에겐 상했던 진주의 목소리가 얼마나 돌아왔는지가 가장 중요했다.

"강아가 진주 네 목소리가 거의 돌아왔다고 하던디, 그러냐?"

"네. 거의 돌아왔는데 조금 변한 부분이 있어요."

"그려, 내가 한번 들어보자."

탁.

진주는 허리를 펴고 부채를 잡고 자세를 잡았다.

"적벽가를 해 볼 테냐?"

진주는 고개를 끄덕였다. 관객은 없었으나 진주는 무대에서 소리를 시작했다.

적벽가. 빠른 장단에 소리 시김새가 많아 목이 상했을 때 잘 부르지 못하던 대목들이었다. 진주는 혼신의 힘을 다해 스승의 장단에 맞춰 적벽가를 부르기 시작했다.

날 죽이고 가오.
살려 두고는 못 가리다.

진주와 애순은 쉬지 않고 적벽가를 처음부터 끝까지 불렀다. 적벽가가 끝이 날 즈음 애순의 이마에 땀이 송골송골 맺혔다. 북을 치며 쉬지 않고 아니리를 넣으며 소리를 들어 보니, 분명히 진주의 소리는 더 구성지고 힘 있는 소리로 변해 있었다.

'얼씨구. 진주 목이 더욱 영글어져 왔구나. 하믄, 네가 누구 자식인디. 진주야, 기주 오라버니가 하늘에서도 결국 이 소리를 해냈다고 기특하다 좋아라 할 것이여.'

애순의 귀에 진주의 목은 완벽히 돌아왔고 더 구성진 소리로 발전해 있었다. 스승은 북을 치고 제자는 노래하며 둘의 재회는 그렇게 이루어졌다.

Chapter 23

누가 더 잘생겼어?

서둘러 창극단에 복귀한 진주는 언제 무슨 일이 있었냐는 듯 완벽히 자신의 일상을 되찾았다.

진주의 갑작스러운 창극단 컴백 소식은 그녀를 아는 소리꾼들과 팬들 사이에 이슈가 되어 다시 그녀의 무대를 보고 싶다는 문의가 쇄도하기 시작했다.

더구나 소리꾼들의 전통 수련 방식인 독공을 치르고 나와 소리가 더욱 좋아졌다는 소식에 방송 출연 제의가 빗발쳤고, 남편 이윤재 감독의 독공 외조나 부부와 관련한 이야기 등도 사람들의 궁금증을 자아내며 인터뷰 요청도 줄을 이었다.

그동안 하지 못했던 국가 귀빈 행사 제의 또한 일제히 쏟아졌기에 진주는 전화를 받느라 일상에 지장이 생길 정도로 바빠졌다.

잠자코 며칠간 그런 진주를 지켜보던 윤재는 차를 마시다 휴대폰을 보고 한숨을 쉬는 진주에게 넌지시 말을 꺼냈다.

"진주야."

진주는 여전히 고민스러운 얼굴로 윤재를 보았다.

"혹시 전문 매니저와 같이 일하는 건 어때?"

윤재는 진주가 결혼 전에도 혼자 시간 관리를 해 오던 걸 알고 있었다. 결혼 전에는 애순과 스케줄을 의논했고 결혼 후 창극단에 들어가서는 진주 혼자 일정 관리를 하고 있었다.

"앞으로 일정이 많아지면 더 힘들어질 것 같아. 내 생각엔 이쪽 매니징 경력이 있는 전문가와 의논하고 일정 조율을 맡겼으면 하는데, 진주 생각은 어때?"

소리꾼 중에 기획사에 소속되어 활동하는 이들이 별로 없었기에 진주는 여태껏 이 부분에 대해선 생각해 보지 않았다. 하지만 진주도 이제는 윤재의 말처럼 누군가의 도움이 필요하다 느꼈다.

"사실, 이전에는 미리 정해진 중요한 일정 외에는 공연 일정을 갑자기 정하진 않았어요. 그래서 불편한 점이 없었거든요. 그런데 복귀 후에 절 기다려 준 팬들과 만나려고 하니 공연 일정이 자연히 많아져요. 그래서 저도 매니저를 생각하곤 있는데 처음이라 어찌해야 할지 모르겠어요."

윤재는 당연하단 듯 고개를 끄덕였다.

"큰 기획사에 들어가는 건 무리겠지?"

"네. 전 제 일정만 관리해 줄 개인 매니저가 있었으면 좋겠어요."

윤재는 잠시 고민하다 이지훈 회장을 떠올렸다.

"며칠 전에 우리 인사하러 갔을 때 아버지도 은근히 진주

스케줄 관리를 걱정하는 말씀을 하셨어. 매니저 건은 내가 아버지와 의논해 볼게."

"고마워요."

윤재도 필요성을 느꼈기에 진주에게 가장 어울리는 매니저를 소개해 달라 아버지에게 요청했다. 이지훈 회장은 준비라도 하고 있었던 것처럼 곧바로 진주에게 사람을 보냈고 매니저는 진주와 만나 인사하고 곧바로 계약까지 했다.

며칠 후, 윤재는 아침 식사 중에 진주와 얘기를 나누다 문득 새 매니저가 어떤지 궁금해 진주에게 물었다.

"새로 만난 매니저는 좀 어때?"

"좋아요. 친절하고 편안한 성격인 것 같아요. 판소리 쪽을 잘 아시는 분이라 제 생각도 잘 이해해 주셔서 말도 잘 통해요. 아버님께도 좋은 분 소개해 주셔서 감사하다고 전화로 인사드렸어요."

진주의 목소리가 밝았기에 윤재는 잘 맞아서 다행이라 생각했다.

"나도 그 매니저랑 인사 한번 해야 할 것 같아. 그 사람 이력서를 아직 못 봤는데 몇 살이지?"

"음. 삼십 대 초반쯤? 몇 번 얘기해 보니 매니저 활동하시기 전에 공연 경험도 꽤 있으시고 다방면에 재능이 있더라고요."

"그래?"

윤재는 이지훈 회장이 진주에게 아무나 붙여 주지 않으리란 걸 잘 알았기에 보지 않아도 그 매니저의 됨됨이에 대한 믿음이 있었다.

"게다가 워낙 잘생기고 키가 커서 그런지 모델 일도 틈틈이 하셨대요. 같이 있으면 다 쳐다봐서 좀 민망하긴 해요."

그 순간, 윤재의 눈동자에 위험을 감지하는 빛이 스쳤다.

"뭐어?"

윤재의 심장이 덜컹 내려앉았다. 그녀의 목소리가 귓가에 메아리처럼 윙윙거렸다.

도대체 녀석이 얼마나 잘났길래.

눈에 띄게 잘생겨 사람들이 쳐다보는 시선이 부담스럽단 말은 진주가 윤재와 함께 외출을 할 때마다 투덜거리며 하던 말이었다. 그런데 다른 사람에게 그런 표현을 쓰니 그는 무언가 서운했다.

아버지께 부탁해 소개받은 매니저이니 윤재는 당연히 20대 초반의 여자 매니저쯤으로 생각했지만 오산이었다.

진주 매니저 선택을 아버지께만 다 맡기는 게 아니었어.

그는 애꿎은 손길로 앞머리를 한 번 넘기며 진주에게 물었다.

"그 매니저랑 같이…… 걸어 다녔다고?"

진주는 윤재의 물음에 대수롭지 않게 눈동자를 위로 굴리며 어제 무슨 일이 있었는지 잠시 생각하다 말했다.

"음. 어제 민기 씨가 오전에 급히 사인할 게 있다고 연락이 와서 창극단에서 만났어요."

"자, 잠깐. 민기 씨?"

윤재의 얼굴은 조금 더 굳었다. 벌써 이름을 부르는 친한 사이가 된 건가? 철벽 배진주가 이렇게 단번에 남자 이름을 막 불러 주는 건 반칙인데.

"참, 그동안 바빠서 민기 씨 얘길 못 했네요. 매니저님 성함이 손민기예요."

"아, 그렇군."

윤재는 자신이 진주에게 이름 한번을 불리기 위해 시도한 숱한 노력들을 떠올렸다. 그냥 매니저라고 부르면 될 걸 뭘 이름씩이나 불러 주냐고 말하고 싶었지만 입술을 말아 넣었다.

'옹졸해지진 말자. 이윤재.'

그는 호흡을 가다듬으며 아무렇지 않은 얼굴을 했다.

그를 올려다보던 진주는 윤재가 민기를 궁금해한다고 생각했는지 좀 더 구체적으로 설명하기 시작했다.

"지난번에 민기 씨가 창극단으로 왔길래 제 개인 연습실에 가서 한 번 더 계약 사항을 꼼꼼히 보고 의논했어요. 그러다 보니 점심시간이라 직원 식당에서 같이 식사했어요."

"그랬어? 밥까지 먹었구나."

진주는 고개를 끄덕였다. 윤재의 목소리가 조금 뾰족한 걸 진주는 여전히 알아차리지 못했다.

"식당에서 선배님들이 민기 씨를 보고 누구냐고 다들 물어보셔서 민기 씨랑 창극단 선배님들과도 인사하게 됐어요. 민기 씨가 이목을 끄는 스타일이다 보니 사람들이 너무 쳐다봐서 혼났어요."

매니저라면 당연히 진주를 찾아가 머리를 맞대고 긴급하고 중요한 사안을 의논하고 업무를 마무리하는 것이 맞았다. 그러다 점심시간이 됐으니 업무 파트너로서 밥을 같이 먹는 건 너무나 흔하고 자연스러운 일이었다.

윤재는 저도 모르게 숨을 들이쉬고 내뱉었다. 어지러운 제 마음과는 상반되는 천진한 진주 얼굴을 내려다보는데 억울한 느낌까지 들었다.

진주가 창극단에 복귀한 후로 자신은 집에서도 여유롭게 대화하고 밥 한번 먹기도 힘들었는데.

"하아."

윤재는 몰래 작은 한숨을 쉬었다. 진주에게 유능한 매니저가 필요한 건 당연했기에 불쑥 솟아 나온 이 유치한 감정을 윤재는 애써 욱여넣었다.

"나도 인사해야지. 최대한 빨리 자리 한번 만들어 줘."

"정말이요?"

"응. 진주에게 손 매니저는 앞으로 나 외에 가장 오랜 시간을 같이 있는 사람이 될 텐데. 남편으로서 인사하고 싶어."

"알았어요."

다음 날 오전, 약속은 바로 성사됐다. 윤재는 약속 시간보다 조금 먼저 창극단으로 가서 진주를 만났고 같이 약속 장소로 이동했다.

날씨는 더할 나위 없이 좋았다.

진주는 윤재에게 요즘 창극단에서 있었던 일들과 일정에 관해 이야기했다. 윤재 역시 다음 공연 기획이 진행되고 있었으므로 서로 할 말이 많았다.

매일 소리를 하고 공연을 할 수 있는 지금이 행복한지 진주는 자주 환하게 웃었다.

"오늘 저녁엔 빨리 집에 들어갈 건데, 몇 시에 들어와?"

"정말이요? 그럼 저도 빨리 들어갈게요."

둘은 창극단 주위를 천천히 산책하듯 걸었다. 느티나무 잎사귀가 한껏 늘어져 살랑거리며 흔들렸다. 반짝이는 햇살을 받은 나뭇잎들은 싱싱한 초록으로 물들어 푸릇했다. 윤재는 시선에 걸린 자연의 모습이 진주와 닮았다는 생각이 들어 가만히 웃었다.

이런저런 얘기를 하다 보니 벌써 약속한 식당 앞이었다. 윤재는 시계를 보았다.

"여기야. 곧 손 매니저도 도착하겠네."

"창극단에서 정말 가까운 곳으로 잡았네요?"

"진주가 바쁘니 얼굴이라도 좀 더 보려면 내가 움직여야지 별수 있나?"

약속 장소는 제법 규모가 있는 한정식 집이었는데 입구부터 모던하고 깔끔했다.

"여기 처음이지?"

"네. 창극단 가까이 이런 곳이 있는 줄 몰랐어요."

"얼마 전에 지인에게 추천받은 곳인데 진주와 같이 한번 와야겠다고 생각하던 곳이었어."

온통 하얀 로비를 지나니 실내로 이어지는 자동문이 열렸다. 내부는 한옥을 모티브로 한 원목의 느낌이 물씬 났다. 둘은 예약해 둔 방으로 안내를 받아 먼저 들어가 앉아 있는데 곧 문이 열렸다. 시선을 돌려 보니 민기도 직원을 따라 들어오고 있었다.

윤재와 민기는 서로 정중하게 인사했다.

"반갑습니다. 만나 뵙고 싶었습니다. 손민기라고 합니다."

"네. 배진주 남편, 이윤재 감독입니다."

남자 둘은 서로 악수를 했다.

윤재가 처음 본 민기의 첫인상은 전형적인 미남형에 생글거리는 순한 얼굴이었다. 그의 예측처럼 모델 출신이라 그런지 활동에 편한 옷을 입었는데도 핏이 살아 군더더기 없는 몸매가 드러났다.

"앉으시죠. 진주에게 매니저님 얘기를 많이 들었습니다. 진주가 늘 칭찬하길래 어떤 분일까 궁금했습니다."

민기의 표정에 감동이 가감 없이 드러났다.

"저도 평소에 이윤재 감독님을 늘 만나 뵙고 싶었습니다. 이렇게 배진주 씨 매니저를 하게 된 것도 좋은데 감독님을 직접 보게 되니 제가 올해는 운이 좋군요."

예민한 사람들을 상대하는 일을 해 그런 건지, 원래 천성이 그런 건지, 민기의 말과 행동에는 깍듯함과 겸손함이 배어 있었다. 목소리마저 신뢰감 있게 울렸다.

자리에 앉은 윤재는 민기와 가벼운 얘기로 서로를 탐색했고 진주도 준비 중인 축제 공연과 창극단 얘기를 하며 분위기를 돋우었다. 셋은 어느새 편해졌다.

"애피타이저 나왔습니다."

잠시 후 직원이 들어와 접시 몇 개를 내려놓고 나갔다. 진주는 손가락보다 조금 큰 검고 동그란 핑거 푸드를 유심히 내려보고 있었다.

'저걸 먹고 싶나 보네.'

민기와 얘기하는 와중에도 진주에게 시선을 두던 윤재는 젓가락으로 검은 경단을 집어 접시에 담아 진주에게 건넸다.

"맛있겠다. 먹어 봐."

"떡 세팅이 되게 예뻐요. 떡 아래 동그란 건 뭐지? 이것도 먹는 건가?"

접시에는 떡을 받친 동그란 검은 물체가 있었다. 진주의 말에 윤재는 한쪽 입술 끝을 올리며 웃었다.

"그건 떡 받침 조약돌이야. 먹으면 큰일 나."

"……!"

윤재의 말에 진주가 눈을 동그랗게 떴다. 젓가락으로 톡톡 쳐보니 정말 돌이었다. 신기하단 얼굴로 웃다 보니 윤재도 진주를 보고 웃고 있었다.

"접시 위에 돌과 풀로 음식을 꾸민 건 처음 봐요. 신기해."

윤재는 떡 옆으로 생새우도 놓아 주었다.

"여기 생새우도 싱싱해 보이네."

하루 만에 창극단 부근으로 식사 장소를 찾아 예약하느라 고민했는데 진주가 마음에 들어 하는 것 같아 윤재는 기분이 좋았다.

세 사람은 변하는 공연 트렌드에 대한 서로의 생각도 나누었다. 윤재는 지훈에게 손 매니저가 진주의 팬이었단 말을 들은 기억이 나 민기에게 물었다.

"민기 씨께서 제 아내의 오랜 팬이라고 들었습니다."

"아, 네."

"정말이요?"

진주는 처음 듣는다는 듯 놀란 눈을 했고 민기는 머쓱한 얼굴을 하다 목덜미를 한번 문질렀다.

"네. 제가 국악을 좋아해서 어릴 땐 조금 배우기도 했는데 그 방면으로 그다지 타고난 재능이 없어서 다른 공부를 했습니다. 하지만 배진주 씨 소리를 매일 들었죠. 개인적으로 정말 찐팬입니다."

"몰랐어요. 앞으로 저도 열심히 할 테니 잘 부탁드려요."

"그건 걱정 마십시오. 배진주 씨가 최고의 소리꾼으로 활동할 수 있도록 제가 최선을 다해 보필하겠습니다."

분위기는 화기애애했다.

"감독님은 다음 공연 준비로 바쁘시다 들었습니다."

"네. 다음 공연 결정만 남겨 두고 있습니다. 이제 곧 저도,

아내도 바쁜 시즌으로 들어갑니다."

후식으로 나온 차를 마시면서도 국악과 공연계 전반에 걸친 많은 얘기가 오갔다.

윤재는 직접 만나 얘길 해 보니 손민기란 사람이 마음에 들었다. 자기 일에 대한 자신감과 자긍심도 있어 보였다.

식사를 마친 셋은 서로 인사를 했다.

"앞으로, 제 아내를 잘 부탁드립니다."

"걱정 마십시오. 매니저로서 배진주 씨를 더 꼼꼼히 챙기도록 하겠습니다."

"네. 감사합니다."

"그럼 전 가 보겠습니다."

"민기 씨, 조심해서 가세요."

윤재와 진주는 민기에게 웃어 주며 인사하고 뒤돌아 창극단으로 향했다.

진주는 입술 끝에 미소를 은근하게 걸고 윤재의 옆에서 나란히 걷고 있었다. 민기와 헤어진 후로 윤재가 말이 없기에 올려 보니 그가 무언가를 골똘히 생각하는 듯했다. 무슨 문제가 있는 걸까 걱정하던 진주는 윤재의 손을 잡았다.

"어때요?"

"뭐가?"

"민기 씨요."

"괜찮아 보여."

윤재는 진주의 잡은 손을 내려다보았다. 잠시 머뭇거리다 그는 입을 열었다.

"그런데 심각한 문제가 하나 있어."

"네?"

진주의 몸이 돌려지며 눈이 커지고 표정이 얼었다. 진주가
생각하기엔 민기 씨는 분명히 아무런 문제가 없어 보였는데.

"무슨 문제가 있어요?"

윤재는 진주를 날카로운 눈빛으로 응시했다. 진주는 매니저
에게 자신이 모르는 문제점이 무언가 있었던 건지 심각하게
고민하는 듯 눈동자를 굴렸다.

"심각한 문제라뇨?"

"민기 씨……는 도저히 안 되겠어."

윤재의 말에 진주의 얼굴이 돌처럼 굳었다. 그녀가 보기에
식사 중에 윤재는 민기를 아주 마음에 들어 하는 눈치였다.
처음 만나서 헤어질 때까지 서로 대화도 잘 통했기에 윤재의
이런 반응은 진주에게 퍽 당황스러웠다.

"호칭이 제일 문제인 것 같아."

"호칭이요?"

진주는 웃는 것도 아니고 찡그리는 것도 아닌 애매한 얼굴
로 고개를 갸웃했다.

"그냥 매니저라고 불러. 손 매니저. 이 정도로."

"네에?"

윤재는 식사 중에도 진주가 이따금 '민기 씨'라 부르며 쳐다
볼 때마다 진주가 자연스럽게 행동하고 있단 걸 알았다.

하지만 이왕 유치해진 거 솔직해지기로 마음먹었다. 윤재는 깨끗한 진주의 눈빛을 마주 보며 말했다.

"사실은 질투 나. 아주 많이."

진주는 그의 입에서 질투란 단어가 불쑥 튀어나오자 내심 놀랐다. 식사를 하며 대화하던 중에 윤재는 민기에게 조언을 해 주며 훨씬 어른스러운 모습을 보였기 때문이었다.

'민기 씨 앞에선 그렇게 아무렇지 않은 척 굴더니.'

그런데 그를 보내자마자 자신에게 서운한 티를 내며 질투 난다고 말하는 그의 모습이 진주 눈엔 귀여워 보이기도 했다. 진주는 고개를 당겨 좀 더 진지한 얼굴로 윤재의 얼굴을 들여다봤다.

질투 때문이라니. 직접적이고 솔직한 그의 말에 진주의 눈빛이 아이를 어르듯 윤재에게 따뜻하게 달려들었다.

또 한편으론 그의 말이 지금 순간의 감정이 아니라 참고 있다 터져 나온 것이란 생각에 진주는 미안함도 생겼다. 진주는 그가 잡은 손 위로 자신의 한 손을 올렸다.

"내가 민기 씨라고 이름 불러서 실망했어요?"

마치 토라진 아이처럼 그는 천천히 고개를 끄덕였다.

"반대로 생각해 보니 나였어도 엄청 싫었을 것 같아요."

갑자기 그의 옆에 그와 늘 같이 의논하는 젊고, 예쁘고, 매력적인 비서가 있다면 기분이 어땠을까? 자신과 같은 공간에서 윤재가 비서의 이름을 다정하게 웃으며 불러 준다면. 너무 듣기 싫겠지?

"아니, 끔찍했을지도 몰라요."

진주는 끔찍하단 표정을 지으며 윤재를 보았다.

"우선 윤재 씨 말처럼 그건 심각한 문제가 맞는 것 같아요. 그건 당장 고칠게요. 민기 씨란 이름 말고 손 매니저님이라고 부르면 되죠?"

고민이 가득하던 윤재의 얼굴이 서서히 펴지기 시작했다.

"매니저님과 처음 같이 일하다 보니 그분이랑 잘해 보고 싶은 마음이 컸어요. 그분 성격이 워낙 밝으셔서 저도 맞춰 주고 싶었거든요. 하지만 이름 부르는 건 안 할게요. 이름도 윤재 씨에게만 부를게요."

그의 입술은 좋은 감정을 숨기지 못하고 호선을 그리며 늘어졌다.

"배진주, 솔직히 말해 봐."

어느새 윤재는 느긋한 미소를 지었다.

"뭘요?"

"매니저랑 나, 누가 더 잘생겼어?"

진주가 어이 없단 표정을 짓자 윤재의 눈은 더 커다래졌다. 당황이 순간적으로 차오른 윤재의 눈동자가 예민하게 진주에게 파고들었다.

"어? 지금 고민하면 안 되는 타이밍인데? 설마 그 자식이……."

이건 1초의 여유도 없이 바로 이윤재라고 답이 나왔어야 하는 거 아닌가.

진주에게 이름을 부르지 않겠단 확답을 받고 세상을 다 가진 듯 포만감 가득하게 웃던 윤재의 얼굴은 다시 미묘하게 구겨졌다.

진주는 잠시 후 뾰로통하게 튀어나온 윤재의 입술을 보다 지금이 그동안 윤재에게 당한 장난에 대한 복수를 할 때란 생각에 나긋이 웃었다.

"그건……."

찰나의 기다림이었으나 윤재에겐 길게 느껴졌다.

"오늘 밤에 말해 줄게요."

"뭐라고?"

진주는 그저 상냥하게 웃기만 했다.

"이제 오후 연습 시간이에요. 우리 열심히 일하다가 오늘 저녁에 집에서 또 만나요."

윤재는 무슨 정신으로 일을 한 건가 싶었다. 진주와 헤어지고 실무진 회의와 예산안 조율이 있었다. 꽤 민감한 사안이라 담당자와 견해차로 몇 번의 실랑이가 있었으나 나름 합의점은 찾은 상태였다.

윤재는 서둘러 퇴근 준비를 하다 총무와 눈이 부딪혔다.

"감독님, 오늘 저녁에 시간 되시면 지난번에 말씀하신 일정 브리핑을 할까요?"

"아닙니다. 오늘 저녁에 아주 중요한 일이 있어서 저 먼저 퇴근합니다."

윤재에게는 일정 브리핑보다 더 중요한 일정이 기다리고 있었다.

집에 도착하니 아직 진주는 오지 않은 상태였다. 윤재는 먼저 욕실에 들어가 씻고 나와 거실 창문을 열었다. 시원한 물한 잔을 마시며 창밖을 보고 있는데 현관문이 열리고 진주가 들어오는 게 보였다.

진주도 들어오다 열린 창에 윤재가 서 있는 걸 보더니, 손을 들어 올려 흔들어 주었다. 그녀의 환한 얼굴에 기분이 좋아진 윤재도 손을 들어 인사했다. 윤재는 진주가 곧 들어올 현관으로 그녀를 맞이하러 나갔다.

삐리릭.

현관에 들어선 진주는 여전히 윤재를 보며 환하게 웃고 있었다. 어느새 종일 머릿속을 헤집던 윤재의 고민은 사라지고 진주의 존재만이 그의 눈앞에 있었다.

이 여자는 뭐 이렇게 항상 예쁠까? 진주가 집에 웃으며 들어오는 모습은, 볼 때마다 그 자체로 감동이었다.

"왜 이렇게 빨리 왔어요?"

자신을 만나러 서둘러 왔는지 진주의 양 볼이 상기되어 분홍빛이었다. 얼굴은 반짝반짝 빛이 나고 그녀의 들릴 듯 말 듯 은근한 숨소리도 행성을 두른 고리처럼 윤재의 곁을 휘돌았다. 윤재는 진주의 목소리마저 제 주위를 채우며 반짝인다는 생각이 들었다.

"빠르긴? 배진주는 왜 이렇게 늦었어?"

진주가 신발을 벗는데 윤재가 진주를 두 팔로 안아 붙들었다. 그의 뜨거운 숨결이 진주의 머리 위로 훅 퍼졌다.

"자, 잠깐만요."

진주는 미처 신발 한 짝을 벗지 못했기에 안간힘을 써 그를 밀어내며 신발 한 짝을 마저 벗었다. 일부러 뒤로 조금 밀리던 윤재가 가볍게 웃었다.

진주는 코끝을 찡그리며 그를 보았다.

그가 자신을 막고 선 이유를 잘 알고 있었다. 대문을 열고 집에 들어서니 그는 먼저 와서 거실 창문을 열고 자신을 기다렸고 현관에서부터 진주를 막고 있었다.

오직 한마디.

'이윤재가 매니저님보다 잘생겼어요.'

아마도 그 답을 들으려는 것이겠지만 진주도 오늘만큼은 쉽게 답해 줄 생각이 없었다.

"지금 거실에 들어가지도 못하게 막는 거예요?"

"설마."

하지만 윤재의 말과 행동은 완전히 달랐다. 그의 손은 어느 틈에 그의 몸에 갇힌 진주의 볼을 감싸고 있었다. 그는 언제 들어와 씻었는지 벌써 촉촉한 상태였고 그녀가 좋아하는 향이 은은하게 풍겼다.

"언제 씻었어요?"

"배진주가 너무 늦었다니까."

윤재는 그녀의 눈썹에서 시작해 진주의 얼굴을 가만히 손가락으로 그리듯 만졌다. 그러다 콧날을 지나 그녀의 통통한 입술에서 손가락을 멈췄다.

진주의 다물었던 입술이 조금 벌어지고 그 사이로 작은 숨이 새어 나왔다. 결국 장난스러운 눈빛은 진하게 변해 서로 얽혀 들었다.

"정말 현관에서 이럴 거예요?"

윤재는 어깨를 조금 들어 올렸다.

"현관에서 내가 뭘?"

"참. 난 들어갈래요."

진주는 그의 품에 안긴 채였지만 애를 써 직진했고 윤재는 닿을 듯 붙은 채로 시선을 맞추며 적당히 뒷걸음쳤다. 윤재는 장난기를 가득 머금은 얼굴로 여전히 웃고 있었다.

그 와중에도 윤재의 커다란 손은 진주의 볼을 감싸고 어루만지기에 여념이 없었다. 그의 눈동자는 진주가 허락하기만 하면 당장이라도 입 맞출 준비가 되었다는 듯 짙게 일렁거렸다.

툭. 진주가 손에 들었던 작은 손가방을 떨어뜨리는 소리가 났다. 윤재의 눈동자가 한 번 흔들리고 진주도 숨을 한 번 들이켰다.

몇 걸음을 더 들어가니 거실 소파가 윤재의 다리 끝에 걸렸다. 움직임이 멈추자 진주는 두 팔로 윤재의 목을 감았다.

당연한 순서란 듯 윤재의 고개가 내려와 뜨거운 입술이 단단히 맞물렸다. 입술이 떨어지자 진주는 숨을 고르며 윤재에게 말했다.

"왜 안 물어봐요?"

"뭘?"

"오늘 밤에 내가 말해 준단 거."

"듣기 싫어졌어. 답은 확실하지만, 안 들을래."

이번엔 진주가 입술을 내밀었다.

"난 말하고 싶어요."

"아냐, 말하지 마."

사실은 진주의 그 답을 들으려 현관을 막고 섰지만, 막상 둘만의 신성한 공간에서 매니저 이름 자체를 입에 올리는 게 윤재는 싫었다.

"질투쟁이."

"아니거든."

"아니긴요. 얼굴에 '질투 대박'이라고 쓰여 있었거든요."

그건 인정. 하지만 지금은 상황이 좀 달랐다.

윤재는 지금 진주의 부드러운 머릿결을 만지작거리며 심장이 요동치는 걸 느끼고 있었다. 잠시 후면 그녀의 완전한 사랑을 받고 오후 내내 허전했던 말라비틀어진 마음에 단비가 내릴 텐데. 윤재는 사랑의 에너지를 끝까지 충전할 기대로 들떠 있었다.

"좋아, 질투한 것도 인정해. 하지만 만나 보니 진주한테 도움이 될 거란 확신이 들어서 안심했어."

그의 말에 진주도 마음이 놓였다. 괜히 윤재를 불편하게 만들고 싶지 않았기에 오해가 조금이라도 있다면 오늘 밤엔 풀어 줄 생각이었다.

"손 매니저와는 동료로서 가깝게 지내는 것도 당연하고. 하지만 딴 건 몰라도 둘이서 나에게 비밀은 만들지 마. 그것만 약속해."

"알았어요."

진주의 답을 들은 윤재는 눈을 감고 진주의 이마에 입술을 부드럽게 내렸다. 진주의 눈은 여전히 맑게 반짝이며 윤재를 올려다보고 있었다.

이제 진주가 준비한 말을 해 줄 시간이었다.

"이 세상에 이윤재만큼 잘생긴 남자는 없어요."

윤재는 눈을 떴다.

"오후 연습하면서 계속 생각해 봤거든요. 이윤재보다 잘생긴 남자가 있나 하고. 하지만 아무리 생각해도 없었어요."

윤재는 진지하게 말하는 진주를 보며 소리 내어 웃었다. 유치한 남편 질투에 진주까지 덩달아 유치해지게 만들었네.

"그런데 이 남자보다 잘생기는 게 가능은 한 건가 그걸 또 생각해 봤거든요."

진주는 고개까지 절레절레 흔들면서 연기하듯 말했다.

"그것도 이 세상에선 불가능한 일이에요."

윤재는 이번엔 웃음이 나오려는 걸 입 안으로 참았다. 그는 사랑스러운 그녀의 연기를 보며 또 장난을 치고 싶어 일부러 심각한 얼굴을 하고, 배에 힘을 더 주고 목소리를 낮추어 진주의 귓가에 속삭이듯 물었다.

"그렇단 말이지. 그럼 세상에서 배진주가 제일 좋아하는 남자는?"

유치한 놈. 세상에서 제일 유치한 놈이 틀림없다고 생각됐다. 하지만 알면서도 계속 확인하고 싶었고, 유치하지만 기분 좋은 이 장난이 마냥 즐거웠다.

"이윤재."

"그럼 세상에서 제일 섹시한 남자는?"

진주의 눈동자가 그를 보며 끓어오를 듯 흔들렸다. 그런 진주 때문에 윤재는 설레고 떨렸다.

"그것도 이윤재."

"음…… 제일…… 사랑스러운 남자는?"

너무 나갔나 싶어 윤재가 힐끔 보니 진주의 온화하던 표정이 조금 딱딱해져 있었다.

"이윤재…… 그런데 이거 계속할 거예요?"

"아냐. 이제 충분해. 너무 행복해."

윤재는 어느새 진주를 품에 안고 있었다.

충만하고 충분하고 더없이 완벽해.

윤재는 그녀와 빈틈없이 붙고 싶어 진주가 숨 막혀 하는 걸 알면서도 더 꽉 안았다.

"나도 씻을래요."

"그래. 2층으로 올라가자."

윤재는 진주를 안은 채 2층으로 올라갔고 그의 입술은 다시 붙은 채 도통 떨어지지 않았다.

달빛이 침실을 비추고 있었다. 열어 놓은 창문에서 바람이 들어와 커튼을 건드렸다. 캐노피 침대를 사각으로 두른 하얀 레이스도 덩달아 살랑거렸다. 윤재와 진주는 서로를 안고 잠을 청하는 중이었다.

진주는 잠들고 싶은지 그의 팔을 베고 누웠다. 윤재는 그녀의 얼굴을 흐뭇하게 내려다보았다.

'배진주가 나 없이 다른 사람과 행복한 게 싫어.'

윤재의 질투가 그에게 가르쳐 준 것이었다.

드르륵.

잠시 잠이 들었나 싶었는데 윤재의 문자가 갑자기 여러 번 울려 진주도 윤재도 잠에서 깼다. 그는 팔을 뻗어 휴대폰 문자를 보았고 내용을 읽고 흡족하게 웃다가 답 문자를 보냈다.

"무슨 급한 일이 생긴 거예요?"

"다음 작품으로 기획 중인 '명량대첩 2'가 조금 전에 최종적으로 공연하기로 확정되었어. 늦은 시간이지만 기다리던 소식이라 연락을 했네."

"윤재 씨, 축하해요."

진주는 그를 축하해 줬다. 전작인 명량대첩의 인기에 힘입어 윤재는 판소리를 조금 더 뮤지컬 형태로 대중화한 '명량대첩 2'를 준비하여 기획을 마친 상태였다.

"이제 캐스팅부터 들어가는 거예요?"

"맞아."

"주연들은요?"

"남, 여 더블 캐스팅. 이번에도 완전 블라인드 오디션으로 진행될 예정이야."

진주는 고개를 끄덕였다. 그러곤 그의 품에 얼굴을 묻었다. 그의 손길이 진주의 등을 쓰다듬었다.

"……."

가만히 고갤 올려 진주의 눈동자가 윤재를 바라봤다.

"자자. 피곤할 텐데 내가 깨웠어."

윤재는 애틋하게 진주의 등을 쓰다듬어 내렸다.

잠시 후 진주는 잠이 들었는지 그의 목 아래를 간질이며 새근새근 작은 숨소리만 내고 있었다.

앙코르 공연까지 마친 '명량대첩'은 그의 예상을 뛰어넘게 성공한 공연이었다. 해외 공연 문의가 이어졌으나 그는 차기 공연 기획을 '명량대첩 2'로 정했고 전작에 대중성을 더 가미하기로 마음먹고 일을 추진했다.

그의 목표는 '명량대첩'이 매 시즌을 이어 가며 업그레이드 되고 시즌 2, 3, 4로 계속 국내와 세계 무대에서 한국 판소리 작품으로 공고히 위상을 다지는 것이었다. 그랬기에 그 출발점에 서 있는 '명량대첩 2'는 무대 위에 오르는 남녀 주인공들에게도 인생을 대표하는 최고의 작품이 될지도 몰랐다.

'배진주, 내 무대의 주인공이 되어 주겠어?'

아까 이 말이 목구멍까지 차올랐지만, 그 말을 섣불리 진주에게 꺼내기 힘들었기에 윤재는 끝까지 참았다.

창극단으로 복귀 후 그녀는 매니저의 도움을 받아야 할 정도로 컴백 공연과 주요 국빈 행사 일정으로 바빴다. 식사를 하며 매니저에게 구체적인 일정을 들어 보니 진주의 공연은 앞으로 더 많아질 게 틀림없었다.

거기에 진주가 '명량대첩 2' 무대까지 같이 준비하게 된다면?

윤재는 고개를 저었다.

진주가 창극단에 들어와 처음 주연을 맡았던 '춘향과 월매'의 마지막 무대를 마치고 내려온 대기실에서 진주와 마주했던 순간을 떠올렸다.

오늘 공연이 어땠는지 조심스럽게 묻던 진주에게 반쯤 넋이 나간 얼굴로 다음번엔 내 작품의 주인공이 되어 달라고 했던 그날.

이후 진주는 '얼씨구 밴드'와의 축제 공연 준비로 정신이 없었다. 그 와중에 '명량대첩'의 1차 오디션을 당당히 합격한 후 2차 오디션까지 진행이 되면서 진주는 매일 자신을 다그치며 무리하게 연습했었다.

'그즈음이야. 진주의 목이 상하기 시작한 건.'

그녀는 무대에서 늘 시험당하는 느낌이 든다 했었고 사람들의 눈이 무섭다며 힘든 마음을 드러내기도 했었다. 그러나 자신은 진주를 보며 아무런 눈치도 채지 못하고 망가진 목으로 떠나도록 진주를 내버려 두었다.

"어쩌면 다시 반복될지도 몰라."

윤재는 조용히 혼잣말로 중얼거렸다. 진주가 목을 다쳐 고된 수련의 시간을 보내야 했던 게 자신의 탓이란 자책감이 다시 고개를 내밀어 그의 마음을 헤집어 댔다.

'어떻게 내 무대에 또 서 달라고 부탁을 해.'

수없이 생각해 봐도, 윤재는 다시는 그녀를 아프게 만들어 떠나보내고 싶지 않았다.

다음 날, 진주가 눈을 떴을 때 윤재는 옆에 없었다. 허전한 옆자리를 느끼며 늦잠을 잔 건가 싶어 시간을 확인하니, 늘 일어나는 시간이었다.

"일어났어?"

드레스 룸에서 옷을 갈아입고 출근 준비를 다 마친 윤재가 침대로 다가왔다. 진주도 일어나 앉아 기지개도 켜고 몸을 조금 비틀며 잠에서 깨려 눈을 비볐다.

"아직 이른 시간인데, 이렇게 일찍 나가는 거예요?"

"어젯밤에 공연이 확정됐으니 오늘부터는 정신없을 거야. 어제 조금 일찍 퇴근하느라 미뤄 둔 일도 있으니 오늘은 내 몫을 해야지."

윤재는 담담하게 이야기하며 진주를 바라보았다. 그의 눈동자엔 다정함이 넘쳐흘렀다. 윤재는 진주의 앞으로 와서 두 팔을 벌리며 장난스럽게 말했다.

"나 괜찮은지 봐 줘. 오늘 만날 사람들도 많을 것 같은데. 스타일 어때?"

"멋져요."

진주의 눈에는 한결같이 그가 멋있어 보였다. 윤재가 그녀의 옆에 앉자 진주는 손을 올려 그가 이미 반듯하게 맨 넥타이를 한 번 더 고쳐 주며 옅게 웃었다. 눈동자가 차분하게 내려앉은 윤재가 입술을 열었다.

"오늘……."

왠지 진주는 그가 무슨 말을 하려는지 알 것 같아 마음이 뭉근하게 아렸다.

"오늘부턴 아마 많이 바쁠 거야. 확실하지 않지만, 며칠은 못 들어오거나 새벽에 잠시 들어왔다 나가야 할지도 몰라."

괜히 미안해하는 그에게 진주는 담담한 눈빛을 보내며 한 번 더 웃었다.

"감독님이 본격적으로 공연 올릴 준비를 시작하는데 안 바쁜 게 이상하죠. 그건 걱정하지 말아요. 그리고 나도 요즘 바쁘거든요!"

진주 역시 바빴지만, 그녀 또한 마음의 각오가 필요했다. 서로의 스케줄을 맞추기 어려운 시간이 한동안 지속될 거란 생각에 벌써 서운했으니까. 하지만 진주는 내색하지 않고 마음을 다잡았다.

"아침 식사는요?"

윤재는 고개를 저었다.

"오늘 아침부터 당장 조찬 약속이 있어. 공연에 투자하시는 회장님들은 새벽부터 일하고 아침 식사하는 걸 좋아하셔서 말이야."

진주는 이번엔 가볍게 웃었다. 그는 아마도 출근해 어제 못한 일을 하다 조찬 모임을 시작으로 수많은 회의를 하고 사람들을 만나겠지.

윤재는 고갤 숙여 시계를 내려 보았다.

"십 분."

"네?"

"차가 올 때까지 십 분 정도는 여유가 있어."

그의 눈에 애틋함이 고였다.

진주와 윤재는 서로의 얼굴에서 눈을 떼지 않았다. 짧은 한숨을 쉬던 윤재가 진주의 뺨을 쓸어내렸다.

"십 분에서 십 초쯤 지났어."

진주는 잠든 동안 가라앉아 있던 감정들이 그의 한 마디에 폭풍처럼 날아올라 휘몰아치기 시작한 걸 느꼈다.

윤재의 눈엔 간절함마저 보였다.

"하고 싶은 게 많을 텐데."

이게 뭐라고. 심장이 마구 들썩였다. 진주는 이 시간을 그냥 흘려버리면 안 되겠단 생각이 들었지만 어찌해야 할지 알지 못했다.

"원하는 건 뭐든지 들어줄게."

"십 분 동안이요?"

그의 눈썹이 위로 휘어졌다. 윤재는 손목의 시계를 손가락 끝으로 톡톡 쳤다. 서두르란 듯.

장난꾸러기. 진주는 그에게 인사라도 해야겠다 싶어 윤재의 어깨에 두 손을 올렸다. 자연히 그와 눈이 마주쳤다. 너무나 익숙한 몸짓임에도 이상하게 그의 어깨를 잡은 손이 바르르 떨려 왔다. 윤재의 눈동자가 단단하게 뭉쳐졌다.

"키스를 원해?"

"아니거든요?"

"아니긴. 얼굴에 쓰여 있어."

"내가 아니라 윤재 씨가 십 분 동안 하고 싶은 게 키스인 거 아니에요?"

그는 눈가가 접힐 정도로 활짝 웃었다.

"들켰네. 하지만 진주가 허락해 줘야 할 수 있어."

수줍은 얼굴로 진주가 고개를 끄덕이자 윤재는 그녀와 입술을 포개었다. 그녀와 완전히 떨어지는 건 아니지만 당분간은 자유롭게 보긴 힘들 거란 생각과 곧 나가야 한단 마음에 입맞춤은 더욱 성급해졌다.

"문자 자주 확인해 줘."

"알았어요."

입술이 또 닿았다 떨어졌다.

"가능하면 잠은 집에서 자고 싶지만……."

"네."

"가끔 출장을 멀리 가게 되면……."

이번 공연은 해외로 나갈 일이 많을 것이었기에 윤재는 한숨을 한 번 쉬고 말끝을 흐렸다.

"꼼꼼한 매니저가 진주 옆에 있어서 그래도 안심은 되네."

"치."

마지막 입맞춤으로 딱 십 분을 채운 윤재는 진주에게 웃어주며 방을 나갔다.

[진주야. 뉴스 봤어? 감독님은 정말 대단하셔. 전통 창극으로 명량대첩 같은 작품을 만드시다니. 지금 다들 오디션 공지 뜨면 도전하겠다고 난리도 아냐.]

점심시간이 되자 강아에게 전화가 왔다. 강아는 다짜고짜 '명량대첩 2' 공연이 확정됐다는 소식을 듣고 놀랐다며 진주에게 호들갑을 떨었다. 진주 역시 창극단 식구들에게 축하를 받고 인터넷을 찾아보니 이번 '명량대첩 2'에 대한 사람들의 기대가 크단 걸 알 수 있었다.

[그런데 진주 너는 이번 '명량대첩 2' 오디션에 신청 안 해?]

"오디션?"

[지난번에 아파서 최종 오디션을 포기했으니 이번에 다시 도전하는 거 아니었어?]

진주는 잠시 조용히 있다 말을 이었다.

"강아야……. 내가 할 수 있을까? 왠지 자신이 없어."

[뭐야? 배진주가 무대가 무서워?]

"아니, 무대에 서는 건 좋아. 그런데 윤재 씨의 무대는 나에겐 특별하니깐. 더 욕심이 나고 그만큼 더 긴장되거든. 내가 무대를 망칠까 하는 두려움이 아직은 큰 것 같아."

강아도 진주의 말을 듣고는 잠시 생각을 하다 말을 꺼냈다.

[진수 오빠가 그러더라. 무서워서 피하면 끝이 안 난대. 무엇이든 맞닥뜨려야 다음 단계로 넘어갈 수 있대.]

강아는 지난 경연 대회 뒤풀이에서 1등을 하게 되면 진수에게 사귀겠다고 공언했지만, 오히려 진수는 마음을 바꾸었다. 진수는 강아가 우승하는 걸 도와주겠다며 강아에게 오빠 동생 사이이던 이전으로 돌아가자고 말했다. 강아도 진수의 의중은 잠시 접어 둔 채 오직 경연 대회 준비에만 집중하려고 진수의 말을 받아들였다.

덕분에 진수가 코치가 되어 수많은 잔소리를 하고 있었지만 강아는 당연히 싫지 않았다.

[우리에겐 무대 공포증과 불안이 늘 있지만, 너도 이 기회에

두려움을 극복해 보는 건 어때? 아직 명량대첩 처음부터 끝까지 실황도 다 못 봤지?]

"응."

강아에게 '명량대첩'의 첫 무대를 본 감동에 대한 말을 수없이 들었지만, 진주는 서울로 돌아와서도 그 공연을 담담히 볼 용기가 나지 않았다.

[감독님이 아시나? 서운하겠다.]

"그렇지?"

그에게 물어보진 않았지만, 눈치 빠른 그라면 알 수도 있겠다는 생각이 들었다.

[그냥 봐. 무대 위에 오를 생각 같은 건 하지 말고 일단 관객이 되어서 즐기면서 봐.]

"……."

[그걸 보고 나서, 딴 건 다 제쳐 두고 이윤재 감독님 작품의 주인공이 진짜 되고 싶은지만 결정해. 우린 그런 거 있잖아? 보고만 있어도 무대에 서고 싶어서 심장이 터질 것 같은 거.]

"후우. 맞아."

진주도 잘 알았다. 내가 서 있어야 할 곳에 대한 예감, 혹은 운명처럼 '저기가 네가 노래할 곳이야.' 하고 말해 주듯 온몸으로 번져 오는 전율도.

[전쟁 중 강강술래 장면은 너무 멋있어서 지금도 생각만 해도 떨려. 개인적으로 난 배진주의 강강술래 선창도 한번 보고 싶은 입장이니 참고해 줘.]

"⋯⋯."

강아다운 응원이었다. 진주는 전화를 끊고 연습에 들어갔고 사이사이에 강아와의 대화를 떠올렸다.

연습이 끝난 후 그녀는 집에 가서 잠시 휴식을 취했다. 윤재는 문자를 통해 이틀 정도는 들어올 수 없단 연락을 해 왔고 이미 짐작하고 있었던 그녀는 열심히 하란 답을 보낸 후 2층 영화실로 향했다.

진주는 입술을 꽉 다물고 힘을 줬다.

'과거의 상처는 그대로 흘려보내야 새로운 걸 할 수 있어.'

진주는 영화실 문을 열었다.

나가서 영화를 볼 상황이 안 되거나 봐야 할 영상이 있을 때 그와 가끔 들어왔던 곳이었는데 진주 혼자 여길 들어온 건 처음이었다.

좌석에 앉은 진주는 리모컨을 들고 그의 공연 실황을 찾아 틀었다.

절대로 불안에 떨지 말라. 힘을 다해 적을 쏘아라!

현장감이 살아 있는 실제 공연과 비할 바는 아니었으나 그녀의 상상보다 무대는 훨씬 웅장하게 시작됐다. 남자 주인공의 외침으로.

영상과 소리와 빛이 무대를 꽉 채우고 있었다.

왜군이 진격해 온다!

246

적군보다 아군의 수가 적단 것을 알고 이순신 장군은 한밤에 부녀자들을 모아 강강술래를 요청했다.

남편을 전장에 보낸 남장을 한 여자들은 이미 약속한 신호를 보며 각각 줄을 서서 산에 올라 불을 피우고 그 주위를 돌며 노래를 불렀다.

강한 오랑캐가 물을 넘어온다. 강강술래.

강강술래는 아무런 악기 없이 오직 소리로만 이뤄졌다.

이순신 장군이 바다에서 전쟁을 치렀다면 산에서는 부녀자들이 모여 강강술래를 하며 전쟁에 동참했다.

선창하는 소리꾼의 웅장한 소리가 무대를 꽉 채우다 기적적인 승리의 소리가 바다에서 전해졌다.

"멋있어!"

진주의 눈은 무대를 따라 움직이며 정신없이 반짝였다.

깃발을 든 지휘선이 하늘을 향해 포를 쏘았고 무대에는 전쟁의 승리를 알리는 악기들이 울렸다.

깃발들이 나부끼며 사람들은 승리와 환희를 노래하고 춤추기 시작했다.

영상을 끝까지 지켜보던 진주는 저도 모르게 벌떡 일어나 힘껏 손뼉을 쳤다. 눈가에 눈물이 맺혔다.

어쩔 수 없이 뒤돌아서야 했던 상처뿐인 무대였으나 지금은 달렸다.

　'그가 만든 저 무대에 서고 싶어.'

　진주는 주먹을 꼭 쥐었다.

chapter 24

안 보고도 한 번에

한 달 후. '명량대첩 2' 오디션장.

열 명가량의 심사위원들이 앉아 있고 무대는 흰 천으로 가려져 있었다. 이번 오디션은 참가자들의 성량을 가늠해 보기 위해 마이크가 설치되지 않았다. 오직 소리꾼의 소리만을 듣고 선발하는 독특한 블라인드 형식의 남녀 주인공 선발 오디션이었다.

1차 오디션은 그야말로 전국에서 몰려든 남녀 소리꾼들의 각축장이라고 할 만했다. 천 명이 넘는 참가자가 몰려들고 새벽부터 늦은 밤까지 진행된 오디션이 어느새 3일 차를 향하고 있었다.

눈에 띄는 신인들과 안정적인 기성 소리꾼들 사이에서 이 작품에 필요한 옥석을 가려내는 일은 중요한 일이었으나, 얼굴도 보지 못하고 종일 소리만 들으며 점수를 매기는 일은 심사위원들에게 힘든 일이었다.

심사위원들은 시간을 정해 교대로 심사를 진행했지만 윤재만은 3일 동안 처음부터 끝까지 꼼짝없이 자리를 지키고 있었다. 다른 심사위원들이 윤재를 보며 혀를 내둘렀으나 이 작품에 가장 어울리는 소리를 찾기 위한 윤재의 고집이 담겨 있음을 누구나 알았다.

드디어 오디션 마지막 날, 시간은 어느새 자정을 이미 넘겼고 심사위원들은 하나같이 피곤한 기색이 역력한 얼굴로 오디션이 끝나길 기다리고 있었다.

"이제 거의 끝이군요."

"감독님, 마지막 참가자입니다."

윤재는 목덜미 뒤를 주무르며 뭉친 어깨를 풀었다. 3일 동안 자는 시간을 빼고는 거의 앉아 있었기에 온몸이 뻐근한 상태였다.

오디션 심사만 마무리하고 오늘은 늦게라도 집으로 들어가야지 마음먹었지만 이미 너무 늦은 시간이라 윤재는 내일로 미루어야겠다고 생각했다. 그는 관자놀이를 꾹 누르며 흰 천 밖으로 보이는 마지막 참가자의 실루엣을 눈에 담았다.

'서민 한복이네.'

오디션 참가자 중 한복을 입은 참가자들은 많았다. 다만 이 참가자는 화려한 한복이 아닌 극 중 의상인 조선 시대 유부녀들이 입었던 서민층의 복식을 하고 있었다. 여성 참가자의 자그만 실루엣이 단정하게 보였다.

"1233번 참가자, 맞으면 손 들어 주십시오."

참가자는 작은 손을 들어 올렸다. 한복 소매 끝 아래로 드러

난 가녀린 손목에 왠지 모르게 윤재는 눈을 찡그렸다.

"마지막 참가자님, 기다리시느라 수고하셨습니다. 준비한 소리 들려주십시오."

참가자는 잠시 호흡을 가다듬더니 간절하게 손짓을 만들어 내밀었다. 윤재는 손끝을 보며 무대 경험이 많은 참가자란 걸 눈치챘다.

"여보……!"

"……!"

오디션장 전체를 낮게 울리는 깨끗하고 맑은 소리에 윤재의 눈은 심지에 불이 붙듯 순간적으로 번뜩이며 타올랐다.

"제발…… 살아서 돌아와요."

윤재는 익숙한 소리에 자리에서 벌떡 일어났다.

'배진주……!'

깨끗하고 낮게 공간 전체를 울리는 그 목소리는 진주가 아닐 수 없었다.

실루엣이 눈에 익어 어쩐지 이상하다고 생각했는데, 진주란 확신이 선 순간 윤재의 눈 끝은 놀라움과 반가움으로 떨렸다. 귀신을 본 듯 커다랗게 놀란 눈을 하고 윤재가 자리에서 일어나자 진주의 소리를 듣던 심사위원들은 윤재 쪽으로 고개를 돌려 쳐다보았다.

"감독님, 왜 그러십니까?"

윤재 옆에 앉았던 한 심사위원은 윤재의 반응을 보고 놀라 조용히 물었다.

"아, 아닙니다."

윤재도 무의식적인 자신의 행동에 멈칫했다. 놀란 나머지 진주의 오디션에 집중하지 못하도록 심사위원들의 주의를 흐트러트렸단 생각에 가만히 묵례하며 다시 자리에 앉았다.

심사위원 중에는 국악뿐만 아니라 뮤지컬, 대중음악 전문가들도 같이 참여했기에 무대 위의 여자 소리꾼이 배진주란 걸 알아채지 못했다. 하지만 윤재를 힐끗 보며 귓속말을 하는 모습을 보니 심사위원 중 진주의 소리를 아는 몇몇 명창들은 소리꾼의 정체를 짐작했는지 종이에 메모하는 모습이 보였다.

'배진주. 정말……'

이어지는 진주의 소리가 윤재의 심장에 둥둥 울렸다. 진주가 이번 오디션에 참여할 걸 전혀 예상하지 못했기에 윤재는 가슴이 벅차올랐다. 오디션을 이어 가느라 피곤하고 무거워진 몸과 마음이 어느새 새털처럼 가벼워졌다.

"저 참가자에게 무슨 문제가 있는 겁니까?"

"아닙니다. 목소리나 표현력이 맘에 들어서요. 제가 찾던 목소리라……"

그녀의 실루엣에서 한시도 눈을 떼지 못하던 윤재는 어느덧 편안한 자세로 앉아 진주의 노래를 끝까지 들었다.

실수 하나 없는 깔끔한 감정 표현과 폭풍 성량. 심사위원들은 하나같이 고개를 끄덕이며 그녀의 소리에 심사평을 적고 점수를 매기기 시작했다.

짝짝짝.

"좋네요."

흰 천 안에서 노래하던 그녀는 인사를 하고 사라졌다.

"드디어 끝입니다. 우리도 어서 마무리합시다!"

마지막 참가자까지 심사를 마친 심사위원들은 서류 등을 정리해 자리에 남기고 하나둘씩 자리에서 일어났다.

"수고하셨습니다."

윤재는 심사위원들에게 한 명 한 명 악수를 건네며 감사의 인사를 했다.

"이 감독, 이 작품 기대가 되는군요. 남은 의논은 내일 마저 합시다."

"네. 알겠습니다."

심사위원들을 모두 배웅한 윤재는 총무를 찾았다. 그는 진주를 만나야 할 것 같았다.

"총무님, 뒷마무리 잘 부탁드립니다."

"네. 오늘은 푹 쉬십시오. 내일 연락드리겠습니다."

윤재는 서둘러 오디션장을 빠져나갔다. 계단을 내려가는 발걸음은 점점 빨라져 거의 뛰다시피 했다.

지이잉. 지이잉.

전화를 계속했지만, 진주는 전화를 받지 않았다. 오디션 참가자 대기실이나 휴게실에도 진주는 없었다.

이상하네. 가장 마지막 참가자라 나간 지 얼마 되지 않았을 텐데. 윤재는 진주를 찾아다니다 결국 민기에게 전화했다.

"여보세요? 손 매니저님?"

[네. 이 감독님.]

"진주 지금 어딨습니까?"

[오디션 마치고 주차장으로 오시기로 했는데 아직 내려오지 않으셨습니다.]

"그렇군요."

윤재는 진주가 주차장으로 내려오기로 했단 말에 주차장으로 발걸음을 돌리며 민기와 통화를 이어 갔다.

"진주와 비밀리에 오디션 준비를 하셨군요."

윤재는 진주의 오디션 참석 여부를 전혀 모르고 있었다. 가끔 진주와 일에 관해 이야기할 때도 진주는 오디션에 대한 말을 전혀 하지 않았으니까.

민기가 미안해하며 어색한 말투로 변명했다.

[죄송합니다. 진주 씨가 처음 오디션 참가 의사를 밝힐 때부터 워낙 비밀로 하길 바라셨어요. 전 감독님을 놀라게 하시려고 그러는 것 같아 입을 열 수 없었습니다. 하하.]

"그럼 손 매니저님. 저도 부탁이 있습니다."

[……?]

민기의 눈동자가 몇 번 깜박였다.

스륵.

진주는 민기가 대기하고 있는 주차장을 찾아가 밴에 올라탔다. 늦은 시간까지 긴장하며 대기하느라 피곤한 데다 최선을 다해 오디션을 보고 나니 온몸에서 힘이 빠져 다리가 후들거렸다.

진주는 긴장한 몸과 감정을 추스르기 위해 사람들이 없는 후문 쪽 의자에 잠시 앉아 숨을 고르고 주차장으로 내려오는 길이었다.

'내 목소리를 윤재 씨가 알았을까?'

블라인드 오디션이었으니 심사위원들의 반응을 진주는 전혀 알 수 없었다. 다만 최선을 다했고 실수하지 않고 끝까지 불렀다는 사실만으로 그녀는 만족했다.

"매니저님, 많이 기다리셨죠? 저도 오늘 긴장을 너무 많이 했나 봐요. 조용한 곳에 좀 앉아 있다 왔어요."

좌석에 앉은 진주는 고갤 돌려 시트에 얼굴을 묻고 눈을 감았다. 숨을 깊게 한 번 더 푹 쉬었다. 이제야 다 끝났다는 생각 때문인지 눈이 따갑고 잠도 쏟아졌다.

"매니저님. 바로 집으로 데려다주세요."

"……"

평소 싹싹하게 대답해 주던 민기에게서 답이 없었으나 진주는 그냥 눈을 감고 있었다.

잠시 후 문이 다시 열리고 옆 좌석에 누군가 털썩 앉는 소리가 들렸다. 그리고 문은 다시 닫혔다.

민기가 아무 말이 없어 이상하다 생각했지만, 지금은 피곤함이 깊었다. 이미 평소 진주가 잠드는 시간도 넘기고 있었다.

"불공평하네."

"……!"

진주의 눈이 떠졌다.

"난 배진주를 안 보고도 한 번에 알아챘는데."

진주는 소스라치게 놀라 고개를 돌려 옆에 앉은 윤재를 쳐다봤다.

"윤재 씨……!"

그는 팔짱을 끼고 너무한다는 표정으로 진주를 쳐다보았다.

"손 매니저를 쳐다보지도 않은 건, 마음에 들어."

"그건 너무 피곤해선지 눈이 아파서……."

진주가 눈이 아프단 말에 윤재는 미간을 구기고 진주에게 가까이 다가갔다.

"눈이 왜? 많이 아파?"

"오디션 때문에 긴장해서 그래요."

윤재의 걱정 가득한 시선이 진주에게 계속 따라붙었다. 진주는 차 안에 민기가 없다는 걸 알았다.

"매니저님은요?"

"먼저 보냈어. 너무 늦었잖아. 오늘은 나랑 같이 집에 가."

"같이 가도 괜찮아요?"

오디션을 마쳤으니 이제부턴 할 일이 산더미일 텐데 집으로 가도 되느냔 눈빛으로 진주가 그를 보았지만 그는 괜찮다며 고개를 끄덕였다.

"3일 동안 강행군이었어. 오늘은 좀 쉬어야 내일부터 다시 움직이지."

윤재는 진주를 안고 그대로 좌석에 기댔다. 그 역시 긴장으로 피곤하던 3일이었다.

"이대로 조금 쉬었다 갈까?"

윤재는 버튼을 눌러 의자 두 개를 나란히 붙도록 눕혔다. 침대처럼 좌석이 눕혀지자 진주의 눈이 동그래졌다. 어느새 둘이 마주 보고 누운 꼴이 되었다.

"이런 기능이 있었어요?"

"이 차는 연예인들 전용 밴이야. 좌석을 눕히면 침대처럼 쉴 수 있는 거였는데 몰랐어?"

"네."

커다란 11인승 차를 개조해 차체가 높고 내부가 보이는 걸 차단해 프라이버시가 보호되는 차량이라는 건 알았지만 진주는 이렇게 의자를 침대처럼 완전히 눕힐 수 있다는 건 알지 못했다.

"피곤해요?"

"지금 너무 피곤해."

진주는 아직 의상을 갈아입지 않아 한복을 입고 있었다. 진주는 왠지 어색해 바스락거렸다. 까끌거리는 한복의 재질 때문에 바스락거리는 소리가 더 컸다.

진주는 그동안 윤재에게 비밀로 하고 오디션을 준비한 걸 말해야 할 것 같았다.

"저, 윤재 씨, 오늘 오디션은……."

"손 매니저에게 나 몰래 둘이서 오디션 계획 짠 건 들었어."

"음."

진주는 입술을 말아 넣었다.

"훌륭한 서프라이즈였어. 난 정말 예상 못 했거든. 아직 내 무대에 서기 힘들 수도 있다고 생각했어."

윤재는 진주의 등을 어루만지며 한 번 훑어내렸다. 진주도 그를 올려다보며 가만히 그의 볼에 손을 가져다 댔다.

"수련을 마친 지 얼마 되지도 않았는데 이렇게 서둘러 오디션을 보는 게 두렵기도 했어요. 지난번 명량대첩 때엔 상황이 허락하지 않았지만, 이번 작품엔 반드시 서 보고 싶단 욕심이 났어요."

"그랬어?"

윤재의 눈동자에 그녀가 고스란히 담겼다. 차 안은 조명을 켜지 않은 채였기에 어두웠고 두 사람의 시선만 뜨겁게 얽히고 있었다. 윤재는 진주의 머리카락을 정리해 주며 이마에 입술을 맞추었다.

윤재의 얼굴에 알 수 없는 난감한 표정이 스쳤다.

"안 되겠다."

"……?"

윤재가 몸을 일으켰다.

"어서 집에 가야겠다."

"잠시 쉬자면서요?"

"쉬다 가려 했지. 그런데 잘못하면 여기서 내일 아침을 맞을

지도 몰라."

그의 눈동자가 진하게 일렁거렸기에 무슨 말인지 알아차린 진주는 얼굴이 새빨갛게 익고 말았다.

"집에 가서 쉬는 게 낫겠어. 진주는 가는 동안 눈 좀 붙여."

집에 도착한 윤재는 진주에게 연거푸 키스하고 또 키스했다. 그녀의 눈썹을 쓰다듬고 뺨을 만지고 입 맞추다 머리카락을 넘겨 주었다.

"사랑해."

서로가 서로를 가득 채우던 둘은 어느샌가 스르륵 눈을 감고 잠들었다.

드디어 강아의 파이널 경연 대회 날이 다가왔다.

몇 차례 경연이 진행되는 동안 강아는 거뜬하게 최종 5위에 들었고 이제 마지막 경연만을 남겨 두고 있었다. 윤재는 마지막 파이널 경연만큼은 진주와 함께 보기로 했다.

"어? 강아 씨 경연 대회 시작할 시간 다 됐어. 서둘러야겠다."

차에서 내린 진주와 윤재는 손을 잡고 경연장으로 향했다.

"진수는 요즘 어때?"

윤재는 지난번 뒤풀이 이후 강아와 진수가 어쩌고 있는지 궁금했다.

"정신없이 공연 준비하느라 강아 씨와 진수에게 신경을 못 썼어."

"둘은 열심히 경연 대회 준비하면서 사랑싸움도 하는 중인 것 같아요."

"진수가 사귀지 말고 그 전의 편한 관계로 돌아가자고 했다며?"

"표면적으론 그렇지만, 그게 쉬운가? 싫어서 헤어진 것도 아닌데."

윤재도 수긍하듯 고개를 끄덕였다. 진수가 정말로 좋아하는 감정이 사라져서 한 말은 아니었을 거였다. 어디, 좋아하는 사람을 눈앞에 두고도 감정을 숨긴다는 것이 그리 쉬운가.

"그럼 경연 대회 준비하면서 사이가 좀 더 좋아진 건가?"

진주는 고개를 저었다.

"아니요. 진수 오빠 경연 대회 준비하는 동안 필요한 말만 하고 다른 개인적인 말은 한 마디도 안 했대요. 어떨 땐 눈도 안 마주치고 괜히 딴 곳 보면서 잔소리만 한다고 강아가 서운해했어요."

"으음."

"이번 파이널 경연 준비하면서 많이 다투기도 했대요."

"뭐가 안 맞았지?"

진주가 '후후' 웃었다.

"비밀이에요."

비밀이란 말에 윤재의 고개가 의미심장하단 듯 돌아갔다.

"뭐? 요즘 나한테 비밀이 왜 이렇게 많아?"

"사실, 강아는 파이널 경연에 나가게 되면 하려고 처음부터 준비하던 비밀 무기가 있었거든요."

"그게 뭐냐니까?"

어쩐지 파이널 경연 콘셉트에 대해선 진주가 말을 하지 않아 이상하다 했었는데. 진주는 수수께끼라도 내듯 계속 두루뭉술하게 말해 윤재를 더 궁금하게 했다.

"하지만 진수 오빠는 강아 생각을 알고 불같이 화를 내며 반대했어요."

"뭐? 강아 씨가 하려는 게 뭐였는데?"

윤재는 점점 더 궁금해졌다. 강아가 진수와 꽤 열심히 연습한다는 소식을 간간이 전해 들었을 뿐 파이널에서 하려는 공연 내용에 대해서는 아직 알지 못했다. 진수가 반대할 정도의 무대 콘셉트라면, 확실한 건 단순한 공연은 아닐 거였다.

"오늘 가서 직접 보면 아시게 될 거예요."

궁금해 죽겠다는 윤재의 얼굴에 비해 진주의 얼굴은 기대로 가득했다.

"자, 여러분. 파이널 경연 대회의 문을 열겠습니다!"

조명이 수십 갈래로 펼쳐지며 화려한 무대가 드러나고 사회자가 등장해 파이널 경연 대회의 시작을 알렸다.

"이미 여러 번의 경연을 통해 다섯 명의 최종 경연자들이 선정되었는데요. 이분들은 앞으로 전국 투어 공연이라는 특전과 함께 순위에 따라 엄청난 상금을 거머쥐게 됩니다. 오늘 경연은 최고의 예인을 뽑는 자립니다. 저도 정말 기대가 되는군요."

심사위원들과 관객들의 열기로 실내는 금방 후끈해졌다. 경연자들이 기량을 마음껏 펼치는 가운데 강아의 공연은 세 번째였다.

"다음 참가자는 경연하는 동안 개성 있는 공연과 소리로 인기몰이를 하는 이강아 씨입니다. 무대부터 보시죠."

공연의 시작을 알리자 불이 꺼졌다.

삐리리. 쿵, 쿵, 쿵.

신명 나는 국악기의 소리가 고막을 찢을 듯 크게 터져 나왔다.

팟.

다시 켜진 조명은 3미터 높이 나무 기둥에 묶인 굵은 줄을 비췄다.

"……!"

무대를 지켜보던 윤재가 눈을 커다랗게 뜨고 고갤 돌려 진주를 보았다. 진주는 흐뭇하게 웃으며 어깨를 으쓱 들어 올렸다. 놀랄 줄 알았다는 듯.

"세상에, 강아 씨가 정말 저걸……?"

강아의 파이널 무대는 신명이 난 관객들과 하나가 되는 잔치였다. 양쪽 무대 끝이 열리고 횃불을 든 남사당패가 우르르 뛰어나왔다.

"얼쑤!"

풍요를 기원하는 전통 놀이가 무대 곳곳에서 시연됐다. 어떤 이는 사발을 돌리고 누군가는 음악 소리에 맞춰 물구나무를 서서 공중회전을 하는 땅재주를 펼쳤다. 다양한 기예 뒤에는 꿀렁거리는 긴 용이 나와 춤을 추며 무대를 한 바퀴 휘감고 지나갔다. 어깨가 절로 덩실거리는 흥겹던 한 판이 삽시간에 벌어졌다.

뚝.

무대가 일시에 쥐 죽은 듯 조용해졌다.

"여보시오. 방청객님들."

이어 한복을 곱게 입은 백진수가 부채를 들고 노래를 하며 걸어 나왔다.

"와아!"

백진수의 찬조 출연에 사람들의 박수와 환호가 커졌다.

"지금 저기 위에 아슬아슬하게 마지막으로 한 판 더 놀아보겠다고 어름사니가 떡하니 서 있습니다."

진수의 낮은 목소리가 쩌렁쩌렁하게 울리며 내려앉았다.

"어름사니란 것은 노래에 재담도 하고 줄을 타며 묘기도 부리는 사람을 말합니다. 자, 저기 보이시죠?"

진수가 부채 끝으로 어딘가를 가리키자, 조명은 사선으로 가파르게 묶인 외줄 위로 올라가기 위해 서 있는 한 광대를 비쳤다.

"잠시만요! 혹시, 지금 저 위에 줄을 타려고 서 있는 분이 이강아 씨가 맞습니까?"

사회자도 강아가 줄을 타려는 걸 몰랐던 모양인지 놀라서 물었다. 강아는 장돌뱅이 옷을 입고 모자를 쓰고 부채를 잡고 있었다.

"네. 제가 이강아입니다."

강아는 관객들을 향해 손을 흔들며 커다란 소리로 외쳤다.

"내가 소싯적에는 고무줄, 줄넘기, 외줄에 똥줄까지! 못 탄게 하나도, 없었거든요. 자, 거기 아래에 악기 들고 있는 분들, 내가 오늘 경연 대회 파이널 공연인지라 줄 놀이 한 판을 거하게 보여 줄 테니 풍악을 울리시오!"

강아는 사투리를 질펀하게 섞어 쓰며 줄타기를 시작했다. 앞으로 가고 뒤로 돌기도 하면서 줄을 탔다.

"흐엇!"

강아는 일부러 보는 이들을 집중시키고 긴장감을 주기 위해 줄을 빠르게 건너며 떨어지는 척 연기를 했다.

웃는 얼굴로 강아를 올려다보던 진수는 표시 나지 않게 입술 끝에 힘을 주며 주먹을 쥐락펴락했다.

진수는 줄타기가 위험하다 생각했기에 강아가 줄 타는 걸 원하지 않았다. 어릴 적부터 날렵해 기예를 잘하던 강아를 제자로 삼겠다고 나선 선생님들은 많았다. 호기심 많은 강아가 줄을 타는 게 제일 재밌다며 줄타기를 하고 싶다는 걸 기어코 말려 소리와 장구춤을 하라고 설득한 것도 진수였다.

'그렇게 하지 말라는데도, 이강아……'

파이널 대회를 준비하며 강아가 전통 줄타기를 보여 주겠다

했을 때 진수는 위험하다 말렸고 강아는 안전망을 설치하니 괜찮다며 고집을 부렸다.

잘 타기만 하면 사람들에게 전통 소리는 물론 우리 전통 놀이의 즐거움을 한꺼번에 보여 줄 좋은 기회가 된다며.

진수는 이번엔 강아의 고집을 꺾지 못했다.

강아의 줄타기는 그렇게 계속되었다.

"어머나! 오금이 떨려서 이 줄을 못 건너가겠는데!"

이번엔 줄의 중간에 매달리듯 선 강아가 떨리는 목소리로 외쳤다. 관객들도 덩달아 떨어질까 긴장해 침이 꼴깍 넘어가는 소리가 여기저기서 들려왔다.

강아는 이번엔 커다란 부채를 촤락 펼쳤다. 그것을 요리조리 흔들며 줄 위에서 떨어질 듯 말 듯 곡예를 했다. 아래 무대에서는 태평소와 장구, 꽹과리 소리가 울려 퍼지기 시작했고 강아는 장단까지 맞추며 줄을 건너갔다. 마치 강아의 발바닥이 줄에 붙은 듯했다.

"헛!"

줄 위에서 뜀뛰기를 하며 앞으로 갔다 뒤로 가며 강아는 관객의 마음을 훔치고도 남을 짜릿한 묘기를 맘껏 부렸다. 관객들은 불가능해 보일 땐 숨을 죽였다가 줄을 무사히 건너가면 환호를 보내며 손뼉을 쳤다. 보는 이들은 내내 심장이 쫄깃해졌다.

"자, 이제 본격적으로 한번 놀아 보세!"

한국의 전통 줄타기는 줄만 타지 않았다. 어름사니는 부채를 들고 춤을 추고 노래하며 재담을 같이하며 줄을 탔다. 또한 이 모든 과정은 놀이의 즉흥성을 살리기 위해 리허설을 하지 않고 즉석에서 모두 이루어졌다.

흥겨운 판소리 한 자락까지 멋들어지게 부르던 강아는 다시 줄 위를 빠르게 후다닥 달려갔다. 그러다 '혹' 하더니 줄에 가랑이를 끼우고 내려앉았다가 펄쩍 뛰어 올랐다.

"흐엇!"

진수의 눈동자가 부르르 떨어 댔다. 강아의 실력을 믿지만 그렇다고 줄타기만 여태 해 온 사람은 아니었기에 진수는 강아의 행동 하나하나에 덩달아 심장이 쪼그라들었다 펴지기를 반복하고 있었다.

'가시내, 아프겠다……. 그렇게 제발 저건 좀 하지 말지.'

줄 위에서 제 맘대로 묘기를 부리는 강아를 진수는 말릴 재간이 없었다.

강아는 결국 한국의 전통 판소리와 풍물놀이를 다채롭게 재현하는 데 성공했고 1등의 명예와 1억 원의 상금까지 거머쥐게 되었다.

"대단한데. 강아 씨 다시 봤어."

경연이 끝나고 집으로 돌아와서도 윤재에게는 강아의 줄타기의 여운이 여전히 강렬하게 남아 있었다.

"몇 달 연습했다 쳐도 줄타기를 어떻게 저렇게 잘하지?"

진주는 후후 웃었다.

"강아는 몸으로 하는 건 다 잘해요. 어릴 때 줄타기를 워낙 잘해서 전수자가 될 뻔도 했는데, 진수 오빠가 위험하다고 말렸어요."

"으음. 그럼 이번 공연도?"

진주는 고개를 끄덕였다.

"어렸을 때 하루는 스승님께서 강아에게 소리가 늘지 않는다고 크게 화를 내셨어요."

"어떻게 화를?"

"아마 북채를 바닥에 던지셨을걸요?"

윤재는 엄하게 가르치기로 유명한 남애순 선생답다는 생각에 피식 웃었다.

"그날 스승님이 너무 무서웠는지 강아는 놀라 울면서 집을 뛰쳐나갔어요. 그래서 제가 진수 오빠에게 달려가서 강아가 신발도 신지 않고 맨발로 도망쳤다고 말해 줬거든요."

"강아 씨가 울면서 맨발로?"

"네."

어린 시절을 회상하며 조잘거리는 진주의 모습이 즐거운 꿈을 꾸듯 신나 보였다.

"진수 오빠와 난 사라진 강아 걱정에 이름을 부르며 온 동네를 찾아다녔거든요. 우린 강아가 다시는 소리 안 한다고 다짐하며 어딘가에서 울고 있을 거라 생각하고 애타게 찾았는데 놀랍게도 강아는…….”

“그게 아니었나 보네.”

“옆 동네 아이들을 모아놓고 맨발로 고무줄뛰기를 펄쩍펄쩍
하고 있었어요.”

“고무줄뛰기를?”

진주의 얼굴이 더 신나 보였다. 목소리도 조금 더 커졌다.

“우린 그날 강아가 고무줄뛰기로 옆 동네 아이들 기를 팍
죽이는 걸 길가에 쭈그리고 앉아 지켜봤어요.”

추억에 잠겨 친구들 이야기를 하던 진주가 연신 방글거리며
웃었다.

“지금은 전 국민이 보고 있으니 강아 씨 줄타기 공연은 앞
으로 섭외가 많아질 것 같은데?”

줄타기는 전수받으려는 제자들이 줄어들어 구경하기 힘든
전통문화가 된 지 오래였다. 윤재가 알기에 우리나라에 줄타
기 명인은 몇 명 되지 않는 걸로 알고 있었다.

“그렇겠죠? 게다가 여성 줄타기는 더 희귀하니 소리에 춤까
지 잘 추는 강아는 이번 경연 대회로 아마 유명해질 거예요.”

윤재는 고개를 끄덕였다.

즐겁게 종알대며 반짝이는 진주의 눈만 뚫어져라 보던 윤재
는 그녀의 손등에 입을 맞추었다.

순간순간 갈증이 일듯 왜 이렇게 진주에게 입 맞추고 안고
싶은 건지.

“이제 강아 씨 얘기 말고 내 얘기 해 줘.”

"윤재 씨 얘기, 뭐요?"

윤재의 입술은 어느덧 진주의 목덜미를 파고들었다. 간지러운 진주는 목을 움츠리며 피했고 윤재는 잘도 진주에게 자잘한 입맞춤을 이어 갔다.

"나에게 할 말이 진짜 없어?"

진주의 눈빛이 그의 얼굴에 쏟아져 내리는 것 같았다.

"좋아한다거나, 사랑한다거나, 너무 멋져서 질리지 않는다거나……."

진주는 민망하단 듯 입술을 조금 꼬물거렸으나 상냥하게 작은 목소리로 윤재에게 말했다.

"꼭 말로 해야 알아요? 하나같이 다 맞는 말인데."

"그러게. 하지만 배진주에게 유독 말로 듣고 싶은 게 이상해."

진주는 은근하고도 수줍게 볼우물을 만들며 웃었다. 가늘어진 눈매 사이로 뜨겁게 닿는 그의 눈빛에 진주는 그의 마음을 알아챘지만, 정말 해야 할 말이 남아 있기에 그를 불렀다.

"윤재 씨."

"응?"

"의논할 게 있어요."

윤재는 진주의 머리카락을 넘겨 주다 움직임을 멈추고 눈동자를 고정했다.

"의논?"

심각한 내용인지 진주가 입과 코에 힘을 주는 게 보였다.

"앞으로 같은 작품을 준비하게 되면, 당분간 우리가 같이 있을 시간이 많을 텐데, 그러면 윤재 씨가 불편해서 어떡해요?"

윤재의 한쪽 눈썹이 조금 꿈틀거렸다. 그게 왜 불편하단 건지 윤재는 의아했다.

"어떡하긴? 같이 일할 생각에 난 너무 좋은데."

진주는 '명량대첩 2'의 1차 오디션에 합격해 구체적인 배역을 두고 경쟁을 벌이는 2차 오디션을 준비했었다. 진주가 지원할 배역을 두고 윤재와 민기가 같이 모여 의논하는 자리에서 진주는 자신의 생각을 확실히 말했다.

─ 무엇보다 저는 같이 일하는 동료들이 불편해할 일을 만들고 싶지 않아요. 전 이미 다른 스케줄이 많아 주연에 도전하는 건 무리고, 게다가 독공 수련 때문에 공백이 오래 있었던 터라 주연 도전은 하지 않을래요.

윤재 역시 진주가 이번 오디션에서 바로 주연에 발탁되면 구설수에 오르리라 짐작했다. 그리고 매니저가 일정 조절을 한다 해도 무리한 스케줄을 소화해야 했기에 그건 윤재도 원하지 않았다.

─ 저는 조연 '선' 역할에 지원하고 싶은데, 윤재 씨와 매니저님 생각은 어떠세요? 지금 정해진 스케줄을 진행하면서 '명량대첩 2' 연습과 공연을 진행하는 게 가능할까요?

진주는 민기에게 스케줄 조정이 가능할지 물었고 민기는 고민 끝에 조연 역할은 가능하게 조절할 수 있겠다고 대답했다.

윤재는 '명량대첩 2'의 대본과 구성을 탄탄하게 수정해 작품의 퀄리티를 최고로 끌어올리는 것에 중점을 두었다. 앞으로 시즌이 이어지면 남녀 주인공과 조연들이 그 자체로 하나의 브랜드가 될 것을 감안하면 무엇보다 개성 있는 배역을 만들어 극을 이끌어 가는 것이 중요했다.

— 시즌 4나 5쯤엔 저도 '명량대첩'의 여주인공이 되는 꿈을 꾸어도 되겠죠?

— 그럼 난 영광이지. 더 열심히 해야겠네.

윤재는 진주를 보며 흐뭇하게 웃었다.

'명량대첩 2' 공연이 확정되던 날, 진주가 걱정되어 오디션 얘기조차 꺼내지 못했던 순간이 기억났다.

걱정과는 달리 힘들었던 과거 일로 움츠러들지 않고 자신의 길로 뚜벅뚜벅 천천히 나아가고 있는 진주가 대견하고 예쁘고 사랑스러웠다.

'진주가 나보다 낫네.'

이후 진주는 조연 '선'의 지원자로 2차 오디션에 참가하여 배역을 따내는 데 성공했다.

막 혼례를 치르자마자 전쟁이 일어나 첫날밤을 보내지 못한 채 남편을 전쟁에 내보내고 절절히 그리워하는 젊은 아내 '선'.

진주는 이 배역이 아주 마음에 들었다. 준비하는 과정이 재미있을 것 같아 연습실에 출근할 기대로 두근거렸다.

하지만 출근에 앞서 진주는 앞으로 작품이 끝날 때까지 매일 윤재와 같은 공간에 있는 것이 걱정되었다. 부부이지만 일터에선 감독과 배우의 입장이기에 윤재는 물론 다른 배우들이나 스태프들이 자신 때문에 불편하거나 하여 자신이 작품에 누가 될 수도 있겠단 생각에 마음이 무거웠다.

"윤재 씨, 출근하면 서로 모른 척할까요?"

"왜 모른 척을 해? 우리가 부부인 걸 모르는 사람은 아무도 없는데."

"음, 그러니까 완전히 모른 척은 아니고⋯⋯."

윤재의 표정이 '굳이?'라는 표정으로 경직되더니 다시 부드러워졌다.

"공, 사를 구별해서 가능하면 사람들 앞에선 마주치지 말자는 말이지?"

진주는 고개를 끄덕였다.

그는 진주의 의중을 잘 알았지만, 윤재의 생각은 진주와는 결이 조금 달랐다. 사내 연애하듯 비밀스럽게, 사람들이 없는 곳에선 꽁냥거려도 된다는 말로 들렸으니까.

"네가 그렇게 불편하면 아는 척하는 걸 최소한으로 줄일게."

"정말이요?"

진주는 윤재에게 고마웠다.

"대신."

"⋯⋯?"

"집에선 안 봐줘."

윤재의 장난스러운 말에 미동 없이 그를 보던 진주는 양 볼을 부풀리며 말했다.

"장난치지 마요. 난 심각한데. 내 얘기 진지하게 안 들어줄 거예요?"

"알았어."

윤재는 목덜미에 손을 얹고 한 번 쓱 훑어 내렸고 진주는 양 입술 끝에 힘을 주었다.

진주는 작품을 하는 동안 실수하지 않으려면 둘만의 규칙이 필요하다고 말했다.

"우선 출근은 같이해도 들어가는 건 따로 가요."

윤재의 얼굴에 미묘한 한기가 스쳤다. 윤재는 앞머리를 괜히 쓸어 올렸다.

"그건 이상하지 않나?"

윤재는 진주의 작품 합류가 결정되고 출근을 같이한다는 사실에 첫사랑에 빠진 소년처럼 두근거렸다.

파리에서 보낸 시간처럼 카페에 들러 커피를 한잔 마시고 손을 잡고 출근을 하면 어떨까. 같이 일하는 직원들을 만나더라도 뭐 어때? 내 아내인데. 어깨를 안고 같이 인사를 하고 진주를 연습실로 에스코트해 주는 상상을 하곤 했었다.

하지만 진주의 생각은 윤재와 많이 달라 보였다.

"같이 들어가면 입구에서부터 직원들이나 선배님들이 다 쳐다보고 윤재 씨한테 인사할 거잖아요."

진주가 자신에게 시선이 집중되는 것을 싫어한다는 걸 윤재

도 잘 알았다. 게다가 진주가 제 옆에 같이 서 있으면 배우가
아닌 감독의 아내 역할로 서 있는 듯 보일 수 있었다.

"전 윤재 씨가 들어가고 잠시 후에 조용히 들어가서 제 자
리에 있는 게 좋아요."

"알았어. 그렇게 해."

"그리고 호칭이요."

"호칭?"

"전 감독님이라 부르면 되고……."

감독님? 윤재는 눈을 깜빡이다 시선을 떨어뜨렸다.

그렇게나 어렵게 감독님에서 윤재 씨로 바뀐 호칭인데 다시
감독님으로 고쳐 부른다고?

하지만 윤재도 이 문제가 중요하단 걸 잘 알았다. 직장에서
감독님으로 부르는 것도 너무 당연했다.

"윤재 씨는 저를 '배진주 씨'라고 불러 주시면 좋겠어요."

윤재는 달갑지 않단 얼굴이었으나 하나같이 진주 말이 맞았
기에 마지못해 고개를 몇 번 끄덕였다.

"그리고 쉬는 시간에 방해하지 말기."

"뭐어?"

이건 정말 너무한다는 생각이 들었다. 쉬는 시간에 진주와
얼굴 보며 차 한잔하는 게 가장 기다려지던 윤재였다.

"그건 안 돼."

"저도 이건 안 돼요."

진주의 목소리가 단호했다.

"공백 기간 때문에 오랜만에 뵙고 호흡 맞추는 분들이 많아요. 상대 배우나 선배님들께 휴식 시간에 여쭤보고 배울 것도 배우고, 더 친해져야 한다고요."

"……."

진주는 윤재가 할 말이 없게 만들었다. 그의 어깨가 한없이 축 처졌다.

배우가 더 열심히 연기하고 다른 배우들과 친해지려고 휴식 시간까지 노력하겠다는데 그걸 방해하는 감독이 어디 있나.

"대신……."

진주의 누그러진 목소리에 윤재의 한쪽 눈썹이 올라갔다.

"집에선 더 잘할게요. 윤재 씨 말처럼."

"응?"

"진짜 안 봐줘도…… 돼요."

그 말을 하며 진주의 볼이 급속도로 빨개지고 목덜미까지 붉게 달아올랐다. 그런 모습을 놀란 눈으로 보던 윤재의 얼굴도 덩달아 홧홧해졌다.

진주는 고개를 휙 돌리더니 갑자기 몸을 일으켰다. 윤재가 그녀의 팔을 잡았다.

"어디 가려고?"

"잠시, 목이 말라서……."

윤재의 마음이 물줄기가 솟구쳐 오르듯 벅차올랐다. 심장마저 기분 좋게 두근댔다.

진주가 저렇게 마음의 각오를 하고 훅 들어오면 기대에 부응하고 싶어지는데.

그는 어느새 진주를 안고 그녀의 얼굴과 닿을 듯 가까이 다가간 채였다.

"어떻게 안 봐주면 돼?"

"네?"

"구체적으로 듣고 싶은데."

윤재는 진주를 자신의 두 눈에 다 담을 듯 집요하게 눈을 맞추었다.

'그런 말을 하면서 그렇게 쳐다보면 어떡해요.' 하는 진주의 시선이 그에게 박혔다. 그가 고개를 들자 동그란 그녀의 이마가 보였다.

쪽.

"이렇게 하면 돼?"

진주의 볼이 조금 실룩거렸다. 윤재는 입술 끝에 미소를 머금고 귀 아래, 눈꺼풀, 코와 입, 목 할 것 없이 무차별적인 뽀뽀를 해대기 시작했다.

"아잇!"

정신을 못 차리겠다는 듯 진주가 눈을 감고 웃으며 몸을 비틀자 윤재는 행동을 멈췄다.

"나머진 침대에 가서 하자."

어느새 윤재의 심장은 고장 난 듯 거세게 뛰고 그는 차오른 열기로 뜨거워진 채였다.

은근하고도 그르렁거리는 숨소리가 진주의 귓가에 말려들

었다. 진주는 눈을 질끈 감았다.

윤재는 진주를 안고 침실 문을 열었다.

윤재는 정말로 오늘 밤엔 안 봐줄 생각인지 몇 번이나 벼락처럼 진주에게 몰아쳤다.

Chapter 25

하루 종일 참았어

손꼽아 기다리던 진주와 출근하는 날 아침이었다. 정신없이
바쁜 일과를 보낸 그였지만 요즘엔 바쁜 것이 하나도 싫지 않
았다.

"윤재 씨, 저 어때요?"

진주가 옷을 입고 화장을 하며 출근 준비를 하는 모습에 윤
재는 설렜다.

"예뻐. 나는?"

진주는 엄지손가락을 치켜들며 웃어 주었다. 진주는 새 작
품을 같이 할 사람들과 첫인사를 하고 연습을 시작할 생각에
많이 신경 쓰는 모습이었다.

"벌써 긴장했어? 무대가 몇 년 차인데."

"새로운 무대는 늘 새롭게 떨리거든요. 윤재 씨는 안 그래
요?"

"나도 새 작품, 새 배우들 만날 때는 긴장되고 떨려."

새롭게 모인 사람들과 인사하고, 첫 대본에 대한 설명을 들

고, 새로운 시작을 함께하는 건 특별한 일이었다.

첫 출근이었기에 진주는 매니저를 부르지 않고 윤재와 차를 같이 탔다. 배우들은 감독이나 실무진들보다 조금 더 늦은 시간에 모이기로 되어 있었으나 진주는 먼저 가서 연습실을 둘러보길 원했다.

"내가 같이 가서 안내해 줄까?"

"아뇨. 저 혼자 충분해요. 윤재 씨…… 아니, 감독님은 가셔서 대본 리딩 준비하셔야죠."

"알았어."

아쉽지만 윤재는 그마저도 접어야 했다. 하지만 곧 얼굴을 볼 테니까. 그것으로 충분했다.

진주는 연습동 건물 앞에서 먼저 내렸다. 윤재가 처다보는 사이 진주는 엘리베이터를 타고 올라갔다.

'명량대첩 2' 연습실.

진주는 대강당 문 앞에 걸린 간판을 한참이나 서서 올려다 보았다. 당분간 작품이 완성될 때까지 이곳에서 연습하게 될 거란 생각과 사람들과 맞춰 가며 연기와 소리를 할 생각에 기대감으로 가슴이 부푸는 걸 느끼며 문을 열었다.

"안녕하세요?"

진주는 문을 열고 들어가며 허리 숙여 인사했다. 백여 평은

족히 될 만한 커다란 공간에 벽면은 통유리로 되어 있었다. 강당 가운데엔 오늘 있을 배우들과 스태프들의 대면식을 위해 의자와 테이블이 원형으로 수십 개가량 놓여 있었다. 그리고 온갖 악기들이 뒤에 놓여 있고 간이 사무실처럼 꾸며진 실무진들의 테이블과 음향 시스템 등이 곳곳에 보였다.

"배진주 씨. 일찍 오셨네요?"

"네. 잘 지내셨어요?"

국악 공연 관련 필드에서 일하는 스태프나 배우들의 반 정도는 아는 사람들일 거라 짐작했다.

행정을 담당하는 사무직원 몇 명은 이미 자리 세팅을 하고 있었기에 진주는 그들과 먼저 인사했는데, 누군가 자리에서 일어나 강당을 울리며 다가왔다.

"배진주 선배님, 안녕하세요?"

"네. 안녕하세요?"

키가 큰 남자 배우가 있었다. 진주가 처음 보는 얼굴이었다.

"저는 '순돌이' 역을 맡은 강이룸이라고 합니다. 선배님께서 '선' 역이라고 들었습니다."

"아, 맞아요. 제가 '선' 역이에요. 만나서 반가워요."

손을 내밀며 악수를 청하는 진주의 얼굴이 밝아졌다. 상대역이 누구인지 알지 못했기에 궁금했는데 얼굴이 낯선 걸 보니 판소리 쪽에서 일하던 사람은 아닌 것 같았다.

"평소 공연은 방송을 통해 많이 봤어요. 그리고 선배님 판소리 앨범도 가지고 있어요."

"네. 감사합니다. 이룸 씨는 첫 오디션인가요?"

둘은 금세 친해져 자신의 자리를 찾으며 대화를 나눴다. 진주와 이룸의 자리는 나란히 있었기에 그들은 의자에 앉아 이야기를 이어 갔다.

"전 소리를 전공한 건 아니고 뮤지컬 단역을 몇 번 하다 이번 오디션에 합격하게 됐어요."

"소리는 그럼 언제 배우신 거예요?"

"소리를 배웠다기보단 음악을 좋아해서 이것저것 다 듣는데요, 판소리도 좋아해서 듣고 따라 하다 보니 외우고 계속 듣게 됐거든요. 전 판소리는 잘 모르지만, 지인 추천으로 경험 삼아 나온 오디션에서 심사위원님들이 제 목소리나 성량이 좋다고 뽑아 주셨어요."

울림통이 좋은 건지 진주가 듣기에도 그의 목소리 톤은 좋았다.

"순돌이 역은 소리 하는 부분 없이 합창 부분만 있어서 반드시 소리꾼이 아니어도 된다고 들었어요. 뮤지컬은 아니지만 좋은 역할에 뽑히신 거 축하해요."

"감사합니다. 이 무대가 엄청난 무대라고 들었거든요. 전 정말 이렇게 훌륭하신 분들과 같이 작품을 하게 된 것만으로 기적이라고 생각해요."

이룸의 목소리가 미세하게 흥분한 듯 떨리고 있었다. 진주는 막 무대에 처음 오르기 시작한 풋풋한 이룸의 모습을 보면서 처음 자신이 경성창극단에서 첫 배역을 받고 떨며 신기해하던 순간들을 떠올렸다.

"어? 안녕하세요?"

"어머, 배진주 씨. 안녕!"

진주가 일어서며 허리를 숙였다. 문이 열리고 배우들이 하나둘씩 강당으로 들어와 자리에 앉기 시작했다.

진주는 일어나 들어오는 모든 배우에게 인사했다. 옆에 앉은 이룸도 마찬가지로 같이 서서 선배님들과 인사를 하며 분위기를 익혀 나갔다.

"저는 이번 작품 총무를 맡은 이병준입니다. 감독님께서 잠시 후에 내려오시면 인사하도록 하고, 우선 제가 이번 '명량대첩 2'에 대한 브리핑을 하도록 하겠습니다."

배우들이 앉은 테이블 위에는 이 작품에 대한 개요와 연습 일정, 공연 일정들이 적힌 작은 안내 책자와 대본이 놓여 있었다. 진주는 그걸 들어 속 내용을 펼쳐보며 총무의 얘기를 주의 깊게 들으며 메모했다.

그리고 잠시 후 윤재가 실무진 몇과 같이 들어왔다. 윤재는 늘 그렇듯 무표정한 얼굴이었다. 진주는 중요하게 떠오르는 걸 메모하며 그가 들어오는 모습을 잠시 쳐다본 후 굳이 윤재와 눈을 마주치지 않고 고개를 내렸다.

'눈이 마주치면 웃어야 할지, 가만히 있어야 할지 아직은 모르겠어.'

자리에 선 윤재는 배우들과 스태프들에게 첫인사를 했다.

"이번 '명량대첩 2'의 총괄 감독을 맡은 이윤재입니다. 약 2

개월의 연습과 2개월의 공연 일정입니다. 여러 번의 힘든 관문을 거쳐서 모인 분들이시니 열심히 노력해서 모두에게 좋은 작품을 만들었으면 좋겠습니다. 저 역시 최선을 다하겠습니다."

박수가 터져 나왔다.

"와아! 이윤재 감독님 처음 봐요. 역시 차가운 눈빛이며 오라가 장난 아닌데요? 배우들 연기 지도하실 때 무섭죠? 배우로서 어떠세요? 같이 일해 본 적 있으세요?"

이룸이 귓속말로 진주에게 물었다. 아무래도 이룸은 진주와 윤재가 부부란 사실을 모르는 것 같았다. 진주도 작게 이룸에게 속삭였다.

"네. 예전 작품에서 같이 일해 봤어요. 이윤재 감독님은 정말 일할 땐 눈물이 쏙 나오게 무서우세요. 이룸 씨도 걸리지 않게 조심하세요."

"아."

진주가 곁눈으로 보니 긴장하는 이룸의 표정이 보였다. 진주는 그 모습이 순수해 보여 입술 속으로 웃음을 숨겼다.

윤재가 인사하고 자리에 앉은 후 총무의 진행에 따라 배우들은 한 명씩 자신을 소개하고 인사하기 시작했다. 진주의 차례가 되었다.

"안녕하세요? 배진주입니다. 이렇게 예쁘고 착한 '선'의 역할로 선배님, 동료, 후배님들과 같은 무대를 준비하게 되어 영광입니다. 공백이 길었기에 겸손하게 신인의 자세로 열심히 배우겠습니다. 많이 가르쳐 주세요."

박수 소리가 들리고 이어서 이룸이 침을 한 번 넘기면서 일어났다.

"저는 아름다운 '선'을 사랑하는 '순돌이' 역을 하게 된 강이룸입니다. 창극은 처음이라 정말 하나도 모르는 신인과 다름없습니다. 잘 부탁드립니다."

이룸은 한 번 더 꾸벅 90도로 인사했다.

"앞으로 작품 하는 동안 정말 지고지순한 '순돌이'가 되어서 애틋하고 절절하게! 최선을 다해 '선'을 사랑하도록 노력하겠습니다!"

호기롭게 큰 목소리로 '선'을 사랑하겠다며 귀엽게 웃는 이룸은 인사를 한 후 자리에 앉아 큰 숨을 내쉬었다. 진주가 옆에서 '잘했어요.' 하고 말해 줬다.

윤재는 처음부터 진주와 이룸을 바라보고 있었다. 아니, 뚫을 듯 노려봤다. 하지만 진주는 여전히 윤재를 볼 생각이 없는지 한 번도 눈을 마주치긴커녕 자기 쪽으론 얼굴도 돌리지 않고 있었다.

윤재는 이룸의 인사를 듣고 무표정으로 앉아 턱을 한 번 쓰다듬어 내렸다. 이룸과 언제 친해졌는지 귓속말을 하며 웃는 둘을 보며 윤재는 아랫입술까지 만지작거리다 작게 한숨을 내뱉었다.

"흐음."

여전히 무표정한 얼굴임엔 변함없지만 윤재의 눈동자엔 짙

푸른 이채가 선뜩하게 지나고 있었다.

"배진주, 진짜 한 번을 쳐다봐 주질 않네."

윤재의 기분이 가라앉았다. 게다가 정말 윤재를 신경 쓰이게 한 건 진주의 옆에 앉은 상대역 '순돌이'였다.

극에 어울리는 큼직한 이목구비에 동굴 속에서 울리는 대나무 소리를 내던 참가자. 특이한 음색 때문에 윤재는 이룸의 오디션을 보며 뮤지컬보다 창극 쪽이 그의 목소리에 더 어울린다고 판단했다. 그랬기에 윤재는 이룸이 1차 오디션에 합격하자 그에게 '순돌이' 역을 맡아 달라고 직접 요청했었다.

아무리 상대역이지만 너무 빨리 친해지는 거 아닌가.

배우들이 상대역과 빨리 친해지는 것은 좋은 일이지만 진주가 그러는 모습을 보고 있으니 괜히 서운한 마음만 들었다.

그쯤 되니 윤재는 진주 얼굴이라도 제대로 한번 보고 싶다는 생각이 들었다. 눈이라도 우연히 마주치면 반가울 것 같은데. 하지만 하염없이 기다려도 진주는 그를 봐주지 않았다.

'배진주, 정말 이렇게 나온단 거지.'

윤재의 눈동자는 깊은 우물처럼 짙은 색으로 가라앉았다.

서로 소개를 마친 후 '명량대첩 2'의 첫 리딩 전 쉬는 시간이었다.

대기실에서 기다리던 윤재는 대본을 훑어보다 말고 골똘히 무언가 생각하고 있었다.

진주와 서로 아는 척하지 말잔 규칙을 정한 것도, 상대역인 이룸과 붙어 있는 것도 머리로는 이해가 됐다. 하지만 직접 보니 기분이 별로 좋지 않았다.

'연습실에서도 이렇게 진주를 모른 척해야 한다고?'

윤재는 여전히 진주와 연습실에서 모른 척하기로 약속한 것에 대한 확신이 서지 않았다. 그리고 마음 한구석엔 그러고 싶지 않은 마음도 도사리고 있었다.

"들어가겠습니다."

홍보실장이 잠시 보고할 것이 있다며 대기실로 들어왔다. 그런데 윤재의 얼굴에 고민이 가득한 걸 보고 그가 걱정스러운 얼굴로 물었다.

"감독님 왜 그러십니까? 무슨 일이 있으십니까?"

"으음."

윤재는 잘게 한숨을 내뱉었다. 가끔 진주와의 일에 조언을 구하던 홍보실장이기에 윤재는 혼자 고민하느니 그의 의견을 물어봐야겠단 생각이 들었다.

"오늘부터 아내와 같이 일하게 된 건 좋은데…… 신경이 쓰입니다."

"부부가 한 직장에서 상사와 직원으로 일하는데 당연하지 않습니까?"

"문제는 진주가 연습하는 동안엔 저에게 아는 척하지 말아 달라고 부탁을 해서요."

286

"아."

홍보실장은 잠시 생각하다 입을 열었다.

"진주 씨가 어리서도 워낙 베테랑이시니 아마 배우들과의 관계도 잘 대처하시리라 믿습니다. 현재로선 남편인 감독님 작품에 오디션을 보고 합격했으니 알게 모르게 감독님과 연관을 지어 주시는 시선이 있을 겁니다. 진주 씨 성격에 시끄러운 말을 조금도 만들고 싶어 하지 않으시겠지요?"

"그렇군요."

윤재의 생각에도 홍보실장의 말이 맞았다. 진주가 배우로서 자신보다 더 힘든 입장이니 그녀가 바라는 대로 하는 것이 맞지 않는가. 그러니 맞추는 것은 내가 해야지.

윤재는 홍보실장의 조언을 들으며 흔들렸던 마음을 단단히 먹었다.

홍보실장은 온화한 표정으로 말을 덧붙였다.

"진주 씨는 얼마 전까지 공백도 있었던 터라 사람들에게도 감독님께도 좋은 모습을 보여 주시고 싶으실 겁니다. 그러니 감독님께서 적극적으로 도와주셔야죠. 그리고 그게 가장 감독님다우신 겁니다."

윤재는 그의 조언에 감사함이 담긴 눈빛을 보냈다.

"조언 감사합니다. 도움이 많이 되는군요."

연습실에 갈 시간이라며 무대감독과 음악 감독이 대기실로 들어왔다. 윤재는 실무진들과 이런저런 말을 하며 연습실로 향했다. 연습실 층에 이르니 복도에 배우들의 모습이 보였다.

윤재는 연습실에 들어가기 전에 휴게실에 들어가 마지막으로 거울에 비친 자신의 모습을 보고 손을 씻었다. 남, 여 휴게실 문이 나란히 열려 있어서 손을 씻는 동안 여자 휴게실에서 도란거리는 여배우들 목소리가 자그맣게 들려왔다.

"곧 첫 리딩인데, 어떻게 생각해?"

"난 이윤재 감독님이 배진주를 다른 배우들과는 다르게 대한다는 쪽에 걸었어."

윤재는 귀를 의심했다. 그들의 대화가 분명히 자신과 배진주를 두고 내기를 했다는 걸로 들렸기 때문이다. 윤재는 더 귀를 기울여 그녀들의 대화를 들었다.

"왜?"

"두 사람이 부부잖아. 예전에 배진주가 경성창극단에 있었을 때 이윤재 감독님이 꽃 들고 진주를 데리러 올 정도로 부부 사이가 좋고 로맨틱했대."

윤재는 어느덧 벽에 기대어 팔짱을 끼고 있었다. 두 사람의 사이가 좋고 로맨틱한 건 사실이니까. 뒷담화지만 기분이 나쁘지는 않았다.

"에이, 그렇게 사이가 좋으면 신혼인데 배진주가 오디션 보다 말고 갑자기 독공을 왜 가니? 소문 중에는 독공이 사실이 아닌란 말도 있어. 부부 사이가 안 좋아져서……."

윤재의 표정이 일그러졌다. 그다음 이야기는 말하던 이도 주위에 듣는 이가 있을지도 모른다는 걸 조심하는지 목소리가 점차 작아지더니 윤재의 귀에 더 이상 들리진 않았다.

'내기할 정도로 우리 부부의 행동이나 생활에 관심이 많단 말이지.'

거기에 더 충격인 건 같이 일하는 동료인데도 진주를 마치 연예인처럼 생각하고 있다는 것이었다. 윤재의 표정이 조금 굳었다. 어쩌면 진주는 온갖 루머에, 사생활이 노출되는 이런 상황을 대충 짐작하고 있었던 걸까.

휴게실에서 나온 윤재는 연습실에서 첫 리딩에 들어갔다.

출연진들 중 3분의 1가량은 '명량대첩'에서 호흡을 한 번 맞춘 이들이었다. 그리고 대부분 창극과 소리, 공연 경험이 많은 사람들이었다. 그랬기에 첫 번째 대본 리딩임에도 불구하고 몰입감과 긴장감은 최고조였다.

고요한 가운데 배우들의 대사가 이어졌다. 음악 감독은 미리 준비해 온 음향과 배우들이 무대 위에서 불러야 할 소리를 대사 사이사이에 들려주며 무대 분위기를 만들어 나갔다.

누구 하나 할 것 없이 숨죽이는 가운데 '선'과 '순돌이'의 첫날밤 신이 진행되고 있었다.

"안아 주고…… 가세요."

조연이었으나 귀여운 감초 커플의 합방 신이었기에 둘을 지켜보는 출연진들의 표정은 꽤나 즐거워 보였다.

하지만 윤재의 낮은 목소리가 적막한 공기를 가르고 강당에 울렸다.

"잠깐만요! 배진주 씨?"

그녀의 눈동자가 동그래졌고 볼이 긴장으로 조금 볼록해졌다. 리딩 이후 진주가 윤재를 응시하는 건 처음이었다.

"네. 감독님."

돌처럼 굳은 진주를 바라보는 윤재의 눈빛은 날카로웠다.

"이 부분은 말입니다."

지금 연기한 장면은 간단히 짐을 챙겨 떠나려는 남편 '순돌이'를 잡고 '선'이 떨며 고백하는 부분이었다. 아마도 윤재가 자신의 이름을 부른 것은 이 부분의 감정선이 마음에 들지 않아서였을 거라는 생각이 들었다.

순간적으로 진주는 경성창극단에서 낙랑공주 동생 역할을 하다가 그에게 처음 혼났던 생각이 났다. 계속되는 NG에 정신을 못 차리고 사과하다 결국 화장실에 앉아 눈물을 흘리던 모습이.

신인이던 그 당시에 비하면 그녀 스스로 생각하기에도 실력이 늘었지만, 아직 갈 길이 멀단 걸 알았다.

'맞서서 이겨 내고 고치면 돼.'

진주는 긴장을 풀려고 주먹을 꼭 쥐었다. 그리고 당당하게 고개를 들어 윤재의 눈빛을 피하지 않고 바로 보았다. 윤재는 가라앉은 목소리로 진주에게 물었다.

" '선'과 '순돌이'가 혼인한 그날 밤, '순돌'은 출전하라는 명령을 받았습니다. 그들의 마음은 어땠을까요?"

그녀는 한때 그의 배우였기에 감독으로서의 윤재 스타일을 잘 알았다. 그는 마음에 들지 않는 부분이 있으면 그냥 넘어가는 일이 없었다. 집요하게 몇 번이고 반복해 결국은 가르치고 고쳐 주었다. 그리고 그 장면에 대해 배우가 납득할 수 있도록 작품 속의 상황에 대해 물으며 스스로 답을 찾아가도록 만들었다.

"'선'은 슬펐을 겁니다."

천천히 읊조리듯 담담한 목소리로 진주가 대답했다.

이게 뭐라고. 그녀는 아무렇지 않게 답하려 했지만 긴장해서 목소리가 떨렸다.

계속되는 질문에 진주와 윤재의 눈빛이 불꽃이 일듯 얽혔다. 생각이 많아지게 하는 윤재의 질문에도 진주의 맑은 눈동자는 곧게 윤재에게 닿았다.

냉랭한 얼굴로 질문하던 윤재의 눈빛은 순간 스르륵 풀리듯 부드러워졌다. 그는 낮고 진지한 목소리로 진주에게 물었다.

"배진주 씨, 사랑하는 사람 있습니까?"

"……!"

그는 둥글게 앉아 대본을 보는 배우들 사이에 서 있었다. 진주와 말하다 보니 윤재는 어느덧 진주에게 가까이 와 있었다.

진주는 윤재에게 조금 더 자신감 넘치는 얼굴로 당당하게 대답했다.

"네. 사랑하는 사람이 있습니다."

대답과 동시에 진주는 긴박한 순간임에도 불구하고 과거의 기억 한 자락을 또다시 떠올렸다. 윤재와 처음 공연했을 때도 지금처럼 사랑하는 상대에게 하는 대사에서 헤매고 있었다.

— 누군가를 사랑해 본 적 있습니까?

그런 저에게 윤재가 갑자기 좋아한다고 말해 당황했었지.

'아마 그때부터 그를 신경 쓰고 바라보기 시작한 것 같아.'

"그렇습니까? 그럼 진주 씨는 '선'의 마음을 더 잘 이해할 것 같은데요."

윤재의 눈빛은 여전히 사무적인 듯 보였다. 다만 진주의 눈에는 그 안의 짙은 일렁임이 뚜렷이 보였다.

둘만의 신호인 것처럼 느껴졌다. '배진주, 진주야.' 하고 다정하게 그가 부르는 것 같은 착각마저 들었다.

"네. 단순한 슬픔은 아닙니다. '선'은 곧 헤어질 남편에 대한 마음이 더욱 간절했을 겁니다."

수없이 연습하고 '선'의 상황을 가정해 보았지만, 배우들과 대사를 주고받으며 대본을 읽어 가니 생각했던 것과는 분위기가 매우 달랐다.

게다가 윤재의 말을 들으니 진주도 역할에 몰입하며 '선'의 상황에 더욱 공감하게 되었다. 울컥한 진주는 먹먹한 눈빛으로 윤재를 보았다.

진주는 자신의 생각을 덧붙여 말했다.

"남편이 어쩌면 죽을지도 모른다고 생각했을 테고, 지금이 사랑하는 이의 마지막 모습일지 모른다는 절박함이 부끄럽지만 과감한 '선'을 만들었을 거라는 생각이 듭니다."

진주의 말에 윤재도 동조한다는 듯 고개를 끄덕였다.

"저 역시 그렇게 생각했습니다. 배진주 씨는 이 감정을 잊지 않고 앞으로 유지해 줄 수 있습니까?"

"네, 감독님. 알겠습니다."

윤재의 시선은 진주 옆에 있는 이룸에게 향했다.

"강이룸 씨."

"네. 감독님!"

그는 바짝 긴장한 모습으로 크게 대답했다.

윤재의 미간에 주름이 잠깐 생겼다 사라졌다. 이룸은 이 작품에서 몇 안 되는 신인 배우 중 한 명인데다 창극을 잘 이해하지 못하고 있기에 걱정되던 배우였다. 대본 연기를 시켜 보니 앞으로 가장 많은 실랑이를 하게 될 인물이란 직감이 왔다.

"강이룸 씨에게도 배진주 씨와 같은 질문을 하겠습니다. 지금 사랑하는 사람이 있습니까?"

이룸은 겸연쩍은 표정을 하며 대답했다.

"네? 여자 친구는 어, 없습니다."

진주는 윤재의 어금니에 힘이 들어가는 걸 보았다.

"그럼 첫사랑은요?"

옆에 앉은 진주는 이룸이 긴장이 역력한 얼굴로 윤재의 눈을 제대로 보지 못하는 모습이 안타까웠다.

"첫사랑이요? 그건…… 있습니다."

"대본을 보면 어린 '순돌이'는 '선'과 마을에서 같이 자라며 그녀를 짝사랑해 왔습니다. 그러다 좋아서 죽을 것 같은 마음을 숨기지 못하고 '선'을 쫓아다니다 결국 혼례를 올리게 된 겁니다."

"아, 네."

"그럼 이 상황에서 '순돌이'란 인물은 어떤 마음일까요?"

진주가 보니 이룸은 어깨에 힘을 주고 얼어 있는 상태였다. 그는 윤재의 질문에 한 번 생각하더니 입술을 달싹거리다 말했다.

"저라면…… '선'을 꼭 안아 주고 진하게 키스할 것 같습니다!"

윤재의 무표정한 얼굴이 더 딱딱하게 경직되었다.

"생사를 앞에 두고 이별해야 하니까요."

진하게 키스한다는 말에 배우들 사이에서 웃음소리가 조금 들려왔다. 윤재도 '음' 하고 소리를 내더니 표정이 누그러지는 듯했다.

"그럼 그렇게 '선'에 대한 애틋하고 진한 마음으로 이 장면의 감정을 잡고 연기하면 됩니다."

"아, 네. 알겠습니다!"

이룸이 자리에 앉고 분위기는 좋아지는 것 같았다. 그런데 윤재는 입술 끝을 엄지손가락으로 한 번 만지작거렸다. 그건 윤재가 기분이 좋지 않을 때 하는 버릇이었다.

'이상하네? 윤재 씨는 왜 화가 난 거지?'

계속 이어지던 첫 리딩은 오후 늦게야 끝이 났다.

"리딩은 이 정도로 마칩니다. 다음엔 무대에서 봅시다."

"수고하셨습니다!"

총무가 일어나 서로 인사하는 배우들에게 전체 공지를 알렸다.

"오늘 저녁엔 회식이 준비되어 있습니다. 스케줄 때문에 어쩔 수 없이 빠지는 분을 제외하고 다 참석해 주시면 감사하겠습니다."

윤재는 총무의 귓가에 뭐라 한마디를 전했다.

"오늘은 특별히 이윤재 감독님도 합석하겠다고 하십니다!"

"네?"

놀란 눈들이 총무와 윤재에게 일시에 닿았다.

윤재는 배우들과 같은 자리에서 식사하거나 술을 마시지 않는 감독으로 유명했다. 더구나 첫 리딩 후의 회식은 서먹한 배우들과 스태프들의 친목을 다지기 위해 마련한 자리이므로 이전까지는 윤재가 나서서 거기에 운영진이 참석하지 못하도록 했었다.

그렇지만 막상 회식 장소에 도착하니 다들 즐겁게 이야기하는 가운데 분위기는 화기애애하고 즐거웠다. 윤재가 배우들의 프라이버시를 고려해 식당 전체를 예약해 외부인을 차단했기에 배우들의 행동도 평소보다 자연스러웠다.

배우들은 서로 친해지고 싶은 동료들끼리 무리 지어 앉아 술잔을 기울이며 서로 긴장을 풀었다. 서로를 알 수 있는 첫 회식 자리인지라 일부러 피하는 사람은 없었다.

게다가 얼굴 마주 보고 말 한번 나누기가 어렵다는 이윤재 감독과 같이 밥을 먹고 술을 마시는 자리였기에 배우들은 저마다 개인적으로 인사하고 눈도장을 찍으려 노력했다.

배우들은 기회가 되는 대로 윤재에게 와서 한마디씩 말도 걸며 술을 권하기에 바빴다.

또 다른 자리에선 여배우들이 모여 앉아 서로 수다를 떨며 술잔을 돌리고 있었다. 그중엔 진주도 앉아 오가는 이야기를 주의 깊게 들었고 이따금 자기 생각을 이야기하기도 했다.

"진주 씨, 창극은 오랜만이지? 오래 쉬었다던데, 할 만해?"

옆에 앉은 윤희가 진주에게 말을 걸었다.

"그럼요. 재밌어요. 앞으로 열심히 하겠습니다."

윤희는 진주에게 술병을 들며 한잔할 건지 물었지만 진주는 내일 공연이 있어 마시지 않겠다고 거절했다. 맞은편에 앉았던 지영이 진주에게 장난스럽게 물었다.

"진주 씨, 종종 얼굴은 봤지만, 같이 공연하는 건 처음이잖아? 궁금한 거 하나만 물어도 돼?"

"그럼요."

이미 '명량대첩'에서 호흡을 맞춘 배우들이 많아 출연진들 사이가 돈독하다는 걸 알기에 진주는 그 사이에서 일하려면 빨리 친해져야 한다고 생각했다. 아는 이들이 대부분이지만 친한 것과 얼굴을 아는 것은 달랐고 창극은 기본적으로 팀워크가 중요했다.

"뭐든지 물어보셔도 돼요."

진주가 자신감 있게 웃으며 말하자 옆에 앉은 선배들은 평소 조용한 진주를 다시 봤다는 표정을 지었다. 그리고 진주에게 바로 질문이 날아들었다.

"이윤재 감독님 말이야."

"네?"

자신에 관해 물어 올 거라 생각했는데 이윤재란 이름이 나와 진주는 조금 긴장했다.

"잘해 줘?"

삽시간에 진주의 얼굴이 달아올랐다. 이런 자리에서 친하지 않은 선배들에게 뭘 어떻게 잘해 준다고 구체적으로 말하기가 어려웠기 때문이었다.

"어, 저……."

진주는 눈썹을 위로 올리며 생각에 골몰했다. 그런 모습을 보고 진주가 부끄러워한다는 걸 눈치챈 선배들이 '어머, 부끄러운가 봐.' 하며 깔깔 웃었다.

"이제 막 결혼한 사람도 아니면서 왜 그래? 집에서는 이윤재 감독이 좀 다정하고, 웃기도 하고 그런가?"

유심히 듣고 있던 윤희는 고개를 낮춰 진주에게 은근히 물었다.

"듣기엔 막 꽃을 들고 극단에 찾아오고 그렇게 잘해 준다고 하던데. 오늘 리딩할 때 보니 진주 씨 대하는 게 다른 배우들이랑 다르지는 않던데. 이윤재 감독이 그런다는 게 전혀 상상이 안 돼서 말이야."

몇 명의 선배들이 윤재의 평소 모습에 대해 궁금한 게 많았는지 질문을 쏟아냈다. 진주는 두 손을 들어 저었다.

"집에선 잘…… 해 주세요."

"진짜?"

"믿기진 않는데 진주 씨가 그렇다면 뭐, 잘해 주는 걸로."

진주의 얼굴이 어느새 홍당무라도 된 듯 붉어졌기에 진주는 손등을 대어 뺨을 식혔다. 그러다 윤재에게 시선이 갔다.

윤재는 조금 취기가 올라 얼굴이 불긋한 상태였다.

'윤재 씨가 좀 많이 마시는 것 같네.'

진주는 걱정되는 마음에 얼근히 취한 윤재에게서 시선을 떼지 못했다. 그러다 두 사람의 눈이 마주치자 윤재가 자리에서 일어났다.

'왜 일어나지?'

윤재는 자신이 앉았던 자리를 정리하고 진주에게로 걸어왔다. 그러더니 진주 옆에 서서 배우들에게 정중하게 말했다.

"좀 앉아도 되겠습니까?"

"감독님, 여기 앉으세요."

윤재가 갑자기 다가와 말하자 진주 옆에 앉았던 윤희가 일어나 자리를 내어 줬다. 갑작스러운 윤재의 등장에 배우들은 토끼 눈을 하고 윤재를 봤다. 그는 자연스럽게 진주를 둘러싼 배우들에게 말을 꺼냈다.

"멀리서도 진주와 저에 대해 이야기하는 소리가 들리던데, 그동안 제게 궁금하던 것이 있으면 부담 없이 물어보세요."

"사적인 것도요?"

"네."

윤재는 원래 공적인 자리에서 사생활에 대해 말하는 걸 싫어했지만 부푼 소문 때문에 진주가 힘든 것보다는 공개하는 것이 낫겠단 생각이 들었다.

그리고 윤재는 진주를 둘러싼 배우들이 자신과 진주를 두고 내기를 한 사람들이란 걸 알고 있었다. 그 사이에서 진주와 배우들이 무언가를 이야기하다 진주가 얼굴의 열을 식히는 모습에 윤재는 가만히 있을 수 없어 기어코 진주에게 온 것이었다.

배우들에게 악의는 없어 보였지만 부부 생활에 대해 내기를 하고 회식 자리에서까지 진주 옆에 붙어 앉아 짓궂은 장난을 하는 건 윤재 마음에 들지 않았다.

하지만 작품을 같이 해야 하는 진주는 이들과 더 가까워지길 바란다는 걸 알았기에 직접 나선 것이었다.

"솔직히…… 정말 궁금했는데, 진주 씨가 뭐가 좋았어요? 감독님이 갑자기 결혼한대서 얼마나 놀랐는데요!"

갑자기 지영의 질문이 훅 들어왔다.

"제가 어릴 때부터 배진주를 좋아했습니다."

"어릴 때부터요?"

"배기주 명창이 어릴 적 제 북 선생이었습니다."

"와, 그러셨구나."

지영이 이해가 간다는 듯 고개를 끄덕였다. 이번엔 윤희가 손을 슬그머니 들었다.

"저도 질문 있어요. 감독님은 다음 세상에서 다시 태어나도 배진주와 결혼한다, 안 한다!"

결혼한 여배우의 짓궂고도 과감한 질문에 윤재의 눈빛이 한 번 흔들렸다. 이런 질문을 한 의도가 윤재 눈에 훤히 보였다.

"다음 생이 있다면 당연히……."

윤재의 강한 눈빛이 여과 없이 진주에게 닿았다.

"배진주를 만나고 사랑할 겁니다. 그리고 그다음 생이나 또 그다음 생에서도 아마 난 배진주를 찾아내 반드시 만나겠죠."

"와아."

진주의 얼굴이 불타듯 빨개져 그녀는 결국 고개를 숙였다. 윤재가 그런 진주에게서 눈을 떼지 않는 걸 보고 선배들은 서로 눈짓을 했다.

"그런데 오늘 리딩 시간에 감독님이 진주 씨를 모른 척하시던데. 원래 마음과는 다르게, 평소에 표현은 잘 안 하시는 건가요?"

조심스러운 표정을 지으며 지영이 물었고 윤재는 그 질문에는 잠시 고민하는 얼굴로 가만 있었다.

"배진주."

윤재는 질문에 답은 않고 진주를 불렀다. 그녀가 흠칫 놀라는 게 보였다. 윤재는 진주를 보며 이 정도면 그녀와의 약속은 지킬 만큼 지켰고 지금은 사석이니 상관없단 생각이 들었다. 그는 진주의 눈동자를 깊이 들여다보며 나직이 말했다.

"나…… 이제는 아는 척해도 돼?"

진주는 입술을 조금 벌리고 그대로 얼어붙고 말았다.

윤재와 진주가 있는 테이블에 미묘한 적막이 몇 초간 흘렀다. 그러다 '꺄앗!' 하는 소리가 들렸고 다른 테이블에서도 '이건 무슨 분위기야.' 하는 눈빛이 몰려들었다.

윤재는 주위 시선은 아랑곳하지 않고 진주에게 시선을 둔채 다시 채근하듯 물었다.

"배진주, 응?"

그 차갑고 냉정한 얼굴의 대명사 이윤재 감독. 그가 한 번도 본 적 없는 풀린 표정을 하고 배진주를 그윽하게 바라보며 아는 척해도 되는지 허락을 구하고 있었다. 보고도 믿지 못할 이 광경을 보던 여배우들은 모두 경악한 얼굴로 윤재와 진주를 번갈아 보고 있었다. 누군가는 믿을 수 없는지 고개를 흔들기도 했다.

"가, 감독님이 술에 많이 취하신 것 같아요!"

진주는 이 자리에서 답을 할 수 없었다. 그녀는 그저 황당하고 무안한 이 상황을 넘기려 쏟아지는 시선에 억지로 웃으며 사람들에게 아무렇지 않은 척 말했다.

"어쩐지 오늘 술을 많이 드시더니."

진주는 평소처럼 말했으나 심장에 폭탄이 떨어진 것 같고 시야는 컴컴해졌다.

그 순간 발그레한 얼굴로 턱을 괴고 진주만 보고 있던 윤재가 저도 모르게 그녀의 귀 뒤로 삐져나온 머리카락을 제 손으로 정성껏 넘겨 주었다.

진주는 눈을 질끈 감았다.

'술에 취해 다른 사람들이 하나도 보이지 않나 봐.'

진주의 심장은 그 몇 초 사이에 너덜너덜해지고, 거세게 쿵쿵 울려 댔다.

'어떻게 하지?' 고민하고 있는데 윤재의 이상행동은 끝이 없었다.

"왜 대답 안 해? 여긴 일하는 곳 아니니 아는 척해도 되지?"

그의 말투에 조금 애교가 섞인 듯했다. 아닌가? 술에 많이 취하면 이렇게 되는 거였나. 진주는 혼란스러웠다.

"대, 대답이요?"

진주는 지금 대답이 무슨 의미가 있나 싶었다. 아는 척하지 말랬더니 회식 장소에서 핵폭탄 급으로 아는 척을 하고 있으니 하루 종일 윤재의 시선을 피하며 모른 척했던 게 무용지물이었다.

진주는 안 되겠다 싶어 윤재의 귀에 입술을 붙이고 조용히 말했다.

"감독님 괜찮아요?"

취해서 실수하는 것 같으니 나름 말과 행동을 조심하란 의미였다. 그런데 이번엔 진주의 귓가로 윤재의 입술이 바싹 붙어 속삭였다.

"그러게…… 안고 싶어."

윤재의 말이 끝나기도 전에 진주의 귀와 목덜미가 화르륵 불타오르며 눈이 튀어나올 듯 커졌다. 정말 더 이상은 여기 있으면 안 될 것 같단 생각에 진주는 벌떡 일어났다.

"감독님 많이 취하신 것 같은데, 먼저 일어나도 될까요?"

진주를 놀리던 선배들은 이윤재 감독의 애정 행각을 보며 얼빠진 얼굴로 고개를 끄덕였다.

진주와 윤재를 집까지 데려다줄 차는 이미 준비되어 있었다. 진주는 윤재가 취했다는 핑계로 인사를 하고 그를 부축해 먼저 회식 장소를 빠져나와 차에 탔다.

집에 도착해 차에서 내린 진주는 윤재를 잡고 내리는 걸 도와줬다. 대문에 들어서는데 윤재가 조금 흔들거리는 것 같기에 진주가 그의 팔을 더 세게 잡아당겼다.

"감독님, 넘어져요. 조심하세요."

윤재가 한숨을 푹 쉬었다.

"하아, 여긴 일하는 곳 아니잖아. 윤재 씨로 고쳐 줘."

"알았어요."

대문에서 정원을 통해 현관으로 들어가는 길도 진주에게는 험난했다. 술 취한 윤재는 계속 몸을 진주에게 붙여 왔다.

"술을 너무 많이 마셨나?"

고개를 돌려 진주가 윤재 얼굴을 자세히 보려 했다. 그때 윤재가 갑자기 진주를 확 당겨 품에 안았다.

"뭐예요? 술 취한 거 아니……!"

진주가 말을 맺지도 못하게 입맞춤이 정신 못 차리게 쏟아졌다.

"술은 이미 예전에 다 깼어."

"그럼 말을……."

또 윤재가 진주의 입술을 삼켰다.

"안아 줘. 하루 종일 참았어."

진주는 좀 전 회식 자리에서 그가 안고 싶다고 말했던 것이 떠올랐다. 이상하게도 회식에서 귓가에 속삭이던 목소리와 지금의 목소리가 같단 생각이 들었다.

낮게 가라앉는 톤의 어조와 색깔, 그리고 공기 중에 소리가 분말처럼 흩어지는 여운의 양까지.

그것은 달콤함, 설렘, 숨 막히는 아찔함이 조금씩 녹아든 진주만 아는 그의 목소리였다.

당장이라도 진주가 허락하면 달려들 준비를 마치고 인내하는 짙은 눈동자가 보였다. 그는 지독히 차갑고 야성적이지만 늘 진주 앞에선 따뜻해지는 이상한 남자였다.

하지만 진주는 이번엔 넘어가지 않겠다고 두 눈에 힘을 주고 윤재의 품 안에서 뒤로 한 발짝 떨어졌다.

'안 돼. 지금은 저 얼굴에 넘어가면 안 돼.'

아무래도 회식 자리에서부터 일부러 취한 척한 것 같았다.

"뭐예요? 술 취한 것 아니었어요? 또 장난이에요?"

두 눈에 힘을 더 준 진주는 윤재 앞에서 화난 듯 허리에 두 손을 올리고 씩씩거리는 얼굴을 했다.

진주의 말에 윤재는 팔짱을 끼고 그녀의 앞에 섰다.

자신이 화난 걸 알아채고 장난을 그만하려나 보다 생각하며 인상을 펴려고 하는데 이상하게도 윤재의 몸이 조금 흔들렸다.

'어?'

아닌가? 진주는 그를 빤히 보았다.

뭔가 이상했다. 맨 정신이라기엔 그의 눈동자가 또렷하지 않고 흐트러진 채였다.

'뭐지? 정말 취했나? 취했는데 안 취했다고 한 건가?'

윤재가 술에 많이 취한 모습은 처음이라 진주는 그가 술에 취하면 어떻게 되는지 아무것도 알지 못했다.

"윤재 씨, 취……했죠?"

"배진주. 안아 보자니까."

윤재는 다가와 아이같이 환하게 웃으며 진주를 안았다. 그의 두 팔 안에 진주의 몸과 얼굴이 완전히 묻혔다. 진주는 엉겁결에 안겼고 천천히 윤재를 느꼈다.

포근하단 느낌이 들었다.

잠시 후, 진주는 한참이 지나도 그가 놓아줄 생각이 없는 듯 계속 안고 있자 그의 허리를 톡톡 쳤다.

"집에 가야죠. 집 안까지 걸어갈 순 있어요?"

"못 가겠다면? 배진주가 업어 줄래?"

진주의 볼이 볼록해졌다. 또 장난이다 싶었다.

"윤재 씨는 내가 업기엔 너무 무거워요. 그럼 윤재 씨 팔을 내가 이렇게 잡아 줄 테니까……."

그의 팔을 붙들려는 사이, 윤재는 몸을 돌려 그녀의 등 뒤로 가서 진주의 목을 안았다.

"저기까지만 업고 가자."

진주는 인상을 썼다. 이제는 술에 취해 그러는 건지 장난을 치는 건지 도통 알 수 없었다.

"윤재 씨 업어 주다 나 깔려 죽으면 어떡해요?"

풋. 윤재가 웃으며 진주를 더욱 세게 뒤에서 꽉 안았다.

"자, 꽉 잡았어. 내가 대신 땅에서 발을 떼지 않고 배진주 등에 업힐게. 됐지?"

윤재는 정말 업힐 생각인지 아이처럼 진주의 등 뒤에 매달려 졸랐다.

"아, 알았어요. 일단 업고 가 볼게요."

진주는 하는 수 없이 거대한 짐 보따리를 등에 올린 것처럼 윤재를 업고 두 팔은 뒤로 돌려 윤재의 허리를 잡은 모습으로 걸음을 한 발짝 떼어 걸었다. 윤재가 보폭을 맞추어 같이 걸었다. 진주가 업었다기보단 윤재가 진주를 뒤에서 안고 걸어가는 모양이었다.

진주는 이것이 윤재의 술주정이 틀림없다고 생각했다. 하지만 막상 걸어 보니 조금 불편할 뿐 그가 같이 걸음을 떼어 주니 힘이 들진 않았다.

진주는 그저 윤재가 걱정됐다.

'내일 술 깨서 오늘 있었던 일들이 기억나면 민망할 텐데.'

진주도 다음 연습부터 보게 될 창극 팀원들을 생각하니 한숨이 나왔다. 회식 자리에서 있었던 일을 생각만 해도 뜨끈하게 얼굴이 데워지는 것 같았다.

사이가 가까운 만큼 비밀이 없는 곳이었기에 아마도 경성 창극단은 물론 스승님께도 조만간 회식에서의 일이 소문이 되어 퍼질 거란 생각도 들었다.

"노래 불러 줄까?"

어지러운 그녀의 마음과는 달리 노래를 불러 주겠단 윤재의 말에 진주는 그가 오랜만에 새 작품을 시작하게 되어 기분이 좋은 모양이라고 짐작했다.

진주가 고개를 드니 하늘에 둥근 달이 보였다. 늦은 밤이라 정원에 부는 바람이 시원했다. 은근히 퍼지는 그의 목소리까지 낮게 들리니 기분이 가벼워졌다. 진주는 그가 노래를 불러 주는 것도 괜찮겠다 싶었다.

"무슨 노래요?"

"이리 오너라. 업고 놀자."

"피."

또 장난이야. 하지만 그녀가 생각해도 지금 모습은 '사랑가'의 한 장면과 비슷한 포즈이긴 했다.

윤재는 음률을 붙여 노래를 자그맣게 불렀고 그렇게 둘은 집으로 들어가 바로 침실로 올라갔다.

진주는 윤재를 침대로 데려가 바로 눕혔다. 큰 덩치에 술에 취해 몸이 무거울 거라 생각했으나 생각보다 그렇게 어렵지는 않았다.

그를 눕히자 풀썩 매트리스가 흔들렸고 윤재는 대자로 누웠다. 이제 할 일을 다 했단 생각에 진주가 한쪽 어깨를 주무르는데 윤재가 그녀의 팔을 당겼다.

"앗."

진주는 하릴없이 그대로 윤재 품에 안겼다. 그에게서 바깥에서 불던 서늘한 바람 냄새가 났다. 그리고 그의 향기가 코끝에 닿았다. 알코올 냄새도 섞였으나 시원하고 좋았다.

"배진주, 하루 종일 같이 있었는데 딴 사람이랑 있는 줄 알았어."

진주는 웃었다. 심장이 아이스크림이 녹듯 녹아내리는 느낌이 났다.

"같은 사람 맞거든요?"

윤재는 진주를 안았다. 그녀의 다리도 어느새 윤재의 다리에 감겼다. 진주는 얼굴을 빼내며 말했다.

"안 씻어요?"

"아직 몸이 무거운데. 잠시만 이러고 있다 정신 차리면 씻을게. 너부터 씻어."

진주는 일어나 앉았다. 깔끔한 그가 씻지 못하겠단 말을 하니 몸이 아주 힘든가 싶어 그녀는 잠시 고민하다 말했다.

"윤재 씨가 못 씻겠으면 내가 씻겨 줄까요?"

"……!"

진주의 말을 듣고 누워 있던 윤재가 벌떡 일어나 앉았다. 이미 큼직한 그의 눈은 더 커지고 눈빛이 반짝이며 선명해졌다.

"씻겨 준다고?"

그의 눈빛에 불꽃 같은 것이 일었다.

"씻겨 준다는 게 이걸 말한 거였어?"

"이렇게 씻으면 안 되는 거예요?"

욕실 바닥에 쭈그리고 앉은 윤재는 목에 흰 타월을 두르고 앞머리엔 집게 모양의 핀을 꽂고 있었다.

진주는 그의 모습에 웃음이 나왔지만, 입술을 안으로 말아 넣고 웃지 않으려 참았다.

욕실 바닥에 놓인 대야에 따뜻한 물이 차서 찰랑거리고 있었다. 서 있지 못할 것 같은 윤재를 위해 진주가 생각해 낸 건 어릴 적 아버지가 자신을 씻겨 주던 방법이었다.

대야의 물을 손바닥으로 떠서 그의 얼굴을 씻기는 것.

떨어지는 물방울이 셔츠에 묻지 않게 하려고 타월을 목에 두른 윤재는 귀여운 모습으로 얼굴을 진주에게 잔뜩 내밀고 얌전히 앉아 있었다.

'귀여워. 아기 같아.'

진주는 물을 어느 정도 그의 얼굴에 묻힌 후 조심스럽게 비누칠도 해 주었다. 윤재는 눈을 감고 그녀의 손길에 자신의 얼굴을 맡긴 채 온화한 표정을 지었다. 그의 입술을 씻기자 그는 간지러운지 입술을 오물거렸고 진주는 은근히 웃었다.

진주는 그의 얼굴의 비누 거품을 씻겨 내기 위해 물을 손으로 부어 여러 번 훑어 내렸다. 부드럽고 좋은 냄새가 솔솔 풍겨 왔다.

"간지럽죠?"

"그래도 좋아. 계속해."

얼굴을 다 씻긴 진주는 이번엔 윤재의 손을 가져와 대야에 넣고 뽀드득 소리가 날 정도로 손을 씻겼다. 손에 묻힌 거품까지 다 씻고 타월로 윤재 얼굴의 물방울도 닦아 주었다.

감았던 눈을 뜨고 윤재가 진주를 올려다봤다. 촉촉한 그의 얼굴에 윤기가 흘러 진주 눈엔 뽀얗게 보였다.

진주와 그의 눈동자가 마주치자 윤재가 나직이 말했다.

"고마워."

"치, 겨우 세수만 시켜 줬는데 고마워요?"

느른한 그의 시선이 진주에게 쏟아졌다.

"그것도 고맙지만, 날 사랑해 줘서 고마워."

"응?"

윤재는 진주가 씻겨 준단 말에 잠깐 불순한 기대를 하고 욕실에 들어왔지만, 곧 그게 아니란 걸 알고 황당한 진주의 세수법을 따라 했다. 하지만 진주가 목에 타월을 둘러 주고 작은 손으로 자신의 얼굴을 씻어 주자 한 번도 느껴보지 못한 다른 차원의 행복감이 그를 휘감았다.

이전에 경험한 적이 없으니 규정할 단어가 없었다. 낯설지만 좋았고 행복했다. 그런 감정을 알게 해 준 그녀에게 고마웠다. 아마도 이것이 그녀의 사랑이 주는 충족감이란 생각에 윤재는 벅차올랐다.

"그런데 그거 알아?"

윤재는 슬쩍 말을 돌리며 일어섰다.

"......?"

궁금함이 가득한 진주의 깨끗한 시선이 윤재를 보았다.

"아내가 남편을 씻겨 준다는 건."

"......"

"옷도 다 벗고 둘이서 같이 씻는 거야."

어느새 윤재의 입술이 그녀의 귓가에 달라붙어 있었다.

진주의 눈동자가 흔들렸다. 진주도 그 말의 뜻을 모르지 않았다. 다만 진주가 아직 마음의 준비가 안 되었을 뿐. 아직은 그와 같이 씻는 건 상상만으로도 부끄러웠다.

"오늘은 안 되고…… 그건 좀 더 나중에요."

같이 씻는단 말에 화들짝 놀라 도망갈 줄 알았는데 그러지 않는 진주의 반응에 윤재는 무언가 기대감이 생겨 괜히 코끝을 문질렀다. 그러다 진주의 머리를 쓰다듬었다.

"응. 더 나중에."

윤재는 얼마든지 기다릴 수 있었다. 진주를 마음껏 사랑해 주고 자신도 사랑받고 싶은 날. 그때 같이 둘만의 특별한 시간을 갖고 싶었다.

"배진주, 약속했어."

진주는 새하얀 타월로 한 번 더 윤재의 얼굴에 묻은 물기를 닦아 주었다. 윤재의 두 눈은 가려졌지만 진주는 수줍게 고개를 끄덕였다.

Chapter 26

퇴근은 언제…… 해요?

눈을 뜬 진주는 시계를 보고 깜짝 놀라 일어났다.

"어? 일곱 시? 새벽 연습 어떡해."

하지만 윤재는 이불 속으로 그녀를 다시 끄집어 당겼다.

"오늘은 저녁 공연만 있다며? 나도 오후 출근이야. 더 자자."

하지만 진주는 휴대폰 메시지 알람이 계속 깜박이는 걸 보고 손을 뻗어 휴대폰을 잡았다.

"이 아침에 누가 메시지를 이렇게 많이 보냈지?"

진주는 몇 개나 쌓여 있는 문자를 열어 확인했다.

> 진주야, 윤재랑 잘 지내고 있니? 공연 시작하면 얼굴 보러 올라가마.

애순에게서 온 문자였다.

"무슨 말씀이시지?"

> 진주야, 둘이 그렇게 잘 지낸다니 보기 좋구나.
> 조만간 윤재와 같이 식사 한 번 해야지?

다음 문자는 지훈이었다. 게다가 강아에게서도 문자가 와 있었다.

진주는 모두가 일제히 아침에 안부 문자를 보낸 게 이상하다고 생각하면서 문자 내용을 확인했다.

> 대박! 국악인 커뮤니티에 어제 이윤재 감독님이 회식 자리에서 배진주에게 아는 척하게 해 달라고 매달렸다는 소식 올라오고 댓글 난리 남. 배진주 이거 정말이야?

"헉!"

진주는 인터넷을 켜서 국악인 커뮤니티에 들어갔다. 어제 '명량대첩 2' 회식에서 이윤재 감독이 배진주 자리에 찾아와서 절절한 사랑 고백을 하고 매달렸다는 글이 올라와 있었다. 댓글은 이미 수백 개가 넘게 달려 있었다.

"윤재 씨, 어떡해요?"

"무슨 일이 생겼어?"

"큰일 났어요. 앞으로 얼굴을 못 들고 다니게 생겼어요!"

진주는 고갤 돌려 윤재를 째려봤다.

"다, 윤재 씨 때문이야."

진주가 울상을 짓자 윤재는 진주의 휴대폰을 받아 커뮤니티 글을 읽어 보았다. 소문이 날 거란 예상은 했지만, 생각보다

314

빨리 퍼지고 있었다.

"다행히 사실만 적어 놨네."

"뭐라고요?"

진주는 고개를 갸웃하며 의미심장한 표정으로 윤재에게 물었다.

"혹시, 윤재 씨…… 어제 회식에서 했던 이상한 일 다 생각나는 거예요? 술 취해서 정신없어서 그런 거 아니고?"

"응. 난 술에 취했지만, 기억이 안 날 만큼 취한 건 아니거든. 좀 취해도 금방 깨는 스타일이고."

"하아."

윤재는 진주에게 문자를 다시 보여 주며 말했다.

"이상한 게 아니고 그걸 한정 다정남이라고 하는 거야, 배진주 한정 다정남 이윤재."

"뭐예요?"

진주는 일어나 앉아 눈에 일부러 힘을 주고 윤재를 내려다봤다. 그가 자신에게만 다정하단 사실은 진주가 더 잘 알았다. 하지만 둘이서만 은밀하게 속삭일 부부간의 이야기를 하늘 같은 스승님과 시아버지까지 다 알게 할 건 뭔가 싶었다.

"윤재 씨 말은, 어느 정도 이런 일이 생길 걸 예측하고 일부러 한 말이란 거죠?"

"아마도."

진주는 윤재의 대답에 두 손으로 얼굴을 가렸다. 윤재도 미안한 마음에 슬그머니 앉아 진주의 어깨에 손을 둘렀다.

"괜찮아. 어차피 알게 될 거였어. 사랑과 감기는 숨길 수 없다잖아."

그러면서 은근슬쩍 윤재는 능청스럽게 진주를 한 번 더 품에 안았다. 이런 일이 생겼는데도 아무렇지 않아 보이는 윤재가 황당해 진주는 그에게서 몸을 떼 내고 입술을 앙다물었다.

"하아."

눈을 깜박이던 진주는 손을 윤재의 옆구리에 가져갔다. 그러곤 최대한 작은 양의 살을 잡아 살짝 꼬집어 비틀었다.

"으읍!"

조그만 손가락 두 개가 예민한 살결을 매섭게 꼬집자 윤재가 허리를 조금 비틀며 인상을 썼다.

"읍. 아파……."

윤재는 한쪽 눈을 찡그렸으나 얼굴엔 아직 웃음이 걸려 있었다.

"이게 단순히 장난으로 넘어갈 일이에요? 스승님도 아버님도 이런저런 얘기까지 다 알게 되셨다고요!"

진주의 눈에선 여전히 불꽃이 사그라지지 않고 있었다. 머릿속엔 그가 회식에서 사람들 앞에서 말했던 닭살 멘트가 모두 떠올랐다.

　― 그다음 생이나 또 그다음 생에서도 아마 난 배진주를 찾
　　아내 반드시 만나겠죠.

　― 배진주, 아는 척해도 돼?

　― 안고 싶어.

진주는 고개를 잘게 흔들었다. 커뮤니티에 그런 말들이 올라갔으니 그 자리에 있던 사람들과 자신을 아는 사람들은 그 이야기를 다양하게 각색해 상상의 나래를 펼지도 몰랐다.

윤재가 아무렇지 않은 태도를 보이는 것도 약이 올랐다. 나는 이런 상황에 어떤 표정을 지어야 할지도 모르겠는데.

"별일 아니니 걱정 마. 아무도 아는 척하지 않는다니까?"

"난 정말 부끄럽단 말이에요."

진주의 표정이 점점 더 심각해지자 윤재는 이제 다독여야겠단 생각이 들었다. 그는 다정한 목소리로 진주의 손을 잡으며 말했다.

"우리 사이가 좋은 건 어른들은 이미 알고 계시잖아?"

"알고 계셔도 그렇게 구체적으로, 사람들 있는 데서 대놓고 표현하는 건 다른 거라고요."

"알겠어."

윤재는 이해하고 공감한단 표정으로 고개를 끄덕이며 진주의 손등을 매만졌다.

윤재는 미친놈처럼 사라진 진주를 찾다가 그녀가 잘 있는지 확인 한 번만 하게 해 달라고 애순 앞에 무릎 꿇고 앉았던 과거 자신의 모습이 떠올랐다. 난 진주에게만큼은 주위 시선도, 자존심도 필요 없는데.

'배진주, 내 마음은 반도 모르지.'

진주가 자신의 마음을 모두 다 알 순 없을 거란 생각에 윤재는 문득 묻고 싶었다.

"진주는 내가 사람들 앞에서 애정 표현을 하는 게 정말 싫은 건가?"

윤재도 이번엔 심각한 얼굴이었기에 진주는 그의 질문에 다소 과장됐던 흥분을 가라앉히고 그를 보았다.

"회식에서 결혼한 분들에게 물어봤거든."

"네?"

진주의 시선이 물끄러미 그에게 머물렀다. 그가 그런 걸 물었단 사실도 낯설었다.

"보통 여성들은 남자 친구가 다른 사람들 앞에서 표현해 주는 걸 더 좋아한대. 결혼하면 더 그렇다는데?"

"네? 서, 설마요……."

그럴 리가. 하지만 다른 사람들의 생각을 진주가 다 알진 못하니 윤재의 말을 아니라고 딱 잘라 반박할 수 없었다.

진주는 자신이 다른 사람들이랑 다른 건가 하고 잠시 고민했다. 하지만 난 왜 이렇게 끝도 없이 윤재 씨와의 일이 부끄러울까?

"다른 사람들이 그렇다 해도 난 같이 일하는 사람들 앞에서 그러는 건 민망해서 싫어요."

진주는 그것만은 분명히 해야겠다 싶었다. 지난 회식에서는 사람들이 술에 취한 걸로 알고 있으니 그냥 그랬다 하면 될 것 같았다. 하지만 앞으로 일하면서 윤재가 그런 표현과 말을 하기 시작하면 자신은 감당할 수 없을 거란 생각이 들었다.

"알았어."

윤재는 진주의 머리카락을 쓰다듬으며 웃으며 말했다.

"진주가 싫으면 나도 안 할게."

윤재 역시 이번 해프닝은 몇몇 사람들의 눈과 귀에 들어가길 겨냥한 행동이었기에 일에 방해될 정도로 그녀가 신경 쓰이게 할 생각은 없었다.

진주는 여전히 더 확실한 게 필요한지 새끼손가락까지 올려 보이며 말했다.

"정말이죠? 손가락 걸고 약속해요."

"얼마든지."

그는 작은 진주의 손가락에 제 새끼손가락을 걸고 몇 번 흔들었다. 진주가 안심하는 듯 보이자 윤재는 손가락을 풀며 말했다.

"연습실 사물함 비밀번호가 어떻게 돼?"

"비밀번호는 왜요?"

그는 아무렇지 않단 표정을 지으며 가볍게 말했다.

"앞으로 더 바빠질 것 같아. 혹시 전하지 못한 물건이 생기면 넣어 두려고."

진주도 그런 상황이 생길 수 있을 것 같았다.

"내 비밀번호는 '9876*'이요."

윤재는 번호를 듣더니 눈썹을 위로 치켜올리고 놀라는 시늉을 하며 말했다.

"응? 신기하네."

"뭐가요?"

"나도 '9876*'인데."

진주의 눈은 순간 휘둥그레졌다. 어떻게 윤재 씨와 비밀번호가 같을 수 있지?

"거짓말이죠?"

"아닌데."

"정말 완전히 하나도 안 틀리고 숫자가 다 같아요?"

진주는 별생각 없이 외우기 쉽도록 만든 번호에 별 기호를 붙여 비밀번호를 만든 거였다.

"어떻게 비밀번호가 같아요? 내가 직접 설정한 건데?"

"워낙 다른 사람들이 많이 쓰는 번호 배열이라 그렇지. 1111이나 1234와 비슷한 단순 패턴 번호잖아. 나도 대충 만든 번호였거든."

진짜 그런가. 진주는 윤재의 말처럼 우연히 비밀번호가 같은 건가 하는 생각을 하게 됐다.

윤재는 그대로 속아 넘어가는 진주를 보며 피식 나오는 웃음을 참고 조그맣게 말했다.

"우린 정말 천생연분인가 봐. 우연히 정한 비밀번호도 같고. 놀랍지?"

진지해진 진주도 고갤 끄덕이며 신기하단 표정을 지었다.

"네. 정말 신기해요."

윤재도 덩달아 진주를 보며 귓가에 '천생연분이야 우린.' 하고 한 번 더 말하며 여전히 자신의 말을 믿는 그녀를 보며 속으로 웃었다.

'이번 거짓말의 진실은 영원히 말하지 않아야겠네.'

윤재의 사물함 비밀번호는 어차피 내일 아침부터 배진주와 같은 비밀번호로 바뀔 거였다.

며칠 후, 본격적인 무대 연습이 시작되었다. 윤재는 매일 출근이었으나 진주는 연습 스케줄이 매번 달랐기에 이틀 동안은 진주의 연습이 없었다. 하지만 그다음 날 오후, 드디어 전체 연습이 다가왔다.

'회식 이후 첫 연습이야.'

진주는 윤재의 회식 닭살 멘트 사건 이후 연습실에서 선배들과 스태프들을 처음 보는 거라 오전 내내 마음의 준비를 하고 연습실에 들어섰다.

진주는 애써 걱정을 누르며 선배들과 동료들에게 인사했지만, 다행히 팀원들의 분위기는 그전과 그렇게 다를 바 없었다. 지난 회식 때 일을 언급하거나 평소와 다른 말을 던지는 이도 없었다.

다른 게 있다면 가끔 인사를 받아 주는 선배들과 스태프들의 미소가 조금 더 커졌다는 것 정도?

'뭐지?'

이상하다 싶었지만 전체 연습은 곧 진행되었고 정신없이 이어지는 연습 탓에 진주도 곧 그 일은 잊게 됐다.

"진주 씨, 조금 전 장면에서 연기 잘하더라."

쉬는 시간에 잠시 숨을 고르며 의자에 앉아 물을 마시던 진주의 옆을 지나가던 지영이 물병을 들고 앉으며 말을 걸었다.

"뭘요, 저도 아직 신인인데요. 지영 선배님은 실제로 뵈니 무대 표현력이 특별히 좋으신 것 같아요. 너무 부러워요."

지영의 목소리와 표정이 컸기에 개성 있고 선이 굵은 연기가 어울린다는 생각을 진주는 여러 번 했었다.

"내가 부러워? 난 배진주가 더 부러운걸?"

"네? 제가요?"

지영은 은근하고도 게슴츠레한 눈매를 하고 싱긋 웃었다.

"배진주는 전생에 나라를 몇 번은 구했겠지? 그게 아님 그런 남편을 어떻게 만났을까?"

"네……?"

알 수 없는 말에 진주가 답을 못하고 머뭇거리자 지영은 아이들에게 구연동화라도 들려주듯 수다를 풀어놓기 시작했다.

"회식 다음 날이었어. 그 무서운 이윤재 감독이 연습 마무리하고 전체 팀원들에게 나긋한 목소리로 지난밤에 회식 자리에서 일어난 일을 사과하셨어."

"사과를요?"

"나도 놀랐지 뭐야? 처음엔 술 취해서 실수한 것 같으니 너그럽게 이해해 달라고 하셨어."

진주는 전혀 모르는 일이었다. 사적인 자리에서 술에 취해 일어난 일인데 굳이 다시 양해를 구할 일은 아니었는데.

하지만 아무래도 자신의 민망해하는 반응 때문에 그가 굳이 그런 말을 팀원들에게 공개적으로 했단 생각이 들었다.

"앞으로 자기 이름을 걸고, 일하면서 공사 구분 못 하는 일은 절대 없을 거라고 못을 박더라. 그러다 진주 씨 얘길 은근히 꺼내는 거야."

"제 얘길요?"

"배진주 씨가 부끄럼이 많은 사람이라 연습실 오면 놀리지 말아 달라고, 평소처럼 아무렇지 않게 대해 달라고 몇 번이나 부탁했어."

"아."

진주의 얼굴은 놀라움과 민망함이 섞여 홧홧해졌다.

'그래서 사람들이 아무도 회식 자리 일에 대한 얘길 하지 않은 거였어.'

진주는 그제야 아무도 자신에게 그 말을 하지 않던 연습실 분위기가 모두 이해됐다.

지영의 수다는 좀처럼 멈추지 않았다.

"이윤재 감독, 일만 잘하는 세상 차가운 냉미남인 줄 알았더니 알고 보니 츤데레에 다정한 온돌남이잖아. 그러니 내가 안 부러울까. 에구, 쉬는 시간 끝나 간다. 진주 씨, 얼른 가자."

"네."

진주와 지영은 물병에 남은 물을 한 모금씩 마시고 연습실로 들어갔다. 진주는 윤재가 그녀를 스치고 지나가거나 그가 일하는 모습을 볼 때마다 괜히 더 심하게 두근거렸다.

연습이 끝나고 팀원들에게 인사를 한 진주는 집으로 가기 위해 연습실을 빠져나와 탈의실에서 의상을 갈아입고 있었다.

'같이 퇴근하자고 윤재 씨에게 말해 볼까?'

그가 사과하고 부탁했다는 말이 연습 중에도 계속 진주의 마음에 남아 있었다. 진주는 그런 윤재의 배려에 고맙기도 했고 자신 때문에 사람들에게 괜한 사과를 한 것 같아 미안하기도 했다.

그래서 오늘 밤엔 그를 기다렸다 늦게라도 같이 퇴근하자고 말해 볼까 생각하다 진주는 생각을 돌렸다.

'분명히 바쁜 일이 있는데도 없다고 할 거야.'

하지만 옷을 갈아입고 난 후에도 진주는 결론을 내리지 못했다.

'오늘 밤엔 그와 같이 있고 싶은데. 언제 마치는지 물어라도 볼까?'

계속 고민하던 진주가 사물함에 넣어 둔 가방을 꺼내려고 문을 열었을 때였다.

'뭐지?'

평소에 넣어 두는 소지품이 많지 않았기에 수첩과 메모지 정도밖에 없는 사물함 바닥에 무언가가 놓여 있었다.

쪽지와 그 위에 푸른 수국 한 송이.

진주는 쪽지를 펼쳤다.

배진주, 오늘도 최고로 멋졌어.

익숙한 그의 손 글씨가 분명했다. 언제 이런 걸 써서 넣어 둔 걸까. 무대를 마치고 자신이 옷을 갈아입는 사이에 다녀간 게 분명해 보였다.

진주는 괜히 심장이 저릿거렸다. 얼마 전에 그가 사물함 비밀번호를 묻던 것이 기억났다.

'치. 이걸 넣어 두려고 물어본 거구나.'

찰칵.

진주는 수국을 들고 웃는 자신의 사진을 찍어 윤재에게 전송하고 메시지를 보냈다.

예쁜 꽃과 편지 고마워요.

사랑한다고 보낼 걸 그랬나? 다음번엔 사랑한다고 보내 줘야지.

그렇게 뒤돌아 집에 가려 하니 진주는 무언가 아쉬워 도무지 발걸음이 떨어지지 않았다.

'안 되겠어. 윤재 씨에게 인사만 하고…… 가야지.'

그의 얼굴을 보고 싶단 생각이 간절했기에 진주는 더는 참을 수 없었다. 진주는 어느새 감독실 앞에 도착했고 주저 없이 문을 두드렸다.

"네."

그의 목소리가 들리니 진주의 심장은 튀어나올 듯 뛰었다. 그의 목소리가 한 번 더 들려왔다.

"들어오세요."

진주는 크게 심호흡을 하고 문을 열었다.

달칵.

"저……."

문을 열고 진주가 들어서자 윤재는 놀라 벌떡 일어섰다. 진주는 용건을 말해야 할 것 같아 입을 열었다.

"저, 윤재 씨, 퇴근은 언제…… 해요?"

용기 낸 진주의 물음에 그는 성큼성큼 걸어왔다. 윤재는 대답도 없이 다가와 진주의 어깨를 감싸고 자신의 책상 쪽으로 데려갔다.

그는 책상 뒤쪽에 있는 문을 하나 더 열었다.

"여긴 어디예요?"

생각지 못한 공간이라 놀라는 사이 진주는 어느새 그의 품에 안겨 있었다.

"감독들 쉬거나 자는 곳."

"아."

"그리고 부끄럼 많은 배진주를 유일하게 안아 볼 수 있는 곳."

강한 그의 팔이 다시 진주를 당기더니 윤재의 입술이 진주의 입술을 완전히 포개어 머금었다.

"유, 윤재 씨……."

진주가 입술을 떼고 윤재의 이름을 부르자 실컷 퍼부어 대던 그의 키스가 잦아들었다. 진주의 입술이 오늘따라 애틋하게 느껴졌기에 가벼운 키스만으로 끝낼 수 없어 몇 번의 입맞춤은 더 이어졌다.

진주는 숨을 고르며 윤재가 쉬는 곳이라는 이 공간을 둘러보았다.

"가까운 호텔을 가지, 왜 여기서 자요?"

진주는 감독실에 이런 공간이 있다는 걸 몰랐으나 밤을 새우는 일이 많으니 잘 공간이 필요하단 생각도 들었다. 하지만 침대와 책상, 소파만 덩그러니 있는 이런 좁은 곳에서 몇 시간 쪽잠을 자며 일하는 윤재가 안되어 보이기도 했다.

"보통은 집이나 호텔로 가지만 정말 잠이 모자라서 잠시 자야 할 때만 쓰는 곳이야."

진주는 고개를 끄덕이다 물끄러미 그를 보았다.

그 시선을 보던 윤재는 진주가 용건이 있어 여길 왔단 사실을 기억해 냈다.

"나에게 할 말이 있어서 왔지. 뭐라고 했더라?"

갑자기 열린 문 사이로 진주가 보여 그때부터 윤재는 제정신이 아니었다. 그러니 진주가 문을 열고 무어라 했던 말도 기억나지 않았다.

그녀는 '풉' 하고 웃었다.

"오늘 퇴근 언제 해요?"

"무슨 일이 생긴 건가?"

"아뇨. 그냥 같이 퇴근할 수 있나 해서요. 만약 기다릴 만한 시간이라면 제가 조금 기다리려고."

자신을 위해 보여 준 배려도, 하루를 아름답게 마무리할 수 있게 해 준 손 편지도 꽃도 너무 고맙다고, 그러니 오늘은 같이 있고 싶었다는 말은 그녀의 입술 끝에 맴돌기만 할 뿐 차마 나오지 않았다. 그를 보면서 그저 마음속에서 묵직하게 한 층 한 층 쌓여만 갈 뿐이었다.

"퇴근이라."

윤재는 일정을 생각해 보는 듯했다. 진주는 바쁜 그에게 괜한 일을 더하는 것 같아 마음이 무거워졌다.

"무리해서 일정 조절하지 말아요. 일이 많으면, 전 지금 그냥 가도 돼요."

"배진주를 혼자? 그건 안 돼."

윤재는 '잠깐만.' 하고 책상 위에 올려진 서류 몇 개를 가지고 와서 진주 앞의 작은 테이블 위에 올려놓았다.

"그럼 이 일들 처리할 때까지만 여기서 기다려 줄래? 오래 걸리진 않을 거야."

"난 뭐 해요?"

"일 빨리하라고 응원해 줘."

"어떻게요?"

윤재는 눈을 반달 모양으로 휘며 웃었다.

"거기 내 눈앞에만 있어. 그게 나한텐 응원이고 격려야."

진주를 눈 끝에 두고 윤재는 서류들을 서둘러 처리하기 시작했다. 코끝이나 머리카락을 손가락으로 만지며 진주는 멋쩍은 얼굴로 그를 쳐다보고 있었지만, 그녀도 그를 바라보는 것이 전혀 심심하지 않았다.

다음 날부터 개별 장면 연습이 시작됐다. 오후 연습이었지만 진주는 예정보다 훨씬 빨리 왔기에 조심히 문을 열고 들어가 가장자리 좌석에 앉았다.

무대 위에서는 전쟁 중에 바다 위 대장선 안에서 이순신의 명령에 따라 노를 젓는 장면을 연습 중이었다. 무대 위엔 대열을 이룬 배우들이 있고 감독은 전체를 볼 수 있도록 관객석 중간쯤에 서서 전체 마이크를 통해 말하고 있었다.

"강이룸 씨, 몸을 좀 더 왼쪽으로 돌리세요."

"네. 알겠습니다. 이, 이렇게요?"

"네. 그 정도."

강당의 무대 공연 연습은 몸짓과 걸음 하나하나까지 정해야 하는 정교한 작업이었다. 감독은 예민하게 모든 것을 교정하고 배우는 빠짐없이 기억해야 했으니, 무대 위는 긴장 그 자체였다.

"노를……!"

박자를 맞추어 병사들은 노를 저으며 노래를 불렀다. 극은 흘러갔으나 윤재는 또 이룸을 크게 불렀다.

"강이룸 씨! 아니, 노를 젓는 방향이 계속 혼자 틀리고 있잖습니까?"

전체 마이크를 통해 강당 전체에 쩌렁쩌렁 윤재의 목소리가 울려 퍼졌다.

"아, 네······."

이룸은 정신이 없는지 노를 돌리는 방향이 틀렸단 걸 그제야 알아채고 다른 사람들과 맞춰서 노를 젓기 시작했다.

"오른편 북 치시는 고민식 님, 팔 더 크게 저으셔야 합니다. 조명이 그쪽으로 떨어질 겁니다. 자, 다시 노 저으며 노래 부르는 장면 들어가겠습니다."

"네, 감독님. 알겠습니다."

돌진하라 돌진하라 쿵쿵쿵.
배를 돌려라. 쿵쿵쿵.

진주도 집중하며 전쟁 신 연습을 지켜보고 있었다. 배 아래서 긴박하게 움직이는 병사들이 북소리를 신호 삼아 전쟁을 하는 장면이었기에 북소리와 호령, 노를 젓는 움직임이 모두 일사불란하게 맞아 들어가야 했다. 그랬기에 호흡과 박자를 맞추느라 배우들도, 윤재도 예민했다.

드디어 한 신이 끝났다.

"수고하셨습니다. 이번 신은 오늘 이 정도로 하겠습니다. 이

십 분가량 쉬다가 다음 신은…… '순돌이'와 '선'의 혼례식 장면 준비해 주세요."

"넵. 알겠습니다."

수많은 스태프가 다음 신에서 필요한 소품 등을 옮기느라 분주하게 무대 위에서 움직이고 있었다. 리딩에 이어 무대 연습에 들어가면 가능한 한 실전처럼 연습한다는 이윤재 감독의 연출 방법 때문에 어느 정도는 실제 무대와 비슷한 형태의 무대 세팅이 되고 있었다.

연습을 마친 배우들은 각자의 대기실로 들어가 휴식을 취했다. 하지만 다음 신에서도 연습이 이어지는 이룸은 쉴 겨를 없이 대기실에서 다음 신을 준비했고, 진주는 대기실로 들어갔다.

긴장한 채 자리에 앉아 물을 마시고 있던 이룸은 진주를 보더니 일어나 인사했다.

"배진주 선배님, 오셨습니까?"

"네. 전쟁 신 연습하는 거 봤어요. 잘하던데요?"

"감사합니다."

잠시 어색한 기류가 흘렀으나 진주는 잠자코 다음 신 대본을 보고 있었다. 이룸을 만나면 의논할 게 있었기 때문이다.

"이룸 씨, 여기 어깨 잡는 부분을 두 팔로 한꺼번에 잡으면 어색해 보일 거 같아요. 한쪽 팔을 잡고 내가 몸을 돌리면 다른 팔로 내 어깨를 잡는 건 어때요?"

이룸은 대본을 보며 고개를 끄덕이며 말했다.

"네. 저도 그게 더 나을 것 같아요. 그렇게 해 보겠습니다."

진주는 대본을 다시 내려다보며 중요한 부분을 한 번 더 확인하고 있었다. 그런데 이룸의 안색이 평소처럼 밝지 않았다.

"무슨 일 있으세요?"

이룸의 얼굴이 미묘하게 굳었다.

"선배님…… 저 잘할 수 있겠죠?"

진주는 이룸이 긴장하는 것 같아 침착하게 말했다.

"당연하죠. 그런데 얼굴이 너무 긴장돼 보여요."

"선배님이 결혼하신 건 알았지만 감독님이 남편분이신 걸 전 몰랐거든요. 지난번 회식 때 알게 됐어요. 그렇게 소문난 애처가이신데…… 저한테 말씀도 안 해주시고……."

"그건…… 굳이 말하면 부담스러운 것 같았어요."

"하아."

이룸은 뒤통수를 손바닥으로 한 번 문질렀다. 그러곤 한숨을 푹 쉬었다.

"왜 그래요?"

진주는 이룸의 설명을 진지하게 들었다. 남편인 이윤재 감독 앞에서 키스하는 장면을 해야 한다는 건 너무 무섭고 긴장되는 일이라 사실은 걱정이 되어 어젯밤엔 잠도 못 잤다는 말이었다.

진주는 그 말을 듣고 나서 손사래를 치며 웃으며 말했다.

"이룸 씨, 그건 전혀 걱정하지 마세요. 이윤재 감독님은 공연계에서 엄격하고 냉철하신 감독으로 유명하신 분이세요. 공사 구분을 못 하시는 분은 아니세요."

"네……."

대답은 했지만 이룸의 목소리는 기어들어 갈 듯 힘이 없었다. 진주는 이룸을 더 격려했다.

"이룸 씨, 감독님께서 이룸 씨 목소리에 반하셔서 직접 발굴하셨다고 들었어요. 이번 공연에서 열심히 하시면 좋은 결과 있을 거예요. 힘내요."

이룸은 고개를 끄덕였고 무대 위로 올라갈 시간이 다 되었다. 진주와 이룸은 대본을 들고 일어났다.

"그럼 우리 진짜 전쟁터로 가 볼까요?"

"넵."

무대 위에서는 혼례식이 끝나고 방 안에 앉은 '선'과 '순돌이'의 모습을 한 줄기 조명이 강렬하게 밝혀 주고 있었다.

"선아."

이룸은 로맨틱하면서도 앞날에 대한 위기감을 조성하며 과감하게 진주를 끌어안아야 했다.

"순돌 씨."

진주가 이룸의 팔에 안긴 채 그를 올려다보았다. 이룸의 머리카락은 긴장으로 삐죽삐죽 서 있었다. 진주는 그가 얼마나 긴장될지 이해가 갔기에 너무 안쓰러웠다. 최대한 진주가 맞춰서 도와주려 했으나 이룸은 처음이었고 대사와 복잡한 동선도 많았다. 게다가 분위기가 익숙하지 않아 잔뜩 얼어 있었기에 이 모든 연습 과정이 이룸에겐 힘들 수밖에 없었다.

그런 그의 마음을 잘 알았기에 진주가 보다 못해 이룸에게 자그맣게 말했다.

"이룸 씨, 긴장하지 말고 숨을 천천히 내쉬고 내 어깨에 손을 가볍게 올려요. 그리고 턱을 내려서 절 그윽한 눈빛으로 쳐다보세요. 떨리면 눈 말고 눈썹만 보고 있어요."

이룸은 정신없이 고개를 끄덕이며 호흡을 가다듬고 진주가 하라는 대로 했다. 그러니 좀 자세가 편안해진 것 같았다. 그렇게 이룸의 시선과 진주의 시선이 마주 보자 진주가 천천히 이룸을 잡아당기며 눈을 감았다.

"자, '순돌이'가 격렬하게 다가갑니다!"

윤재의 지시가 내려지니 이룸이 진주의 입술로 다가갔다. 두 사람이 키스하는 뒷모습으로 끝나는 신이기에 짧은 이 신은 순식간에 끝이 났다. 하지만 윤재의 마음에 들지 않았다.

"다시!"

이룸과 진주의 몸은 다시 떨어졌고 윤재의 목소리가 흘러나오는 방향으로 둘의 고개가 돌아갔다.

"지금보다 더 과감하게! '선'에게 얼굴 바짝 들이대세요!"

이 작품은 윤재 자신에게도 의미 있는 작품이었지만 진주에게도, 이룸에게도 중요한 반환점이 될 작품이었다. 더구나 창극이란 장르의 특성상 영상만큼 아름답게 러브신을 표현하기 어려웠기에 윤재는 이 신이 더 신경 쓰였다.

"네. 넵!"

이룸은 다시 진주와 자세를 잡았다. 그저 이 일을 해내야 한다는 생각에 이룸은 딴생각을 할 겨를이 없었고 진주도 반복되는 지적에 더 나은 자세를 잡으려 안간힘을 쓰고 있었다.

"컷. 지금이 제일 좋습니다. 두 분 그 자세와 동선 기억하세요. 이 신은 오늘 연습 마칩시다."

몇 번의 NG 끝에 윤재의 오케이 사인이 드디어 떨어졌다.

"네. 감사합니다."

"수고하셨습니다."

이룸에 이어 진주도 윤재에게 인사했다.

진주는 무대에 올라 윤재와 처음 시선이 마주쳤을 때 서로 묵례로 가볍게 인사했고 이후엔 연습 중엔 눈을 마주치지 않았다.

진주도 연기이긴 하지만 다른 남자의 품에 안겨 키스를 하는 장면에서 그를 보고 싶진 않았다. 이윤재라면 공연 무대 위에서 벌어지는 일에 사적인 감정을 넣지 않으리란 걸 진주는 확신했지만 무언가 미묘한 감정이 드는 건 어쩔 수 없었다.

윤재라고 어지러운 감정에서 완전히 벗어날 수 있는 건 아니었다. 총괄 감독실에서 투명 유리를 통해 전체 장면을 연출하면서 동시에 자세 확인을 위한 확대 화면을 지켜보는 그는 진주의 키스 신이나 이룸과 안는 장면에서 불쑥 고개를 드는 질투란 감정을 억누르느라 꽤 애써야 했다.

그럴 때마다 윤재는 장면의 완성도를 높이려 '다시!'를 외쳤다.

"오늘 무대 연습은 이것으로 모두 마칩니다!"

길고 긴 전체 연습이 끝나고 저마다 흩어졌다. 배우들은 분장을 지우고 옷을 갈아입으러 나갔고 스태프들은 연습에 사용한 무대 소품을 옮기느라 바빴다.

연출부에선 오늘 하루의 연습 녹화분을 보고 다시 다음 연습 준비를 해야 했고 윤재 역시 최종 사인을 기다리는 서류 업무들이 기다리고 있었다.

"음?"

재킷을 벗고 감독실 의자에 앉으며 윤재는 진주에게 문자가 와 있는 걸 보게 됐다.

> 오늘도 이윤재는 최고였어요.

'배진주, 이런 면이 있었어?'

윤재는 진주가 보낸 메시지 속으로 빠져들 듯 쳐다봤다.

일하는 곳에선 대놓고 표현하는 게 싫다는 배진주에게 쪽지 하나쯤은 전해 줘도 괜찮겠다 싶어 윤재는 그녀가 출근하는 날엔 사물함에 몰래 쪽지와 꽃 한 송이를 넣어 두었다. 무대에서 진주를 볼 기대로 날마다 다른 꽃을 한 송이씩 골라 쪽지를 써서 전하는 기분도 늘 새롭고 즐거웠다.

진주는 그런 윤재의 꽃과 쪽지를 볼 때마다 사진을 찍어 답장을 보내왔다.

'음, 이번엔 또 뭘 보내 주지?'

윤재가 고민을 하고 있는 사이, 곧 진주에게서 다시 문자가 왔다.

사랑해요.

윤재의 어떤 어려움도 상쇄시킬 강력한 진주의 메시지에 결국 윤재의 마음이 부풀어 끓어올랐다.

'아, 진주에게 당장 달려갈까?'

달려가지 않고는 못 견디게 자신을 들었다 놨다 하는 진주 때문에 윤재의 고민이 깊어지고 있었다.

날이 갈수록 연습은 더 빡빡해지고 어느덧 포스터 촬영 날이 되었다.

'명량대첩 2' 출연진들의 프로필 사진과 포스터, 각종 홍보용 팸플릿에 사용될 사진 촬영을 하는 날이었다.

"네, 매니저님. 의상도 문제없고 헤어와 메이크업도 거의 마무리되고 있어요. 전 걱정하지 마시고 다른 일 하셔도 될 거 같아요."

진주는 메이크업을 받으며 민기와 통화 중이었다. 다른 일정이 있어 지방으로 이동하게 된 민기가 혹시 진주가 오늘 촬영하는 데 문제는 없는지 최종적으로 한 번 더 점검하는 전화를 한 것이었다.

"네, 오늘 촬영 일정 마무리되는 대로 연락드릴게요."

배우들의 단독 프로필 사진부터 무대 메이크업을 하고 배역의 메인 의상을 입고 사진과 영상을 찍어야 했다. 그러기에 연습장 분위기는 공연 당일만큼이나 시끌벅적했다.

"이룸 씨, 무대 메이크업 마무리됐습니다. 어떠세요?"

담당자의 말을 듣고 거울에 제 얼굴을 이리저리 보던 이룸은 메이크업이 마음에 드는지 고개를 끄덕였다.

하지만 이룸의 얼굴을 유심히 보던 진주가 걱정스러운 투로 말을 꺼냈다.

"담당자님, 이룸 씨는 무대 위에서 땀을 많이 흘리는 편이고 대사도 많아요. 그래서 지금보다 눈 화장과 라인을 좀 더 진하게 하면 어떨까요?"

진주의 말을 듣고 이룸을 보던 담당자가 고개를 끄덕이며 말했다.

"네, 진주 씨 말이 맞는 것 같아요. 눈매부터 진하게 바로 고칠게요. 이룸 씨, 다시 눈 감아 주시겠어요?"

"네."

진주는 자신뿐만 아니라 상대역인 이룸의 메이크업과 의상, 헤어까지 하나하나 꼼꼼히 신경 썼다. 오늘 찍을 프로필과 커플 사진이 앞으로 진행될 공연의 포스터와 팸플릿은 물론 모든 SNS에 올라갈 사진이기 때문에 무엇보다 중요했다.

"이룸 씨, 우리 커플이 주연들에 비할 바는 아니지만 막강한 전체 출연진들 사이에서 확실히 눈에 띄어야 해요."

"진주 씨, 그건 저 들으라고 하시는 말이죠? 훗."

이룸의 메이크업을 고치던 담당자가 아이라인을 덧그리다

웃으며 말했다.

"아니요, 하지만 잘 부탁드려요. 이룸 씨는 첫 작품이라 정말 중요하거든요. 저도 마찬가지고."

"제 생각엔 그건 걱정 안 해도 될 것 같아요. 주연보다 조연 '선'이 더 예쁜 것 같아 걱정이거든요."

담당자의 목소리가 은근하게 작아졌다.

"네? 선배님들 들으시면 큰일 나요."

진주가 놀란 눈으로 작게 말하자 대기실에 있던 네 명이 같이 웃었다.

"그 정도로 배진주 씨가 예뻐요. 이룸 씨 생각도 그렇죠?"

"네. 주연 선배님들의 실력과 미모도 당연히 뛰어나지만, 의상을 입고 메이크업하고 나서 보니 저도 진주 선배님이 더 예쁘신 것 같아요."

"치, 농담 말아요."

진주의 메이크업과 헤어 정리도 거의 끝나 갔다. 집중해 스타일을 만드느라 조용히 있던 진주의 메이크업 담당자도 입을 열었다.

"저도 배진주 씨가 제일 예쁘다고 생각해요. 조연이지만 모든 관객이 지켜보는 것만으로 기분 좋게 만드는 캐릭터이니 두 분은 가만있어도 눈에 띌 거예요."

담당자들이 예쁘다고 돌아가며 치켜세우자 진주는 코를 찡긋하며 민망한 표정을 했다.

"담당자분들이 자기 배우들 기 세워 주는 거라고 생각하고 촬영 열심히 할게요."

"하하하."

오가는 농담에 분위기가 훨씬 가벼워졌다. 진주는 메이크업까지 마무리된 거울 속의 자신을 보았다. 이번 프로필 사진은 배우들 각자의 스토리를 담은 화보처럼 찍게 되어 있어 새신부가 될 '선'은 상큼하고 예뻤다.

"진주 씨, 다 됐어요. 어때요?"

진주는 거울 속의 자신과 그 뒤로 보이는 담당자를 보며 웃었다.

"네. 마음에 들어요. 감사합니다."

똑똑. 노크 소리가 났다.

"잠시 들어가도 되겠습니까?"

"네."

문 쪽으로 고개를 돌리는데 대기실 문이 열리고 윤재가 들어왔다.

"감독님?"

그의 등장에 모두 놀라 인사를 하며 일어섰다. 진주는 눈을 크게 뜨고 위아래로 윤재를 훑어보았다. 윤재 역시 감독 프로필 사진 촬영과 작품 인터뷰가 있기에 한껏 멋을 낸 헤어스타일에 몸에 붙는 슈트를 입고 진주의 눈앞에 서 있었다.

진주의 시야를 가득 채운 그는 어디 할 것 없이 반짝반짝 빛이 났다. 그렇게 넋을 놓고 조금 쳐다보다 진주는 정신을 차렸다.

"지금 한창 바쁘실 텐데 감독님께서 여긴 무슨 일이에요?"

"음? 진주도 다 준비됐나 싶어서……."

둘의 시선이 마주치고 얽히더니 윤재의 모든 것이 일시에 정지된 듯 보였다.

"왜 그래요?"

"예……뻐서."

윤재의 눈앞에는 '선'으로 보고 '진주'로 봐도 맑은 얼굴에 동그란 눈을 가진 예쁜 진주가 서 있었다.

이룸이 윤재와 진주를 보고 다급히 말했다.

"앗, 저는 급히 전화 통화할 일이 생겨서요. 잠시 나갔다 오겠습니다."

진주가 알았단 표정을 하자 이룸이 메이크업 담당자들을 보며 말했다.

"담당자님들도 얼른 다른 데 가 보셔야 되는 거죠?"

"아, 네."

"맞아요."

이룸의 눈치를 알아챈 담당자들도 서둘러 소품을 챙겨 인사를 하고 대기실을 나가 윤재와 진주, 단둘만 남았다.

"어떻게 왔어요?"

"할 말이 있어 전화하려다 안 받을 것 같아 잠시 왔어."

윤재가 조금 더 진주에게 다가갔다.

"저와 이룸 씨도 조금 전에 막 준비를 끝냈어요."

"예쁘게 잘됐네. 메이크업도 자연스럽게 잘했어."

"그래요? 너무 가볍게 했나 걱정했는데. 감독님께서 그렇게 말씀해 주시니 마음이 놓여요."

진주의 눈동자는 다시 그를 위에서부터 발끝까지 주욱 훑어 내렸다.

"감독님도 오늘은 더 멋져요. 오늘 입은 슈트 색도 잘 어울리고."

"또?"

"또요? 당연히 얼굴도 정말 멋있고……."

사실은 그의 눈동자에서 나는 빛에 빨려 들어갈 것만 같은 느낌이 들었다. 자신도 그렇지만 슈트를 입고 메이크업까지 한 그를 보니 우주에 둥둥 떠다니는 다른 세계의 이상한 생명체를 보는 느낌이 났다.

그런데 이런 감정을 어떻게 말로 다 설명해. 그래서 그녀는 '멋지고 잘 어울리고 잘생겼다'라는 평가밖에 할 수 없었다.

"안아 봐도 돼?"

진주는 가만히 고개를 끄덕였고 윤재는 그녀를 품에 안았다.

"오늘 데이트할래?"

윤재를 올려다보는 진주의 짙어진 눈동자가 파고들 듯 그에게로 달려들었다.

"데이트요?"

이런 바쁜 시기에 상상치도 못한 단어가 윤재의 입에서 나와 진주는 어안이 벙벙했다. 계속 집에도 못 들어올 정도로

342

바쁘댔는데.

"오늘 촬영 마치고 시간이 났어."

"일정이 많이 늦어지지 않을까요?"

"그러니 야간 데이트."

진주의 눈동자가 '밤엔 일이 없어요? 정말 그래도 돼요?' 하고 묻는 것 같아 윤재는 진주에게 웃으며 고개를 몇 번이나 끄덕여 주었다.

"그러니 촬영하는 동안 틈날 때마다 오늘 밤에 뭐 하고 싶은지 생각해 봐."

"정말이요?"

그의 눈동자가 새까맣게 넘실거렸다.

"뭐든지 다 해 줄게."

윤재의 얼굴도 기대로 찰랑거렸다.

프로필 사진 촬영은 진주와 이룸이 먼저 시작했다. 그리고 다른 세트장으로 이동해 커플 사진을 찍었다.

전체적으로 무거운 분위기의 작품이었지만 진주와 이룸이 연기하는 커플은 작품에 발랄하고 화사하게 포인트를 주는 역할이었다. 그래서 둘은 재밌는 포즈를 취해 보기도 했다.

같은 시각, 옆 세트장에선 이윤재 감독의 촬영과 인터뷰가 진행됐다.

공연 프로그램 북에 삽입될 감독의 Q&A 공연 소개는 잘생기고 유명한 젊은 감독의 인지도를 충분히 활용하겠다는 홍보실장의 아이디어였다.

윤재의 촬영 현장과 인터뷰에도 사람들이 발길을 멈추고 구경하다 가곤 했다.

"이윤재 감독님, 메이크업하고 조명받으니 배우들하곤 또 다른 분위기야. 이 감독은 아예 다른 레벨이야."

"이번 배진주 씨 '선' 콘셉트 너무 예쁘지 않아? 숲속에 숨어 사는 요정 같은 느낌이 나더라."

둘은 사람들의 입에 쉴 새 없이 오르내리며 촬영을 이어 갔다.

"배진주 씨, 좋습니다. 하늘을 보면서…… 남편을 그리워하는 아득한 표정 한 번 부탁드립니다."

"네."

진주의 개인 프로필 사진은 여러 신을 찍어서 그중에서 연출부와 홍보부에서 적절한 걸 찾아 사용하는 형식이었다. 진주는 이룸과 커플 신을 찍은 뒤, 이룸이 다른 단체 신을 찍으러 가자 단독 신을 찍기 시작했다.

촬영 작가들은 진주에게 남편 '순돌이'를 그리워하는 '선'의 정서와 슬픔을 그려 내야 한다며 여러 자세를 요구했다. 하지만 진주는 촬영하는 내내 이룸이 아닌 윤재가 떠올랐다.

'늘 그리운 사람 이윤재.'

"애틋한 느낌으로 손가락을 위로 조금 더 올려 주세요."

"네."

진주는 잡히지 않을 걸 알면서도 미련이 남아 아릿하게 손짓하는 '선'의 자세를 했다. 그녀는 생각했다.

'손 한번 잡아 보는 것도 떨리는 사람, 이윤재.'

그는 '선'의 마음처럼 수줍은 그녀를 과감하게 만드는 유일한 남자였고 처음을 함께한 이였으며 오롯이 그리운 이였다.

그런 생각을 하며 진주는 개인 촬영을 무사히 마쳤다.

chapter 29

같이 씻을래요?

'어딜 가지?'

오늘 밤 데이트를 하잔 윤재의 말에 진주는 촬영 내내 설레고 떨렸다. 그를 만나기도 전인데 무언가가 몽글거리며 떠다니는 기분이 들었다. 쿵쿵, 기분 좋게 심장이 울려 대는 것도 좋았다.

'오늘은 내가 먼저 손잡아야지. 아이스크림도 먹고.'

촬영이 먼저 끝나 윤재를 기다리던 진주는 그를 만나자마자 가고 싶은 곳을 말했다.

"홍대 앞?"

"네."

조용한 외곽 지역에서의 한적한 데이트를 예상했던 윤재는 적잖게 놀랐다. 사람이 많은 걸 그렇게 좋아하지 않는 데다 술도 거의 입에 대지 않는 배진주가 밤에 홍대로 가겠다는 게 의아했다.

"오늘은 나만 따라와요."

거기다 진주는 오늘 데이트 코스는 자신이 모두 리드하겠다고 호언장담을 했다.

"그러니 내가 하란 거 모두 다 해 주기."

"알았어."

얼마 만에 갖게 된 둘만의 데이트인데. 윤재는 당연히 그녀가 원하는 걸 다 해 주고 싶었다. 이 시간은 열심히 빠듯하게 일하고 받은 보상이었다.

진주를 차에 태운 윤재는 그녀의 요청대로 홍대로 갔다. 주차를 하고 사람들이 가득한 거리로 나오니 분위기는 오가는 연인들로 활기찼다.

"저 오늘 사진 찍으면서 생각했는데요, 윤재 씨랑 찍은 스티커 사진이 하나도 없더라고요. 오늘 데이트에서 가장 먼저 할 일은 스티커 사진 찍기예요."

"스티커 사진을?"

윤재는 같이 하고 싶은 게 이거였구나 싶었다.

이런 생각은 못 했네.

"좋아."

진주는 신난 얼굴을 하고 그에게 웃어 줬다.

"미리 봐 둔 곳 있어요. 요즘 핫한 곳이거든요. 저기예요."

진주는 윤재를 한 상가 건물로 끌고 가 엘리베이터를 탔다. 넓은 매장 공간에 방마다 테마별 소품과 스티커 사진기가 있었고 사람은 많지 않았다.

윤재는 재빨리 그 안에 있는 수많은 테마 방과 스티커 사진의 종류를 훑어보았다. 종일 전문가 앞에서 사진을 찍고 인터뷰한 그로서는 완전히 극과 극의 체험이었다.

"윤재 씨!"

고개를 돌리니 진주가 손을 들어 이리 오란 신호를 보냈다.

"윤재 씨, 우리 이 가발 쓰고 찍어요."

진주가 그에게 건넨 건 야광 푸른색의 파마머리 가발이었다.

"이, 이건 슈트랑 너무 안 어울리는데. 진주 너에게도."

둘 다 화보 사진을 찍고 바로 나오지 않았던가. 윤재도 그렇지만 진주는 왕실 공주를 연상케 하는 우아한 원피스를 입고 있었다.

진주는 씨익 웃었다.

"슈트와 원피스에 이걸 매칭했는데도 어울리면 그게 갑이죠."

"그런가. 그럼 진주는 이거 말고 붉은색 가발 써."

"알았어요."

둘은 스티커 사진기 앞에 서서 화면을 눌러 옵션을 선택하고 있었다. 색다른 모습의 진주와 윤재가 화면에 보였다. 처음 찍는 거라 쭈뼛거리는 윤재를 보며 진주는 두 손으로 꽃받침을 만들어 턱 아래에 예쁘게 대고 웃었다.

오랜만에 가지는 데이트라 진주는 한껏 들떠 보였고 그 모습마저 무척이나 귀여웠다. 공연이 이제 코앞으로 다가와 앞으로 더 바빠질 거란 생각에 윤재에겐 이 시간이 더없이 소중

했다.

윤재는 그녀가 원하는 특별한 데이트를 하길 잘했단 생각이
들었다.

"윤재 씨도 해요."

"뭘?"

"턱 아래 꽃받침이요. 그래야 커플 사진 찍죠?"

어색했지만 윤재는 두 손을 슬그머니 올려 턱받침을 하고
말았다.

"이렇게?"

"네. 좋아요."

진주는 화면에 둘의 모습이 나오는 걸 확인한 후 촬영 시작
버튼을 눌렀다.

"다음 포즈는요?"

무슨 포즈를 잡을까 윤재가 고민하는 사이, 진주는 윤재의
양 볼을 잡고 그의 입술에 새침하게 입 맞추었다.

진주는 윤재의 양 볼을 잡고 그의 입술에 새침하게 입 맞추
었다.

간단한 입맞춤인데, 살포시 붙었다 떨어진 그의 입술이 다
디달았다.

파르르 진주의 속눈썹이 떨리는가 싶더니 심장도 손끝도 덩
달아 떨어 댔다.

쿵쿵.

윤재의 귀에 들려오는 심장 소리는 진주의 것이 분명했다.

단번에 윤재의 목에서 귀로 뜨거운 기운이 차올랐다. 휘어진 눈매에 새까만 눈동자가 반짝. 눈부시게 예쁜 진주의 웃음에 윤재는 진주의 뺨을 두 손으로 감싸 쥐었다.

찰칵. 그리고 그녀에게 수줍게 입 맞추고 또 찰칵.

부끄러워 상기된 볼을 붉히며 진주는 후후, 웃었다. 출력되어 나오는 사진을 보고 만족스럽단 얼굴로 윤재에게 사진을 보여 줬다.

"잘 나왔어요. 여기."

윤재도 그 사진을 봤다. 진주가 가리킨 손가락 끝에는 둘이서 입 맞추는 조그만 컷들이 아름답게 담겨 있었다.

온통 분홍빛 배경인 방으로 들어가 둘은 등을 기대기도, 마주 보기도 하며 추억을 쌓아 갔다.

진주는 모처럼 아무도 없는 둘만의 공간에서, 어떤 긴장도 없이 발랄해 보였고 다양한 모양의 사진이 출력될 때마다 그걸 보며 큰소리로 까르르 웃으며 좋아했다.

"그게 그렇게 좋아?"

진주는 아이처럼 해사하게 웃으며 고개를 끄덕였다.

"꼭 한번은 윤재 씨랑 이런 곳에 와 보고 싶었거든요. 강아와 고등학교 졸업할 때 한 번 찍어 봤는데, 다시 와야지 하곤 그 이후론 못 왔어요."

'진작 한번 같이 올걸. 이렇게 아이처럼 좋아하는데.'

평소와 다른 진주 모습을 보며 윤재는 진주가 정말 좋아하고 원하는 걸 못 해 줬단 생각에 한편으론 미안했다.

"앞으론 가끔 올까?"

"가끔 이런 곳을요?"

진주는 윤재를 빤히 보며 의뭉스러운 표정을 짓다 입술을 조금 내밀었다. 그의 마음은 충분히 이해됐다.

"네. 공연 마무리하고 또 와요."

"좋아. 그러자. 이다음엔 또 어디 가? 궁금해."

진주의 말을 들으니 그녀가 가고 싶은 다음 코스도 궁금해졌다.

"몇 블록만 걸어가면 가까운 곳에 가 보고 싶은 두 번째 코스가 있으니 절 따라오세요."

"기대되네."

둘은 사람들이 많은 거리로 다시 나와 걸었다. 눈에 띄는 둘의 모습에 사람들이 힐끔거려 의식됐으나 오늘은 마음이 남달랐다.

'지금이야.'

진주는 슬쩍 윤재의 손을 잡았다.

"……!"

윤재가 멈칫하며 섰다. 그는 놀라 진주를 돌아봤고 진주는 볼을 부풀리고 조금 크게 뜬 눈으로 괜히 하늘을 보며 윤재의 시선을 피했다. 진주는 윤재가 놀라 바라보는 건 사람이 많은 거리에서 자신이 먼저 손잡았기 때문이란 걸 알고 있었다. 진주가 먼저 손잡은 건 처음이었기에.

진주는 앞을 보며 아무 일도 아니란 듯 말했다.

"오늘 데이트 계획에 있었던 거예요, 내가 먼저 손잡기."

이게 뭐라고.

진주는 그 말을 끝낸 다음 입술을 말아 넣고 턱에 힘을 줬다. 윤재의 쏟아지는 시선과 괜히 밀려드는 어색함에 두근거려 그녀의 심장은 터질 것 같았다. 하지만 그녀가 평소에 꼭 해 보고 싶었던 과감한 데이트를 하고 있단 생각에 기분만은 무척이나 색달랐다.

주춤거리지 않고 먼저 솔직하게 윤재에게 감정을 행동으로 직접 표현하는 것. 그녀에겐 늘 어려운 것이었지만 조금씩 자신을 표현하고 있다는 생각에 스스로 흐뭇했다. 그러함을 역시 잘 아는 윤재도 조금 놀란 눈으로 진주를 내려다보고 입술 끝을 살짝 올리며 웃었다.

'귀엽긴.'

"이젠 어디로 가?"

"바로 저기요."

진주는 번쩍이는 간판의 건물을 눈으로 가리켰고 윤재는 진주의 작은 손에 끌려 건물 안으로 들어갔다.

진주가 그를 데려간 곳은 VR 게임장이었다.

윤재가 생각해 둔 데이트 코스는 겨우 고급 레스토랑이었다. 그녀와 최고의 야경을 보며 맛있는 걸 먹는 한밤의 데이트를 하려 했던 윤재에게 이곳은 완전히 예상 밖 장소였다.

"게임하고 싶었어?"

"이것도 윤재 씨랑 해 보고 싶었어요."

게임장에 입장한 진주와 윤재는 무슨 게임을 할지 골랐다.

멸망 도시 서바이벌

윤재와 진주는 선택한 게임 룸에 들어가 직원의 설명을 듣고 몸에 장치를 착용한 후 컨트롤러를 받았다. 그리고 얼굴에 쓸 VR 기기를 받아 손에 들었다.

진주도 처음이지만 윤재 역시 게임 룸에서 게임을 하는 건 처음이었다. 윤재는 새로운 경험보다 앞서 공포 체험을 과감하게 선택한 진주부터 염려됐다.

"이 게임 상당히 무섭다는데, 괜찮을까?"

윤재가 직원에게 난이도를 물어보니 가상현실이지만 체험한 사람 중에 무서워 도중에 포기하는 사람이 많다는 대답을 들을 수 있었다. 그 말에 윤재는 더 진주가 걱정됐다. 하지만 오늘따라 데이트에서 새로운 모습을 많이 보여 주던 진주는 이걸 꼭 해 보고 싶다고 고집을 부렸다.

"무서워서 놀이 기구도 잘 안 탄다고 하지 않았나?"

"이건 그것과 조금 다를 거예요."

"더 무서울지도 몰라."

차라리 무난한 롤러코스터를 타자고 한 번 더 설득했으나 진주도 고집을 꺾지 않았다.

"이걸 꼭 해 보고 싶어요. 둘이서 같이 하는 거니까 내가 윤재 씨 옆에 잘 붙어 있을게요. 그러니 괜찮아요."

결국 이 게임을 하겠다고 결정을 내리자 직원은 주의점 안내를 덧붙였다.

"이 게임은 두 분이 힘을 합쳐 멸망해 무너져 내리는 도시를 같이 탈출하는 게임이에요. 보통 연인들이 많이 참가하는 게임인데요. 혹시라도 진행하시다가 너무 무서우면 머리에 쓴 기기를 벗으시면 됩니다."

진주와 윤재는 고개를 끄덕였다.

"네."

"자, 게임 시작합니다."

둘은 동시에 기기를 착용했고 단번에 눈앞의 세상이 바뀌었다. 둘은 한 도시 입구에 서 있었는데 높은 지대를 천천히 걸어가고 있었다.

차르르.

"헉!"

진주가 걷는 발아래가 흔들거렸다. 뒤를 돌아보니 뒤틀리는 바닥이 뒤편에서부터 갈라져 무너져 내리기 시작했다. 진주는 윤재의 소매 옷깃을 붙잡았다.

"배진주, 괜찮아?"

진주는 숨을 들이켜고 윤재를 제 쪽으로 당겼다.

"윤재 씨, 빨리 여길 빠져나가야 해요. 바닥이 무너지는 속도가 우리가 걷는 속도보다 빠른 것 같아요."

"맞아. 빨리 가자."

지진이라도 난 듯 세상은 흔들렸다. 종말을 예고하듯 건물이 여기저기서 무너져 내리는 도시에서 어느새 둘은 뛰다시피 빠르게 걷고 있었다. 진주가 그의 손을 찾아 꽉 잡았다.

"윤재 씨, 무서워요. 손…… 좀 더 꽉 잡아 줘요."

"알았어."

그녀의 어깨를 안고 걷던 윤재는 진주의 손을 꽉 잡고 깍지를 꼈다. 가상현실이지만 진주가 신음을 참으며 무서워 떨고 있었기에 윤재는 인상을 쓰고 말았다. 머리 위에서 건물과 나무들이 부서져 덮쳐 오기 시작했다.

"진주야, 이쪽으로 와! 더 빨리 뛰어야 해."

"아, 알았어요. 윤재 씨, 손 놓지 말아요."

"당연하지."

진주와 윤재는 최선을 다해 무너지는 콘크리트 파편들을 피하며 더 빨리 뛰기 시작했다. 윤재는 진주의 몸을 거의 감싸듯 안은 채 뛰고 있었다. 게임은 퍽 실감 났고 몰입이 깊어질수록 더 두려웠다.

"으앗! 윤재 씨, 발아래가 꺼지고 있어요!"

"이런."

윤재 역시 한 번도 해 본 적이 없는 게임이라 뒤에 이어지는 이야기와 엔딩을 알 수 없었다. 윤재는 진주가 더욱 감정 이입해 발아래가 무너져 내리는 공포를 느끼는 것이 걱정되어 그녀를 안은 손에 더 힘을 주었다.

"흐아앗!"

"진주야, 꼭 붙들어!"

세상이 멸망하듯 정말로 발아래가 무너져 내리기 시작하고 진주의 겁에 질린 신음이 커지려 하자 윤재는 진주를 번쩍 안아 들었다.

"배진주, 눈 감고 있어."

윤재는 진주를 두 팔로 안고 최선을 다해 뛰었다. 달려드는 온갖 파편들이 둘을 덮쳤으나 윤재는 온몸으로 그것을 막아 냈다.

"하아."

드디어 무너져 가는 마을을 탈출했고 공포 게임은 끝났다. 기기를 벗어 직원에게 건네며 윤재는 진주가 쓰고 있던 기기도 벗겨 주었다. 그녀의 헝클어진 머리카락을 정리하며 눈높이를 맞춘 윤재는 진주를 살폈다.

"괜찮아?"

진주도 눈을 떴다. 걱정스레 자신을 보는 윤재가 보였다. 생각했던 것보다 훨씬 더 무서웠기에 마지막까지 눈을 뜨는 건 불가능했다.

진주는 호흡을 내뱉으며 숨을 가다듬었다.

"무서웠지?"

오감을 다 자극하는 감각적인 공포 게임이라 감정 이입을 잘하는 진주에겐 더 무서웠겠다 싶어 윤재의 얼굴에서는 염려가 사라지지 않았다.

게임 룸에서 빠져나온 윤재는 아무 말 없는 진주를 데리고 휴게실 의자에 앉히고 시원한 주스 두 잔을 가져왔다. 주스를 한 모금 마신 진주는 그제야 말을 했다.

"윤재 씨는 안 무서웠어요?"

"나도 굉장히 무서웠어."

굳이 말하자면 게임이 무섭다기보다 진주를 놓칠까 봐 무서웠단 게 더 옳았다. 이 게임을 중단해야 할까, 계속해서 끝을 내야 할까 그걸 판단하는 게 어려워 더욱 무서웠고.

진주는 다행히 얼음이 담긴 주스를 쪽쪽 소리를 내며 잘 마셨다.

"멋있어."

"응?"

"이윤재는 참…… 멋있어요."

윤재는 눈을 몇 번 끔뻑거렸다. 무서워서 혼비백산 고함을 지르며 눈을 감고 떨었던 배진주는 이제 사라지고 다정함이 들어찬 눈동자를 윤재에게 보내고 있었으니.

"그냥 내가 기기를 벗으면 되는 건데. 그랬으면 혼자 게임을 더 멋지게 끝낼 수 있었잖아요?"

진주는 다른 커플들이 이 게임을 하는 모습을 지켜봤었다. 대부분 이 게임을 끝까지 하지 못했고 여자들은 거의 중간에 기기를 벗고 포기했다. 진주는 포기하더라도 한번 해 보는 것이 낫겠단 생각에 고집을 부려 도전한 것이었다.

"여자를 안고 뛰는 사람은 없었을 거예요."

이 남자라고 무섭지 않을 리 없잖아. 세상이 무너지고 죽을 것 같은 공포가 몰려왔는데.

윤재가 진주의 손을 놓거나 포기하지 않고 그녀를 안고 뛰기 시작했을 때 진주는 너무 무서웠지만, 그의 가슴이 무엇보다 든든했다. 자신을 온전히 다 맡겨도 되겠단 확신이 들었다.

"그건 무의식적인 행동이라 나도 이유를 알 수 없어."

"고마웠어요."

게임이었지만 뭉클했고, 무서웠지만 하나도 무섭지 않았단 걸 어떻게 설명할까.

"이건 게임이란 걸 알고 있었고 둘이 같이 시작했으니 어떻게든 같이 끝을 내는 게 옳다고 생각했어. 만약 발아래가 꺼져서 죽어도 진주를 안고 있으니 괜찮아."

"피."

윤재도 주스를 마저 마셨다.

"이제 다음 코스는 어떻게 돼?"

"분식집에서 떡볶이랑 튀김 먹기요. 혹시 피곤하지 않아요?"

"피곤하긴. 좋아."

둘은 분식집에서 평소 안 먹던 야식까지 먹은 후 집으로 향했다. 이미 평소보다 늦은 시간이었다.

집으로 가는 차 안에서 줄곧 떨어지지 않는 진주의 시선에 결국 윤재가 물었다.

"나한테 할 말 있어?"

"아……니요."

"그런데 왜 그렇게 계속 봐?"

"내가 어떻게 봤는데요?"

"할 말이 가득해서 터지겠는데 차마 말은 못 하겠단 눈빛."

어느 정도는 맞았단 생각이 들었다. 진주는 운전하는 윤재의 얼굴에서 눈을 뗄 수도 없었고, 떼고 싶지도 않았으니까.

"지난번 연습실에서 지영 선배님이 내가 전생에 나라를 몇 번은 구했을 거래요."

"몇 번씩이나?"

"네. 이윤재 같은 남편을, 그게 아니면 어떻게 만났겠냐고."

"전생을 가 보지 않았으니 모르겠지만 오늘 게임을 하다 보니 안 건 배진주가 나라를 구하긴 했어도 전사는 아니었을 거라는 거야. 그렇게 겁 많은 전사가 한 번도 아니고 여러 번 나라를 구하는 건 더 불가능해."

"어? 놀릴 거예요?"

그러는 사이 차는 집에 도착했다. 둘은 내려서 집으로 들어갈 때까지 손을 잡은 채였다. 누가 먼저 잡았는지도 알 수 없었다. 차에서 내리자마자 둘이 동시에 서로의 손을 찾은 것에 가까웠다.

거실에 다다른 진주가 윤재를 불렀다.

"윤재 씨."

"응?"

"오늘 데이트 어땠어요?"

그의 표정이 대답인 것처럼 윤재는 활짝 웃었다.

"기억에 남는 멋진 데이트가 될 거 같아. 내가 데려갔으면 지루할 뻔했는데, 고마워. 많은 생각을 했고 진주에 대해서도 더 많이 알게 됐어."

진주도 웃었다.

"오늘은 나에게도 멋진 날이었어요. 이윤재 씨 덕분에 오늘 하루는 끝까지 완벽했어요."

오늘따라 진주는 말이 많았고 감정의 고저를 숨기지 않았다. 그래서 조금 달라 보였으나 윤재는 그마저 기뻤다.

"피곤했지? 씻고 어서 자자. 새벽에 일어날 텐데."

윤재가 맞잡고 있던 진주의 손을 이끌자, 진주가 그의 손을 꽉 잡으며 말했다.

"오늘은 같이 씻을래요?"

즉흥적인 말은 아니었다.

'오늘은 멋지고 특별한 날, 지금부터는 더 특별한 밤이 될 테니까.'

윤재를 올려다보는 진주의 눈동자는 깊고 아득하게 반짝였다. 그녀를 내려다보던 윤재는 진주의 말에 놀랐으나 별 동요 없이 그녀의 이마에 살포시 입술을 눌렀다 뗐다. 웃어야 할지 난감한 표정을 지어야 할지 모르겠기에 그저 그녀의 눈동자를 깊숙이 들여다볼 뿐이었다.

"오늘 하루 동안 들었던 말 중에 가장 놀라워."

진주도 고요히 그의 눈을 응시했다. 마주친 윤재의 눈동자에 수많은 생각과 말들이 휘감아 돌고 있었다. 윤재의 목울대가 한 번 크게 올라갔다 내려왔다.

"하지만 배진주가 일부러……."

'음' 하고 말이 끊어졌던 잔잔한 그의 목소리가 다시 천천히 이어졌다.

"애써 그러는 건 싫은데."

진주의 생각을 최대한 가늠해 보려고 애쓰는 그가 보였다. 윤재의 눈동자엔 할 말과 의문이 가득 들어차 일렁거렸다.

"일부러 그러는 것도, 애쓰는 것도 아니에요."

진주는 윤재를 다독이듯 천천히 말했다.

"지난번에 내가…… 좋은 날에 준비가 되면 그러자고 했잖아요."

진주의 눈빛에서 진지함을 본 윤재는 잠시 숨을 참았다 입술을 열었다.

"그럼, 같이 씻을까?"

달칵.

진주가 욕실 문을 열자, 김이 모락모락 오르는 욕조 모서리에 걸터앉은 윤재가 무언가를 열심히 하고 있었다.

그는 장미 송이에서 꽃잎을 따서 욕조 위에 흩뿌리고 있었다. 수십 송이의 장미꽃은 하나하나 꽃잎이 되어 넓은 욕조의 수면을 가득 채우기 시작했고, 욕조 위 기다란 트레이에는 와인과 와인 잔이 놓여 있었다.

진주가 다가가 윤재를 보며 말했다.

"기다려 달라고 한 이유가 이거예요?"

"응."

윤재는 진주에게 잠시 쉬고 있으라더니 밖으로 급하게 나갔다가 한참 후에 장미꽃을 가득 따서 들어왔었다. 늦봄이라 장미 정원엔 여러 색의 장미가 피어 있어 진주는 테이블 화병에 꽂아 두려고 그랬나 보다 생각했는데, 그건 윤재에게 다른 용도였다.

"예뻐요."

진한 장미 향이 따뜻한 공기와 함께 욕실 안에 가득 차고 있었다.

"마음에 들어?"

"네."

윤재는 욕조 물에 손끝을 넣어 온도를 체크하더니 진주에게 나직이 말했다.

"꽃잎을 많이 띄우면 진주가 좀 덜 부끄러울 거야."

그는 하나하나 정성껏 잎을 떼어서 뿌렸다.

"나도 같이 할까요?"

그는 고개를 저었다.

"아니. 진주는 다음에 해. 오늘 밤은 내가 처음부터 끝까지 다 해 주고 싶거든."

그녀는 숨이 차올랐다, 아니 무언가로 벅찼다. 오늘따라 뿌연 욕실 속에 앉은 그의 실루엣도, 낮은 목소리도 더 신비하게 느껴졌다.

"진주가 좋아하는 달콤한 와인도 준비했어."

"고마워요."

윤재는 가볍게 미소 지으며 일어났다. 욕조 안의 꽃잎들은 찰랑이는 잔물결 위로 어느새 가득해졌다.

"먼저 들어가 있을래?"

진주는 알겠다는 듯 그를 보며 고개를 끄덕였다.

잠시 후 윤재가 욕실로 들어왔을 땐 물속에 들어가 목과 하얀 어깨를 조금 밖으로 드러낸 진주가 고갤 돌리고 있었다. 꽃잎이 가득한 욕조 속에 앉은 진주의 뒷모습은 윤재의 심장을 뒤흔들고 남을 정도로 충분히 매혹적이었다.

수줍은 진주의 목이 하얗게 수면 위로 움직일 때, 욕조 앞에 선 윤재는 허리까지 감쌌던 타월을 벗었다. 그는 진주가 있는 꽃잎들 속으로 들어가 그녀를 안았고, 물과 붉은 꽃잎들이 아롱거리며 끝없이 넘실댔다.

어느덧 뜨거운 햇살의 시작과 더불어 '명량대첩 2'도 드디어 막을 올렸다.

전 좌석 매진을 기록하면서 다채로운 캐릭터들과 시즌이 이어지면서 서사가 더욱 돋보인다는 평가를 시작으로 공연은 순탄하게 진행됐다.

이윤재 감독은 '명량대첩 2'를 성공시키며 창극이란 장르를 대중화하는 것에 성공했으며 판소리 뮤지컬이라는 새로운 장르를 개척해 전통 창극의 새로운 프레임을 열었다는 찬사도 이어졌다.

또한 배진주에 대한 새로운 평가들도 쏟아졌다.

"'애절한 '선'의 연기를 아름답게 풀어낸 배진주는 그동안 국악 신동 소리꾼 배진주의 오랜 이미지를 깨고 전통극의 새로운 프리마돈나가 탄생할 조짐을 보여 줬다.' 캬아, 극찬이네, 극찬."

"이강아, 조용히 해. 뭘 소리 내서 그걸 읽어? 쉿."

진주는 앞에 앉은 강아에게 조용히 말하라며 손가락을 입에 댔다.

공연을 시작하고 한 달가량이 지나 오랜만에 강아와 만날 시간을 맞추게 되어 둘은 오붓하게 음료를 마시고 있었다.

공연 얘기를 나누다 강아는 진주에 관한 인터넷 기사를 읽으며 진주를 치켜세웠고 진주는 손사래를 치며 하지 말라고 눈짓을 했다.

"감독님이랑 배진주 덕분에 사람들이 잘 모르던 창극을 알게 된 것 같아 기분이 좋아. 한국의 전통 뮤지컬이 창극이지 뭐? 대중문화의 수면 위로 창극을 끄집어낸 역할을 이윤재 감독님이 하고 계신 거니. 난 감독님 팬이야."

"치."

진주 역시 공연의 평가나 진행이 순조롭고 성공적으로 흐르는 듯해 일정은 힘들었지만 즐거웠다.

"진주 너도 정신없이 바쁘지? 에휴, 남들 한가한 주말엔 새 벽부터 밤늦게까지 일하고 모두 일하는 평일 오전에야 시간이 나는 이 광대 인생."

난데없이 강아가 인생 한탄을 하니 수박 주스를 마시던 진 주가 그녀를 보며 눈썹을 치켜올렸다.

"그래서? 공연이나 행사로 바쁜 지금보다 설 무대가 없어서 아르바이트하던 때가 더 좋다고?"

"아니, 그건 아니지."

진주는 피식 웃었다. 경연 대회에서 1등을 하고 꽤 유명세를 치른 강아는 방송 출연에 전국 투어 공연을 하며 진주만큼이 나 바쁜 일정을 보내고 있었다.

"진수 오빠하곤 요즘 어때?"

진주는 강아와 진수가 다시 사귀기 시작한 후에 어찌 지내 는지 궁금했다. 공연 준비와 시작된 공연으로 강아와 연락할 틈이 없었기에 그동안 강아와 진수 이야기도 어찌 되었는지 알지 못했다.

"뭐, 어떻긴? 잘 사귀는 중이지."

하지만 강아 표정이 좋지 않았다.

"사귄다면서 이제 막 사랑을 시작한 이강아 표정이 왜 그 래? 아무런 장애 없이 꽃길만 걸어도 시원찮을 판에."

강아의 바람대로 강아는 경연 대회에서 1등을 했고, 야심 차게 공약으로 걸었던 백진수와 알콩달콩 사랑하는 중인데.

뭔가 잘 안 풀리는 게 있나?

강아는 볼을 손가락으로 긁적이더니 코끝을 만졌다. 그러고 진주에게 의미심장한 눈빛을 보내더니 얼굴을 쓰윽 들이댔다.

"배진주."

"응?"

"넌 감독님이랑 키스…… 만난 지 얼마 만에 했어?"

진주 눈이 동그래졌다.

"왜?"

"아니, 보통 연애하면 연인들이 키스를 얼마 만에 하는 건가 궁금해서 말야. 인터넷 검색은 영 신빙성이 떨어지는 것 같아서."

그 말은 강아가 열심히 검색해 보다 자신에게 물어본다는 의미였다. 진주는 시선을 위로 올려 눈동자를 굴리며 윤재와의 지난날을 돌이켜 봤다. 만나고 첫 키스를 언제 했더라?

"난……."

신혼여행을 다녀와 스승님 집에서 어쩔 수 없이 한 이불에서 잤던 날. 마루에서 이불을 덮고 윤재 씨와 마당에 내리는 눈을 구경하다가…….

진주는 그 시간을 떠올리니 아득히 꿈꾸는 느낌이 들어 괜히 앞머리를 만졌다. 괜히 웃음도 나왔다.

"난, 맞선 보고 바로 결혼식 준비하느라 바빴으니까…… 결혼하고…… 그랬지."

"맞아. 이윤재 감독님이랑 더 안 볼 거라고 떼어 내는 방법 생각하느라 머리 터지는 줄 알았는데, 갑자기 결혼한대서 난 완전히 놀랐어."

"그랬지?"

과거 회상을 하며 맞장구를 치던 강아는 이내 고민이 있는 얼굴로 다시 변했다.

"강아야, 진수 오빠랑 무슨 일 있어?"

"진수 오빠랑 사귀긴 하는데…… 나를 가만히 둬."

"응?"

가만히 둔다는 의미가 무언지 몰라 진주가 눈썹을 올리며 강아를 쳐다봤다.

"그게 무슨 말이야?"

"건드리질 않는다고. 스킨십이 없어."

진주는 입술을 조금 벌렸고 강아는 한숨을 한 번 쉬더니 심드렁한 표정을 지었다.

"정말? 진수 오빠가?"

강아는 한 번 더 큰 한숨을 푸욱 쉬며 말했다.

"나도 오빠가 날 좋아하는 건 잘 알아. 우선 눈빛이 볼 때마다 살 떨리게 만들어. 누가 봐도 날 좋아한다고 레이저를 쏜단 말야. 그러면 뭐 해? 물고 빨고 할 눈빛을 하곤 다가와서 애정 행각이라곤 눈곱만큼도 없는데……."

"네가 원하는 건 어떤 애정 행각인데?"

강아의 입술이 진주의 귓가에 거의 붙을 듯 다가왔다.

"우린 겨우 얼마 전에 손만 잡았어. 그것도 잠시만 잡다가

매정하게 놔주더라. 만나고 헤어졌다 다시 사귀는데 그 숱한 시간 동안…… 정상적인 남자가 사랑하는 여자한테 키스 한 번 안 한다는 게 말이 되니?"

진주는 눈을 깜박였다. 아무래도 서로 스킨십에 이르는 시간과 강도에 관한 생각이 다르단 생각이 들었다.

"강아 넌, 만나면 스킨십을 얼마 만에 해야 한다고 생각해?"

"나? 난…… 감정을 확인하고 사랑하는 게 확실하다면 키스는 그날 당장 해도 된다고 생각해."

진주는 놀라서 멍한 표정을 했다.

"사귄 날 당장 키스를?"

"응."

강아의 개성이 강하단 걸 알고 있었지만 그런 연애관을 가지고 있는 건 진주도 몰랐기에 조금 놀랐다.

"진수 오빠는 절대 그렇게 생각 안 할걸?"

"알아. 그래서 나도 최선을 다해 참았어. 백진수가 상위 1 퍼센트에 들 유교남이란 걸 모르는 사람이 누가 있어? 하지만 헤어졌다 다시 사귀고 몇 달이 지났는데 뽀뽀 한 번을 안 하는 건. 유교남이고 사랑이고 간에, 기본 마음 자체가 문제라고 봐. 난."

강아는 혼자 열변을 토하며 열이 채여 씩씩거렸다.

"오빠에게 그 얘기는 해 봤어?"

강아는 도리도리 고개를 저었다. 아무리 강아라고 해도 스

368

킨십 얘기를 진수에게 막 던지진 못한 모양이었다.

"오빠랑 결혼 얘기는?"

"그럴 시간이 어딨어. 경연 대회 후에 전국 투어하면서 바빠지고 오빠도 여기저기 공연을 다니니 사실 많이 만나진 못했거든. 깊고 진지한 얘길 할 기회는 없었어. 우린 가끔 가뭄에 콩 나듯이 만나서 공연 얘기하다가 시간이 늦어지면 오빠가 집에 데려다주는 정도. 우리 집 앞에서 손 한번 잠시 잡아 보더라. 씨이."

"그렇구나."

진주는 강아와 진수의 상황이 너무 바빠 대화할 시간이 없어진 것 같아 걱정됐다.

"진수 오빠랑 결혼할 생각은 있어?"

강아도 심각한 표정이었다.

"당연하지. 다시 사귀겠다고 말했을 때 그것까지 포함이었어."

진주와 강아는 진수를 어느 정도는 잘 알았다. 강아에게 다가가 좋아한단 말을 하는 순간부터 연애는 물론 결혼도 생각하고 고백한 건 틀림없었다.

일편단심에 강아 하나만 보는 백진수였다. 좋아한다는 말을 성급하게 꺼내는 사람도 아니었다.

"그런데 오빠가 미지근하게 보여서 실망한 거야?"

"음. 실망이라기보다…… 누구나 한 번쯤 뜨거운 연애를 꿈꾸니까. 내 연애가 활활 타오르진 못하더라도 미지근하고 싶진 않거든. 그런데 백진수가 미지근하게 구니까 불안해."

과감한 연애를 해 보고 싶었던 건 진주도 마찬가지였다. 하물며 막 사랑을 시작한 강아가 오죽할까 싶었다.

"내 생각엔 진수 오빠가 감정이 없어서 미지근한 건 아닐 거야. 단지 너를 배려해서 참고 또 참고 있을걸."

진주의 조심스러운 말에 '흥' 하고 강아는 콧방귀를 뀌었다.

"참 나. 뭘 그런 걸 참고 그러지?"

진주는 강아도 아직 연애 경험이 없어서 남자를 잘 모르는 건 아닐까 하는 생각이 들었다. 진주 역시 윤재를 제외하면 남자에 대해 알지 못했지만, 윤재처럼 진수도 봇물 터지듯 몸으로 사랑을 표현하기 시작하면 그 이후엔 어찌 될지 장담할 수 없었다.

"정말 진수 오빠가 안 참으면 좋겠어?"

강아는 고개를 끄덕였다.

"네가 만약 그걸 터트리고 싶으면 계기가 필요할 것 같아."

"계기?"

강아가 혹한 듯 눈을 크게 뜨고 진주를 봤다. 진주는 강아의 귓가에 속삭였다.

"그럼, 네가 먼저 원한다고 말해 봐."

강아는 제 귀를 의심했다. 진주가 평소에 할 말이라고 생각지 못한 단어와 표현이었다. '세상에 배진주가?' 하는 얼빠진 표정으로 강아는 얼굴을 최대한 진주에게 바짝 붙여 한 번 더 물었다.

"뭐라고?"

사춘기를 지나며 둘이서 만나 소리 연습하다 몰래 야한 얘기를 시작한 건 언제나 강아였고, 별것 아닌 남녀 얘기에도 얼굴만 붉히던 건 늘 진주였기에 강아는 진주의 말을 직접 눈앞에서 듣고도 믿어지지 않았다.

강아는 침을 한 번 꿀꺽 삼켰다.

"다시 말해 봐. 내가 지금 들은 게 상당히 자극적인 으른 멘트였거든? 키스를 원한다고 먼저 말하라고? 이게 배진주가 한 연애 조언이라고?"

쪼르륵.

진주는 흥분해 되묻는 강아를 보지 않고 고개만 여러 번 끄덕였다. 그런 말을 강아에게 하긴 했지만 무언가 부끄러운 진주는 시선을 아래로 내려 수박 주스만 마시고 있었다. 강아는 팔짱을 끼며 중얼거렸다.

"결혼하니 배진주도 달라지는구나. 이젠 완전한 성인이라 이거지."

진주는 연애의 중요한 관문을 두고 고민하는 절친을 위해 최선을 다해 자신의 경험과 생각을 말해 줘야겠단 생각에 고갤 올려 강아에게 또박또박 말했다.

"이강아, 말을 해야 알지. 네가 키스하고 싶은지, 빨리 결혼하고 싶은지 진수 오빠가 어떻게 알아?"

"그런 건 보통 연인들에겐 당연한 순서야. 요즘엔 중, 고등학교 애들도 사귀면 손잡고 눈 맞으면 입 맞추고……."

강아 말을 듣던 진주가 한숨을 작게 쉬었다.

"진수 오빠와 네가 중학생이야? 그리고 보통 연인들이 대부분 그러는 게 무슨 상관이야? 사람마다 다르듯 너와 진수 오빠의 생각도 다를 수 있잖아."

"와아."

강아의 입이 벌어졌다. 앞에 앉아 이런 말을 하는 당찬 여자는 평생 같이 지내며 자란 순진하고 부끄럼 많은 배진주가 아닌 것 같다는 생각마저 들었다.

"보통의 연인이 아니면? 우린 뭔데?"

진주는 입에 힘을 주고 심각한 표정을 지었다. 진주는 진수의 마음이 한편으론 이해가 됐다. 강아의 생각처럼 사귀고 바로 키스를 한다는 건 진주로선 상상하지 못할 일이었고 스킨십은 처음부터 신중히 해야 한다는 생각이었다.

진수가 강아와 생각이 같은지, 진주와 생각이 같을지는 현재로선 알 수 없었다. 그러니 진주는 나름 진수의 처지를 자신의 생각에 대입해 말했다.

"진수 오빠는 강아 너와 힘들게 다시 사귀게 됐고 너는 네가 원하던 무대에 서게 됐잖아? 지금은 네가 더 자릴 잡고 성장하도록 돕고 싶을 거야. 그리고 진지하게 사귀기 시작했으니, 세상에서 가장 소중한 사람이란 걸 강아 네가 알 수 있게 아껴주고 싶을 수도 있잖아. 혹시라도 가볍게 행동해서 이제 인지도와 팬이 생기기 시작한 너에게 이상한 소문이 나게 만들고 싶지 않을 수도 있고."

"으음."

강아가 진주의 말을 들으며 무언가 골똘히 생각하는 표정을 지었다.

"그래서 오빠가 가만히 있는 건 날 지켜 주는 거라고?"

진주는 고개를 끄덕였다.

"하지만 스킨십에 관한 대화는 시간을 내서 솔직하게 하는 게 좋을 것 같아. 오해가 생길 수 있으니까."

강아는 볼을 붉적이며 잠시 또 생각했다.

"진수 오빠를 남자로 좋아하는 지금은, 키스하고 싶다고 대놓고 말하는 건 나 역시 고민돼. 나도 처음이라 부끄럽다고. 게다가 오빠에게 가볍게 보이거나 밝히는 것처럼 보이는 것도 싫어."

진주도 강아의 말을 듣고 그녀의 새로운 모습을 본 듯해 속으로 놀랐다.

늘 적극적이고 당당하게 제 생각을 말하고 말이나 행동에 거침이 없는 이강아인데 사랑하는 사람 앞에선 또 다른 거구나. 아니면 사랑은 사람을 변화시키는 힘이 있는 건가.

진주의 눈에도 강아가 고민하는 모습과 부끄러워하는 모습은 분명 평소와 다른 것처럼 보였다.

"이강아, 너도 부끄러운 게 있었어?"

"야, 너만 부끄럽고 수줍고 그런 줄 알아? 나도 백진수 앞에선…… 여자라고."

그 말을 하는 강아의 얼굴이 불긋하게 물들었다.

'강아도 그렇구나.'

그런 그녀를 보던 진주는 강아도 진수에게 그런 말을 하기 힘들 수 있겠단 생각에 턱을 괴었다. 조언은 쉽게 할 수 있지만, 행동으로 옮기는 건 또 다른 문제니까.

"내 문제는 그렇다 치고."

"……?"

"배진주. 이왕 입을 열었으니 말해 봐."

강아의 고개가 조금 젖혀졌다. 진주를 보던 눈매가 가늘어지더니 게슴츠레하게 변했다.

"뭘?"

"'먼저 원한다고 말해 봐.'라고 네가 그랬잖아?"

강아는 어느새 탐정 놀이라도 할 듯 진주의 얼굴을 유심히 쳐다보며 은근한 웃음을 짓고 있었다.

"그 말은 배진주도 감독님한테 뭔가 원한다고 말할 일이 있었단 말인데? 그렇지?"

강아의 고민 얘기가 어느새 초점이 바뀌어 진주에게로 화제가 쏠리고 있었다.

"언제? 무슨 계기? 그래서 진주 넌 감독님에게 뭘 원한댔는데? 아, 궁금해."

강아의 눈빛이 집요해졌다. 궁금해 못 참겠단 눈동자가 강렬했다.

"그건, 나하고 윤재 씨와는 상관없는 조언이었거든!"

강아는 진주가 얼버무리려 하는 걸 눈치채고 진주의 말은

374

듣는 둥 마는 둥 하며 더 장난스러운 표정으로 물었어요.

"내가 촉을 좀 세워 보니, 배진주 너도 네가 먼저 원한다고 말해서 키스를 시작한 거지?"

"아, 아니거든. 난……."

"넌 뭐?"

강아에게 말려든 것 같았다. 진주는 윤재와의 첫 키스가 떠올랐지만 강아에게 구체적으로 다 말할 수는 없었다.

"난, 그게 아니고 윤재 씨가 먼저……."

진주는 말을 다 잇지 못하고 그만 얼굴이 새빨개졌다. 그걸 보던 강아는 '치. 자기는 첫 키스를 남자가 먼저 했고만.' 하는 표정을 짓더니 다시 물었다.

"네가 원했단 게 첫 키스가 아니었단 말이지? 그러면…… 키스보다 더 진한 다른 스킨십을 원했단 말이었어?"

"다른 진한 스킨십이라니? 야아, 이강아!"

진주는 강아의 쏟아지는 질문에 강아의 입을 두 손으로 막아 버렸다.

둘이 마주 앉은 카페에 손님은 없었지만 누가 들을까 봐 작은 목소리로 얘기를 하며 아침부터 옥신각신이었다.

"네가 이렇게 오버하니 더 궁금해. 배진주."

진주의 얼굴은 하얗게 질렸지만 강아는 기분이 어느새 풀렸는지 다시 헤헤거리며 웃고 있었다. 강아의 장난은 끝났지만 진주의 말을 들은 강아의 눈동자만은 어느 때보다 진지하게 깊어졌다.

"큭큭큭."

그날 밤 윤재는 진주에게 팔베개를 해 준 채 잠들기 전 하루의 일을 서로 말하고 있었다. 진주는 강아와 만나서 나눴던 말을 얘기했고 그걸 듣던 윤재는 결국 큰 소리로 웃었다.

"정말 강아 씨에게 먼저 원하는 걸 말하라고 했단 말이지?"

"윤재 씨까지 놀릴 거예요? 그만 웃어요."

"미안. 그런데 배진주가 강아 씨에게 그런 조언을 했단 게 너무 웃겨."

진주는 그의 품에 안겨 천장을 보며 누워 있었다.

진주는 그 말이 강아에게 놀릴 거리를 주긴 했지만, 강아와 진수 오빠에게도 무언가 관계의 변화가 필요해 보여서 그랬다고 윤재에게 말했다.

진주의 말을 천천히 듣고 있던 윤재는 몸을 옆으로 세워 눕더니 진주의 아랫입술 위에 손가락을 살포시 올렸다.

"배진주는, 우리가 처음 키스한 날 기억나?"

진주의 눈빛이 윤재의 눈빛과 닿았다. 입술 위에서 닿을 듯 말 듯 간지럽히는 윤재의 손길에 진주의 입술이 꼼지락거렸다. 어느새 진주의 시선은 아래로 떨어져 윤재의 입술만 보았다.

"당연하죠. 스승님 댁 마당에서 눈 오던 날."

그는 한쪽 입술 끝을 올리고 작게 파인 볼우물까지 만들며 매력적으로 웃었다.

"그럼 우리가 처음 의미를 가지고 스킨십한 날은?"

진주는 고개를 갸웃하며 윤재를 보았다. 첫 스킨십이 첫 키스라 생각했는데.

"응? 그러니까 스승님 집 마당에서······."

"아니, 틀렸어."

진주의 입술이 조금 떨렸다. 여전히 윤재의 손가락은 진주의 입술을 기분 좋게 지분거리고 있었다.

"그럴 리 없는데. 난 분명히 첫눈이 오는 날 마루에서 윤재 씨와 처음을······ 읍."

윤재는 진주의 뒷말을 제 입술로 집어삼켰다. 부드러운 그의 입맞춤이 잔잔한 파도가 치듯 몇 번 이어졌다. 입술을 떼내고 그새 감긴 진주의 두 눈꺼풀 위에 한 번 더 윤재의 입술이 눈처럼 가볍게 내려앉았다 떨어졌다.

"우리가 처음 스킨십을 하게 된 날은 신혼여행에서였어. 배진주가 술에 취해 바다에 뛰어들었던 그날 밤이야."

"네?"

진주가 눈을 뜨고 놀라 답하는 사이 그의 입술이 한 번 더 진주를 머금었다.

"난 그날의 기억이 생생해. 배진주가 먼저 도발했거든."

"······."

"친해지려는 것을 신혼여행의 목표로 잡았다던 작은 여자는 술을 마시고 취해 수다를 떨기 시작했어. 친해지고 싶다던 남자에게 빈틈을 한번 보여 달라고 말했지. 그리고······."

흡. 진주도 기억나고 말았다. 꿈이라고 생각하고 있었던 그 희미했던 밤의 기억.

"빈틈을 보여 주면, 무서워서 도망갈 거랬더니 빈틈이 없으니 그런 거 아니냐고 다시 또 도발했지."

윤재의 이어진 키스로 정신은 몽롱한 와중에, 갑자기 강렬했던 한순간이 진주의 머릿속에 스치더니 뭔가가 드문드문 생각나고 있었다.

윤재의 품에 안겨 입술이 이마에 닿았고, 그 느낌이 너무 이상한 나머지 그녀는 꿈이라 생각하고 그의 뺨을 만졌던 것도 떠올랐다.

"······!"

진주는 윤재의 말을 들으며 눈을 질끈 감았다. 눈을 감은 진주가 인상을 찌푸리자 윤재는 그걸 보며 후후 웃었다.

"기억나나 보네."

진주는 말이 없었다.

"날 만지며 설렌다고 말했어. 보기만 해도 그렇다고."

"윽."

진주는 부끄러움에 이불에 얼굴을 숨기려 바둥거렸다. 하지만 윤재도 그녀가 파고든 이불 속으로 찾아 들어가 더 은밀하게 입술을 붙이고 말했다.

"나 빈틈 많은 거 이제 확실히 알지 않나?"

"놀리지 말아요."

"혹시 지금도 날 보기만 해도 설레고 떨려?"

아, 이 남자는 하나도 잊지 않고 다 기억하고 있었다. 지금도 그렇다고, 점점 더 그렇다고 어떻게 말을 해.

"아니거든요. 흐앗!"

말도 못 하게 설레는 윤재의 입술이 깜깜한 이불 속에서 진주의 목 아래로 내려가더니 정신 못 차리게 여기저기 입 맞추기 시작했다.

"나도 알고 싶어."

"뭘요?"

"진주가 원하는 거."

"몰라요."

진주는 강아와 윤재가 두고두고 놀릴 말을 흘리고 말았단 생각이 들었다. 괜히 강아에게 다 말하라고 해 미안하기도 했다. 막상 윤재가 원하는 걸 말해 보라고 해도 진주도 정말 원하는 걸 말할 수 없었으니까.

설레고 떨리는 몽롱한 밤이 시작되었다.

Chapter 28

자다가 이러면 곤란한데

진주는 붉은 장미 꽃잎으로 가득 찬 따끈한 욕조에 몸을 담그고 있었다.

"음. 따듯해."

그 순간 문이 벌컥 열리는 소리가 들렸고 진주는 윤재라 생각하고 부끄러워 고개를 숙였다. 하지만 한참이 지나도 그가 다가오지 않아 뒤돌아보니 윤재는 보이지 않았다.

"윤재 씨."

"크아앙."

"무슨 소리지?"

그녀의 귀에 이상한 울음소리가 들려 욕실을 둘러보니 새하얀 새끼 호랑이가 욕실 바닥에 앉아 진주를 보며 울고 있었다.

"어머? 새끼 호랑이네? 넌 어디서 왔니?"

진주와 눈이 마주친 새끼 호랑이는 한 번 더 '크앙' 하고 울더니 다가와, 앞발을 들어 몸을 세우고 욕조 안으로 들어오려

했다. 진주는 욕조 밖으로 나와 가운을 걸쳤다. 그리고 주저앉아 그 새끼 호랑이를 쓰다듬었다.

"귀여워."

그 새끼 호랑이의 털이며 새까만 눈동자가 너무 예뻐서 진주는 새끼 호랑이를 안고 쪽, 뽀뽀했다. 진주가 품속에 안으니 이상하게도 새끼 호랑이가 볼을 비비다 눈을 감으며 평온한 표정을 지었다.

"으음."

새끼 호랑이는 진주의 입맞춤이 너무 좋은지 몸을 부르르 떨었다.

'그런데 새끼 호랑이 소리가 이상해.'

호랑이답지 않게 그르렁거리지 않고 사람 소리를 내는 것 같았지만 진주는 상관없었다. 새끼 호랑이가 갑자기 집에 나타난 건 꿈이 틀림없다고 생각했기 때문이다.

진주는 이번엔 호랑이와 코를 맞대고 흔들었다. 장난을 치려는지 갓 나온 이를 드러내는 새끼 호랑이가 너무 귀여워 진주는 온 힘을 다해 제 품에 더 꼭 안았다.

"넌 이름이 뭐니?"

진주는 새끼 호랑이의 보드라운 털을 위아래로 길게 쓸어내렸다. 새끼 호랑이의 속눈썹이 어찌나 숱이 많고 긴지, 손가락으로 볼을 만지작거리던 진주는 속눈썹을 엄지손가락으로 살짝 훑었다.

새끼 호랑이의 맑디맑은 눈동자에 매료된 진주는 아직 수염

이 나지 않고 솜털로 볼록하게 솟아 나온 호랑이 주둥이에 그녀의 볼을 또 비볐다. 까슬거리는 잔털 느낌도 진짜처럼 생생했다.

'어? 내가 좋아하는 냄새다.'

진주는 향긋한 향기에 취해 새끼 호랑이의 목덜미에 코를 비비기도 했다.

"어…… 진…….."

무슨 소리가 아득히 들려왔으나 진주는 상관없었다. 새끼 호랑이를 안은 느낌은 좋기만 했으니까.

"이름이 뭐?"

"……재."

뭔가 들리는데? 어, 이 호랑이는 사람 말도 하나?

팟.

정신이 들었다. 뭔가 이상함을 느낀 진주가 눈을 떴다.

눈앞엔 윤재의 맨살이 보였고 진주의 손은 그의 허리를 움켜쥐고 있었다.

"배진주, 자다가 이러면 곤란한데."

"흐앗."

진주는 잠결에 놀랐는지 눈을 떴다. 윤재 허리에 댔던 손을 떼어 내고 정신을 차리려 눈을 찡그리는 진주를 윤재는 가만히 바라보았다.

'이젠 자면서도 설레게 하네.'

윤재는 잠결에 진주의 입술이 꼼지락거리며 간질이는 걸 느끼고 한쪽 눈을 떴다. 반쯤 감긴 눈에 진주가 잠든 모습이 희미하지만 가득 맺혔다. 그마저도 너무 예쁜 진주의 쌔근대는 얼굴을 보던 그는 그녀의 머리카락을 조심스럽게 쓰다듬었다.

그러자 진주가 소릴 내며 뒤척였고 윤재는 잠이 깰까 놀라 손가락을 뗐다. 하지만 그녀는 윤재에게 몸을 더 당겨 자신의 두 팔로 윤재 허리를 더 꼭 안으며 파고들었다.

윤재는 가만히 쳐다보는데도 앓는 소리가 나올 것 같았다. 끓어오르는 감정에 진주를 깨워서 깨물어 주고 싶은 마음을 참고 있던 그때, 진주는 조그만 소리로 잠꼬대하더니 윤재의 목소리를 들었는지 잠에서 깨고 말았다.

"나 때문에 잠에서 깬 거예요?"

윤재는 진주와 눈이 마주쳐 후후 웃었다.

"어느 정도는."

"미안해요."

윤재는 진주의 손을 잡아 주며 말했다.

"자면서 만지는 거 좋은걸. 그런데 어떻게 하면 자면서도 막, 설레게 할 수 있는 거지?"

몸서리치게 좋다는 거. 딱 이럴 때 쓰는 말이다 싶었다. 그의 팔을 베며 가슴에 얼굴을 묻고 누웠던 진주는 손가락으로도 그의 허리를 간지럽히고 있었다. 자면서도 얼굴을 귀엽게 비비는 통에 윤재는 결국 잠이 확 달아나고 말았으니까.

"장난치지 마요."

잠결에 내는 진주의 낮게 깔리는 목소리가 윤재의 귓가에 울려 댔다.

윤재는 생각했다. 이런 목소리로 말을 거는데 어떻게 안 설레. 백번이면 백번 다 반하고 말 배진주의 목소리인데. 자다가 들으니 몸이 녹을 듯 감미로웠다.

"난 좋았다니까. 그런데 꿈속에 나타난 사람은 누구야?"

진주는 놀라더니 곧 곤란한 얼굴을 했다.

"그걸 어떻게 알았어요?"

"내 귓가에 울리도록 크게 이름이 뭔지 물어보던데? 꿈속에 등장한 이름 모를 남자가 내가 아니었어?"

"음. 남자인 건 모르겠고 새끼 호랑이였어요."

"새끼 호랑이?"

"네."

진주는 윤재에게 꿈 얘기를 간략히 했다. 그 설명을 하는 중에도 호랑이의 귀여운 생김새가 선명히 떠올라 이따금 웃었다.

"새끼 호랑이가 너무 잘생기고 귀여워서 그랬는지 이름이 궁금해 계속 물었어요. 꿈이란 걸 알았는데도."

"그랬어? 난 또 내가 배진주를 꿈속에서 유혹했나 했어. 도대체 얼마나 잘생기고 귀여웠으면 꿈에서 깨고도 그렇게 기억할 수 있지?"

"그러게. 나도 이런 꿈은 처음이에요."

"말해 봐. 녀석이 나보다 더 잘생겼어?"

장난인 걸 알았지만 진주는 윤재의 얼굴을 요리조리 뜯어

봤다.

"그러게. 윤재 씨랑 닮았나?"

"뭐어?"

윤재는 진주의 꿈속에 나타난 새끼 호랑이와 자신이 닮았다는 말에 좋아해야 할지 실망해야 할지 알 수 없었다. 잘생긴 녀석이라니 좋아하는 게 맞나 싶기도 하고. 새끼 호랑이랑 닮았단 얘기에 좋아하는 게 우습기도 하고.

윤재는 진주를 안으며 말을 돌렸다.

"괜히 내가 진주 잠을 깨웠네. 더 자자."

다시 잠을 더 청하려고 진주도 눈을 감았다. 잠꼬대를 했다는 사실에 요즘 너무 피곤했나 싶기도 했다. 눈을 감은 진주가 윤재에게 물었다.

"윤재 씨, 혹시 전에도 내가 자다가 오늘처럼 잠꼬대한 적이 있어요?"

진주는 늘 혼자 잤었고 가끔 같이 잔 적이 있는 강아에게에서도 잠꼬대를 한단 소릴 들은 적이 없었다. 잠결에 윤재에게 실수라도 할까 봐 괜히 걱정되어 물었다.

"아니. 아마 요즘에 공연 막바지라 피곤이 쌓여서 그런 거 아닐까? 내가 더 세게 안아 줄 테니 그런 걱정은 하지 말고 다시 더 자."

윤재는 진주를 품에 당겼고 진주는 윤재의 가슴에 다시 얼굴을 묻었다.

"이렇게 생생한 꿈은 처음이라 기분이 너무 좋았어요. 난

반려동물도 키워 본 적이 없어서 품 안에서 부드럽게 꿈틀거리는 작은 존재를 안아 보는 느낌이 뭔지 잘 모르거든요. 그런데 윤재 씨를 안은 것과는 또 다른 느낌이었어. 윤재 씨보다훨씬……."

'연약해 보여 가만둘 수 없었어요.'

하지만 끝까지 말하진 못했다. 윤재가 진주를 으스러지도록두 팔로 안고 입술도 막아 버렸으니까.

입술을 떼고 진주를 바라보는 윤재의 눈빛은 귀여움과 사랑으로 똘똘 뭉쳐진 상태였다.

"뭐야? 나보다 훨씬 뭐?"

"……작았다고요."

대답을 얼버무린 진주는 윤재와 누가 먼저랄 것도 없이 다시 스르륵 잠이 들었다.

어느덧 공연은 마지막 공연만을 앞두고 있었다. 진주는 오후 공연이었으나 윤재는 이른 아침부터 나가야 했기에, 대문밖까지 배웅하러 진주도 함께 현관을 나섰다. 둘은 정원을 가로질러 걷고 있었다.

"같은 팀이니 이건 안 좋은 것 같아요."

"뭐?"

"마지막 무대를 아내로서 온전히 축하해 주지 못하는 거."

진주는 윤재의 손을 넌지시 잡더니 작게 흔들었다.

"이윤재 감독님. '명량대첩 2'의 마지막 무대까지 잘 부탁해요."

진주는 오늘 이 순간만큼은 아내가 아닌 그의 배우로서 그를 격려해야겠다고 생각했다. 오랜 준비와 수많은 이들이 같이 만들어 가던 작품의 마지막 무대와 그 끝을 정리하는 날.

그 시간이 주는 긴장과 아쉬움이 섞인 오묘한 감정을 그녀 역시 잘 알기에 둘은 서로를 말없이 응원할 수 있었다. 오늘은 진주와 윤재에겐 특별한 하루가 될 게 분명했다.

"배진주, 아름다운 '선'의 마지막 무대도 잘 부탁해."

윤재는 진주 얼굴을 보다 볼을 한 번 쓸어내리곤 어깨를 톡톡 두드려 주었다. 그러다 진주의 얼굴을 보며 염려되는 얼굴을 했다.

"이건 다른 말인데, 요즘 일정이 너무 무리였던 거 아닐까? 많이 피곤해 보여."

며칠 사이 진주가 부쩍 피곤해하는 낌새에 윤재는 걱정이었다. 오늘 공연이 끝나면 같이 좀 쉬자고 약속했지만 요 며칠 사이엔 새벽같이 일어나 부지런을 떨던 진주가 힘들어하는 모습이 자주 보였다.

"하여튼 윤재 씨는 너무 눈치가 빨라요. 뭘 숨기질 못하겠어."

진주는 반짝이는 눈을 하곤 어서 출근하라며 윤재를 밀어냈다.

"난 괜찮으니 걱정 말고 어서 출근해요."

진주 역시 몸이 조금 피곤한 걸 알고 있었다. 그랬기에 그녀는 더욱 마지막 무대를 잘 마무리해야지 다짐했다. 하지만 윤재의 표정은 여전히 무거웠다.

"걱정 안 할 수가 없어. 계속 진주를 쳐다보고 있으니까 다 보여."

"피이. 오늘 마지막 무대만 남았잖아요? 이 무대 마치면 당분간 휴가에 들어갈 테니 괜찮아요."

'그건 그래.' 하고 돌아서려는데 마침 진주가 손으로 입을 막고 하품을 했다.

"이봐, 이봐. 이러니 내가 걱정하지. 큰일이네. 보약을 먹여야 하나?"

"참, 하품 한 번 한 걸로 그럴 거예요? 정말 출근 안 해요?"

진주가 손목을 가리키며 '감독이 마지막 날 지각해서 되겠어요?' 하는 눈빛을 보내자 윤재는 결국 몸을 돌렸다. 그러면서도 그의 볼멘 목소리가 이어졌다.

"그럼 오늘은 낮잠을 조금 자고 출근해. 점심도 잘 챙겨 먹고."

"알았어요."

"점심 뭐 먹었는지 문자로 말해 줘."

결국 진주는 지나치게 자신을 걱정하는 윤재의 등을 두 팔로 떠밀며 큰 소리로 말했다.

"진짜 늦겠어요!"

"알았어. 이따가 공연장에서 봐."

윤재는 한 번 더 힐끗 진주를 보며 말했다.

"민기 씨에게 말해서 내일부터 당분간 새 일정 잡지 말라고 말하는 게 낫지 않을까? 아니다. 내가 말할게."

도저히 안 되겠다 싶은 진주가 이번엔 허리에 손을 올리고 인상을 쓰며 말했다.

"그건 제가 알아서 할게요. 윤재 씨는 오늘 무대 끝나고 마무리 훌륭하게 하는 것만 신경 써요. 응?"

"알았어."

마지못해 고개를 끄덕이는 윤재는 차마 떨어지지 않는 걸음을 돌려 기다리던 차에 타고 출발했다. 진주는 차에 탄 그의 뒷모습이 사라질 때까지 손을 흔들어 주었다.

진주는 윤재를 보낸 후 곧바로 집으로 들어가지 않고 정원을 천천히 거닐었다. 아침 공기는 어느새 가을이 되려는지 선선했고 작게 불어오는 바람에 작고 가녀린 코스모스들이 춤추듯 흔들리고 있었다.

'이 정원을 걸으면 윤재 씨의 향기가 나.'

그가 만들어 준 길이었다. 그가 나를 위해 심어 준 꽃들, 그가 욕실에서 흩뿌렸던 장미들. 사물함에 놓아 주던 앙증맞은 꽃송이들도 떠올랐다.

향기를 머금고, 그를 떠올리게 하는 아름다운 것들이 그녀가 걸어갈 때마다 그의 그림자처럼 어른거리며 피어올랐다.

"으음. 확실히 컨디션이 다르네."

진주는 정원 산책을 마치고 현관으로 들어가는 돌길 위에서 한쪽 어깨를 한 손으로 조몰락거리며 중얼거렸다.

그녀가 몸의 이상을 느낀 건 2주 전부터였다. 처음엔 무리해 피로가 쌓여 노곤하다고 생각해서 컨디션을 조절하고 운동량을 조금 더 늘렸었다.

하지만 한 주 전부터 진주는 이전과 달리 새벽에 일어나는 것이 힘들다는 걸 알고 당혹스러웠다.

병원을 갈까 윤재와 의논해야 할까 고민했으나 공연 마무리로 바쁜 윤재에게 먼저 알리는 것은 탐탁지 않았다.

그러다 달력의 날짜를 보고 진주는 '혹시?' 하는 생각을 하게 됐다. 인터넷에 자신의 몸 상태에 대한 자료들을 찾아보니 임신과 비슷했다.

당장 확인할 수 있었지만 하필이면 마지막 공연을 며칠 남겨 놓지 않은 시점이었다. 진주는 확실하지 않은 상황에서 윤재에게 섣불리 이 사실을 말할 수 없었기에 공연의 마무리를 위해서라도 확실해질 때까지 며칠 더 기다리기로 결심했다.

그리고 마지막 공연 날인 오늘 아침, 그녀는 윤재를 배웅한 후 임신 테스트를 했다.

'이젠 결과가 확실히 나타나겠지?'

진주는 시간이 흐르자 침실의 파우더 룸 의자에 앉아 숨을 고른 뒤, 테스트기를 보았다.

"······!"

진주의 눈동자는 떨리고 있었다. 곧 두 눈은 커다래지더니 눈매가 휘어지도록 귀엽게 웃었다.

분명히 선명하고 진한 두 줄.

임신이었다.

"이젠 확실해."

별일 아닐 수도 있는데, 이상한 감정이 차올랐다.

진주는 울컥하는 느낌에 손에 든 임신 테스트기에서 눈을 뗄 수 없었다. 그에게 전화를 걸어 이 사실을 당장 알리고 싶었다.

하지만 하루만 더, 아니 오늘 밤까지 몇 시간만 더 참자고 생각했다. 그러면서도 무언가 또 받쳐 올라 어느새 눈시울이 뜨거워졌다. 진주는 한 달 전 꿈속에서 만난 하얀 새끼 호랑이가 떠올랐다.

'그 꿈은 우리 아기가 엄마 아빠에게 신호를 보낸 걸까?'

진주는 저도 모르게 흘러내린 눈물을 손등으로 닦아 냈다.

'아. 왜 이러지.'

아버지와 소리를 하며 단출하게 지냈던 그녀의 어린 시절이 뇌리에 스쳤다.

날마다 소리 연습과 공연 준비를 했기에 기주도 진주도 한가할 틈이 없었지만, 늘 진주에겐 말할 수 없는 허전함이 마음 한쪽을 묵직하게 메우고 있었다.

한 번도 얼굴을 직접 본 적 없는 엄마를 상상하며 아빠 등에 업혀 노랠 부르다가 '나도 엄마도 있고 언니 오빠도 있으면 좋겠다.'라고 아빠에게 소원을 말하던 철부지 자신의 모습도 떠올랐다.

'사실은 외로웠어.'

아버지를 떠나보내고 오롯이 혼자란 걸 느꼈을 때 진주는 벗어날 길 없는 긴 외로움에 날마다 맞서야 했다. '우리'라 부를 가족은 아무도 없고 혼자라는 쓸쓸함에, 진주는 마음이 서글프고 아리다 응어리가 맺혔었다.

'윤재 씨.'

진주는 그의 이름을 속으로 나직이 읊조렸다.

그 처절한 고독의 한 가운데서 자신을 불러 꺼내어 제 앞에 마주 서 준 사람. 그는 진주에게 하나뿐인 '가족'이 되어 준 사람이었다.

진주는 마음이 벅차오름을 느끼며 코를 훌쩍이고 후후 웃었다.

'오늘은 윤재 씨와 나의 마지막 무대가 있는 특별한 날인 동시에⋯⋯.'

진주는 행복했다. 그런데 무엇 때문인지 다시 눈에 눈물이 맺혔다.

'우리 아기가 세상에 왔다고 가장 먼저 인사한 날이야.'

진주는 뺨에 도르륵 흘러내리는 눈물을 닦아 내고 상념을 거두어 내려는 듯 가볍게 웃었다.

진주는 임신 테스트기를 다시 종이 상자에 넣어 서랍을 닫고 두 손을 아랫배에 올리며 말했다.

"어서 아빠 만나러 가자."

'명량대첩 2'의 마지막 무대는 화려한 피날레를 장식하며 관객들의 환호 속에서 대단원의 막을 내렸다.

"와아아!"

짝짝짝.

무대가 끝나고도 관객들의 앙코르 요청과 박수가 끊어지지 않자, 온갖 국악기를 든 연주자들과 출연진이 다시 우르르 무대로 뛰어나왔다. 그들은 춤추고 휘돌며 흥겨운 한 판을 다시 벌였다.

흥분한 관객들은 자리에서 일어서거나 같이 어깨를 들썩이기도 하며 무대와 하나가 되어 신명 나는 시간을 보냈다.

무대의 조명이 완전히 꺼지고 나서도 무대 뒤는 시끌시끌했다. 찾아와 인사하는 가족과 지인들의 축하, 스태프들과 팀원들 간의 인사 소리로 가득했다.

이제 '명량대첩 2'는 이 무대를 마지막으로 해체되기에 팀원들은 몇 달간 이어진 연습과 공연의 대장정을 마무리하는 아쉬움에 서로 얼싸안았고 어떤 이들은 눈물을 보이기도 했다.

"자, 오늘 마지막 공연까지 모두 수고하셨습니다. 오전에 전체 게시판에 공지한 회식 장소에서 '명량대첩 2' 마지막 회식이 있습니다! 오늘은 2차까지 준비되어 있으니 마음의 준비를 단단히 하시고 모이시면 되겠습니다."

총무의 전체 공지에 따라 모든 팀원은 분장을 지우고 옷도 갈아입은 후 회식 장소에서 다시 만났다. 식사와 술로 그간의 긴장을 풀고 난 뒤 본격적인 뒤풀이를 하기 위해 2차 장소로 자리를 옮겼다.

이미 모든 테이블에 다양한 술과 안주들이 세팅되어 있었다. 실무진들과 같이 먼저 들어온 윤재가 자리에 앉자 팀원 중 누군가가 큰 소리로 들으라는 듯 말했다.

"감독님, 오늘 마지막 날 마지막 회식인데 이젠 배진주 씨와 두 분이 같이 앉으시죠."

"맞아요. 같이 앉으세요!"

그동안 감독과 배우로 같은 공간에서 일하며 아무 내색 없이 무대를 이끄느라 수고했다는 팀원들의 배려가 담긴 말이었다. 윤재는 들어온 차례대로 자리에 앉으려고 두리번거리던 진주를 보며 눈짓을 했다. 진주 옆에 서 있던 지영이 진주의 팔을 잡으며 말했다.

"진주 씨, 감독님이 눈치 보는 것 봐. 이젠 괜찮으니 감독님 옆에 가서 앉아. 이 자리에서도 너무 가리면 오히려 팀원들이 불편해."

윤재도 진주를 자신의 옆자리에 앉혀도 되겠다고 생각했는지 자리에서 일어나 진주에게 다가갔다. 여기저기서 '와아.' 소리가 흘러나왔다.

윤재는 아무 말 없이 진주 앞에 서서 정중하게 손을 내밀었다. 그의 손을 잡은 진주가 윤재의 옆자리에 앉았다. 자리에 앉아 옷을 정리한 뒤 무의식적으로 진주를 힐끗 보고 얼굴을 돌리는 윤재에게 팀원들의 시선이 쏠렸다.

"감독님, 진주 씨 보는 눈빛이 평소 감독님 눈빛과 완전히 다른 거 아십니까?"

그의 눈빛이 조금 변한 걸 팀원들이 이미 알아차린 후였다.

"맞아요. 그동안 진주 씨 보면서 좋아 죽는 걸 숨기느라 힘드셨겠어요."

"음음."

윤재는 괜히 목소리를 가다듬었고 진주는 무안함에 고개를 내렸다. 그걸 보던 윤재는 진주의 어깨를 쓰윽 한 팔로 감싸 안았다. 윤재와 진주를 보던 팀원들의 눈은 일제히 커지고 입술이 벌어졌다.

어디선가 한 팀원이 큰 소리로 말했다.

"이왕 두 분 사이 좋은 건 들통 났고 쫑파티 2차인 만큼 우리 속풀이나 해 봐요. 이 중에 이윤재 감독님이 진주 씨 사물함에 몰래 꽃 넣어 두는 거 본 사람?"

"저요."

누군가 손을 슬며시 들어 올렸다.

"나도 봤어요."

"증말…… 감독님. 진주 씨는 일부러 인상 쓰고 감독님을 몰래 쳐다보는 거 보고도 애써 모른 척하느라 혼났어요."

"맞아요."

"하하하."

윤재는 헛기침하며 '아무도 없을 때 사물함에 갖다 뒀는데

언제 그걸 봤지?' 하고 목덜미를 긁으며 딴청을 피웠고 진주는
부끄러운 얼굴을 했다.

"하지만 그런 두 분 덕분에 이번 작품은 준비하고 공연하는
내내 더 즐거웠어요."

"맞아요. 우리 거국적으로 건배할까요?"

윤재와 진주의 사내 연애 이야기를 시작으로 술을 마시던
팀원들은 공연 중에 있었던 수많은 해프닝과 힘들고 감동했던
얘기로 그 시간을 채웠다.

이룸도 진주의 옆으로 다가와 윤재와 진주에게 꾸벅 인사했
다.

"감독님, 그동안 감사했습니다. 배진주 선배님도 그동안 감
사했습니다."

"저도 멋진 '순돌 씨' 만나서 좋았어요."

발그레하게 취기가 오른 이룸은 윤재 앞에서도 그렇게 많이
떨지 않았다. 진주는 늘 윤재 앞에서 긴장하고 떨어 대던 이
룸을 생각하며 웃었다.

"선배님 보면서 많이 배웠는데요. 이제 무대 위에 같이 설
일이 없다고 생각하니 안타까워요."

이룸은 시원섭섭하단 표정을 지었다.

"쉬다 보면 또 다른 기회가 올 거예요. 이룸 씨도 벌써 다른
공연 제의가 왔다면서요?"

"네."

"그러니 우린 곧 또 보게 될 거 같아요."

"그러면 영광이겠어요."

"감독님 제 술 한잔 받으시죠."

이룸은 윤재에게 예의 바르게 술을 따랐다.

"감독님, 저 미워하지 않고 멋있는 '순돌이'로 만들어 주셔서 감사했습니다. 다음번 감독님 작품 오디션에 참석하게 되면 그때도 꼭 뽑아 주십시오."

윤재는 이룸에게 술을 따라 주었고 둘은 가볍게 잔을 부딪쳤다.

"이룸 씨는 멋진 동굴 목소리를 가진, 기억에 남을 '순돌이'였어요."

"감사합니다."

"우리 앞으로 자주 봅시다."

윤재와 술을 들이켠 이룸은 다른 팀원과 인사하려고 자릴 옮겨 갔다. 윤재는 가만히 술잔을 내려다보고 있었다.

그 순간, 테이블 아래로 아무런 낌새도 없이 진주가 윤재의 손을 잡자 그는 화들짝 놀랐다. 몇 잔 마신 술이 단번에 확 깰 정도로.

"이윤재 감독님."

진주가 윤재를 불렀고 둘의 눈빛은 진하고 묘하게 마주쳤다.

윤재가 놀라는 모습을 보며 진주는 아무렇지 않은 척 잡은 손가락을 펴 깍지를 꼈다. 그러곤 손가락 끝에 힘을 주며 꽉 잡더니 작은 목소리로 말했다.

"그동안 수고했어요."

"……."

윤재의 눈동자가 짙어졌다.

"고마워. 내가 하고 싶은 말은…… 이따 집에 가서."

진주도 그를 안고 싶은 마음이 차올랐지만 애써 참으며 웃었다.

"나도 집에 가면 예쁜 선물 줄게요."

테이블 아래로 잡은 진주의 손을 놓지 않은 윤재는 엄지손가락으로 서로 얽혀진 진주의 손을 만지작거리며 말없이 진주만 바라봤다. 강렬한 눈빛 속엔 기대가 가득 담겨 있었다.

회식에 참여한 단원들이 하나둘 인사를 하고 자리를 떠났고 윤재는 술에 취한 팀원들이 모두 집으로 돌아가는 걸 다 보고 나서야 진주와 집으로 돌아갔다.

집으로 들어온 진주는 집을 비운 사이 거실이 조금 바뀐 걸 알아챘다. 거실 한쪽 벽엔 공연장 로비에 커다랗게 걸려 있던 진주의 대형 액자가 어느새 붙어 있었다. 포스터 촬영 때 찍었던 '선'이 '순돌이'를 그리워하며 하늘을 보는 진주의 전신 모습이었다.

"저 사진은 왜 집에 가져왔어요?"

"진주의 저 모습이 마음에 깊게 남았거든. 공연 끝나면 이 사진은 집에 걸어 두고 싶다고 홍보실에 미리 말해 둔 거야.

회식하는 사이에 거실에 걸어 달라고 부탁했어."

"……."

"그리고 이거."

진주가 거실에 붙은 자신의 사진을 잠시 보는 사이 윤재는 어디에 숨겨 뒀다 가져왔는지 꽃다발을 가져와 진주에게 내밀었다.

"내가 감독이니 내 아내 공연에 꽃다발 하날 대놓고 제대로 줄 수 없네. 미안해."

진주의 얼굴이 감동으로 상기되어 붉게 물들었다.

"멋진 무대였어. 내 배우로 끝까지 아름답게 있어 줘서 영광이야."

진주는 그가 내민 꽃다발을 받아 들었다. 오늘 하루 동안 많은 사람에게 꽃다발을 받았지만, 그에게 받는 이 마지막 꽃다발은 무엇보다 특별했다.

"나도 윤재 씨에게 줄 선물이 있어요."

진주도 2층으로 올라가 서랍 속의 작은 상자를 꺼내 왔다. 그러곤 윤재를 소파에 앉히고 자신도 옆에 앉았다.

윤재의 얼굴에 궁금증이 가득했다.

"이게 아까 회식에서 말한 선물?"

진주는 고개를 끄덕였다.

"손 올려 봐요."

윤재는 무슨 선물이 그 상자에 들었을지 몰라 시키는 대로 한 손을 펴면서도 의아했다. 진주는 그의 손바닥 위에 작은 상자를 올렸다.

"사실대로 말하면 난…… 일주일 전쯤에 조금 느꼈어요."

"뭘?"

윤재는 진주가 웃으며 하는 말을 잘 알아들을 수 없었다.

"그리고 오늘 아침에 확실히 알게 됐고."

윤재의 표정이 '설마' 하며 조금 경직됐다. 반면에 진주는 그를 보며 더없이 환하게 웃었다. 윤재는 진주의 눈을 한 번 바라보고는 상자를 조심스럽게 열었다.

"우리…… 내년 봄이면 세 명이 될 것 같아요."

"……!"

윤재의 눈앞에 임신 테스트기가 보였다. 그는 그걸 집어 올려 자세히 보다, 다시 내려놓았다. 알 수 없는 수많은 표정이 얼굴을 스치듯 왔다 가곤 했다.

"임신 테스트기인데 이렇게 선명하게 두 줄은 임신……!"

진주가 말을 다 끝내기도 전에 윤재는 진주를 덥석 안았다.

"숨 막혀요."

하지만 그는 진주를 더 꼭 안았다. 윤재는 가슴이 터질 것 같았다.

"정말 상상도 못 했어."

지난번에 진주가 말했던 새끼 호랑이 꿈도 떠올랐다. 무엇보다 자그만 진주가 자신의 아기를 가지게 되었다는 사실에 알 수 없는 감동이 몰려와 윤재는 진주를 품에 가둔 채 이마와 볼에 멈추지 않고 입 맞추었다.

"그래서 요즘 계속 피곤해 보였구나."

"나도 며칠 전에 느끼긴 했는데, 그땐 확실하지 않아서."

"왜 몸이 이상하다고 말 안 했어?"

"마지막 무대 전에, 확실하지도 않은데 괜히 신경 쓸까 봐. 나도 오늘에야 확실히 알게 됐고. 이것도 병원에 가서 검사해 봐야 알아요."

"배진주."

윤재의 부름에 진주는 얼굴을 올려 윤재를 보았다. 하루 종일 그에게 이 말을 어떻게 할까 고민하고 또 고민했었다. 그리고 설레고 기뻤다.

"오늘은 우리에겐 정말 특별한 날이에요. 아침부터 밤까지 내내 너무 행복했어요."

"나도 지금 너무 행복해. 내일 오전에 당장 병원부터 가자."

"출근은 몇 시예요?"

배우들은 무대가 끝났으니 이제 당분간 휴가에 들어갔다. 하지만 윤재는 실무진들과 마무리해야 할 작업들이 남아 있었다. 이 와중에 자신의 걱정만 하는 진주를 보며 윤재는 일부러 인상을 썼다.

"며칠은 진주와 쉬려고 비워 뒀어. 게다가 지금은 우리에게 아기가 찾아온 건데, 넌 그런 거 걱정하지 마."

"알겠어요. 고마워요."

진주가 수긍하며 고개를 끄덕이자 윤재는 진주의 배 위에 살짝 손을 올렸다. 청진기라도 댄 듯 손끝에 힘을 조금 주는 가 싶더니 고요히 눈을 감았다.

"뭐 해요?"

"아기를 느끼는 중."

"아직 느껴질 정도로 크진 않을 텐데?"

"그럼 기도 중."

응? 종교도 없으면서 무슨 기도를 한다고.

윤재는 눈을 뜨고 진주의 눈동자를 빤히 바라봤다.

"이제 아기도 태어날 텐데 거짓말하지 마요. 아기가 다 듣는 대요. 아기가 배우면 큰일 나요."

"거짓말 아닌데. 이 자그만 배 속에 생명이 생겼단 생각을 하니 보이지 않는 숭고한 힘에 대한 경외감 같은 게 갑자기 들어. 그런 감정은 종교와 같은 거니까."

"윤재 씨는 종교가 없잖아요?"

"내 종교는 앞으로 배진주야."

참, 나.

진주는 황당한 농담에 피식 웃었지만, 윤재는 정말로 새로운 종교를 가지게 됐다고 생각했다.

'배진주는 나에게 사랑을 알려 주고 구원해 주는 존재니까.'

다음 날 오전, 둘이서 가장 먼저 한 일은 산부인과 진료였다. 아기는 5주가 지나 초음파로 확인 가능한 크기로 자라 있었다.

"아기집이나 태아의 크기나 모양, 착상 위치도 아주 좋습니다. 현재로선 산모님이 건강하셔서 별문제는 없습니다. 2주 정도 지나면 아기 심장 소리를 확실하게 들을 수 있을 거예요."

"아, 네."

병원 초음파실에서 같이 진주 배 속의 아기집을 보고 있던 윤재는 의사의 설명을 들으며 작은 점 같은 아기 모습에 이상한 감정을 느꼈다.

정말로 아빠가 됐다는 생각. 진주와 자신의 사이에서 사랑의 열매가 생겼다는 사실에 대한 숭고함. 그리고 삶과 사랑이 주는 신비함까지 같이 몰려와 윤재를 오히려 차분하게 만들었다.

"아버님이 이 사실을 알면 좋아하시겠죠?"

"당연하지."

자손이 귀한 집안에 지훈도 윤재도 외아들이었다. 혼자인 지훈이 진주의 임신을 누구보다 기다린다는 걸 알았지만, 윤재는 그건 진주와 자신이 알아서 할 일이라며 딱 잘라 말했었다. 진주에겐 어떤 언질도 말라고.

'할아버지 된다는 걸 알면 말도 못 하게 좋아하시겠네.'

"먼저 아버지 찾아뵙고 말씀드리고 스승님께도 알리자."

"네."

병원 엘리베이터에서 내려 로비에서 나가려는데 나란히 걸어가던 윤재가 갑자기 진주 앞을 막아섰다.

"윤재 씨, 무슨 할 말 있어요?"

윤재는 진주를 조심스럽게 안아 올리며 말했다.

"배진주, 당신은 이제 임산부야."

"……?"

"여기서부턴 위험해. 앞으로 아무것도 하지 마. 내가 다 해 줄게."

진주는 윤재에게 안긴 채 그를 멀뚱히 올려다보았다. 주위를 둘러보니 로비를 오가는 이들이 흘깃거리고 있었다. 하지만 이곳은 산부인과 로비였고 사람들의 시선은 '남편이 임신한 아내를 안아 주는가 보다.' 정도였기에 부담스러울 정도는 아니었다.

게다가 자신을 안고 걸어가는 윤재의 표정은 진지했다.

'이 남자 진심이네.'

윤재와 같이 산부인과 진료를 받았다. 함께 초음파 사진을 보며 여러 주의 사항을 듣고 임산부 수첩까지 받은 뒤에야, 진주는 임신했다는 사실이 실감되기 시작했다.

진주는 지금 이 모습을 보니 윤재 씨는 담당 의사의 설명을 못 들은 걸까, 싶었다.

'내 몸 상태는 아주 건강하고 일상생활에 문제가 없으니 잘 먹고 잘 쉬면 된다고 했는데. 이 남자 왜 이래?'

"조심해야 하는 건 알겠어요. 그런데 다 해 준다는 건 뭐예요?"

"말 그대로야. 무조건 첫 임신 초기에는 조심하는 게 좋대.

404

그러니까 배진주가 가만히 있으면 내가 먹여 주고 재워 주고 이렇게 안아 줄게. 가능한 건 다 해 줄게."

"……."

진주는 윤재도 나름대로 아기를 맞을 준비를 하는 거란 생각을 하긴 했지만 그의 생각과 진주의 생각은 살짝 달랐다.

'배 속에 아기를 키우는 게 아니라 나를 아기처럼 만들 모양이네.'

"아기가 나올 때까지 그러고 지내면 난 뭐 해요?"

"내 애정과 사랑을 받으면 되지."

그의 거침없는 닭살 멘트에 누가 듣는 것도 아닌데 고개가 푹 내려졌다.

"그렇게 내 옆에만 있으면 윤재 씨 일은요?"

"흐음."

그가 작게 한숨을 쉬는 게 들렸다.

"일은 좀 줄이고 새 작품은 당분간 천천히 준비할 생각이야."

한 작품을 끝냈고 그동안 줄기차게 바쁘게 일했으니 그에게도 휴식이 필요한 건 당연했다. 하지만 자신이 임신한 것 때문에 윤재가 내내 자기만 보며 희생하듯 일정을 바꾸는 건 진주가 원하는 게 아니었다.

"배 속에 우리 아기가 그런 아빠를 좋아할까요?"

"응?"

진주는 고민스러운 얼굴로 윤재의 귓가에 소곤거렸다.

"그러면 윤재 씨 매력이…… 떨어질 것 같아요."

"……!"

그의 눈썹이 위로 솟구쳤다.

매력이 떨어진단 말이 꽤 충격인 모양인지 진주를 안고 있던 윤재는 무표정으로 잠시 침묵했다. 윤재는 차에 도착할 때까지 아무 말도 없이 걸음을 옮기다 진주를 차에 앉히고 그녀의 벨트를 매 주었다. 진주 역시 깊은 생각에 잠겨 아무 말이 없었다.

그는 운전석에 앉아 운전대를 잡았다. 하지만 차를 출발하지 않고 잠시 입술을 만지작거리더니 얼굴을 진주 쪽으로 획 돌렸다.

"어느 면에서?"

"네?"

"말해 봐. 어디서 내 매력이 떨어진다는 거지?"

"……."

진주가 대답이 없자 윤재는 더 심각하게 눈빛만으로 진주에게 답을 요구했다. 진주는 윤재의 코앞까지 얼굴을 들이밀며 조심스럽게 말했다.

"윤재 씨, 화났어요?"

진주는 윤재를 너무 자극했나 싶어 그의 얼굴을 살폈다.

"화가 난 건 아냐. 진주가 말한 수식어가 상상을 초월하는 거라서……."

거슬리다 못해 비수처럼 심장을 푹 찌른 것 같았다. 살면서 한 번도 그런 말을 들어본 적이 없던 윤재는 이런 걸 물어보게 된 상황마저 당황스러웠다.

"매력이 떨어지는 건 싫죠?"

윤재의 눈빛이 진해졌고 그건 당연히 그렇단 대답과 다름없었다.

진주는 이 시점에서 임신과 출산 기간을 잘 보내려면 윤재와 생각을 잘 맞추고 타협해야겠다고 생각했다.

이렇게 생각이 다른 부분은 앞으로도 많아질 테니까. 임신도 출산도 부부 공동의 문제이니 어떤 부분도 일방적으로 결정할 문제가 아닌 것 같았다.

"윤재 씨, 난 멋진 엄마가 되고 싶어요."

진주의 대답에 윤재의 고개가 조금 기울어졌다.

"아기가 세상에 나오는 그날까지. 난 소리꾼이니 소리를 하고 내 하루를 변함없이 부지런하게 보내고 싶어요. 아기와 나의 건강을 위해 더 열심히 운동도 하고 필요한 공부도 할 거예요. 그런데 윤재 씨 말은 모든 걸 윤재 씨에게 의지하고 아무것도 하지 말라는 거니까 내가 꿈꾸던 멋진 엄마가 되는 걸 방해하겠다는 말처럼 들려요."

"……!"

생각지 못한 진주의 답에 윤재의 얼굴엔 놀람이 잠시 드리웠다 사라졌다. 그에게 닿는 진주의 눈빛은 진주의 목소리만큼이나 차분했기에 윤재는 자신 또한 흥분해 감정적으로 말했나 싶어 머쓱한 얼굴을 하고 말했다.

"미안. 진주가 그렇게 생각할 수 있었겠네."

진주의 생각을 잠자코 듣던 윤재는 고민됐다. 자료들을 찾아보니 아내는 임신하면 몸의 변화로 인해 남편의 관심과 보호가 필요하다고 되어 있었다. 감정 기복도 많으니 순간순간 아내의 행동에 반응하고, 공감하는 리액션도 되도록 크게 하라던데.

'왜 배진주는 거꾸로지.'

"임신한 아내에게 안아 주고 먹여 주고 싶다는 게 과보호처럼 느껴져?"

진주는 가만히 고개를 끄덕였다.

"혼자 다 할 수 있어요."

"그럼 난 뭐 해?"

뾰로통한 얼굴로 윤재가 말했다. 혼자 다 하겠다는 말은 훌륭하게 들렸지만 지금 윤재의 귀엔 자신이 뭔가 소외되는 느낌이 들었기 때문이다.

진주는 윤재의 손을 살짝 쥐었다.

"열심히 멋지게 이윤재의 일을 하다가, 소중한 시간을 쪼개서 임신한 아내와 같이 걸어 주고 같이 먹어 주고 놀아 주고…… 그랬으면 좋겠어요. 그럼 정말 완벽하게 매력적으로 보일 거 같아요."

윤재는 작게 한숨을 내쉬었다. 그러다 반짝이며 일렁이는 진주의 눈빛을 들여다봤다. 이런 생각을 하는 여자를 어떻게 더 설득해.

그는 알겠단 듯이 고개를 끄덕이다 손을 올려 진주의 머리칼을 정리해 주었다.

"가끔 이런 모습을 보면 존경심이 들어. 역시 배진주는 내 종교가 될 자격이 있어."

"피, 농담 그만하고 어서 아버님께 가요. 스승님과 강아도 우리 아기 소식을 알면 너무 좋아할 것 같아요."

이윽고 시동을 켠 차는 지훈이 있는 본가로 달리기 시작했다.

"우하핫! 새끼 호랑이가 내 손주 태몽이란 말이지?"

지훈은 진주의 임신 소식에 세상을 다 가진 듯 크게 웃었다. 중요하게 전할 말이 있어 진주와 본가로 갈 테니 오전에 시간을 비워 달라는 윤재의 연락에 지훈은 지레 심각한 말인가 싶어 걱정을 앞세우고 있었다.

그런데 진주의 임신 소식에 태몽이 호랑이란 말까지 들은 지훈은 최근 들어 가장 기분 좋게 웃으며 아들 내외와 점심을 먹고 차를 마셨다.

"스승님껜 진주 임신 소식을 저희가 전할까요?"

윤재가 지훈에게 물었다.

"아니다. 애순이도 깜짝 놀라겠지? 내가 전하마. 그동안 소식이 뜸해서 연락 한번 해야지 하고 있었다."

"알겠습니다. 그럼 저희는 2층에 올라가서 잠시 쉬겠습니다."

"그러렴."

진주와 윤재가 2층으로 올라가자 곧바로 지훈은 애순에게 전화를 걸어 진주의 소식을 전했다.

[오라버니! 할아버지 되는 거지? 축하혀.]

"나한테만 손주냐? 너도 그렇지."

[맞어. 이 시기에 임신이라니. 배 속에 아기가 효자여. 공연 끝을 딱 맞춰서 임신이 된 거 아니여?]

지훈은 또 소리 내서 껄껄 웃었다.

"윤재랑 진주 사이에서 어떤 녀석이 태어날지 상상만 해도 좋은데. 그렇게 효심까지 있으니 금상첨화지. 벌써 태어날 날이 기대되네."

애순은 지훈에게 축하를 전하고 진주의 몸부터 걱정했다. 입덧은 아직 시작하지 않았다는 이야기에 첫 임신인데 컨디션이나 얼굴색은 괜찮은지 물었다.

"애순아, 진주 몸은 걱정 안 해도 되겠어. 아직 입덧은 없고 내가 보기에도 좋아 보이네."

[오라버니, 5주 접어들었으면 곧 입덧 시작할 텐디, 윤재보고 잘 챙기라고 전해 줘. 나도 진주랑 저녁에 전화할 거여.]

"걱정마. 윤재가 잘할 거다."

그러고 둘은 한참이나 통화를 하며 할머니, 할아버지가 된 기쁨을 나누었다.

한편, 윤재와 진주는 2층 방에 올라가 진지하게 무언갈 고민하고 있었다. 진주는 침대에 기대어 앉아 있었고 윤재는 그 옆에서 휴대폰을 보며 고민하는 얼굴이었다.

진주가 윤재를 보며 말했다.

"우리 아기 태명으로 쑥쑥이는 어때요?"

"음. 그것도 좋은데."

"아니에요. 우리 부부와 좀 더 관련이 있는 태명을 찾아볼래요."

진주는 인터넷으로 다른 부부들이 태명으로 어떤 걸 정하는지 검색해 봤다.

"튼튼이, 콩알이, 대박이, 똘똘이⋯⋯."

귀여운 태명이 많았다. 몇 개의 이름을 두고 고민하다 진주가 한 번 더 물었다.

"윤재 씨, 행운이는 어때요?"

"행운?"

진주가 윤재의 다리를 베고 누웠다. 진주가 고개를 위로 들어 올려다보니 그녀를 내려 보는 윤재와 눈이 마주쳤다. 윤재는 진주의 앞 머리카락을 만졌다.

"아기는 우리 둘의 행운이니까."

"그 태명이 좋아?"

진주는 고개를 끄덕였다.

"우리에게 의미 있는 이름을 생각하다가 윤재 씨가 나에게 준 네 잎 클로버가 떠올랐어요."

"우리에게 아기가 행운처럼 찾아온 걸 말하는 거지?"

진주는 깊은 눈동자를 하고 윤재를 바라봤다.

"맞아요. 그 행운의 시작은 바로 이윤재 씨고요."

윤재는 숨이 턱 막혀 왔다. 아무렇지 않게 툭 내뱉는 진주의 낮고 단단한 목소리. 반짝이는 눈으로 진주가 그렇게 고백하면, 가슴속에 뜨거운 것이 훅 들어차는 것 같아 정신을 차릴 수 없었다.

'진주 너 역시, 내 행운의 시작인걸.'

윤재는 진주란 존재 자체가 주는 큰 감동을 느끼며 먹먹한 목소리로 말했다.

"좋아. 나도 마음에 들어."

"네. 저도 마음에 들어요."

진주는 눈을 감았다. 그리고 배 위에 한 손을 올렸다. 그녀의 손 위에 윤재의 큰 손이 다시 올려졌다.

"행운아."

진주는 웃음을 입술에 걸고 자그맣게 태명으로 아기를 불러 봤다.

"행운, 엄마가 부르는데 대답해야지? 오늘부터 이름도 생겼는데."

윤재의 목소리가 제법 근엄하게 들렸다.

"대답을 어떻게 해요?"

진주는 큭큭 웃으며 말했다.

"대답을 왜 못해? 엄마와 아기는 아직 하나니까 배진주가 행운이 대신 대답하면 되지."

"……네?"

"행운, 행운아, 대답해야지."

진주는 눈을 떴다. 여전히 눈앞에 윤재의 얼굴이 보였다. 하지만 진짜 저더러 대답하란 말인지 고민하는 진주에게 윤재는 손가락으로 제 볼을 푹 누르며 가리켰다.

"앞으로 내가 '행운아'하고 부르면 대답은 엄마가 대신 여기에 뽀뽀하는 걸로. 자, 어서."

윤재가 볼을 내밀며 재촉하는 얼굴이 사뭇 진지했다. 뽀뽀는 그렇다 치고 진주는 짚고 넘어갈 게 있었다.

"잠깐만요. 윤재 씨가 행운이를 너무 많이 부르면 어떡해요?"

"그럼 어때? 많이 하면 할수록 점점 사랑스러운 아기가 나올 텐데."

그……런가?

진주는 윤재의 양 볼을 두 손으로 잡아당겨 그의 한쪽 볼에 꾸욱 입술을 눌렀다. 윤재의 고개가 입 맞추듯 숙인 모습이었다. 진주는 마음속으로 기도했다.

'행운이가 윤재 씨의 말처럼 자신보다 훨씬 사랑스럽고 애정 표현을 잘하는 아기가 되길.'

윤재는 얼굴을 들어 진주와 눈을 맞추더니 입을 열었다.

"행운!"

진주를 보며 윤재는 조금 더 큰 목소리로 아기의 태명을 불렀다. 장난스럽게 웃으며 진주를 바라보는 그에게 진주는 그럴 줄 알았단 표정이었다.

하여튼 죄다 장난이야. 진주가 눈을 가느다랗게 떴다.

"행운이 불렀는데 뽀뽀 안 해?"

윤재는 능청스럽게 볼을 또 갖다 댔다.

"지금 뭐 하자는 거예요?"

"아기에게 '행운'이란 자기 이름을 반복해 학습시켜야 빨리 기억할 거 아냐? 당분간은 시도 때도 없이 불러서 그게 자기 이름인 줄 알게 해야지. 맞잖아?"

"정말."

'피, 뽀뽀하고 싶은 거면서.'

흘겨보는 진주의 눈빛에도 윤재는 아랑곳하지 않고 진주의 입술 앞에 볼을 또 내었다. 윤재의 목적이 훤히 보였지만 그런 그의 모습도 귀엽게 보였다.

"자, 어서. 배진주는 아기의 기억력 증진을 위해서 여기 뽀뽀."

쪽. 진주는 마지못해 그러는 척 그의 볼에 입술을 맞추었다. 마주 본 윤재의 눈빛이 새까맣게 출렁거리기에 진주의 심장도 덩달아 일렁거렸다.

그 순간, 눈 깜짝할 사이에 윤재는 누워 있는 진주의 위로 올라가 그녀를 내려다보고 있었다.

"그리고 이제부턴……."

진주의 눈이 동그래졌다.

"본격적으로 매력적인 이윤재 키스."

말도 못 하게 달콤한 입술이 밀려 들어와 진주를 두드리기 시작했다.

"두 번 다시는 매력이 떨어졌단 말, 못 하게 될 거야."

윤재의 입맞춤은 물 위에 둥둥 떠 유영하는 느낌이 났다. 맞물린 곳은 입술인데 그녀의 온몸이 저릿저릿 울려 대어 진주는 더욱 그에게 매달렸다.

자칫 거칠어진 느낌이 나면 윤재는 입술을 아쉽게 뗐다. 진주의 뺨을 붙든 두 손으로 얼굴과 입술을 쓰다듬으며 진주가 숨을 쉴 여유를 만들어 주었다. 그러곤 한없이 부드럽게 다시 파도처럼 말려드는 입맞춤. 그의 키스는 그랬다.

'이 매력적인 남자는 키스를 너무 잘해.'

윤재는 진주의 입술을 빈틈없이 눌렀다 떨어지며 악기를 연주하듯 키스하다, 갈무리하듯 속삭였다.

"임신 초기엔 되도록 자극적인 스킨십은 피해야 한대."

임신 초기인 그녀를 위해 일부러 자극을 피하고 몸짓마저 세심히 배려하는 게 진주에게 느껴졌다. 다시 그의 매력적인 키스가 한없이 따뜻하고 포근하게 이어졌다.

진주는 느리게 한 번 눈을 깜박였다가 눈 끝에 힘을 줬다. 참으려 했으나 어느새 잠이 쏟아져 눈이 감기고 있었다. 그는 그런 그녀를 보며 환하게 웃었다.

"잠 오지? 자도 돼."

점심을 먹은 뒤 그와 침대에 누워 태명을 짓고, 이어진 평소보다 더 다정한 키스가 한없이 평화로웠기에 더 나른해서 그런가.

하지만 키스하다 말고 잠이 온다고 하는 건 미안한데.

"아, 아니에요."

"그래? 난 낮잠 자라고 일부러 그렇게 키스했는데."

"네?"

윤재는 진주의 목까지 이불을 올려 주며 말했다.

"한숨 자자. 나도 잠 와."

그러면서 지긋한 시선으로 그녀를 품에 안고 볼을 쓸어 주었다.

진주는 그와 자신이 원래 하나였던 것처럼 서로에게 들어맞는단 생각을 하며 눈을 감았다. 윤재가 이번에는 그녀의 등을 안은 채 쓸어내렸다.

그녀는 그가 만져 주는 손길이 좋아 저도 모르게 스르르 달콤한 낮잠에 빠져들고 말았다.

지잉.

한 시간쯤 지났으려나. 요란하게 울리는 전화 소리에 잠에서 깬 진주가 휴대폰을 찾아 확인해 보니 강아였다. 진주는 여전히 윤재의 품 안에 있었기에 빠져나와 전화를 받으려 했지만, 윤재가 놓아주지 않았다.

결국 진주는 그의 품속에서 꼼지락거리며 작은 목소리로 전화를 받았다.

"여보세요."

[꺄아악!]

"풋."

말하지 않아도 진주는 이 괴성의 이유를 알 수 있었다. 잠시 낮잠을 자는 사이, 강아가 스승님께 자신의 임신 소식을 듣고 흥분하며 전화한 게 틀림없었다.

"전화기 터지겠어. 목소리는 여전히 우렁차네. 후후."

[얼씨구, 절씨구. 지화자 좋다!]

"킥킥."

진주는 강아가 신날 때 부르는 흥겨운 민요를 들으며 한 번 더 소리 내어 웃었다. 그새 달았던 낮잠의 여운은 완전히 달아나고 말았다.

휴대폰 밖으로 새어 나온 강아의 목소리가 제법 컸기에 진주는 윤재에게 계속 이렇게 통화해도 괜찮냐고 눈짓을 했다. 윤재 역시 기분 좋게 웃으며 고개를 끄덕였다.

"이강아, 진정해."

[이건 가만히 있을 수도 있어서도 안 되는 일이잖아. 배진주, 나 이제 정말 이모 되는 거지?]

"맞아. 난 엄마 되는 거고."

[꺄아악.]

강아는 병원에 다녀온 진주의 몸이 좀 어떤지 물었고, 진주는 초음파 진료를 받은 얘기며 이런저런 임신을 확인하기까지의 과정을 강아에게 전했다.

[5주면 이제 본격적으로 임신 시작이네. 우리 큰언니도 두 달 지나면서 입덧 심하게 했어. 너도 심하면 어쩌지? 걱정되네.]

"걱정 마."

강아가 걱정하는 건 진주에게는 친정 엄마가 없기에 입덧이나 임신으로 몸이 힘들어도 도움을 구할 곳이 없기 때문이란 걸, 진주도 알았다.

하지만 진주는 윤재가 있기에 든든했다.

'또 이런 좋은 친구도 있는걸.'

[진주야, 감독님이나 스승님과 의논하겠지만 나도 옆에 있어 줄 수 있으니 언제든지 말해. 그 시기엔 감정 변화도 많아진다고 들었어.]

"응. 고마워."

진주는 가까이서 다른 이들의 임신 과정을 지켜본 적이 한 번도 없었다. 강아의 결혼한 언니들 얘기를 언뜻 듣거나 드라마 정도에서 잠시 봤을 뿐이라 앞으로 공부해야 할 게 많겠단 생각이 들었다.

강아와 전화를 끊은 뒤, 진주와 윤재는 일어나 지훈에게 인사하고 집으로 돌아갔다.

다음 날 아침. 윤재는 어김없이 새벽에 일어나는 진주를 일어나지 못하게 붙잡았다.

"아기를 위해서 푹 자고 일어나야지."

"푹 잤어요."

"거짓말. 개운한 표정이 아닌데?"

윤재가 개운한 표정을 운운하자 진주는 두 팔을 들어 기지개를 켰다. 그러고는 두 손을 맞잡고 오른쪽 왼쪽으로 허리를 움직여 스트레칭을 하며 말했다.

"아…… 오늘은 특별히 개운하다."

"흡."

윤재는 그런 진주가 귀여워 입술로 웃었다.

'이게 진주 애교인가? 아냐. 여기 넘어가면 안 되지.'

윤재는 이번 기회에 진주의 자는 시간을 늘려야 한다고 생각했기에 냉정한 척 마음을 먹고 본격적으로 잔소리를 시작했다.

"임신하면 잠이 평소보다 많이 오는 건 당연한 거래. 그러니 새벽에 무리해서 일어나는 건 우리 '아기'를 위해서 참아봐."

그는 일부러 '아기'란 단어를 강조하며 천천히 발음했다. 그의 전략은 행운이를 최대한 이용하는 거였다. 그 전략이 먹혔는지 진주의 얼굴이 조금 동요하는 듯 바뀌었다. 윤재는 하려던 말을 이었다.

"대신 좀 더 자고 일어나면 오늘은 상으로 근사한 아침 식사를 마련한 후 깨워 줄게. 혹시 행운이가 먹고 싶어 하는 건 없어?"

그의 말을 들으며 행운이를 위해 더 자는 게 낫겠다 싶어 이불 속에 다시 슬그머니 누운 진주는 윤재를 보며 잠시 고민하다 말했다. 아직 콩알보다 작은 행운이가 식욕을 느낄 리는 없지만, 우연의 일치인지 생각나는 게 있긴 했다.

"사실은 먹고 싶은 게 있어요."

"정말?"

윤재는 놀랐고 진주는 고개를 끄덕였다.

"뭔데? 내가 만들어 줄 수 있으면 해 줄게."

"그런데, 행운이가 먹고 싶은 게 아닌 것 같은데."

"아냐. 이건 무조건 행운이가 먹고 싶은 거야."

진주가 자신에게 먹고 싶은 게 있다고 선뜻 말하는 것 자체가 평소와 다른 모습이기에 윤재는 신이 났다. 진주는 생각하다 입을 열었다.

"……매운 크림 파스타요. 얼마 전부터 먹고 싶었는데 생각만 하다 참았어요."

윤재는 아침부터 파스타를 먹고 싶다는 진주의 이색적인 답변에 놀라움을 금치 못하고 입술에 웃음을 걸었다. 뭘 먹고 싶다고 해 달라는 진주가 그렇게 예뻐 보일 수 없었다.

"좋아. 파스타라면 전혀 문제없지. 한숨 더 자고 일어나면 같이 파스타 먹자."

"고마워요."

진주는 두어 시간을 더 잤고 윤재는 운동을 다녀온 뒤 주방으로 가서 매운 크림 파스타를 만들었다. 진주가 일어나 씻고 1층으로 내려왔을 땐, 윤재 역시 요리를 다 하고 식탁 위에 수저를 놓고 있었다.

"벌써 내려왔네. 이것만 하고 내가 데리러 가려고 했는데."

"충분히 푹 잤어요. 와 맛있겠다."

식탁 위에는 진주가 상상했던 것보다 훨씬 먹음직스러운 한 상이 차려져 있었다. 접시 위 파스타와 그 위의 붉은색의 매운 소스를 보니 군침이 돌았다.

"아침이라 좀 덜 맵게 했어. 어서 앉아."

진주는 자리에 앉았다.

"잘 먹겠습니다."

윤재가 건네는 포크를 받아 든 진주는 그가 만든 매운 파스타를 돌돌 말아 한 입을 맛보았다.

"어때?"

"맛있어요."

사뭇 진주가 파스타 맛을 어떻게 평가할지 몰라 긴장했던 윤재는 그제야 안심하고 자신도 포크를 들었다.

"무슨 파스타든 먹고 싶을 때 얼마든지 말해. 웬만한 종류는 다 해 줄 수 있어. 그리고 오늘 아침엔 매운 파스타지만 치즈 가루를 많이 뿌렸어. 괜찮지?"

"네. 아침은 가볍게 먹는 편인데 갑자기 아침부터 파스타라니, 우스워요."

진주는 자신이 무언가 달라졌다는 느낌에 낯설었지만 새로웠고 좋았다. 행운이 때문이지만 윤재의 마음을 거절하거나 말리지 않고 다 받아들이니 그 또한 마음이 가벼웠다.

'행운이에게 배 속에 있을 때부터 아빠가 이렇게 널 사랑해 줬다고 말해 주고 싶어.'

"그러게. 행운이 취향은 진주랑 좀 다르려나?"

윤재도 식사 내내 기분이 가벼웠다. 평소의 진주라면 최소한의 도움 외에는 받으려 하지 않을 텐데 임신을 하고 난 이후론 자신의 말을 모두 다 들어줬다.

고집을 부리지 않고 늦잠을 자고, 아침에 파스타를 만들어 달라는 진주가 대견하기까지 했다.

식사를 마친 진주가 일어나 그릇을 들며 말했다.

"파스타 너무 맛있게 잘 먹었어요. 치우는 건 내가 할게요."

"어? 무슨 소리. 당신은 가만히 앉아 있어. 파스타 접시 몇 개만 있으니 바로 식기세척기에 넣기만 하면 돼."

윤재는 식탁을 정리한 뒤 다기를 꺼내어 찻잔을 세팅하기 시작했다.

"연꽃 차 어때?"

"좋아요."

윤재는 말린 연꽃잎 차를 꺼내고 물을 데웠다. 그는 차를 따르면서 진주의 얼굴을 힐끔 보다, 따끈한 찻잔을 건넸다. 진주가 찻잔을 받아 들고 따듯한 차를 호로록 마셨다.

윤재는 자리에 앉아 자신의 찻잔을 당겼지만 차를 마시진 않고 한 손으로 턱을 괴더니 진주를 빤히 쳐다봤다.

'오늘 컨디션은 일단 좋아 보이네.'

아직 아빠가 된다는 실감이 나진 않았지만, 어젯밤 언뜻 읽어 본 임신 초기 여성의 몸의 변화와 신체 변화에 대해 알고 나니 윤재는 걱정이 많아졌다.

'대부분 입덧을 한다는데. 안 할 방법은 없을까? 하더라도 쉽게 넘어가야 할 텐데.'

진주의 임신 소식을 듣고 '명량대첩 2' 팀원들은 물론, 창극단 식구들과 지인들에 이르기까지 수많은 축하 인사를 받았다. 하지만 흘려들은 얘기 중 첫째 아이를 임신했을 때 태아가 건강할수록 입덧이 심하다는 선배들의 말도 있어 윤재는 더 염려됐다.

그런 걱정이 쌓이다 보니 친정 엄마가 없는 진주가 불현듯 측은해 보이는 건 뭔지. 임신해 힘들어지면 여자들은 엄마 생각을 가장 많이 한다던데, 우리 진주가 무심코 엄마 생각에 서러워 울면 어쩌지.

그 생각에 또 윤재의 가슴이 찢어지듯 아팠다.

"무슨 생각을 그렇게 해요?"

윤재는 심각했던 얼굴을 고치고 일부러 태연하게 말했다.

"어? 아냐. 잠시 일 생각하느라. 미안."

"차향이 좋아요."

임신을 한 건 진주인데 감정의 기복은 자신이 더 심해졌다고 윤재는 생각했다.

'진주는 저렇게 담담한데 괜한 걱정이지.'

윤재는 애써 걱정들을 털어 냈다. 원래 일을 함에 있어 미리 준비하고 대비하는 성격이라 오지 않은 상황을 걱정만 하는 건 윤재와 맞지 않았다. 하지만 진주의 임신이란 상황에서 진주가 겪을 일들은 예측할 수 없고 자신이 해 줄 것도 많지 않다는 생각에 윤재는 다가올 미래가 조금은 두렵기도 했다.

마주 보며 차를 마시던 윤재는 자리에서 일어나더니 진주의 옆자리 의자를 빼내어 앉았다. 무슨 할 말이 있나 싶어 진주는 고개만 기울이며 그를 보았다.

"물어보고 싶은 거 있어."

"물어보세요."

진주는 찻잔을 들고 '후' 불며 가볍게 대답했다. 윤재는 몸을 돌리더니 한 손을 가만히 진주의 배 위에 얹었다. 평소와 같은 진주의 배인데 그 안에 행운이가 자라고 있다는 생각에 이상한 기분이 들었다가 곧 알 수 없는 신비함이 밀려왔다.

윤재는 진주의 눈동자를 맑게 보며 물었다.

"우리 아기 말이야, 행운이는 어떤 아이였으면 좋겠어?"

윤재의 질문에 진주는 고갤 들어 잠시 생각했다. 임신 사실을 알고 나서부터 밤마다 많이 하던 생각이기도 했다. 아니, 어쩌면 '임신하면 어떨까?' 생각할 때마다 상상해 본 거였다.

"우선은 무엇보다 건강하고 착했으면 좋겠어요."

진주의 무난한 답에 윤재는 피식 웃었다.

"요즘 같은 세상에 착하면 손해 봐."

"그럼, 엄마가 '이기적이고 나쁜 아기야 나와라.' 그래요?"

"그건 아니지."

윤재는 진주의 배를 손바닥으로 부드럽게 쓰다듬었다.

'어떤 녀석이 우리에게 온 걸까? 어떤 성격이고 무엇을 좋아할까.'

"행운이가 만약 배진주처럼 소리에 타고난 신동이면 어떡하고 싶어?"

진주는 이번에는 심각한 표정을 조금 짓더니 몇 초 후에 대답했다.

"진짜 솔직한 얘길 해요?"

그는 고개를 끄덕였다. 자신과 진주 사이에서 태어나는 아기가 어떤 재능을 가지고 태어날지, 무엇보다 진주가 아이를 소리꾼으로 키우고 싶은지도 궁금했다.

"아기를 키우는 양육 방식은 부부가 같이 의논해 결정해야 한다고 생각해요. 그러니까 이건 순수하게 내 생각이에요."

"응."

"나와 다르게 타고난 재능 같은 건 없이 평범한 아이였으면 좋겠어요."

'평범한 아이…….'

윤재는 진주의 말이 왠지 이해되었다. 진주가 아기 때부터 타고난 소리 때문에 남들과 다르게 살아왔으니, 행운이가 그 특별한 무게를 지는 것은 바라지 않는 것이겠지.

"내가 여태껏 지켜본 배진주는 천생 소리꾼이다, 싶었어. 하지만 소리꾼으로 살아가는 게 많이 힘들었던 거지?"

진주는 한숨을 한 번 쉬더니 생각이 깊은 눈동자를 했다. 곧 조용한 목소리로 말을 이었다.

"가끔은 내가 노력해서 이렇게 소리꾼으로 살아가게 된 걸까, 아니면 태어나기 전부터 이렇게 살도록 정해져 있었을까 하고 고민한 적이 있었거든요."

윤재는 답이 궁금하다는 듯 그녀 쪽으로 고개를 더 기울였다.

"난 두 개 다인 것 같아요. 원래 정해진 게 있고, 자신이 하는 선택과 행동에 따라 조금씩 달라지기도 하는 거. 나는 이게 내 운명이라고 생각했기에 이 길을 열심히 달려가는 건데, 우리 아이가 만약 소리에 재능이 없고 다른 걸 잘한다면 그걸 해도 되고, 혹은 뭘 잘하는 아이가 아니어도 좋다고 생각해요. 우리 아이는 그 자체로 충분히 의미 있는 삶을 살아갈 거라고 믿거든요."

윤재의 얼굴에 만족스러운 미소가 번졌다.

"배진주는 앞으로 멋진 엄마가 될 거야."

윤재는 진주 앞에서 다짐했다.

"멋진 엄마 배진주에게 어울리는 멋진 아빠가 되도록 노력할게."

"⋯⋯!"

진주는 왠지 그의 말에 울컥했다. 그는 이미 충분히 멋있었지만, 우리 아이에게 멋진 아빠도 되어 줄 거란 생각이 들었기 때문이었다.

진주는 문득 그의 입술에 입 맞추고픈 갈망에 마음이 조급하게 일렁였다. 숨을 작게 내쉬어 봐도 그 마음이 쉬 가라앉지 않았다.

이전의 진주라면 차를 마시며 진지한 얘기를 하다 말고 이런 부끄러운 부탁은 하지 않았을 테지만, 진주는 몰려드는 감정에 자신을 맡겨 보기로 하고 그에게 솔직하게 말했다.

"지금 키스해도 되나요?"

윤재는 바로 눈앞에 보이는 진주의 앙증맞은 입술에 시선을 맞추며 웃었다.

"물론이지."

한 손엔 진주의 배를 감싸고 다른 한 손은 진주의 볼을 감싼 윤재에게 진주는 천천히 다가가 연꽃잎을 닮은 입맞춤을 시작했다.

chapter 29

어쩌다, 짐승과 신혼

강아의 말처럼 2개월이 넘어가자 입덧이 본격적으로 시작되었다. 처음엔 단순히 메스껍고 멀미하는 것처럼 하더니 좀 있으니 무엇이든 억지로라도 먹고 나면 몇 분 지나지 않아 여지없이 토했다.

"우욱!"

진주는 욕실로 뛰어 들어가 문을 잠갔다. 윤재는 문 앞에 서서 진주가 입덧하는 소리를 듣다가 문에 대고 말했다.

"괜찮아? 내가 들어가서 두드려 줄까?"

"괜찮아요. 저리 가요."

냄새에 민감해진 진주는 어떤 것이든 강한 냄새가 나면 심하게 입덧을 했고, 시간이 더 지나니 인공적인 냄새에도 다 반응해 힘들어했다.

그런 진주의 옆에 다가오기 위해 어느 날부터 윤재는 제 몸에서 나는 모든 냄새를 제거해야 했다. 향수나 향이 강한 제품을 전혀 사용하지 않았고 외출을 하고 돌아와서도 철저히

428

씻고 그녀에게 왔다.

그렇게 힘든 와중에도 진주는 입덧을 이겨 내고 태교를 하며 일상을 되찾으려고 노력했다. 새벽 연습 대신 오전 시간엔 정원을 오가며 운동하고, 정자나 벤치에 앉아 소리 연습이나 악기 연주를 했다.

가끔은 자신과 아기의 심신 안정을 위해 좋다는 명상을 하고 다양한 장르의 음악을 들으며 시간을 보냈고, 그 사이사이엔 입덧과의 사투가 있었다.

반대로 진주의 입덧이 점점 심해지는 것을 옆에서 지켜본 윤재는 점점 평정심을 가지기 어려웠다. 처음에 생각하고 상상했던 것보다 입덧은 그녀를 훨씬 힘들게 했고 그런 진주를 보는 자신마저 괴롭게 만들었기 때문이다.

'젠장.'

그건 윤재에겐 한 번도 경험해 보지 못한 좌절감이었다. 진주의 입덧은 전쟁과 다름없었다. 그런 자기와의 싸움을 보면서 그가 해 줄 수 있는 게 정말 아무것도 없다는 것이 그를 더욱 힘들게 했다.

임신을 한 건 자신과 진주가 함께 사랑한 결과임에도 진주혼자 고스란히 힘듦을 견뎌 내야 한단 사실에 꽤 큰 낭패감을 느꼈다.

윤재는 욕실에서 나오는 진주를 안타깝게 보며 물었다.

"괜찮아?"

윤재가 욕실 앞에 서 있는 걸 진주는 싫어했지만 그렇다고 가만히 있을 수는 없었다.

좀 전에 겨우 요거트 한 개를 억지로 먹었다가 5분이 채 안 되어 다 게워 낸 그녀는 씻고 나왔다.

얼굴을 보니 얼마나 심하게 토를 했는지 눈이며 코끝이 부어서 벌겋게 달아올라 있었다.

"어떡해. 힘들었지?"

윤재는 인상을 쓰며 진주의 뺨에 손을 댔다. 욕실 앞을 지키고 서 있다 진주를 본 윤재의 마음은 찢어져 너덜거린 지 오래였다. 그런 그녀가 연약해 보여 진주의 허리를 잡아 주었다. 안 그래도 한 줌도 되지 않는 허리였는데, 이제는 힘도 없어 휘청거렸다.

입덧이란 게, 아무것도 먹지 못하니 보통 일이 아니었다.

윤재는 힘든 걸 애써 참아 보려는 듯 잔뜩 굳은 얼굴을 한 진주를 붙들고 말했다.

"침대에 가서 누울까?"

진주는 고개를 끄덕였다.

'이젠 말할 힘도 없나 보다. 하아.'

윤재는 진주를 안고 침실로 올라가 침대에 눕혔다. 바로 눕기가 불편한지 진주는 몸을 돌려 베개에 얼굴을 파묻었다.

"이제 괜찮아요. 윤재 씨, 가서 윤재 씨 하던 일 해요."

진주의 입덧이 심해져 윤재는 가능하면 집에서 자신이 직접 진주를 보살피고자 일 처리를 집에서 하는 구조로 만들었다. 하지만 진주는 제 몸이 저 지경인데도 자신 때문에 윤재의 일에 문제가 생길까 염려했다.

"그런 걱정은 하지 마. 어디 배진주 예쁜 얼굴 한번 보자."

윤재는 침대로 올라가 같이 옆에 누웠다. 진주의 얼굴을 보려고 고개를 돌리려는데 진주는 얼굴을 이불에 더 파묻고 숨었다.

"싫어요. 입덧하느라 얼굴이 밉단 말이에요. 지금은 안 보여 줄래요."

진주는 입덧과 더불어 호르몬 변화에 의한 감정 변화도 여실히 느끼고 있었다. 입덧을 하니 잘 먹지 못해 힘이 없었고 아기를 생각해 억지로 먹어도 몇 분 이내에 구토하는 것이 반복이었다.

계속 토를 하느라 얼굴에 힘을 주니 눈과 코는 터질 듯 아팠다. 그러다 힘들고 왠지 울컥함에 '내가 왜 이러지? 왜 이것도 못 참지?' 하는 생각으로 속상한 마음이 돌고 돌았다.

무엇보다 진주를 힘들게 하는 건 따로 있었다.

'윤재 씨에게 예쁜 모습을 보여 주고 싶은데.'

입덧이 시작되니 힘들어하는 모습만 그에게 보여 주는 게 싫었다.

환하게 웃으며 임신으로 행복하단 모습을 보여 주고 싶은데. 진주는 그러지 못하는 게 너무 힘들었다.

"말도 안 돼. 배진주 얼굴이 미울 리가 없지. 얼굴 한 번만 보여 줘. 응?"

진주가 얼굴을 돌려 보여 줄 생각을 하지 않자 윤재는 진주를 뒤에서 가만히 포개어 안았다.

"욕실에서 나올 때 다 봤어. 너무 예쁘고 사랑스러워."

"거짓말."

"엉? 난 거짓말 전혀 못하는데?"

"그건 너무 심한 거짓말이에요."

농담에 거짓말을 많이 하는 이윤재가 능청스럽게 거짓말을 전혀 못한다고 하니 진주는 왠지 피식 웃음이 나왔다.

"큭."

"어? 배진주 웃었다."

윤재는 진주의 마음이 조금 풀어진 듯해 가만히 그녀의 머리카락을 쓰다듬었다.

"속으로 혼자 아픈 거 참으면 더 힘들어진다고 어른들이 하시던 말 들었지? 힘들면 나에게 말해. 사소한 것까지 다 들어줄게."

그가 얼마나 애쓰고 있는지 잘 알았다.

그녀는 몸을 돌려 얼굴을 들고 그를 보았다. 윤재는 힘들었는지 혼자 많이 운 것 같은 진주의 빨간 눈 주변을 보자니 마음이 쿡쿡 쑤시는 듯 쓰라렸다. 그는 손바닥으로 진주의 눈을 살며시 덮었다.

"따듯하다."

"그래? 좀 따가운 게 가라앉는 것 같아?"

"네."

윤재는 손을 떼 두 손을 쓱쓱 한참을 비벼서 손바닥 온도를 최대한 올렸다.

그러곤 다시 진주의 눈에 갖다 댔다.

"내가 너무 유난스럽게 입덧을 하나 봐요."

"아냐. 임신하면 당연한 과정인데다가, 건강한 아기라는 신호래."

진주도 그런 말을 들은 적이 있었다.

"내 몸이 아기를 받아들이고 아기도 자신을 엄마에게 표현하는 첫 신호가 입덧이래요. 그런데 우리 행운이는 너무 신호가 센 거 같아."

윤재는 진주에게 애써 편안한 표정을 지으며 말했다. 하지만 골이 난 말투였다.

"그러게, 호랑이 태몽이 문제인 거 같아. 어떤 녀석일지 천하를 호령할 호랑이 기운을 타고 진주 배 속에 들어와서 나오기도 전에 엄마를 괴롭히네. 어디 나오기만 해 봐."

"네?"

진주가 놀라 눈을 크게 떴다. 하지만 진주의 두 눈은 그의 손바닥 안이었다. 진주의 입술만 벌어졌다가 꼼지락거리며 말하기 시작했다.

"나오면 뭐요?"

"엄마 괴롭혔다고 혼내 줄 거야."

"설마 진담은 아니죠?"

"진담이야. 이제 보니 난 좋은 아빠 되긴 글렀어."

농담이지만 반은 어느 정도 진심이 담겨 있었다.

"말도 안 돼."

좋은 아빠가 되겠다고 그녀에게 다짐했지만, 진주가 힘들어하는 모습에 아기가 유별난 것 같아 조금은 밉기도 했으니까.

"왜 행운이를 미워해요? 엄마를 괴롭히고 싶어서 그러는 게 아닌데? 행운이도 지금 열심히 자라기 위해 안간힘을 쓰고 있는 건데!"

진주의 항변에 이번엔 윤재의 입술이 조금 튀어나왔다. 윤재는 손을 떼고 진주의 눈을 유심히 들여다보며 말했다.

"이건 유치해서 말 안 하려고 했는데. 해야겠어."

"……?"

진주는 뭔가 싶어 그의 눈동자를 깊이 들여다봤다.

"행운이야? 나야?"

"네에?"

이 와중에도 그는 농담을 했다.

"정말 유치하게 이럴 거예요?"

"딱 하나만 짚고 넘어가야겠어. 어떤 경우에도 배진주 우선순위 첫 번째는 이, 윤, 재, 야."

또박또박 목소리도 우렁찼다. 무대 연기 연습을 시켜 주는 것처럼.

"참 나."

어느 날부터 윤재는 기회가 날 때마다 '배진주의 우선순위 첫 번째는 이윤재'란 말을 되풀이하고 있었다.

함께 산책할 때 행운이에게 말을 건네다가도 한 번씩 그 우선순위를 말했고, 잠을 자고 일어나 진주가 배를 보며 '행운아, 잘 잤어?' 인사할 때도 곁에서 우선순위 타령을 했다.

"이 정도면 세뇌되겠어요. 왜 말끝마다……."

"맞아 세뇌하는 거. 그러니 잊지 마. 배진주는 이윤재를 최고로 사랑한다. 행운이는 어쨌든 두 번째다."

"풋."

진주는 마지못해 웃었다. 황당하고 정신없는 대화 덕분인지 토하면서 힘들었던 기억은 조금 희석된 것 같았다. 이런 농담을 하는 와중에도 윤재는 계속 손을 비벼서 따뜻한 체온이 되면 진주의 눈 위에 올리고 있었다.

진주는 말은 안 했지만 확신했다.

'진짜 최고로 사랑하는 건 당연히 이윤재인데.'

흥분했던 몸과 마음이 조금 수그러든 것 같아 윤재는 진주에게 나직이 물었다.

"먹고 싶은 거 말해 봐. 뭐든지 사다 줄게."

"음."

진주는 먹고 싶은 것보다 먹을 수 있을 걸 생각했다. 힘겹다 해도 뭐든 아기를 위해 또 먹어야 하니까. 그와 함께 버티면 언젠간 입덧은 끝이 날 테고.

"이번엔 딸기 아이스크림이 든 와플?"

"그래? 당장 나가서 사 올게. 잠시 자고 있어."

그는 그렇게 진주를 재워 두고 그녀가 조금이라도 먹을 만한 것을 찾아 한가득 사 들고 집으로 돌아오곤 했다.

어느덧 진주의 입덧이 잦아들고 진주의 배도 겉으로 표시가 날 만큼 나오기 시작했다.

"아들일까요? 딸일까요?"

윤재와 진주는 아침부터 부산하게 움직였다. 정기검진이 있는 날이었고 진주는 오늘 담당 의사에게 아들인지 딸인지 물어볼 생각이었다.

아들이든 딸이든 상관없었으나 설레는 건 진주도, 윤재도 마찬가지였다. 그리고 초음파를 통해 아기의 입체적인 얼굴을 볼 수 있는 검사를 하는 날이라 더더욱 기대가 되었다.

"무엇보다 오늘 아기 얼굴이 어떻게 생겼을지 보는 게 제일 기대돼요."

"뭘? 보나 마나 나만큼 잘생겼거나 배진주만큼 예쁘겠지."

"윤재 씨보다 더 잘생길 가능성도 있잖아요?"

"미안하지만 그럴 가능성은 없어."

"홋."

진주는 윤재와 같이 입덧의 시기를 겪으며 그가 더 농담을 많이 하게 된 걸 알았다. 자신을 즐겁게 해 주려고 일부러 그런다는 걸 알기에 진주는 웃음을 지으면서도 한편으로 늘 고마웠다.

"와아!"

아기의 얼굴이 드디어 화면에 뚜렷하게 보였다.

"아기 이목구비가 공주님처럼 너무 예쁘네요. 엄마 아빠가 너무 멋지시니, 태어나면 정말 예쁠 것 같아요."

"공주님이요?"

"네. 예쁜 신부가 되겠어요."

"아, 네. 감사합니다."

아들일 거라 예상하던 윤재는 예쁜 딸이란 말에 입술이 늘어졌다. 호랑이 태몽에 입덧을 너무 요란하게 하기에 아들인가 생각했는데, 딸이라면 너무 예쁠 것 같았다.

'배진주 닮은 예쁜 딸…… 생각만 해도 귀엽네.'

진주가 다른 검사를 받는 동안 윤재는 아빠 교실에 참석했다. 진주가 엄마가 되기 위해 공부가 필요했던 것처럼 윤재 역시 아빠가 되기 위한 공부와 정보가 필요했기에 시간이 되면 적극적으로 프로그램에 참여하려 애썼다.

"오늘은 임신 중기에 접어든 아내를 위한 마사지를 배웠어."

윤재는 배운 걸 진주와 함께하려 했고 진주도 아기를 위해서 적극적으로 무엇이든 따라 했다.

집으로 들어온 윤재는 운동 매트에 진주를 앉히고 두 발을 나란히 폈다.

임신 중반부터는 임산부의 몸이 붓기 시작한다기에 남편의 마사지가 중요하다는 걸 배운 윤재는 가능하면 하루 세 번은 진주에게 마사지를 해 주겠다 다짐하던 차였다. 윤재는 진주의 발가락 사이에 손가락을 깍지 끼워 집어넣었다.

"꼭 그렇게 해야 해요? 그냥 잡아도 될 거 같은데?"

"이렇게 하라고 매뉴얼에서 봤어. 뭐든 정석대로 해야지."

윤재는 한 손으론 발목을 잡고 다른 한 손으론 깍지 낀 발을 잡아 천천히 돌렸다. 진주의 발은 아직 부은 것 같지 않았다.

"시원하지?"

"네."

그는 발목에서 천천히 종아리로 조몰락거리며 올라가기 시작했다.

"왜 이렇게 손이 많이 올라가요?"

진주는 무언가 저릿함을 느끼며 눈을 키웠다. 그의 두 손은 무릎을 지나 더 올라오고 있었다.

"……!"

찰싹.

장난스러운 그의 손이 더 위로 올라가지 못하고 진주에게 막혀 버렸다. 그의 커다란 손등은 매서운 진주에게 제지당하고 말았다.

진주는 눈을 가늘게 뜨고 팔짱을 꼈다.

"짐승!"

"뭐?"

지지 않겠다는 듯 팔짱을 끼고 진주를 마주 본 윤재는 턱을 들고 볼에도 힘을 줬다.

"어? 난 맹세코 오늘 아빠 교실에서 배운 그대로를 하고 있거든."

"설마. 강사님이 임산부 발 마사지를 이렇게 야하게 하라고 했다고요?"

"응."

윤재는 아무렇지 않은 표정으로 고개를 끄덕였다.

"그뿐인 줄 알아? 이 시기엔 남편의 역할이 아주 중요하다고 하시면서 다양한 마사지 방법을……!"

윤재가 고개를 갸웃거리더니, 눈빛이 의뭉스럽게 변했다.

"혹시?"

"……?"

"배진주가 야한 생각을 하고 있다가 딱 걸린 거 아냐?"

"뭐라고요?"

진주는 황당해 입술을 벌렸다.

참, 나.

진주는 산부인과 정기검진에서 담당 의사가 한 말을 듣고 윤재가 이러는 거라 짐작했다.

이제 입덧이 끝나고 임신 중기로 접어들었으니 그동안 조심하던 스킨십과 정상적인 부부 생활이 가능하다는 것과 태아에게도 엄마, 아빠의 사랑 표현이 정서적으로 좋다는 말을 듣고 나서부터.

"배진주."

자신의 이름을 부르는 윤재의 목소리도 어느새 진주의 예상대로 뜨거워져 있었다. 얼굴도 잡아먹을 듯 다가왔다.

진주는 저도 모르게 눈을 스르르 감고 말았다.

"큭."

다가가니 짐승 타령에 야하다며 내숭을 떨던 진주가 눈을 감는 모습이 너무 귀여운 나머지 윤재는 그녀의 이마와 입술에 '쪽' 하고 가벼운 뽀뽀를 했다.

'응?'

계속 될 거라 생각했던 키스가 이어지지 않자 진주가 눈을 슬그머니 떴다.

윤재는 다른 곳을 보고 있었다. 진주는 무언가 기대한 자신이 민망해 벌떡 일어나 침대로 가서 누웠다.

"졸려요."

이불을 잡아 홀러덩 뒤집어쓰며 말했다.

"그래?"

그 모습을 보던 윤재는 피식 웃으며 이불 속으로 뛰어 들어가 뒤에서 그녀를 품에 안았다.

그의 큼직한 두 손이 진주의 볼록해진 배 위를 감싸니 행운이와 진주를 함께 안은 것 같았다.

"흐음. 좋아. 배진주 냄새."

그는 진주의 목덜미에 코를 박고 그녀의 향기를 흠뻑 들이마셨다. 진주 역시 그녀를 에워싼 그의 냄새를 느꼈다. 입덧으로 느끼지 못했던 그의 향기가 오늘따라 그윽하고 좋았다. 윤재는 그녀의 목덜미에 입술을 잘게 맞추기 시작했다.

440

"내가 윤재 씨에게 짐승이라고 말해서 화났어요?"

"아니, 그렇게 생각했어?"

"윤재 씨가 어떻게 생각할지 몰라서요."

"난 짐승이란 말 좋아. 진짜 짐승이기도 하고 가능하면 멋진 짐승이 되고 싶어."

"훗."

진주는 윤재와 얘기를 나누며 오래전 아버지가 해 주었던 이야기 하나를 떠올렸다.

"내가 아홉 살 때쯤인가? 아버지가 마루에서 북 치다가 해 주셨던 짐승 얘기 기억나요?"

진주는 그도 그 얘기를 기억하는지 궁금했다.

"배진주가 그걸 기억해? 꽤 어렸을 때잖아."

"어렸지만 그 이야기는 마음속에 남았거든요."

진주와 윤재는 기주의 얘기를 듣던 어릴 적 어느 날을 떠올렸다.

진주에게 소리를 가르치던 기주는 어린 진주가 집중을 못하고 산만해지자, 재미있는 얘기를 해 주겠다며 구슬렸다. 기주는 마침 옆방에서 북 연습을 하던 윤재까지 같이 불러 마루에 앉혔다.

"오늘은 늑대라는 멋진 짐승 얘기를 해 주마."

"늑대?"

기주는 고개를 끄덕이며 이야기를 이어 갔다. 진주의 눈망울이 초롱초롱 빛났다.

"짐승 중에서도 특히 늑대란 놈은 말이다. 딴 짐승들과 달리 평생 단 한 마리의 암컷만 사랑한다고 하더구나. 그러다 사랑하던 암컷이 먼저 죽으면 가장 높은 데 올라가서 울부짖는 것이여."

기주의 얘기에는 또박또박 힘이 있었다. 소리꾼답게 목소리와 몸짓으로 이야기에 집중시키는 몰입감은 최고였다.

윤재와 진주의 눈빛이 뒤에 이어질 이야기에 기대를 가득 머금었다.

"수컷 늑대는 암컷이 죽어도 남겨 둔 어린 새끼를 홀로 정성껏 보살핀단다. 그러다 새끼가 크면 그 수컷은 암컷이 죽었던 곳에 가서…… 자신도 굶어 죽는다는겨."

윤재도 눈을 반짝이며 늑대 이야기를 퍽 유심히 들었다. 진주는 어린 나이에도 수컷 늑대의 사랑 얘기가 감동스러웠다.

"수컷 늑대는 사냥해 오면 암컷 늑대와 새끼를 먼저 먹이고 자신은 경계를 서다가 새끼와 암컷이 다 먹고 나면 그제야 안심하고 음식을 먹는 습성이 있제."

"그럼 늑대는 착한 동물이네."

"맞어. 그러니 '짐승 같은 놈'은 욕이 아니고 칭찬일 수도 있제."

"피."

기주는 윤재를 보며 말했다.

"윤재야, 이 멋진 짐승은 자기보다 약한 상대를 절대 사냥하지 않는단다. 그걸 알고 늑대 사냥꾼들은 영리한 수컷 늑대를 잡기 위해서 먼저 암컷 늑대부터 잡는다지. 그러면 수컷은 자기가 죽을 걸 알고도 반드시 암컷을 찾으러 온다는 거여."

진주는 코를 훌쩍거리더니 눈가를 붉혔다.

"아버지, 늑대의 사랑이 너무 불쌍해."

"진주야, 너는 이다음에 꼭 이 늑대 같은 남자를 만나서 평생 사랑받으면서 살어라."

"응."

진주는 그저 해맑게 웃으며 대답했다.

기주는 흐뭇하게 아이들을 보며 웃었다. 기주는 윤재의 맑은 눈동자를 보며 말했다.

"윤재야, 너는 세상 어느 늑대보다 멋진 짐승이 되는겨. 알 것제?"

그때의 기억을 떠올리며 웃던 진주는 몸을 돌려 그의 허리를 가만히 안았다.

돌이켜 보니 어찌 이런 인연이 있을까 싶을 만큼 그와는 정해진 운명이 있는 것 같았다. 진주는 그의 가슴에 얼굴을 비비며 말했다.

"내 인생에 들어와 멋진 짐승이 되어 줘서 고마워요."

"내 아내가 되어 줘서 고마워."

그는 기주의 바람대로 그녀를 사랑해 주는 멋진 짐승임이
분명했다.

"갈까부다 갈까부다."

탁.

"……!"

북을 치며 소리 연습을 하던 진주는 멈칫하며 북채를 든 손
을 멈췄다. 그리고 고개를 내렸다.

커다래진 배 속에서 행운이가 발길질을 했기 때문이었다.

'태동인가 봐.'

진주는 웃었다. 아기가 소리를 듣는다는 건 알고 있었기에
윤재와 진주는 행운이에게 자주 말을 걸곤 했었다.

진주는 마음을 가다듬고 소리의 남은 구절을 부르려고 다
시 북채를 쥐었다.

"님 따라서 갈까부다."

탁.

"……!"

진주의 눈이 다시 커졌다. 분명히 북소리를 듣고 바로 아기
의 태동이 왔기 때문이었다.

'설마. 그럴 리 없잖아. 엄마가 되면 모두 자신의 아기가 천재라고 생각한다더니. 훗.'

진주는 다시 연습에 매진했다. 잠시 후 윤재가 차를 들고 연습실에 들어왔다. 진주는 윤재에게 웃으며 행운이의 첫 태동 소식을 알렸다.

"정말 행운이가 움직였다고?"

"네. 그것도 제가 놀랄 정도로 세게 찼어요."

"대견하네. 건강하단 증거겠지?"

"윤재 씨도 행운이 발길질 한번 느껴 볼래요?"

윤재가 그게 가능해? 하는 표정으로 진주를 보았다. 아직 의사소통이 안 되니 발길질하라고 말한다고 행운이가 들을 것도 아니니까. 윤재는 진주가 자신을 놀린다고 생각해서인지 고개를 저었다.

"아주 나를 놀리는 게 이제 수준급이야."

"아니에요. 우리 행운이 발길질이 좀 독특해."

"독특하다고?"

"여길 살짝 누르고 있어 봐요."

진주는 북채를 잡고 북을 칠 준비를 하고는 조금 뭉쳐진 아랫배 부분에 윤재의 손을 가져다 대었다.

윤재는 영문도 모른 채 가만히 손바닥을 올리고 있었고 진주는 북을 경쾌하게 '탁' 쳤다.

그랬더니 배 속이 꿈틀.

윤재의 손에 정말 행운이가 느껴짐과 동시에 윤재의 눈은 귀신을 본 듯 놀라 커지고 말았다.

"이, 이게 태동?"

진주는 고개를 끄덕였다.

"또 느껴 봐요."

진주는 한 번 더 '탁' 북을 쳤다.

꿈틀.

이쯤이면 윤재도 놀라웠다.

"행운이가 북소리에 맞춰 반응하는 건가?"

"네. 그런 거 같아요."

진주는 이런 반응이 반복되자 확실히 아기가 북소리를 구별한다는 생각이 들었다.

우연의 일치일지 모르지만, 아기는 북소리에 발길질을 하며 무언지 모를 자신의 감정을 표현한 거였다.

"배진주 소원은 안 이뤄지겠네."

"응?"

"평범한 아이가 태어났으면 좋겠다는 말. 벌써 태동부터 평범하지 않잖아."

진주는 큰 숨을 한 번 내쉬었다. 윤재는 진주의 어깨를 감싸며 말했다.

"이 정도의 감각을 갖춘 최연소 소리꾼이라면 난 감독으로서 벌써 캐스팅하고 싶은데?"

"네?"

진주는 황당해했고 윤재는 하하, 큰 소리로 웃었다.

만삭이 되자 진주의 배는 아주 커다래졌다. 윤재가 그녀의 배에 밤마다 크림을 발라 주고 뽀뽀해 주는 것이 일과의 끝이었다. 오늘도 마찬가지로 윤재는 준비한 오일과 튼살 크림을 충분히 덜어 내어 진주 배에 마사지하듯 바르기 시작했다.

"예정일이 며칠 안 남았지?"

"네. 사실은 점점 걱정돼요."

수많은 출산 경험자들의 이야기는 하나같이 순탄하거나 무난하지 않았다. 첫 출산에 자연분만은 산모에게 힘들다는 말에 진주도 마음의 각오를 하고 있었지만, 윤재 앞에선 괜찮은 척하기가 싫었다.

윤재도 걱정되긴 마찬가지였다.

"내가 옆에 같이 있을게. 막 욕하고 내 머리 쥐어뜯어도 상관없어. 잘 낳기만 해."

"내가 왜 윤재 씨 욕을 하고 머리를 뜯어요?"

"출산하다 보면 그렇대."

"난 엄마가 되게 해 줘서 윤재 씨에게 고마워요."

진주의 말을 들으며 윤재의 부드러운 손길이 배 위를 미끄러지고 있었다.

윤재는 그녀의 커다란 배에 오일을 꼼꼼히 바르고서 배꼽 위에 뽀뽀를 '쪽' 했다.

불룩.

"어? 행운이 움직인다!"

"훗."

"좋다는 거겠지?"

"이 다음에 태어나면 물어봐요."

"말하려면 시간이 좀 걸리지 않나?"

막달에 접어들자 아기가 움직이는 모습이 다 보일 정도로 행운이는 많이 움직였다. 출산일이 다가오니 아기가 태어날 준비를 하면서 둘은 온갖 상상을 하게 됐다.

뒤집고 걸을 땐 어떤 마음일까? 엄마 아빠를 불러 주면 또 어떨까?

"아얏!"

진주에게 갑자기 찢기는 듯한 통증이 일었다. 눈이 휘둥그레진 진주는 손목에 차고 있던 시계를 보았다. 덩달아 윤재도 놀랐다.

"윤재 씨……."

"어, 어?"

"진통이 시작된 거 같아요."

"뭐? 아직 일주일은 남았잖아? 첫 출산은 늦어진다고……."

"하지만 방금 가진통이 온 거 같아요."

진주는 혹시나 하는 생각으로 다시 시계를 보았다. 10여 분이 흐르고, 찌를 듯한 진통이 다시 찾아왔다 잦아들었다. 분명히 출산의 조짐이었다.

"윤재 씨, 출산 준비해 둔 거 챙겨서 병원으로 가요."

448

"그래, 그러자. 아픈 건 괜찮아?"

"아직은 참을 만해요."

윤재와 진주는 서둘러 병원으로 가서 검사를 받았고 다음 날 저녁 즈음 진주는 출산했다.

"산모님, 아기 안겨 드릴게요."

진주는 갓 태어난 아기를 안아 들었고 감격하며 아기와 윤재를 보았다.

출산이 가까워져 대기실에서 기다리던 지훈과 애순도 아기가 탄생했단 소리에 더없이 기뻐하며 아기를 보러 병실로 들어와 있었다.

"진주야, 고생했구나."

"을매나 아팠을 것이여. 진주야, 장허다."

"스승님."

애순은 별말 없이 지긋한 눈빛으로 진주의 손을 꼭 쥐며 연신 고개를 끄덕였다. 지훈은 손주를 보다 옆에 서 있는 윤재의 얼굴을 힐끗 보았다.

윤재의 얼굴은 허옇게 만신창이가 되어 있었다.

"배진주, 수고했어…… 흡."

진주가 밤새 이틀에 걸쳐 산고를 견디는 모습은 윤재에겐 충격이었고 고통이었다.

안절부절못하면서 진주의 손을 잡고 배를 만져 주며 등을 훑어 내리던 그는 진주가 마지막 산통을 겪으며 약이 듣지 않을 정도의 고통으로 소리 지를 땐, 도저히 참지 못하고 하염없이 눈물을 흘리고 말았다.

"윤재 씨, 난 괜찮아. 울지 말아요."

품에 아기를 안은 진주가 오히려 윤재를 위로했다.

아들의 눈가에 눈물이 맺힌 모습을 보고 지훈은 흠칫 놀랐다. 윤재가 철들고는 처음 보는 모습이었다.

"너도 울 줄 알았냐?"

"진주가 말도 못 하게 아팠습니다."

"그래, 자식 낳는 것이 쉬운 것이 아니지. 너도 애비 되느라 수고했다."

지훈과 애순이 나간 뒤 병실에는 진주와 윤재만 남았다, 아니 아기 침대 속에 행운이가 자고 있었으니 이제는 셋이 되었다.

윤재는 진주에게 다가가 땀으로 젖은 머리카락을 손가락으로 정리해 천천히 넘겨 주었다.

새하얗게 젖은 진주의 얼굴을 보니 또 울컥해 코끝이 매웠으나 윤재는 참고 웃으며 말했다.

"고마워. 정말 수고했어."

진주는 윤재를 향해 이를 보이며 환하게 웃어 주었다.

"윤재 씨, 나 엄마 됐어요. 우리 아기, 넘 예뻐요."

"그래. 엄마 되느라 힘들었지?"

진주도 출산을 하며 아팠던 게 생각났는지, 윤재의 물음에 눈물을 글썽이며 고개를 끄덕였다. 윤재도 진주의 맘이 느껴져 볼과 이마에 정성껏 입 맞추고 또 입 맞추었다.

"사랑해. 말로는 다 못 할 만큼."

"저도요. 나에게 와 줘서 고마워요."

윤재의 애틋한 입술이 나비처럼 가볍게 진주의 입술에 내려앉았고, 진주는 고요하게 눈을 감았다.

오빠, 빨리 문 열어

　진주의 출산 소식에 강아는 양손에 보약이며 먹을 걸 가득 들고 진주의 집에 찾아왔다. 현관에서 진주를 본 강아는 그녀를 안아 주었다.

　"진짜 아기 엄마가 된 내 친구 배진주, 장하다. 몸은 괜찮아?"

　"응. 좋아. 그런데 넌 약속 시간 보다 빨리 왔네?"

　"아픈 사람이 있어서 연습 하나가 취소됐어. 진수 오빠 창경궁 달빛 축제 최종 리허설이 아직 안 끝났대. 그거만 마치고 바로 여기로 온댔어. 감독님도 아직 퇴근 안 하셨지?"

　"응."

　"일단 우리 예쁜 여울이 얼굴부터 보자. 얼마나 컸나?"

　강아는 여울이 누워 있는 아기 침대부터 찾았다.

　"여울이는 자고 있어?"

　진주는 고개를 끄덕였다.

　"진주 넌 출산 후에 아픈 곳은 없어?"

452

"없어. 오히려 너무 안 움직이는 것 같아서 운동을 조금 늘리고 있어."

손을 야무지게 씻고 온 강아는 침대에서 자는 아기를 무슨 보물 쳐다보듯 빤히 들여다보았다.

"이름을 여울이로 정했댔지? 우리 여울이 넘 예쁘다. 진주야. 사실 내가 이날을 얼마나 기다린 줄 알아? 우리 여울이 얼굴 보고 싶어서 잠이 막 안 왔어."

"후후."

"사진보다 실물이 훨씬 더 낫네. 무슨 신생아가 이렇게 예뻐? 울 엄마가 언니들 아기 낳았을 때 신생아는 다 못생겨서 백일 지나야 윤곽이 나타나고, 돌 지나야 포동포동하니 예뻐진댔는데. 뻥이었어. 다 유전이야."

강아는 이루 말로 표현할 수 없는 부드러운 살결을 가진 여울의 볼살과 작은 손을 톡 건드렸다. 그러다 조심스럽게 토실한 손가락을 잡아 봤다. 인상을 쓰던 아기는 자극을 느꼈는지 온몸으로 꿈틀거리다 눈을 떴다.

"여울이 눈떴다. 여울아, 이모야. 이모 처음 보지? 안녕."

자신이 여울이에게 명확히 보일 리 없단 걸 알았지만 강아는 손을 흔들며 인사를 했다. 진주가 낳은 아기라는 점도 신기하고 부럽기도 했다.

"진주야, 네가 빨리 결혼해서 이렇게 아기까지…… 신기해."

진주는 강아가 유난히 아기를 빤히 쳐다본다고 생각했다.

강아는 한참 여울의 꼬물거리는 모습을 구경하느라 여념이

없었다. 진주는 기저귀를 갈아 주었고 아기는 위를 보고 방실
거리더니 다시 잠들었다.

저녁 시간이 되어 가자 진수와 윤재가 차례대로 도착해 넷
은 다 모이게 됐다.

식탁에는 출산한 진주를 위해 강아가 손수 끓인 성게 미역
국과 부드럽고 덜 자극적인 음식이라며 가져온 것들로 차려졌
다.

강아는 진주에게 산후조리 중이니 맛있는 미역국을 다양하
게 먹어 봐야 한다며, 미역국을 끓여 주겠다고 장을 봐 온 터
였다. 진수와 윤재도 그걸 알고 주방 일을 도와주었기에 저녁
식사는 뚝딱 차려졌다.

"진주야, 맛있어?"

"응. 미역국만 계속 먹으니 좀 물렸는데 성게 미역국은 좀
다르네. 시원해."

"넉넉하게 끓였으니 생각날 때 꺼내 먹어."

"고마워."

식사가 끝나고 윤재는 우유를 다 먹은 여울이를 트림시켜
주기 위해 가슴팍에 조심스럽게 안고 자기 손바닥보다 작은
아기 등을 손으로 훑어 내리고 있었다.

진수는 그 모습을 유심히 보며 싱긋 웃었고 강아도 문득 훗
날 자기도 진수와 결혼해 아기를 낳으면 이렇지 않을까 하고
상상해 보기도 했다.

"윤재 씨, 여울이 트림도 하고 이미 잠들었어요. 침대에 눕

혀 줄래요? 앞으로 두 시간 정도는 꼼짝없이 잘 테니 우리도 이제 차 한잔해요."

"알았어."

윤재는 아기 침대에 여울을 천천히 내려놓고 아기의 잠든 모습을 보며 환하게 웃었다. 강아의 얼굴은 진주와 윤재를 보며 부러움으로 가득 찼고 진수는 그런 강아의 얼굴을 빤히 보고 있었다.

"여울이란 이름이 예뻐요."

강아도 이름이 마음에 드는 모양이었다.

"그래요? 원래 몇 개 이름 후보를 두고 고민하다가 진주와 나 둘 다 여울이란 이름을 가장 마음에 들어해서 여울이로 정하게 됐어요."

"그렇구나. 무슨 뜻이에요?"

그건 진주가 답했다.

"강이나 바다에서 물살이 세게 흐르는 곳이란 뜻이야."

"여울이란 이름이 연약한 느낌이 있다고 생각했는데 뜻은 전혀 아니네?"

"그래서 난 이 이름이 더 마음에 들었어. 겉으론 부드럽게 들리지만 그 속엔 뭔가 센 기운과 강단이 있는 것 같아서."

강아는 진주가 이 이름을 선택한 이유를 알 것 같았다.

"뭔가 배진주하고 닮았어. 겉으론 부드러운데 안에는 세찬 물살이 흐르잖아? 우리 여울이도 엄마 닮아 그럴까? 감독님은 어떠세요? 여울이가 진주 닮는 거?"

"전 두 팔 들고 대환영이죠."

윤재는 진주를 보며 찡긋하며 웃었다. 이어 조용하던 진수도 말을 덧붙였다.

"여울이 얼굴은 감독님과 많이 닮았더라고요."

"그런가?"

자신을 닮았다는 말에 윤재가 흐뭇한 웃음을 지어 줬다. 여울이 얘기를 이어 가던 넷은 강아와 진수 얘기로 화제를 바꾸고 있었다.

"강아야, 진수 오빠가 그동안 해외 공연 준비하고 막 올리느라 서로 바빠서 자주 만나긴 힘들었겠다."

"그렇지 뭐."

같은 일을 하니 그 상황을 너무 잘 아는 강아는 진수에게 자주 못 만난다며 투정 부릴 수 없었다.

"진수는 요즘도 대형 축제 공연 때문에 많이 바쁘던걸?"

"네. 해외 공연 끝내고 창극단에 합류해서 새 공연 준비 중입니다. 진주가 쉬고 있으니 정통 판소리 공연이 저에게 많이 섭외가 오는 건 맞아요."

"강아와 활동하는 동선이 달라서 둘이 얼굴 보기가 힘들겠다."

진주가 걱정되는 말투로 말했다.

"뭐, 어쩔 수 없지. 나도 방송 출연에 축제 공연 연습하며 열심히 잘 지내고 있어."

활동하는 무대와 지역도 다르니 강아와 진수가 더 만나기 힘든 상황이란 걸 잘 알기에 진주는 둘이 안타까웠다.

이야기를 마치고 진주와 윤재에게 인사한 진수와 강아는 진수의 차에 올라타 강아의 집으로 가고 있었다.

강아의 집 앞에 주차한 진수는 차 문을 열려는 강아의 팔목을 잡았다.

강아는 놀라 고개를 돌렸다.

"왜? 무슨 일 있어?"

"오랜만에 얼굴 봤는데 그냥 내리려고?"

"……"

강아 입장에선 며칠 만에 보는 얼굴이긴 했다. 같이 식사를 하고 이런저런 얘기를 많이 하긴 했지만 둘의 얘긴 하지 못했으니까.

강아는 앞을 보며 앉은 채로 진수에게 말을 걸었다.

"스승님 감기랑 목은 좀 괜찮아지셨어?"

"응. 약 먹고 좋아지셨대."

"그래? 이번에 창경궁 축제 말야……"

"강아야, 그거 말고."

"응?"

"난 우리 둘 얘기하고 싶은데?"

강아는 볼을 긁었다. 할 말은 다 한 것 같은데. 전화도 매일

하고 방금 진주 집에서도 계속 얘기를 했고.

"진주네 집에서 같이 얘기 많이 했잖아?"

"이강아, 그게 이렇게 우리 단둘이서 말하는 거랑 같아?"

"아니, 그건 아니지."

강아는 뭔가 부끄러워 입술을 말아 넣고 고개를 숙였다. 진수 목소리가 차 안에 낮게 울리니 뭔가 분위기가 바뀌었기 때문이다. 강아의 부끄러워하는 모습을 보던 진수는 몸을 당겨 강아를 품에 안았다.

"엇!"

어깨가 커다랗게 오르내릴 정도로 진수는 큰 숨을 들이마시며 강아의 목덜미며 볼에 코를 비볐다.

"오, 오빠가…… 강아지도 아닌데…… 왜 이렇게, 비벼…… 싸…….."

강아는 등줄기가 오싹해지며 어딘지 모르게 간지러워 몸을 조금 꼬았다. 강아도 몸을 좀 더 진수 쪽으로 돌리고 두 팔을 들어 은근히 진수 허리에 둘렀다.

"오랜만에 너 보니까, 오빠도 강아지처럼 예뻐해 달라고 그러지."

"치."

아잇, 이 남자가. 심장이 쑥 내려앉아 후들거리며 떨리기 시작했다.

'좋아서 설레는 거겠지?'

강아는 그를 붙든 손끝에 힘을 주었다. 숨쉬기 곤란한 증상이 시작되어 큰 숨을 들이쉬고 내쉬기 시작했다. 진수와 이렇게 깊이 사귀기 전에는 그저 그가 무뚝뚝한 유교남이라 생각했다. 하지만 진수는 강아와 단둘이 있을 땐 완전히 달랐다.

"강아야."

"응?"

강아의 목이며 얼굴에 코를 박고 간지럽히던 진수가 고갤 들었다.

강아를 쳐다보는 눈빛이 어느새 짙어져 흔들리고 있었다. 그의 맑은 눈동자에 강아의 얼굴이 고여 들었다.

"오빠는 연습하는 내내 강아 네가 보고 싶어서 혼났어."

"그, 그랬어?"

"넌, 오빠 안 보고 싶었어?"

그는 알고 보니 솔직하고 감정 표현도 과감한 남자였다.

"보고 싶었지. 그러니까 전화도 하고 문자도 보냈지."

오물거리는 강아의 입술에 순식간에 진수의 입술이 닿아 포개졌다. 빈틈없이 맞물려 강아를 쓰다듬는 그의 부드러운 입술을 느끼며 강아도 그의 얼굴로 손을 올렸다. 그것이 신호인 듯, 진수의 입맞춤은 진해지고 강렬해졌다. 강아의 몸속에 열기가 뜨겁게 피어올랐다.

'이렇게 키스도 잘하면서. 그땐 첫 키스하는 게 왜 그렇게 힘들었지?'

강아는 연애 초기 스킨십 때문에 진수와의 연애를 고민하던 때가 문득 기억났다.

진주의 임신 소식을 들었던 날, 강아는 진주에게 전화를 걸어 꺅꺅거리며 임신을 축하해 주었다.

　진주에게 가족을 만드는 것은 특별한 의미였기에 강아는 진주의 임신이 누구보다 더 기뻤다. 하지만 시간이 지나니 마음 한편으론 자신은 언제 결혼해 아기를 낳을까, 하고 아쉽기도 했다.

　강아는 오후에서 저녁까지 이어진 빡빡한 공연 연습을 마치고 연습한 동기들 몇과 같이 술자리에 참석하게 됐다. 취기가 오르고 이런저런 수다 중에 강아와 백진수의 연애 이야기가 나왔고 동기들은 둘의 연애가 궁금해 묻곤 했다.

　대충 잘 지낸다고 얼버무렸지만 다른 친구들의 연애 이야기를 시시콜콜 듣다 보니 강아는 그날따라 진주와 이전에 했던 얘기들이 머릿속에 맴돌았다.

　— 정말 진수 오빠와의 스킨십을 원한다면 네가 먼저 원한
　　다고 말해 봐.

　백진수의 고백을 받고 내가 얼마나 고민했는데.

　강아는 진수와 자신이 너무 차이가 난다는 생각에 오빠 동생 사이로 돌아가자 했고 진수는 이미 감정이 깊어져 고백했으니 이전으로 돌아가는 건 무리라 했었다. 앞으로 인연을 끊고 다시는 안 보겠다며 강아의 간담을 서늘하게 만든 진수 때문에 얼마나 놀라 고민하며 울었는데.

결국 경연 대회에서 1등을 하고 본격적으로 진수와 사귀게 된 강아는 연애하기까지의 과정이 힘들었으니 이제부터 일도, 사랑도 꽃길만 걸을 거라 생각했었다.

'씨이.'

하지만 이상하게 백진수는 연애를 시작하고도 밋밋했다. 손만 잠시 잡을 뿐 강아를 건드리지 않는 거였다.

'이게 무슨 연애야?'

강아는 그 생각을 하며 술잔을 들이켰다.

왠지 진수에 대한 서운함이 올라오는 걸 누르다 보니 평소보다 많은 술을 마시게 됐다. 술자리를 마치고 나온 강아는 동료들에게 인사하고 택시를 탔다. 집으로 가는 길에 진수에게 문자가 왔다.

> 강아야, 자?

곧 다음 문자가 이어 도착했다.

> 강아야, 오빠 축제 공연 마치고 일정 당겨서 조금 전에 집에 도착했다.

진수는 지역 축제 공연을 하느라 여러 도시를 돌고 있었다. 공연 후엔 스승님께 인사도 드리고 며칠 있다 올 거라 했기에 강아는 진수가 오늘 서울에 도착한 건 몰랐다. 강아도 곧바로 답을 보냈다.

안 자. 오빠 피곤하겠다.

너도 연습 끝나고 피곤하지? 오늘 밤은 너무 늦었으니까 어서 자고 내일 일어나면 통화하자.

나, 안 보고 싶어?

보고 싶지. 그렇지만 참아야지.

강아는 문자를 보며 눈썹 사이를 찡그렸다.

'아니, 보고 싶으면 당장 보면 되지. 뭘 이딴 걸 참는대?'

강아는 술기운도 있었지만 참는다는 말에 왠지 화가 났다. 불같은 사랑은 아니더라도 이건 전혀 정상적인 연애라 할 수 없어.

'떨어지기 싫어서 알콩달콩 아찔한 연애를 상상했는데.'

어떻게 시작한 연애인데 초반부터 물에 물 탄 듯 미적거리며 시간만 끌 수 없다고 생각했다.

오빤 씻으러 들어간다. 잘 자. 강아 좋은 꿈 꿔라.

응.

강아는 문자로 답을 보내고 생각을 좀 했다. 그러다 택시 기사님께 목적지가 바뀌었다고 말하고 진수의 집으로 찾아갔다.

눈이 풀린 강아는 몸을 비틀거리며 진수의 집 앞에서 잠시

서 있다 벨을 눌렀다.

"누……!"

자려는데 누군가 싶어 인터폰을 보던 진수는 깜짝 놀랐다.

"강아?"

[이리 오너라아.]

반쯤 풀린 얼굴에 어눌한 말투. 강아가 술에 취한 걸 진수도 바로 눈치챘다.

강아의 얼굴이 이번에는 인터폰에 들러붙었다. 커다란 입술이 화면 안에서 꼬물거렸다.

[오빠, 빨리 문 열어. 이리 오너라.]

오랜만에 술에 취해 마음이 풀어져 그런가?

강아는 진수의 얼굴을 보고 싶다는 마음도 들끓었다. 마음 한쪽에선 진주의 말처럼 그에게 확실하게 말해야겠다는 생각이 들어찼다.

터엉.

문이 바로 열렸다. 문에 기댔던 강아는 열리는 문에 밀려 집 안으로 들어갔다. 휘청한 강아가 진수의 품에 곧장 안겨 버렸다. 강아는 정신을 차리려 고개를 흔들었다.

술에 취해 정신이 혼미했으나 강아는 확실히 알았다. 무대 위 연기나 동기들의 장난이 아니라 진짜 좋아하는 남자 품에 쏘옥 안겨 본 것은 태어나 처음이란 걸.

'기똥차게…… 좋아.'

진수의 품이 좋다는 생각이 몽글몽글 피어올랐다. 커다란 가슴이 단단하게 볼을 눌러 오는데 이상하게 압도당하는 느낌에 강아도 두 팔로 그를 흠씬 안고 싶었다. 그래서 팔을 빼려 했으나 팔이 도무지 움직여지지 않았다.

'이, 이런 것이 남자 품이란 건가. 음?'

강아는 진수 가슴팍에 붙은 얼굴을 움찔거렸다. 감자 꽃 냄새인지 배꽃 냄새인지, 어디선가 맡아 본 시원한 향기가 코끝을 스쳤다. 강아는 진수의 목 가까이에 어느새 코를 붙이고 킁킁거렸다.

'그럼 이것은 남자 냄새?'

진수는 강아가 취해서 정신을 차리려 그렇게 몸을 움직이는 거라 생각했기에 몸을 떼어 내고 강아를 내려다보며 걱정스럽게 물었다.

"많이 취했어?"

강아는 저도 모르게 손을 들어 올려 진수의 볼을 만졌다.

"오……빠."

불만 가득 심통이 나서 담판을 짓겠다고 진수를 찾아온 길인데, 오랜만에 진수의 얼굴을 보고 다정한 그의 목소리를 들으니 강아의 마음은 속절없이 녹아내리고 있었다.

"엇, 넘어질라."

진수가 휘청하는 강아를 붙들려고 제 가슴에 강아를 더 당겨 팔로 꽁꽁 감쌌다.

그러다 둘의 눈동자가 딱 부딪혔다.

진수는 강아를 내려다보다 한쪽 손을 들어 그녀의 뒤통수를 쓰다듬어 내렸다. 강아는 말없이 커다란 눈을 깜박거리며 그를 보았다. 무언가 이상한 느낌에 입술이 조금 튀어나와 움찔거렸다.

누가 이렇게 정성스럽게 머리카락을 쓰다듬어 주는 것, 이건 진수만이 강아에게 해 줄 수 있는 것이었다.

'내가 술에 많이 취해 그런 건가?'

무언가 지나치게 좋은 감정에, 진수의 행동 하나에 붕 떠오르는 느낌까지 나서 강아는 혼란스러웠다.

"오빠."

"응?"

강아는 어지러운 시선을 지우고 생각을 잡으려 애썼다.

'이강아, 정신 차려! 겨우 뒤통수 만져 달라고 여길 온 게 아니거든!'

술 취한 여자 친구가 갑자기 밤에 찾아와 문을 열라고 하고 덥석 안겼는데. 머리를 쓰다듬어 주다 시선이 마주치면 그다음은…… 당연히 키스를 해야 하는 거 아닐까?

그런데 진수는 은근한 웃음만 날리다 머리카락만 만졌다.

이젠 아는 동생도 아닌데.

그런 강아의 마음은 아는지 모르는지, 진수의 눈빛만은 강아를 향해 짙게 내려앉고 있었다. 그는 애써 미소 지었다.

"사실은 나도 오늘 밤에 강아 네 얼굴 보고 싶긴 했어. 술에 취해서 그런가. 오늘 강아 얼굴이 잘 익은 홍시 같네."

그의 음성과 야릇한 시선에 강아는 감각들이 날이 서 들뜨는 걸 느꼈다.

'하아. 스킨십만 아니면 정말 최고 남친인데.'

"강아야, 들어가자."

진수는 강아를 부축해 거실로 데리고 들어가 소파에 앉혔다. 강아의 얼굴이 무엇 때문인지 밝지 못한 것 같아 진수는 걱정스럽게 물었다.

"강아, 혹시 속이 안 좋아? 욕실에 데려다줄까?"

"오빠, 나 사실은…… 할 말 있어."

"……."

순간 강아의 표정이 진지해졌고 눈동자가 조금 또렷해졌다. 진수는 그 속에 일렁이는 이채를 읽었는지 숨을 한번 멈추었다.

"무슨…… 말?"

진수는 겉으론 무감한 척했지만, 눈앞에 보이는 강아 때문에 다잡았던 마음이 흐트러진 탓에 미칠 것 같았다.

올려다보는 강아의 얼굴은 소름이 돋아날 정도로 예뻤다. 술 때문에 달아오른 복숭앗빛 양 볼은 거실 조명에 비쳐 더욱 은은하게 보였다. 진수의 심장은 두근거리다 쪼개지듯 벌떡거렸다.

"나…… 오빠 많이 좋아하는 거 알지?"

"알아."

진수는 이대로 그윽하게 눈을 맞추고 있다가는 강아에게 정신 못 차리고 달려들 것 같아 잠시 시선을 피하려 눈꺼풀을 내렸다.

진수는 주먹을 꽉 쥐었다. 후회가 됐다.

'왜 하필 강아 아버지랑 그런 약속을 해서는……!'

진수는 강아와 사귀기로 한 이후에 강아 아버지를 찾아갔었다. 강아와 사귀게 되었으니 허락을 얻기 위해서였다.

진수와 강아가 자란 마을은 명창들이 많이 모여 사는 예인 마을로 유명했고, 강아의 집과는 이웃사촌이라 서로 집안 사정을 속속들이 알았지만 애순과 강아 아버지의 사이는 그렇게 좋지 않았다.

강아네는 판소리를 하던 집이 아니었다. 어린 강아가 학교에 다니며 취미 삼아 배우던 판소리를 본격적으로 배우려 했을 때, 강아 아버지는 아무것도 없는 가난한 집안에서 성공하기 힘들다며 반대했었다.

하지만 애순은 강아에게 소질이 있으니 소리를 접으면 안 된다고 강아에게 소리를 계속 가르쳤다. 그로 인해 두 집안 사이에는 가끔 강아의 진로 문제로 실랑이가 오가곤 했었다. 그걸 너무 잘 알고 있는 진수는 가장 먼저 강아 아버지의 마음을 얻어야겠다고 생각했다.

얼마 전부터 강아와 진지하게 사귀게 되었다는 말을 들은 강아 아버지는 지금에야 강아가 소리를 해 유명해졌으니 진수를 반대할 명분이 없었다. 게다가 예의 바르고 능력 있고 성격 좋은 백진수가 막내 사위로 온다는데 싫지 않았다.

둘이 앉아 술이 오가는 사이, 얼큰히 술에 취한 강아 아버지는 진수에게 사귀는 건 허락할 테니 한 가지는 약속하라 못을 박았다. 사람 일은 모르는 것이니 너희 둘 결혼식장에 자기 손잡고 들어갈 때까지 서로 선은 넘지 말란 것이었다.

진수는 당연하다며 강아 아버지께 그러겠다 약속하고 술을 받았다. 일어나는 자리에서 강아 아버지는 진수에게 마지막 말을 남겼다.

— 진수야, 강아를 애틋한 마음으로 제 몸처럼 아껴 주는 거여. 알것제?

그 약속이 신경 쓰인 진수는 강아와 만날 때마다 접촉을 조심하고 있었다. 진수 또한 강아와 사귀면서 손만 잡는다는 건 고문에 가까웠다.

같이 있으면 너무 좋아서 더 가까이 가고 싶은 건 당연했고, 강아의 손을 한 번 잡고 보니 그걸로는 모자라 안고 싶었다. 안고 머리카락을 쓸어내리다 보면 당연히 키스하고 싶었다. 하지만 진수는 강아 아버지와의 약속을 지키기 위해 최대한 인내심을 가지고 속도를 조절하는 중이었다.

그리고 오늘 밤, 흐트러진 강아가 이상하게 짙은 눈빛으로 진수의 절제심과 인내심을 시험하고 있었다.

"진수 오빠아."

"……"

그 예쁜 볼이 오늘따라 터질 듯 탐스러웠다. 애교스럽게 풀린 강아 목소리로 제 이름을 불러 주니 진수의 몸은 목 뒤에서부터 무언가 스멀스멀 기어가듯 전기가 통하며 간지러웠다. 몸이 오만 갈래로 풀어 헤쳐지는 느낌도 났다.

 하아, 정신을 차려야 하는데.

 강아는 그만 둘 생각이 없는 모양이었다.

 "떨어져 있는 동안, 나 안 보고 싶었어?"

 "하아."

 '말이라고? 보고 싶어서 죽는 줄 알았는데.'

 강아를 보는 진수는 이마와 눈썹과 입술까지 힘을 주고 있었다. 온갖 감정을 참아 대느라 오만 표정이 뒤섞여 진수는 딱 미치기 일보 직전이었다.

 "나는…… 겁나게 보고 싶었어."

 "그, 그래 강아야, 나도……."

 강아는 허리를 돌려 진수에게 더 얼굴을 갖다 댔다. 강아의 작고 통통한 두 손이 그의 볼을 잡았다. 진수는 눈을 키웠다. 목울대가 크게 위아래로 울렁거렸다.

 "오늘은 오빠랑 키스할 거야."

 "……!"

 강아의 두 손이 떨리는 게 진수 얼굴에 고스란히 느껴졌다. 술에 취해 제정신이 아니란 걸 알았지만 진수는 강아의 저 말들이 진심이란 걸 알고 있었다.

 "오빠, 난 오늘이 첫 키스야."

강아에게만 첫 키스인 건 아니었다. 강아에게 주려고 아끼고 아낀 진수의 처음이기도 했다.

"강아야."

진수가 은근하게 그녀의 이름을 불렀다. 오랜만에 귓가에 울리는 다정하고 고소한 백진수 목소리에 강아의 눈동자가 더 진하고 깊어졌다. 진수의 손가락이 그녀의 이마를 가로질러 흘러내린 머리카락을 귀 뒤로 걸어 주었다. 쏟아지는 강아의 눈빛이 기꺼워 몸속은 덜덜 떨렸다.

"오빠……"

강아가 녹아 들어가듯 풀린 얼굴로 진수의 이름을 진득하게 불렀다. 흩어지는 진수의 숨결이 지나치게 뜨거웠다.

강아도 떨려서 죽을 것 같았다. 강아의 눈이 꽉 감기더니 결국 두툼한 그녀의 입술이 진수의 입술로 침입해 맞붙었다.

"……!"

진수의 정신줄도 끊어지고 말았다. 그와 동시에 진수는 강아의 두 볼을 잡아 그녀의 입술을 흠뻑 머금고 맛보았다. 강아의 유연한 움직임과 적극적인 몸짓이 진수를 더욱 자극했고 둘의 키스는 연이어 이어지고 다시 이어졌다.

"하아, 오빠."

입술을 떼고 숨을 몰아쉬던 새까만 강아의 눈동자는 진수의 얼굴을 한차례 더듬었다.

진수의 숨결이 강아의 얼굴에 정신없이 닿았다 흩어졌다. 몽롱했다. 강아의 입술이 조금 벌어지고, 진수는 밤바다처럼 어둡게 파도치는 강아의 눈동자를 바라보다 다시 웃으며 그녀에게 몰려들었다.

"강아야."

진수는 짐승 같은 강렬한 눈빛을 하고 거친 숨을 몰아쉬며 강아의 이름을 나직히 불렀다. 그런데 한참을 보고 있어도 이상하게 그녀의 감긴 두 눈이 떠지지 않았다.

"……!"

진수는 잠시 호흡을 가다듬으며 기다렸다.

"설마……."

곧 익숙한 소리가 들릴 듯 말 듯 들려왔다.

"쉬잇. 푸후우. 포오."

진수가 자세히 보니 고개를 숙인 강아는 키스를 하다 잠들어 있었다. 작게 코 고는 소리가 어느새 장단처럼 들려왔다.

'세상에, 강아가 키스하다 잠들었네.'

진수는 살며시 한쪽 팔로 강아를 안아 줬다.

진수에겐 코 고는 소리에 숨 쉬는 소리까지 예쁘게 들렸다.

진수는 강아를 안고 한동안 계속 그러고 있었다. 품에 안긴 강아가 새근거리니 좋아서 설렜다. 진수는 손을 들어 강아의 등을 토닥토닥 두드렸다.

"자장자장 우리 강아, 잘도 잔다 우리 강아. 삽살개야 짖지 마라 우리 강아 일어날라."

진수가 밤새도록 강아를 안고 자장가를 불러 줄 수 있는 예쁜 밤이었다.

"강아야."

강아는 다음 날 아침 진수가 자신을 부르는 목소리를 듣고 눈을 떴다.

"……."

'여기가 어디지?'

강아는 눈동자를 돌려 대며 어젯밤 자신이 진수의 침대에서 잤단 걸 깨달았다. 지끈거리는 머릿속이 먹통이다가 어젯밤 술에 취해 진수를 찾아온 걸 기억해 냈다.

강아는 눈을 질끈 감았다.

그런데 이번엔 유혹하듯 진수에게 첫 키스를 하겠다고 선전 포고하던 자신의 모습이 재생되고 말았다.

'미쳤네, 미쳤어!'

진수가 침대 가까이에 걸어왔다.

"일어난 거 다 알아. 눈 뜬 것도 봤어."

'으읍.'

후회가 밀려왔으나 소용없었다. 술에 취해 용기를 내어 키스하겠다고 진수에게 큰소리쳤지만, 결론적으로는 다 된 밥에 코를 빠뜨린 건 자신이었다.

'이 바보 같은 것. 키스하겠다고 처들어와서는 언제 뻗어 잔 거야?'

진수가 다가오자 더 이상 눈 감고 자는 척하는 건 의미가 없을 것 같아 강아는 주섬주섬 일어나 앉았다. 진수와 아직 시선을 맞출 자신은 없기에 방바닥을 보며 말했다.

　"오빠도, 잘 잤어?"

　"그럴 리가? 난 잘 못 잤지."

　아, 그리고 보니 술에 취해 곯아떨어진 자신을 침대로 데려와 눕힌 게 진수란 생각이 들었다.

　"무거웠지? 난 그냥 소파에서 자도 되는데."

　진수가 멋쩍은 듯 목덜미를 한번 문지르며 조그맣게 말했다.

　"첫 키스를 그렇게 진하게 여러 번 했는데…… 어떻게 잘 자냐?"

　그는 손가락으로 강아의 코끝을 장난스레 집게 모양으로 잡았다 놨다. 반면 강아의 눈은 무슨 이상한 말인가 싶어 더 커질 수 없을 만큼 커지고 코도 벌름거리기 시작했다.

　"무, 무슨 첫 키스?"

　"어젯밤에……."

　진수도 수줍은지 입술 끝에 힘을 주며 강아를 바라봤다. 강아는 진수가 자기를 놀린다고 생각하고 팔짱을 끼며 말했다.

　"거짓말하지 마. 우리가 언제 키스를 했다고?"

　정말 강아는 전혀 기억나지 않는 표정을 지었고 진수는 강아의 표정이 무언가 이상하단 생각에 강아를 보며 미세하게 굳기 시작했다.

"소파에서 강아 네가……"

"……?"

"강아 네가, '오빠'하면서 내 입술을 덮쳤는데?"

'어떻게 그게 기억이 안 나지?'

강아는 진수의 설명을 들으며 표정이 푸릇하게 싹 바뀌었다.

'말도 안 돼. 첫 키스를 기억도 안 나게 하는 것이 어느 나라 법이야?'

강아는 무언가 억울했다. 그렇게 기대하고 기대하며, 벼르고 벼른 첫 키스가 기억에 없다는 게. 그것도 한 번도 아니고 그렇게 여러 번 했다는데……!

"억울해!"

강아는 성이 나 양 볼이 볼록해지더니 시뻘게졌다.

"첫 키스가…… 내 첫 키스가 도통! 죽어도 생각이 안 난다고. 뭐가 어땠는지 생각 안 나는 첫 키스가! 무슨 첫 키스야? 그런 게 어딨어?"

강아는 입술까지 만지작거리며 오물거렸다.

"씨이."

당돌한 강아의 눈빛은 어느새 잡아먹을 듯 진수를 잡아당기며 바라보고 있었다.

"왜?"

"다시 해."

"……?"

기억이 나지 않으니 첫 키스를 다시 하자는 강아의 말에 기어코 거실 소파에 나란히 앉은 둘은 서로 몇 초간 눈만 마주봤다. 당황스러움도 잠시, 누가 먼저랄 것도 없이 진수와 강아의 눈동자는 이글거리며 끓고 있었다.

진수는 옆에 앉은 강아의 어깨를 한쪽 팔로 둘렀다. 긴장한 강아가 움찔하는 게 느껴져 진수는 아닌 척 웃음을 입속에 가두었다.

이번엔 그의 얼굴이 더 바짝 다가가자 강아는 진수의 코끝을 바라보다가 무언가 결심한 듯 눈동자를 반짝였고 독수리가 먹이를 낚아채듯 진수의 입술에 강아의 입술이 순간적으로 부딪혔다.

촉.

강아는 역시 날렸다. 그녀는 오른팔을 들어 진수의 목덜미를 휘감고 당겼다.

쪽.

"강아야, 그, 그만하자……."

"왜 그래? 난 좋기만 한데?"

강아가 진수에게 애교스러운 눈웃음을 지으며 웃었다. 그 모습에 피식 웃음을 흘리던 진수가 이윽고 그녀를 넌지시 당겨 안았다. 그러더니 그녀의 앞머리를 옆으로 넘겨 주었다.

"키스하다 말고 뭐 해?"

"예뻐서."

"뭐가?"

"우리 강아 이마."

살포시 진수의 입술이 그녀의 이마에 내려앉다 떨어졌고 둘의 눈빛이 얽혔다. 그의 입술이 결국 그녀에게 다가갔다.

"아앗……."

"응?"

강아가 인상을 찡그리자 진수가 그제야 키스를 멈추었다.

"어디 아파?"

그녀는 코를 집게손가락으로 잡고 흔들어 보았다. 그리곤 진수 코도 잡아 흔들었다.

"오빠 코가 너무 높아서 이건 안 되겠어. 앞으로 이 각도는 패스."

'치. 귀여워 죽겠네.'

"일루 와."

강아는 첫 키스에 수줍은 여자라기보단 게임을 하다 끝판까지 가보고 싶은 어린 호기심 대마왕처럼 보였다. 그는 강아의 그런 저돌적인 자세가 좋기도 하면서 걱정되기도 했다.

"이제 그만."

"왜?"

"더 하면 큰일 나."

반면 강아는 키스를 계속하고 싶은데 피하려는 진수가 답답해 실눈을 뜨고 진수를 바라봤다.

"난, 하고 싶은 거 아직 남았는데?"

"뭐야? 첫 키스가 뭐가 이렇게 대범하고 적극적이고 끝이 없어?"

"첫 키스를 어떻게 하라고 헌법에라도 적혀 있대? 첫 키스가 아니면 그럼 내가 누구 딴 놈이랑 키스를 했을까 봐?"

"그것은 아니지."

그런데 갑자기 강아가 의심스러운 눈초리를 했다.

"그러는 오빠는 이게 첫 키스야, 아니야?"

강아는 이때다 싶어 평소에 미처 묻지 못한 걸 물어봤다. 강아는 진수의 학창 시절을 잘 알았다. 누가 몰래 진수를 좋아하고 누가 진수에게 고백했었는지도.

게다가 같이 다니던 예술 고등학교에서 예쁘기로 소문난 주희 언니가 백진수를 쫓아다닌 얘기는 너무 유명한 일이라 동문이라면 누구나 다 알았다.

"말해 봐. 오빠도 사실은 예쁘고 똑똑한 주희 언니 좋아했지?"

"와, 참."

진수는 별 말 같지 않은 소리를 다 한다는 표정으로 강아를 보았다.

"정말 여태껏 한 번도 누구 사귄 적 없어?"

"없어."

그는 한 점 고민도 없이 단호하게 말했다.

"그리고 김주희보다 강아 네가 더 예뻐."

"……."

진수는 이마를 긁적이며 고민하는 얼굴로 고개를 들었다.

"몇백 배 정도? 아니 천 배?"

빈말이든 진심이든 진수가 심각한 얼굴로 주희보다 더 예쁘다고 해 주자 강아는 기뻐서 감동받은 얼굴로 활짝 웃었다.

문제는 진수의 붉은 입술이 움직이는 것이 또 자신을 유혹하는 것처럼 보인다는 거였다.

연신 강아를 바라보던 진수의 눈엔 그런 강아의 생각이 훤히 보였다.

'앞으로 뽀뽀 귀신이 되려고 그러나?'

진수가 강아의 볼을 부드럽게 잡았다.

"이제부터는 내가 키스한다."

강아는 진수의 심장 소리를 들었다. 그의 따뜻한 체온도 전해졌다. 그녀는 그에게 빠져드는가 싶더니 하릴없이 눈을 감았다.

강아의 머릿속은 다시 현실로 돌아왔다. 그 요란했던 첫 키스 이후 진수는 강아와 함께 있을 때면 다디단 입맞춤을 스스럼없이 나누곤 했다.

"강아야, 이번 주 금요일 오후에 너 스케줄 있었던가?"

강아는 금요일 스케줄을 생각해 봤다.

"아니. 금요일엔 없어."

"그럼. 저녁에 창경궁 보름달 축제에 내가 하는 공연 보러 올래?"

"진짜?"

평소엔 공연하다 괜히 신경 쓰일까 봐 시간이 있어도 서로의 행사장엔 잘 가진 않았다. 진수가 공인이고 자신도 얼굴이 알려지다 보니 괜히 사람들 입에 오르내리는 게 싫은 것도 있었다. 그런데 진수가 이렇게 시간까지 말하면서 구경 오라는 것은 처음이라 강아는 놀랐다.

"축제 공연 마치고 밤에 창경궁 데이트하자. 보름달 구경도 하고."

"정말? 데이트 신청하는 거야?"

"응."

강아는 남다른 기분이 들었다. 진수와 시간이 날 때마다 같이 있고 밥도 먹고 영화를 보기도 했지만, 이렇게 대놓고 데이트하자는 말을 하며 약속을 잡는 건 진수에겐 흔한 일이 아니었다.

"알았어, 오빠. 나 이제 집에 간다."

늦은 시간이었다. 한참이나 강아 집 앞 주차장에서 이런저런 얘기를 하며 시간을 보낸 터라 이제는 진짜 집에 가야 할 것 같았다.

"잠깐."

진수가 부르는 소리에 강아가 고개를 돌리자, 진수는 손가락을 내밀어 강아의 입술을 살살 매만져 줬다.

"조심해서 키스를 한다고 했는데, 립스틱이 많이 번졌어."

"괜찮아. 계단으로 올라가니 사람 만날 일 없어."

"그래도 혹시 몰라."

누군가를 만날지도 모르니 진수는 강아의 볼과 입술에 흐릿한 흔적이 남아 있는지 꼼꼼히 확인하곤 닦아 없앴다. 진수의 얼굴이 강아의 얼굴로 가까이 왔다가 떨어지기를 반복하고 있었다.

"이제 하나도 없어. 진짜 가."

"치."

강아는 입술을 오물거리다 안 되겠는지 내리다 말고 진수의 목에 팔을 두르고 안았다. 진수가 입술과 볼을 닦아 낸다고 만지는 통에 그냥 내리려니 뭔가 아쉽고 혼자 돌아서기가 싫었다.

강아는 이제 진수를 혼자 보내는 것도 싫었다. 그래서 강아는 알 수 없는 감정에 그를 안았다.

진수도 두 팔로 강아의 허리를 안았다.

"헤어지기 싫다."

진수가 생각을 거르지 않고 한숨과 같이 그냥 뱉어 낸 말이었다.

"그래도 가야지. 오빠 집에 도착하면 바로 문자 해."

"알았어."

"강아 너도 혼자 집에 들어가기 싫지?"

강아는 고개를 끄덕였다. 진수의 얼굴이 오묘해지더니 한숨을 또 한 번 뱉었다.

"사실 난 지금도 강아 네 집에 올라가서 붙박이로 살고 싶어."

"피. 안 돼. 나 진짜 간다."

강아는 결국 진수를 뗄치고 차에서 내렸다. 큰맘을 먹지 않으면 진수와 만나 떨어지는 일은 이제 힘든 일이 됐다.

마음 같아선 우리 집에서 자고 가라 하고 싶었지만 백진수 성격에 그랬다간 난리가 날 게 뻔해 강아는 그 도발만은 포기했다.

집에 올라가 방에 불이 켜질 때까지 하염없이 강아가 사라진 쪽을 쳐다보던 진수는 집에 들어왔다는 강아의 문자를 본 다음에야 차를 출발했다.

금요일 저녁, 고개를 올려 볼 필요도 없이 황금빛 보름달이 눈앞에 가득 차도록 창경궁을 비추고 있었다. 세상을 뒤덮을 듯 달은 커다랬기에 낮처럼 환한 밤이었다.

진수는 무대 위에서 고운 한복을 입고 부채를 들며 사랑가의 한 대목을 노래하고 있었다.

너는 꽃이 되고 나는 나비 되어 네 꽃송이를 내가 안고
날개를 쩍 벌리고 너울너울 춤추거든 그게 나인 줄 알아다오.
강아는 무대 아래 앞자리에 앉아 진수가 부르는 사랑가를 듣고 있었다.

은은한 베이지 색 한복에 부드러운 민트 색 쾌자를 곱게 입은 진수가 달빛 아래에서 노래를 하니, 그의 모습이 보름달만큼이나 은은하게 빛나 보였다.

노래를 하다 강아와 눈빛이 마주쳤을 땐 진수는 강아에게 눈웃음을 지어 주며 노래를 불렀다.

강아는 아무도 모르게 두 손가락으로 하트 모양을 만들어 진수에게만 보여 주고 얼른 치웠다.

그걸 보고 좋아 죽겠는 걸 참는 진수의 얼굴이 강아에겐 다 보여, 강아도 어깨를 떨며 웃기도 했다.

무대를 마치고 내려온 진수는 스태프들에게 인사를 하고 강아를 무대 뒤로 불러냈다. 그러곤 강아의 손을 잡았다.

"오빠, 여기서 손잡고 다니려고?"

"뭐, 어때?"

오늘따라 백진수가 이상했다. 큼직하고 누런 달빛 아래 오빠도 나처럼 기분이 들떠서 그런가? 강아는 그렇게 생각하고 진수가 하는 대로 성큼 진수의 손을 잡았다.

"다른 연인들은 다 그러잖아."

"맞아."

아는 사람을 만날 생각에 걱정이 되긴 했지만, 진수의 손을 잡고 달빛 어린 창경궁을 또 언제 걸어 볼 건가 싶어 강아는 걱정을 떨쳤다.

진수는 고궁 공연을 많이 하다 보니 내부 길을 잘 알고 있었다. 진수는 강아 손을 이끌고 사람들이 잘 오가지 않는 조용한 곳으로 강아를 데려갔다. 둘은 허리가 휘어진 소나무 아래 벤치에 앉았다.

강아는 하늘을 올려다보며 말했다.

"오늘이 수십 년 만에 돌아오는 커다란 보름이라더니, 달이 정말 크네."

"그러게."

"오빠는 한복을 왜 안 갈아입었어? 불편한데."

"오늘은 특별한 날이라서."

강아는 이런 만월의 밤에 치르는 창경궁 공연이 특별한 공연이라고 생각했다. 강아의 얼굴에 한참이나 진수의 시선이 머물렀다.

"강아야."

"응?"

"내 말 잘 들어."

진수의 목소리가 짐짓 가라앉았다.

"세상에 태양이 하나지."

"……."

"달도 하나고."

평소 강아라면 쉰 소리 한다고 '치치'거렸겠지만 진수의 분위기가 뭔가 묘했다.

"세상에 백진수도 하나고 이강아도 하나."

'뭔 말을 하려고…… 이렇게.'

진수가 강아를 잡은 손을 꽉 붙들었다.

"백진수에겐 마음도 사랑도 딱 하나."

강아의 코끝이 찌르르 울리며 눈 끝이 아팠다. 심장이 재빨리 뛰기 시작했다. 진수의 말 한마디, 한마디가 콕콕 찌르듯 박혀 왔다.

진수를 잘 아는 강아는 이런 말이 다른 이들의 농처럼 가볍지 않다는 걸 알기에 지금 이 순간과 공간이 그의 말과 더불어 무겁게 전해졌다.

"그러니 이강아가 아니면 나한테 사랑은 죽을 때까지 더 없어."

"……!"

강아는 눈물이 핑 돌았다. 입술이 비죽비죽 나왔다 들어가는 강아를 보며 진수가 가만히 품에 당겼다.

"그러니 우리 결혼하자."

강아는 숨을 못 쉬고 있었다.

"나는 이 상태로 계속 있으면……."

"……."

"말라 죽어."

강아는 울먹이는 듯 입술이 톡 튀어나와 씰룩거렸다.

"그러니까 결혼해서 얼른 같이 살자."

진수는 한복 도포 아래서 무언가를 꺼냈다. 그리고 강아의 손가락에 반지를 끼웠다.

"……!"

강아가 손가락에 끼워진 반짝이는 반지를 내려다보는 사이,

아무 말도 못 하도록 진수가 강아의 입술에 깊숙이 입 맞추었다. 그 역시 몸을 바르르 떨고 있었다. 강아는 혼을 쏙 빼놓을 듯 부드럽다가 휘몰아치는 거센 키스에 움찔하다가도, 이어지는 달콤한 입맞춤에 눈을 스륵 감고 녹아들었다.

눈을 뜬 강아는 숨을 가쁘게 들이쉬고 내쉬었다. 진수의 녹진한 눈빛이 그녀에게서 떨어질 줄 몰랐다.

"강아야, 사랑해."

"나도…… 많이 사랑하는 거 알지?"

강아는 목이 메어 말을 잇기가 어려웠다. 뚫을 듯 자신을 보는 진수에게 사랑한다고 고백하는데 떨리고 아리고 찌릿찌릿한 게 동시에 다 느껴지더니 이상하게 눈물도 났다. 또 코도 따끔거리며 아팠다.

'사랑하는 마음을 고백하는 건 이런 이상한 느낌인가?'

강아는 고갤 숙여 손가락에 끼워진 반지를 만지작거렸다.

"반지 예쁘다. 오빠. 오빠 것도 있어?"

"응."

진수가 주머니에서 제 반지도 꺼내어 손바닥에 올려 강아에게 보여 줬다. 강아는 제 것과 같은 디자인의 진수 반지를 들어 유심히 보았다.

"나도 오빠 손가락에 반지 끼워 줄까?"

"그럴래?"

"그러고 싶어."

강아가 진수의 왼손에 반지를 끼웠다.

"오빠는…… 왜 내가 좋았어?"

스승님 집엔 예쁘고 착한 진주가 있었고, 자기 좋다는 예쁜 여자들도 주위에 수두룩했는데.

"좋은 데 이유가 어딨어?"

강아가 진수의 말에 갸웃했다.

"이유가 하나도 없어?"

"저 달을 보기만 해도 좋은 것에 이유가 있어?"

"달?"

강아는 달을 보았다. 딱히 예쁜 건 아니지만 달은 뭔가 좋은 느낌이 나긴 했다.

"달 싫다는 사람 봤어?"

"아니."

"나한테 이강아는 처음에 딱 봤을 때부터 달 같았어. 밤에는 빛을 비추어 줘서 외로우면 달 보면서 마음 달래고, 괴로우면 달 보고 웃고, 날 흐려서 안 보이면 서운하고. 그런데 늘 같이 있는데 잡히진 않길래…… 그땐 힘들었어. 강아야."

강아는 진수의 마음을 받지 못해 그를 힘들게 했던 지난날들을 떠올렸다.

"내가 힘들게 했지? 미안."

"맞아. 네가 날 밀어내니까 죽을 만큼 힘들었어."

강아가 반지 낀 손으로 진수의 왼손을 움켜잡으며 또박또박 말했다.

"앞으로는 힘들게 안 하고 오빠 손에 꽉 잡혀 줄게. 우리 더 떨어져 있지 말고 이제 최대한 빨리 결혼하자."

진수가 그 말을 하는 강아의 얼굴을 보며 울 듯 코를 찡긋하더니, 이윽고 환하게 웃으며 강아를 힘껏 안았다.

짐승처럼 밤새

"후훗."

진주는 여울을 보며 웃고 있었다. 얼마 전부터 여울은 한쪽 발을 계속 들어 올리며 뒤집기를 하려 애를 쓰고 있었다. 나름 끙끙 소리까지 내어 가며 혼자 몸을 뒤집으려 도전에 도전을 거듭하다 잘 안 되니 짜증을 내기도 했다. 울 듯하다가 이내 끙끙거리고 또 안간힘을 쓰며 발을 휘적거리는 모습을 무한 반복 중이었다.

'과연 오늘은 뒤집기를 성공할까?'

여울은 살이 통통하게 올라, 온 가족들의 귀여움을 독차지하며 무럭무럭 자라고 있었다. 거기에 벌써 엄마 아빠를 알아보고 눈을 맞춰 웃어 주니 육아에 힘들다가도 그 눈 맞춤에 진주는 순간순간 행복했다.

씻은 뒤 옷을 갈아입고 나온 윤재가 둘의 모습을 쳐다보며 다가왔다.

"여울이는 곧 뒤집겠어. 어제부터 부쩍 많이 움직이네."

"윤재 씨도 눈치챘어요?"

"어떻게 몰라? 작은 아가씨가 이렇게 뭘 하려고 혈안이 되어 애쓰는데."

윤재는 여울을 아기 침대에서 들어 올렸다. 윤재가 여울을 안고 휘익 높이 올려 몸을 흔들어 주면, 여울은 세상을 다 가진 양 '꺄르르, 꺄르르' 예쁜 소리를 냈고, 웃으며 윤재의 얼굴에 침을 뚝뚝 흘리곤 했다.

아기랑 몸으로 흔들며 한참을 노는 윤재를 보던 진주는 걱정스러운 얼굴로 그를 말렸다.

"윤재 씨, 여울이랑 그렇게 놀면 안 돼요! 저도 힘들고 시터 분들도 힘든데."

여울은 태어나 몇 주간은 순하디순하게 잠만 자고 잘 먹었다. 계속 그렇게 조용하게 자라길 바랐으나 지훈이 시간이 나면 찾아와 손녀를 안고 흔드는 데다 강아며 애순까지 여울을 너무 예뻐해 안아 주다 보니 손을 단단히 타고 말았다.

이후부터 여울은 진주나 시터들에게도 눈만 마주치면 계속 안으라고 칭얼거렸고, 이젠 침대에 등만 닿아도 인상을 쓰며 안아 달라고 울었다.

"아, 그랬지."

윤재는 아쉬웠지만, 진주가 힘들단 말에 여울을 다시 침대에 눕혔다. 침대에 등이 닿은 걸 알고 여울의 얼굴은 시뻘게지며 인상을 썼지만, 이번엔 크게 울지는 않았다. 다만 윤재가 안아 주기 전 하던 뒤집기 시도가 기억났는지 다리를 또 들고 뒤집기 시도를 했다.

그 모습을 보던 윤재는 기어코 몸을 뒤집어 보겠다는 여울의 집념이 대단하다 싶어 결국 큭 웃었다.

진주는 여울의 기저귀를 만졌다. 기저귀를 또 갈아야 할까? 고민하고 있는데 윤재가 진주의 볼에 입술을 맞추었다.

그러다 가볍게 웃는 그와 고개를 돌린 진주의 눈동자가 마주쳤다. 이번엔 진주의 입술로 자리를 옮겨 진하게 입술을 맞대 왔다. 평소와 다르게 조급한 키스에 진주가 손가락을 말아 쥐었다.

그는 진주의 볼을 감싸 쥐었고 이번엔 아찔하게 입속을 휘어 감았다. 진주는 발등이 굽어드는 느낌이 났다. 그동안 몸조리를 하면서 짧은 키스는 종종 나누곤 했지만, 이 입맞춤은 그동안의 가벼운 입맞춤과는 달랐다. 그랬기에 진주는 저도 모르게 윤재의 잠옷을 움켜잡았다.

"애앵!"

"……!"

아기의 울음소리가 둘의 뜨거운 분위기를 일시에 식히고 말았다.

입맞춤은 아쉽게 멎어야 했고 윤재는 입술에 웃음을 한 번 더 걸더니 잘게 숨을 뱉었다. 그러곤 그녀의 뺨을 쓰다듬었다.

진주와 두 눈이 마주친 윤재는 코끝을 찡그렸다.

"우리 딸이 엄마를 부르네."

무언가 민망함에 진주는 뺨에 손등을 올려 뜨거워진 볼을 식혔다.

"제 맘대로 안되니 이제 울려나 봐요. 달래 놓고 갈 테니 윤재 씨는 침대에 가서 좀 쉬어요."

진주는 아기를 안으며 달래 주었고, 윤재는 침실에 가 진주가 누울 옆자리를 마련하고 진주가 옆에 와 눕기를 기다렸다.

하지만 진주는 여울을 어르고 기저귀까지 가느라 침대로 오기가 힘들었다.

진주를 기다리다 팔짱을 끼고 애타게 둘의 모습을 처다보던 윤재는 안 되겠다 싶어 이불을 걷어 다시 침대 밖으로 나왔다. 계속 이러다간 진주를 한번 안아 보지도 못하고 또 아침이 될 것만 같았다.

'오늘은 기어코……'

그동안 진주의 몸이 완전히 되돌아올 때까지 가까이 가는 걸 조심해 오던 윤재는 더 참지 못하고 며칠 전부터 진주에게 은근히 짙은 신호를 보내는 중이었다. 평소와 조금 더 짙은 눈빛과 나긋하고 은근한 손짓. 조금 더 깊은 키스까지.

하지만 번번이 그 순간은 여울의 방해로 무산되곤 했다. 짙어진 스킨십에 안타까워하며 멈추었던 적도 한두 번이 아니었다. 아까처럼 은근히 진주가 반응하며 몸을 붙여 오거나 안기면 윤재는 딱 죽을 맛이었다.

한편으론 진주도 자신과 생각이 같은지 알 수 없어 조심스러웠다. 당연히 어린 여울의 필요를 채워 주는 게 먼저란 걸 알기에 육아로 힘든 진주에게 조를 수도 없는데.

'진주를 두고 여울이랑 경쟁하게 될진 몰랐는데.'

아기의 존재는 생각보다 컸다. 귀엽고 사랑스러운 얼굴로 여울이 자지러지듯 웃으면 윤재와 진주도 행복을 느끼고 같이 웃었다.

하지만 하루 종일 여울을 보살피는 진주를 쉬게 해 주려고 밤에는 윤재가 육아를 하려다 보니 둘은 같이 지쳐서 잠들기 일쑤였고 둘만의 시간을 만들기 힘들었다.

윤재가 진주에게 다가갔다.

"아무래도 오늘은 내가 여울이를 재워야겠어."

여울은 충분히 우유를 먹었는데도 말똥말똥한 눈동자를 하고 몸을 움직이느라 잘 기색이라곤 눈곱만큼도 없어 보였다. 윤재가 여울을 번쩍 안아 들었다.

"어떻게 재우려고요?"

"우리 딸 에너지가 보통이 아닌 것 같아. 지쳐서 잠들도록 피곤하게 만들어야겠어."

진주가 고개를 갸웃하는 사이, 윤재는 여울을 번쩍 들어 올려 뒤집기에 혈안이 된 여울을 정신없게 만들었다. 한참 동안 여울의 '꺄르륵' 웃는 소리가 온 침실에 가득 찼다.

윤재는 자그마한 여울을 놀이 기구를 태우듯 흔들어 주고 어르며 실컷 놀아 주었고 결국엔 여울이 피곤한 기색을 보였다. 윤재는 아이를 제 가슴에 안고 커다란 손으로 등을 두드려 주기 시작했다.

"거실로 가서 재우고 올라올게."

"정말 잘까요?"

"오늘은 무조건 푹 재울 거야."

"고마워요. 그러면 난 씻을래요."

윤재는 고개를 끄덕이며 나무에 붙은 매미 같은 작은 여울을 품에 안고 1층으로 내려갔다.

진주는 욕조에 몸을 넣고 머리끝까지 물속에 담갔다 고개를 들었다. 두 손으로 얼굴의 물기를 훑어 올리고 수면 위로 얼굴을 내밀었다. 뜨거운 물 속에 고단함이 이제야 조금 누그러지는 것 같았다.

오늘은 뒤집기를 하려는 여울이에게 특별히 신경을 더 많이 쓰느라 피곤한 것도 있었다. 그리고 알 수 없는 감정이 밀물처럼 몰려와 뒤흔들고 사라지곤 했기에 감정의 소모도 많았다.

'내가 오늘 왜 이러지?'

출산 후에 감정의 기복이 확실히 심해진 건 맞았다. 여울을 보며 때때로 밀려오는 수많은 감정은 규정할 수 없을 정도로 많은 감정으로 세분되어 하루에도 몇 번씩 몰려왔다 사라지곤 했다.

여울의 존재로 인해 진주는 행복하고 기뻤지만, 그 속에는 묘한 두려움도 도사렸다. 좋은 엄마가 되고 싶단 열망이 들어찰수록 진주는 엄마에 대한 기억조차 없는 자신이 그게 가능할까, 의심이 들었다. 엄마에게 사랑을 받았던 경험이 없는 자신이 진짜 좋은 엄마가 될 수 있을까.

만약 여울이에게 소리의 재능이 있다면 아버지처럼 그렇게 헌신적으로 아이를 가르칠 수 있을까?

자신감이 들다가도 한없이 자신 없어지는 감정이 겹쳐 와 괜히 혼자 우울함에 눈물이 맺히기도 했다.

그리고 또 다른 불안함은 이상하게도 윤재로 인한 것이었다. 며칠 전부터 짙은 키스를 이어 가다 한숨을 쉬고 멈추는 그가 어찌나 서운하던지.

여울이 깨어 울거나 다른 일들 때문에 그가 키스를 멈춘 것을 잘 알지만, 더 안고 사랑해 주지 않아 불쑥 차오르던 서운한 느낌은 그를 만난 후로 진주에게 처음 있는 일이라 적잖게 당황했었다.

진주는 이게 정상적인 감정인지 출산으로 인한 건지 알 수 없어 답답하기도 했다. 그 사이로 고개를 드는 물음도 있었다.

'여자로서의 매력이 떨어진 거면 어쩌지?'

진주의 머릿속은 씻고 침실로 들어갈 때까지 온갖 상념으로 이어졌다.

탁.

진주가 욕실 문을 열고 나가자 바로 앞에 윤재가 서 있었다. 그녀의 시야는 커다란 윤재로 가득 찼다. 윤재는 자신을 올려보는 진주에게 손가락을 들어 입 앞에 대고 '쉿!' 하고 신호를 보냈다. 동그란 눈을 한 진주는 입술 모양으로만 '자요?' 하고 여울이에 대해 물었고 윤재는 고개를 끄덕였다.

드디어 잠들었구나, 다행이란 생각을 하며 진주의 눈꺼풀이 잠시 아래로 내려간 사이, 윤재의 입술이 진주의 아랫입술을 진득하게 삼켰다.

진주가 시선을 올리니 그의 짙은 눈동자가 겹겹이 일렁이고 있었다. 빨려 들어갈 듯한 눈빛에 진주는 심장이 조여들었다. 진주는 자신만을 향해 흔들리다 흐트러지는 그의 눈동자가 항상 좋았고 어김없이 설레고 떨렸다.

진주는 그의 입맞춤에 반응하며 목에 팔을 감았다. 발뒤꿈치가 들렸고 윤재는 두 손으로 진주를 들어 안았다. 아이처럼 윤재의 목에 매달린 진주와 뜨거운 입맞춤을 이어 가던 윤재는 천천히 뒷걸음질했다. 그는 뜨거운 몸짓으로 진주를 간지럽히며 침대로 이끌었다.

조급하다 싶다가도 거칠었다. 그러다가 잠시 머뭇거리는 입맞춤에 진주는 심장이 남아나질 않았다. 간질이며 놀려 대는 그의 입술에 진주는 가슴 깊숙이 스며드는 뜨거운 기운을 느꼈다. 이에 알 수 없는 안도마저 느껴졌다.

그녀는 어느새 침대에 누웠고 윤재가 그녀의 위에 있었다. 둘은 가쁜 숨을 들이마시며 뜨거운 눈빛을 교차해 교감하고 있었다.

"윤재 씨……."

저를 부르는 진주의 낮고도 맑은 목소리에 윤재의 목울대가 위아래로 크게 요동치고 있었다.

"응."

그의 대답엔 거친 숨소리가 섞여 있었다. 훅, 공기 중으로 퍼지는 그의 묵직한 향기와 귓속으로 파고드는 낮은 목소리가 진주는 오늘따라 미치도록 좋았다.

진주는 문득 혼자 고민하지 말고 솔직히 그에게 말해야겠단 생각이 들었다. 진주는 그의 깊숙한 눈동자 속에 자신의 모습이 흔들리는 걸 바라보며 물었다.

"나, 어때요?"

윤재는 예상치 못한 질문을 받았다는 듯 진주를 내려다보는 눈매를 가늘게 만들고 턱을 조금 기울였다. 그 말이 무슨 의도인지 가늠해 보려는 눈빛이 틀림없었다.

맑고 깨끗한 진주의 눈동자가 짐짓 경직되어 불안하게 흔들렸다.

"그건, 무슨 말이야?"

"나, 여전히 예뻐요?"

"……."

진주의 물음에 오르락내리락하던 윤재의 가슴 근육이 스위치를 멈춘 듯 딱 멈췄다. 윤재는 그녀를 꿰뚫듯 쳐다보았다.

진주는 이제는 윤재가 제 생각을 알아주었으면 싶었다.

자신이 여전히 여자로서 매력이 있는지, 혹시 나를 둘러싼 그간의 몸과 마음의 변화들로 내가 싫어진 건 아닌지, 하지만 그런 걸 대놓고 물어볼 자신은 없기에 진주는 에둘러 그렇게만 물어볼 뿐이었다.

"이런."

윤재의 표정이 살짝 굳었다. 눈썹이 조금 올라가더니 커다랗게 한숨이 흘러나왔다. 그리고 그의 짙은 시선은 진주의 얼굴을 다시 집요하게 훑어 내렸다.

"내가 잘못했네."

그는 나지막한 목소리로 중얼거리듯 말했다. 서서히 굳었던 그의 얼굴에 옅은 미소가 퍼지는 게 보였다.

윤재의 까만 시선이 차분하고도 다정하게 내려앉더니, 그의 손가락이 진주의 머리카락을 만지작거렸다.

"정말 배진주가 안 예쁘게 보일 거라고 생각했어?"

답은 않고 도리어 윤재가 제 생각을 물어 오니 진주는 얼굴을 붉히며 천천히 고개를 끄덕였다. 윤재는 입 안에 고여드는 웃음을 숨기려 입술을 조금 짓씹었다.

"왜 그런 생각을 했어?"

진주는 그의 계속되는 물음이 자신을 배려하는 것임을 잘 알았다. 하지만 이렇게 솔직하게 감정을 내보이는 대화는 늘 부끄러웠다. 진주는 윤재와 눈을 맞추지 않고 고개를 조금 돌렸고 어느새 양 볼은 붉어졌다.

"어제도 그제도, 윤재 씨가…… 하다가……."

진주는 시선을 피하고 말꼬리를 흐렸다.

윤재의 손이 진주의 머리카락에서 뺨으로 내려가 가만히 감쌌다.

"내가 키스를 하다 만 게 문제였군."

돌려진 그녀의 얼굴 방향으로 윤재가 몸을 움직여 둘의 눈빛이 다시 얽혔다. 진주는 그의 눈동자에 아찔함과 다정함이 묘하게 섞여 들끓고 있다고 생각했다.

"그럼 오늘 밤부터……."

부끄러운 진주의 눈동자가 윤재를 여전히 피하고 있었다.

윤재는 자기 목덜미를 한 번 쓱 만졌다. 자신이 진주를 위해 참았던 것이 오히려 그녀를 불안하게 만든 건가 하는 생각이 들었다. 내가 괜한 인내심을 발휘한 거였나?

윤재는 어느 정도 짐작이 됐지만, 그녀에게 물어보고 싶었다. 자세히 모른다면, 은연중에 실수인 행동을 또 할지도 몰랐다.

어제도, 그제도 했다는 건, 키스를 말하는 게 분명한데.

"계속 키스를 하면 되는 거지?"

윤재는 집요하게 진주와 시선을 맞추고 웃어 주다 얼굴을 당겨 다시 키스하는 걸로 대답을 대신했다. 우선 지금 사랑스러운 내 아내에게 조심할 이유는 사라졌고 오히려 그녀를 위해 길고 긴 키스가 필요하단 결론이 내려졌으니까.

후회도 됐다. 좀 덜 참았어야 했는데. 아니, 진주의 생각을 좀 더 빨리 물어볼걸.

"그래서 어제도, 오늘도 내내 그것 때문에 서운했겠네?"

"아니요…… 그건 아닌데……."

여전히 시선은 피하고 있는 진주의 얼굴이 한층 더 새빨갛게 익어 있었다. 윤재의 심장도 그녀의 얼굴만큼 달아올라 뜨거웠다.

"아닌데. 그런 것 같은데?"

진주의 입술이 조금 벌어졌다. 못 견딜 정도로 좋다는 신호
가 들려올 때까지, 윤재는 진주에게 입술을 부딪치고 또 부딪
혔다.

진주와 윤재의 뜨거운 밤이 다시 그렇게 불타올랐다.

윤재가 뜨거운 밤에 이어 뜨거운 아침까지 은근히 기대했
지만 그건 욕심이었다. 여울은 녹초가 된 엄마 아빠가 잠들고
얼마 되지 않아 울기 시작했다. 피는 역시 속일 수 없는지 여
울은 우는 소리도 날카롭고 우렁찼다.

"으음."

진주가 일어나려 하자 윤재가 진주를 잡았다.

"내가 달래서 재울게. 넌 더 자."

"지금은 배고파서 우는 거예요. 우유 먹여야 해요. 윤재 씨
는 눈 좀 더 붙여요."

비몽사몽 일어난 진주가 여울에게 우유를 먹였다. 조금 전
까지도 윤재와 진주는 흠뻑 사랑을 나누고 막 잠이 든 직후였
기에 진주의 몸은 노곤했다.

"애앵!"

배부른 여울이 다시 잠들길 기대했으나 여울은 오히려 배가

불러 정신이 차려졌는지 놀아 달라고 엄마와 눈을 맞추며 웃었다. 하지만 진주가 안아 주거나 하는 반응이 없자 찡얼거리며 다시 울기 시작했다.

"어쩌지? 놀다 자려나 봐요."

윤재가 시계를 보니 새벽 3시. 제아무리 진주라 해도 이 상황에 제정신을 차리고 아기와 놀아 주는 건 무리였다.

"배진주, 이젠 내가 알아서 할 테니 당신은 걱정 말고 여기 누워."

윤재는 자리에서 일어나, 괜찮다는 진주에게서 여울을 받아 들었다. 윤재의 품에 안긴 여울은 더 높이 들린단 걸 알고는 기분 좋은 얼굴로 크게 소리 내어 웃었다.

그걸 본 진주와 윤재는 서로를 보다 약속이나 한 듯 빙긋 웃었다.

윤재는 여울을 안은 채 진주의 손을 당겨 침대에 눕혔다. 그렇게 하지 않으면 괜히 자신 때문에 진주가 몸살이라도 날 것 같았기 때문이기도 했다. 안 그래도 디데이를 치르느라 많이 피곤할 텐데. 날을 잘못 잡았나 윤재는 걱정이 됐다.

"윤재 씨. 정말 먼저 자도 돼요?"

"당연해. 어서 자."

침대에 누운 윤재는 한 팔로 여울을 안고 다른 한쪽 팔로는 진주의 머리카락을 쓰다듬었다.

어찌나 피곤했는지 진주는 얼마 지나지 않아 다시 잠들었고, 그녀에게 꼼꼼히 이불을 덮어 준 윤재는 아기를 품에 안고 침대에서 나왔다. 안고 흔들어 주지 않으면 자지 않겠다는 듯 여울의 눈망울은 더없이 초롱초롱했다. 잠버릇을 잘못 들였지만, 사랑스러운 아기를 혼낼 자신은 없었다.

윤재는 여울을 높이 들어 올렸다. 새벽 3시에 이게 무슨 짓인가 싶었지만 좋다고 까르르 웃는 얼굴을 보니 상당히 예쁜 건 또 어쩔 수 없었다. 그래, 아빠가 새벽 3시에 딸이랑 놀아 줄 수도 있지.

하지만 윤재는 셋이서 같이 잘 사는 법을 여울에게도 가르쳐야 한다고 생각했다.

"이여울, 엄마 힘들어. 밤에는 푹 그냥 자는 건 어때?"

윤재는 제법 놀아 준 다음 여울을 품에 안고 다시 거실을 돌며 여울의 등을 두드려 본격적으로 재우기 시작했다. 여울을 향한 그의 혼잣말은 계속됐다.

"아빠도 엄마 사랑 좀 받자. 웅?"

다음 날, 진주는 오랜만에 늦은 아침까지 푹 잤다. 진주가 눈을 떴을 때 방 안에 여울과 윤재가 보이지 않았는데, 1층에 내려가니 윤재가 소파에 누워 여울을 가슴에 올린 채 잠들어 있었다.

"그렇게 자서 피곤하지 않아요?"

"전혀. 내 가슴에 올려 두면 심장 소릴 듣고 잘 잔다는 걸

어제 알아냈어."

윤재는 여울을 안고 걸어 다니는 것보다 윤재의 가슴에 누워 오르락내리락하면 그 심장박동 리듬에 금방 잠이 드는 것 같았다.

"오늘은 오후 출근이에요?"

"오늘 휴가 냈어."

"무슨 일 있어요?"

윤재에게 무슨 일이 있나 싶어 진주의 눈이 커졌다.

"요즘 배진주가 나에게 너무 소홀한 거 같아서."

장난스럽게 말했으나 진주의 눈이 더 휘둥그레졌다. 윤재는 그런 진주를 보며 웃음을 터뜨리며 말했다.

"장난이야. 장난. 나도 진주에게 신경 못 쓴 것도 있고 여울 이랑 당신과 더 시간을 보내고 싶어서 낸 거야."

윤재의 말에 안심한 진주가 윤재 가까이에 앉았다.

"이리 와."

윤재가 진주를 불렀고 의아한 진주는 그를 봤다. 가슴 위에 여울을 올린 윤재가 팔을 벌리고 팔베개를 해 주겠다고 진주를 부르고 있었다. 커다란 그의 덩치에 대형 소파가 그만으로도 가득 차기에 진주마저 올라가면 너무 불편할 것 같았다.

"나까지 올라가면 불편해요."

"올라오라니까? 난 너무 좋을 거 같아."

진주가 못 이기는 척 올라가 몸을 윤재에게로 붙여 그를 안고 팔을 베었다. 그가 팔을 당겨 안으니 완전히 그와 몸이 붙은 모양이 되었다.

'두 여자를 한꺼번에 재워 줄 방법이 있네.'

어쩌면 진주를 더 사랑해 줄 방법을 터득한 걸지도 모른단 생각에 윤재는 기분이 좋았다.

한참 윤재의 품에 안겨 있던 진주는 문득 윤재를 보며 물었다.

"윤재 씨, 내가 잘하고 있는 걸까요?"

진주는 남몰래 하던 수많은 고민을 그에게 털어났다. 좋은 엄마가 되기에는 혹시 자신이 모자라지 않을까 하던 걱정과 부담. 그리고 그에 대한 숱한 감정까지.

"엄마로서의 고민은 출산한 여성들에겐 지극히 정상적인 현상이라고 들었어. 나도 여울이를 보면서 끝없이 부모가 되는 게 뭔지를 질문하고 자신 없어 하거든. 일을 배우고 열심히 하는 거랑 아이를 키우는 건 다른 것 같아."

윤재의 생각을 듣던 진주는 그 역시 그런 생각을 했다는 게 위로가 됐다. 나도 엄마가 처음이지만 윤재 씨도 아빠가 처음이니까.

"엄마 아빠가 되는 건, 정말 태어나 처음 겪는 일이고 처음 맡게 된 역할이잖아."

처음 맡게 된 역할. 진주는 그의 말에 고개를 가만히 끄덕였다. 진주에게도 기대가 가득했으나 엄마란 역할은 한 번도 가보지 않은 길을 가는 것과 같았고 처음 맡는 역할과 같단 생각이 들었다. 진주는 후후 웃으며 윤재에게 말했다.

"그런데 이 역할엔 대본이나 가르쳐 줄 감독님이 없어요."

"맞아. 그래서 더 어려워."

배려한다고 했지만, 윤재는 혼자 온갖 걱정으로 애썼을 진주가 안쓰러웠다. 이 첫 역할을 잘 해내기 위해 긴장한 신인 배우처럼 진주는 어쩌면 부단히 노력하고 힘들었는지도 모르겠단 생각이 들었다. 조금 더 시간을 내서 진주에게 구체적으로 묻고 대화를 하려 노력했어야 했는데.

윤재가 잠시 그윽하게 그녀를 바라보다 웃었다.

"하지만 너무 걱정 마. 우린 누구보다 좋은 엄마 아빠가 될 수 있을 거야. 게다가 내가 전에 그랬지? 난 뭐든 잘한다고."

"치."

진주의 기억엔 자신을 놀리려고 했던 말인 것 같았는데. 그가 무엇이든 잘한다는 것을 부정할 이유는 없었다. 하다못해 농담이어도, 자신을 위한 하얀 거짓말이어도 이윤재는 정말 잘하는 것처럼 느껴지는 사람이었다.

"난 아빠도, 남편도 잘할 자신 있어."

그의 눈빛은 따뜻하고 퍼지는 목소리는 듬직했다. 진주가 그를 보며 고개를 끄덕거렸다. 역시 믿음직스러운 남자였다.

"배진주는 언제 복귀할 예정이야?"

"……."

진주에게서 아무런 답이 없자 윤재는 턱을 한 번 쓸었다. 답이 바로 나올 거라 생각했는데.

몸은 이미 출산 이전으로 완전히 돌아간 진주가 여울을 시터에게 맡기고 연습실이나 정원에 나가 소리 연습하는 시간을 늘리고 있단 걸 윤재는 잘 알고 있었다.

"요즘 주위에서 당신이 언제, 어떤 무대로 복귀하는지 많이 물어봐. 혹시 복귀 일정 나왔어?"

윤재는 언뜻 진주가 가볍게 대답하지 않아 의아했다.

"여울이가 이렇게 어린데, 벌써 떨어지는 게 맞는 건지 잘 모르겠어요."

백일이 지나면 여울을 시터에게 맡기고 공연을 준비하겠다는 처음 생각과 달리 엄마에게 애착이 생긴 아기를 떼어 놓고 집 밖으로 나갈 수 있을지 확신이 서지 않았다. 아기는 놀라운 속도로 빨리 컸고 자기의 감정 표현을 하기 시작했다.

"아이만 집에 혼자 두고 마음 편히 무대 위에서 노래할 자신이 없어요."

시터들과 집안일을 봐주는 여사님들이 있었으나 진주는 제 손으로 아기에게 해 주고 싶은 욕심들이 생겼다. 우유와 이유식을 먹이고, 아기와 놀아 주고, 순간순간 일어나는 일들을 눈에 담고, 그중에 어떤 것은 윤재에게 전하는 모든 것을.

윤재를 바라보며 작게 말하던 진주의 눈동자가 말갛게 흔들리더니 물기가 스몄다.

"이런."

미처 그런 진주의 마음을 알아차리지 못한 것이 미안해 윤재가 진주의 눈가의 물기를 닦아 냈다.

"그런 고민을 하는 줄 몰랐어."

"저도 처음엔 고민까진 아니었어요. 지금도 시터분들이 계시기도 하니 당연히 창극단에 출근하고 시터분들께 맡겨 두고 나가면 되겠거니 했는데……."

진주의 마음엔 아이와 일에 대한 사랑이 둘 다 커져 있었다.

윤재는 일어나 여울을 침대에 눕히고 진주를 제 몸으로 감싸 한참이나 안아 주었다.

"나도 진주와 의논할 게 있어."

나직한 목소리가 진주의 귓가를 건드렸다.

"출산하고 몸조리하느라 힘든 걸 옆에서 보면서 계속 고민했거든. 진주 말을 듣다 보니 결심이 서네."

"네……?"

"내가 휴직을 하고 집에서 여울이 옆에 있을 테니 이젠 진주가 무대로 돌아가."

윤재가 진주가 출산한 후부터 줄곧 하던 고민이었다.

"하지만……."

"우리가 여울이를 만나느라 꼬박 1년이 넘게 진주는 자신을 희생했잖아? 당신은 소리꾼이고 무대 위에서 행복하단 걸 난 알거든. 하지만 아직 아기를 떼어 놓는 게 힘든 마음도 난 이해가 돼. 그러니 이번엔 아빠가 집에서 아이를 돌보고 엄마가 자기 자리를 찾아가는 시간을 가질 차례라고 생각해."

"그렇게나 오래 쉬면……."

"고작 길어야 1년 정도인데?"

윤재는 처음부터 그렇게 생각하고 있었다. 진주의 성격상 어린 아기를 남의 손에 맡겨 두고 오래 집을 떠나 있긴 힘들 거라 생각했고 그건 자신도 마찬가지였다.

그러니 진주보다 작품 선택과 일정 변경에 여유가 있는 자신이 일을 좀 쉬거나 형태를 바꾸면 진주에게도 여울에게도 좋은 상황이 되고 자신 역시 마음이 편할 것 같았다.

"윤재 씨……."

"대신, 집에서 힘들게 육아하는 남편을 더 많이 신경 써 줘야 해."

몇 달 후.

진주는 공연 연습을 마치고 집으로 돌아가고 있었다. 돌아가는 차 안에서 윤재에게 영상통화가 걸려 왔다. 통화 버튼을 누르니 윤재의 얼굴이 보였다.

"윤재 씨?"

[잘 봐.]

화면은 여울에게 돌려졌다. 진주는 무언가 싶어 유심히 내려다보고 있었다.

분홍색 원피스를 입은 여울이 아빠 손을 잡고 있었다.

[이여울, 한 발, 한 발…….]

요즘 여울은 아빠 손을 잡고 한창 걸음마 연습 중이었다.

[자, 이제 엄마한테 우리가 준비한 거 보여 주자.]

준비한 거? 진주의 눈이 커졌고 여울을 잡았던 윤재가 손을 놓는 게 보였다. 그리고 여울은 한 걸음 한 걸음 혼자 걷기 시작했다. 아빠를 보고 웃으며.

"와아!"

진주의 눈이 동그래졌다.

"벌써 혼자 걷는 거예요?"

[응. 오늘 손을 놓쳤는데 넘어지지 않고 혼자 걷더라고.]

"윤재 씨, 나 집에 다 왔어요. 조금만 기다려요."

윤재는 여울과 중요한 사건이 생기거나 변화가 있을 때마다 동영상이나 사진 등으로 기록해 진주에게 보여 줬다. 특별한 일이 있으면 진주의 쉬는 시간에 영상 통화를 하며 여울의 일상을 공유했다.

그리고 윤재가 실컷 몸으로 놀아 주니 에너지가 많던 여울은 녹초가 되어, 우유를 먹으면 아빠 배 위에서 쿨쿨 깊은 잠을 자는 착한 아기가 됐다. 사람을 쓰는 게 능숙한 윤재가 진주가 신경 쓸 게 없도록 시터와 집안 관리도 감독 일 하듯 완벽하게 관리했다.

집에 돌아오고 잘 준비를 한 진주는 윤재의 팔을 베고 누워 있었다. 진주는 공연 준비가 막바지에 이르러 바쁜 시즌을 보내고 있었다. 진주의 머리카락을 만지는 윤재의 손가락 끝에 아쉬운 한숨이 묻어났다.

"오늘 힘들었어요?"

"응."

508

"뭐가?"

"빨리 진주 공연이 끝났으면 좋겠어. 당신 기다리는 게 가장 힘들었어."

윤재는 여울과 지내는 일상이 좋았지만 늘 부족한 건 배진주였다. 진주는 그의 한숨과 말 속에 숨겨진 그의 마음도 잘 알기에 윤재의 얼굴을 미안한 표정으로 쓰다듬었다.

"그땐 정말 하루 종일 배진주만 안고 있을 거야."

부끄러운 진주는 입술을 말아 넣고 고개를 끄덕였다.

"짐승처럼 밤새 안 재울지도 몰라."

진주는 이번에도 격하게 고개를 끄덕였다.

진주의 반응에 상상만으로 기분 좋아진 윤재가 진주를 품에 안고 그녀의 이마에 입 맞추었다.

다른 한쪽 팔에는 제법 자란 여울이 코를 골며 깊이 잠들어 있었다.

〈끝〉

작가 후기

글을 쓰면서 문득 내가 이야기를 계속 쓰는 것이 맞는지 고민하던 즈음, 끝없이 밀려오는 불안함을 달래려 듣던 판소리 한 소절에 어느새 푹 빠져 버렸습니다. 곧 소리꾼들과 소리에 관해 덕질을 시작했어요. 수많은 인터뷰, 다큐멘터리, 공연들……. 그러다 보니 머릿속에서 자연스레 천재 소리꾼 배진주의 이야기가 생성되기 시작했습니다.

글쓰는 게 힘들어서 국악으로 스트레스를 풀려던 건데, 음악으로 감상만 하자고 다짐했지만, 하루 이틀이 지나니 당차고 귀여운 소리꾼 배진주가 예쁜 한복을 입고 소리하는 목소리까지 재생되며 점점 살아나서 내 눈앞에서 움직이며 말을 걸어오는 겁니다.

'천재 소리꾼이 여주인공인 웹소설 어때? 정말 재미있겠지?' 처음엔 말도 안 된다고 생각했어요. '미쳤니? 트랜디한 웹소설 독자들이 소리꾼 얘기를 좋아할리 없잖아!' 그런 호불호가 분명한 소재로는 아무도 봐주지 않을 거란 생각에 애써 고개를 저었습니다. 그런데 잠시 후…… 배진주를 미치도록 사랑하는 일편단심 윤재가 거만하게 계약 결혼을 하자고 진주를 도발하는 장면이 불쑥 떠올랐죠. 저는 어쩔 수 없이 무작정 첫 장면을 쓰고 말았습니다. '인기가 없으면 어때? 재미 삼아 내가 쓰고 싶은 이야기를 맘껏 쓰자.' 그렇게 저를 다독이며 '어쩌다, 짐승과 신혼'의 연재는 이어졌고, 시간이 지나면서 서사는 완성되어 갔습니다.

하지만 삶은 아이러니하게도, 전혀 인기가 없을 것 같았던 배진주와 이윤재의 이야기를 독자님들이 많이 좋아해 주었고 기적처럼 이 작품은 독자님들의 성원으로 네이버 웹소설에 정식 연재가 결정되었습니다.

'어쩌다, 짐승과 신혼'은 테라스북 담당자님과 삽화가님의 도움으로 변신에 변신을 거듭하며 로맨틱한 사랑과 아름다운 신혼 이야기가 듬뿍 담긴 작품이 되었습니다.

이렇게 출간 후기를 쓰다 보니 이제 정말 정들었던 진주와 윤재를 내 마음속에서 잠시 떠나보내야 한다는 현실감이 듭니다. 이어질 다음 작품은 더 예쁜 작품이었으면 좋겠다는 소망을 감히 해 봅니다.

무엇보다 낭만로맨스의 이야기를 사랑해 주시는 모든 독자님들께 깊은 감사를 전합니다.

어쩌다, 짐승과 신혼 2

초판 1쇄 인쇄 2023년 2월 22일
초판 1쇄 발행 2023년 2월 28일

지은이 예가온 ㅣ 펴낸이 강성욱 ㅣ 책임 기획 전주예 ㅣ 일러스트 피어나
디자인 김한솔 ㅣ 기획 편집 이진영 김지수 손효은 ㅣ 교정 서진영 손효은
펴낸곳 테라스북 ㅣ 등록 제 2022-000073호
주소 (04799) 서울특별시 성동구 아차산로 17길 26, 301호 (성수동2가, 규장각빌딩)
전화 070-4794-5826 ㅣ 팩스 0505-911-5826
블로그 https://blog.naver.com/terracebook ㅣ 전자우편 terracebook@naver.com
ISBN 979-11-6728-246-0 (04810)
ISBN 979-11-6728-244-6 (SET)

ⓒ예가온 2023 Printed in Korea

테라스북은 주식회사 스토리펀치의 임프린트 브랜드입니다.

잘못된 책은 구입하신 곳에서 바꾸어 드립니다.
이 책의 전부 또는 일부 내용을 재사용하려면 사전에 저작권자와 주식회사 스토리펀치의 동의를 받아야
합니다.